追光

波兰黑加仑◎著

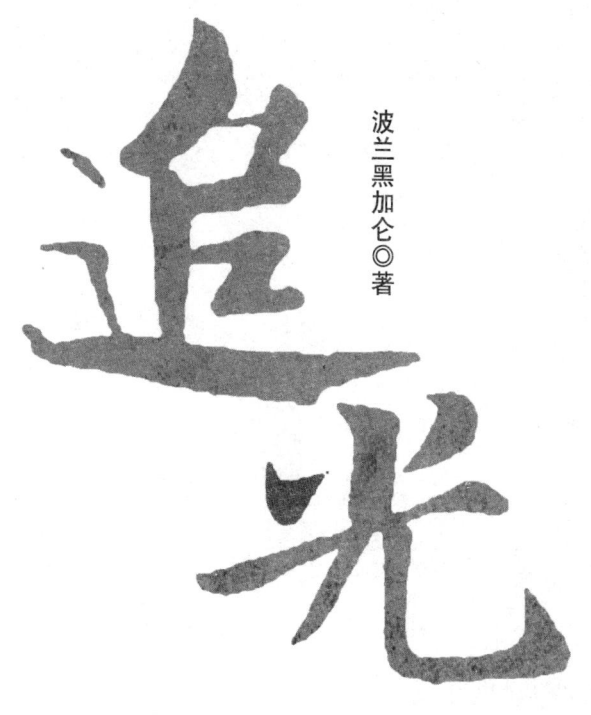

重庆出版集团 重庆出版社

图书在版编目（CIP）数据

追光 / 波兰黑加仑著 . —重庆：重庆出版社，2022.3
ISBN 978-7-229-16054-8

Ⅰ . ①追… Ⅱ . ①波… Ⅲ . ①长篇小说—中国—当代
Ⅳ . ① I247.5

中国版本图书馆 CIP 数据核字（2021）第 188985 号

追　光
ZHUIGUANG
波兰黑加仑　著

选题策划：李　子
责任编辑：李　子　李　雯
责任校对：刘　刚
装帧设计：回归线视觉传达

重庆出版集团
重 庆 出 版 社　出版
重庆市南岸区南滨路 162 号 1 幢　邮政编码：400061　http://www.cqph.com
重庆一诺印务有限公司印刷
重庆出版集团图书发行有限公司发行
E—MAIL:fxchu@cqph.com　邮购电话：023—61520646
全国新华书店经销

开本：890 mm×1240 mm　1/ 32　印张：11　字数：360 千
2022 年 3 月第 1 版　2022 年 3 月第 1 次印刷
ISBN 978-7-229-16054-8
定价：55.00 元

如有印装质量问题，请向本集团图书发行有限公司调换：023—61520678

目录

第一章　初见

1939年春，上海。

五月晨阳从英家餐室的落地玻璃窗洒进来，把橡木地板映得闪亮。韩慕雪下楼吃早饭，看见英杨斜伸着大长腿坐在桌前。

韩慕雪拖椅子坐下，说："今天起得早啊。"

"你也早啊，昨晚没打牌吗？"

"打了呀。汪太太输不起，八圈就散了。"

"我说呢，不到十二点能看见您起床。"

英杨说着斟好咖啡递上去，韩慕雪却问："九点了还在家里？你那个什么什么厂不用办公的？"

"兵工厂。"英杨纠正。

"什么厂都不靠谱！放着英氏实业这么多公司不进，偏要去个什么厂，脑壳坏掉了。"

英杨假装听不见，韩慕雪却不放过："兵工厂也要办公的！你不用去吗？"

英杨躲不过去，只得老实说："我十二点要去码头。"

韩慕雪早等在这里，听了这话冷笑道："搞来搞去还要你去！哎！你是英家小少爷，凭啥叫你去接船啦？"

英杨不吭声，装聋作哑看报纸。

见他不理，韩慕雪更加气愤："英柏洲回上海都不同我打招呼！英华杰死了，我还是英太太，是他名分上的娘！儿子回家不同娘讲，你见过吧？”

眼睐她怒火更盛，英杨只好安抚：“他打电话来的，让我转告你，是我忘了！”

“你算了啵！英柏洲的电话是阿芬接的，叫她收拾房间，讲今天要回来！”

英杨无奈：“姆妈，你知道的还真多哎！”

“你当我傻子啊？英柏洲的娘死了我进的门，他厌烦我没关系的！你是我亲生的，不帮着我是为什么？”

英杨晓得，遇上韩慕雪光火要转移她的注意力。他起身进灶间，取出蒸笼里的翡翠烧麦，捧回来说：“姆妈，我早上去黄记买的烧麦，你最喜欢呢。”

韩慕雪不领情：“不要来收买我！你要搞清楚，你是站在哪头的！”

英杨挨她坐下：“阿芬去买菜了，趁着家里没人，我同你讲清楚。英华杰死了，你同英柏洲没血缘没感情，他要敲桌子赶你出门，没地方讲理的！”

韩慕雪眼睛一竖：“放屁！英华杰遗嘱里写的，我有 10% 的财产继承权！英柏洲要赶我走，先把这 10% 给兑现了！”

英杨森森一笑：“你忘了，现在上海谁说了算？”

韩慕雪一怔。

“日本人说了算！英柏洲回来投奔和平政府，同重庆撕破面皮没退路了！他卖国的事都做，搞你会用遗嘱？套麻袋丢到黄浦江里，你死都不知道怎么死的！”

眼见韩慕雪被吓得一抖，英杨趁热打铁：“姆妈，你吃吃喝喝打麻将，闲了做两身衣裳，管他给不给你打招呼？英柏洲三十五岁了，你管不住他的！”

“我是不服气！”韩慕雪委屈道，“我嫁进英家时英柏洲十七岁。

他娘死了十年了，结果把我当作仇人！算算十几年了，他看见我就像看见鬼魂，直着眼睛穿身而过哎！”

“越说越稀奇了！你又不是墙，他又不是道士，怎么个穿身而过法？”

“我是这个意思呀！讲他目中无人！”

“好了，好了。”英杨安抚道，“过去的事不要提了。英柏洲是这样的人，同他计较气死自己。你晓得我为什么要谋兵工厂的职位吧？咱们要有不靠英家的出路！”

韩慕雪郑重点头，认真听儿子的打算。英杨却转开话头：“姆妈，找出路的事我来做，您不要添乱。英柏洲讨厌你，你也讨厌他！等他回来，叫阿芬把你的饭端到楼上去！”

“做梦！英柏洲怎么不回屋吃饭？为什么要我躲进屋里头？餐室我不能用了？”

英杨立即㞞：“能用，您敞开用，把床搬下来睡都行。”

韩慕雪瞪他：“永远替外头人讲话！”

英杨夹只烧麦给她，笑道：“英柏洲到任内政部次长，要面子不肯闹家务事的。你不惹他，他不会来惹你。我去接船算什么呢？乱世保命要紧！”

韩慕雪佯装不睬，夹烧麦咬一口道：“这味道也就黄记正宗。”

英杨讨好着说：“你喜欢我就常常去买。”

韩慕雪却正色摇头：“黄记那地方被日本人占了，你少去！”

英杨乖巧答应，韩慕雪忽然拍脑门道：“差些儿忘了！今天下午四点，你到花园咖啡厅去，冯太太要见你。”

冯太太是韩慕雪的牌友，她先生冯其保是和平政府管理处处长。英杨与冯家并没有交情，不解道：“她见我干什么？”

“你去就晓得了！”韩慕雪皱眉头，“英柏洲没叫你接船，你要屁颠屁颠地去！我叫你见冯太太就推三阻四，你跟谁是一家？”

英杨听她又提英柏洲，忙道："行了！下午四点！花园咖啡厅见冯太太是吧？你放心了，刀山火海我去就是！"

韩慕雪将咖啡杯用力一蹾，悻悻道："老叫我发火！"

她力道不小，把半杯咖啡蹾得直晃，啪地泼在报纸上。英杨赶紧抢救："轻点！我还没看完呢！"咖啡渍滴滴答答洒在中缝上，英杨溜一眼却怔住了。

韩慕雪没留意儿子神色，掠掠发尾说："新新公司的刘经理讲，今天有英国料子到货，我去给你做两套夏布西服。哎，斜纹的还是格子的？"

英杨盯着报纸，曼声道："格子好，格子摩登啊。"

韩慕雪疼爱道："斜纹格子一样一身，我儿子的衣裳要管够。"说罢又撇嘴，"不晓得英柏洲神气什么，最可怜就是没娘管！"

"对对，英柏洲是可怜人！九点半了，您抓紧出门吧！"

十分钟后，英杨把韩慕雪送出门，急忙跑回餐室拿起报纸。中缝被咖啡沾湿的告示写着：钱先生求租吉屋，两小间即可，有意者联络保罗路 71 号。

英杨一字一句读了三遍，收报纸上楼进卧室，开衣柜拿出密码箱。拨密码时他指尖发抖，不知是兴奋还是紧张。箱子里有几块名表，两套钻石袖扣，还有十几根小金条。

英杨拿起浪琴表，拔掉盒子底座，从里面倒出一把钥匙，还有三角形的图章，上面阴刻小篆仿佛是个"钱"字。

所以是钱先生吗？

英宅在宝山路，离保罗路不远。十分钟后，英杨把车停在保罗路汇丰银行门口。他下车买烟，借机打量四周，汇丰银行附近并没有奇怪的人。英杨靠着电线杆抽烟，想起老火。

老火五十来岁，一年四季只穿灰色长衫，冬天厚些夏天薄些。他把眉心皱成疙瘩，总在操心经费。老火喜欢英杨，常常表扬他，就有人说老火赏识的不是英杨，是英家的钱。

老火气得不行，把英杨叫来说："学习的时候讲，我们是无产阶级先锋队。但我告诉你，人要有超越阶级的胸怀，你晓得吧？"

英杨不晓得。可他见老火着急，于是说："我晓得。"

老火这才欣慰道："你晓得就好了。"

民国二十七年，老火牺牲了。他租的房子在东区，刚沦陷叫他搬，因为房东跑了能省下经费，老火不肯搬。他讲从入党起就在敌人眼皮底下做事，怕什么怕？日本人是不把中国人当人的。

老火的尸体没找到。他牺牲前把钥匙图章留给英杨，说："他们讲你是少爷，和工人阶级不搭边，我偏要相信你。这是保罗路汇丰银行 71 号保险箱的钥匙，有人登报联系，你要绝对相信他！"

老火什么都好，只是搞不清这世上没有绝对，英杨不敢绝对相信谁。

他掐了烟进银行，迎上来的经理认得他，热情道："英少爷来拿钱？"

"今天不拿钱，"英杨巡视大堂说，"开一下 78 号保险箱。"

"这是英太太的箱子，要她的印章呢。"

英杨递上印章："信不过我吗？"

"小少爷别见怪，这行就是要讲规矩。"经理赔笑引英杨上楼，进了存放保险箱的金库。

"小少爷请便，有什么需要随时叫我。"

他退出去了，英杨打开 78 号箱，拆开祖母绿项链的丝绒盒子，拿出 71 号保险箱的钥匙。

拿到钥匙之后，英杨往外看看。经理懂事站得远，帘子下看不见皮鞋边。英杨滑步打开 71 号箱，里面有张纸条，写着：5 月 17 日下午 6 点，静怡茶室良字号包房，代号微蓝，暗语照旧。

纸条左下角钤着章，也是三角形。英杨摸出图章，把三角形补成正方形，显出三个字：钱羿生。

“图章对上了，叫你做什么就去做！”老火这样说的。

那是英杨最后一次见到他，不久后老火牺牲，南方局上海站陷入瘫痪。直到江苏省委重启，部分同志恢复联络后转隶上海情报科，英杨也成为了情报科的谍报员。

5 月 17 日就是今天，英杨捏着图章想，今天下午六点。

他收拾好保险箱回到家，正无事可做，电话突然响了，尖厉的铃声把人吓一跳。

话筒里传来低沉的男声，操着山东口音，开口就说：“二大爷在不在？我找二大爷。”英杨攥紧话筒说：“你打错了，现在没人在。”那声音一秒变正常，飞快道：“现在来一趟，要紧事。”

他说完就挂了，英杨握着话筒想，今天是什么日子，事情凑到一起了。

丰乐里是石库门房子，石板路漫着水，头顶飘着各色衣裳，是寻常人间的烟火热闹。

英杨七岁之前，韩慕雪在七重天做舞小姐，带着英杨住在里弄。韩慕雪不是七重天最红的舞女，却是上海滩运气最好的舞女，不知怎么搭上英华杰，明媒正娶成了英太太，带着英杨搬进了花园洋房。

五月天气和暖，整个弄堂的味道都被烘出来，混着一冬的油腻气味往外发散。英杨不觉得这味道好闻，他今年二十五岁，进英家十八年了，早忘了七岁前的事。

满叔租住的房子在 8 号。英杨三长两短敲了门，不多时听见满叔问：“谁呀？”

“满叔，是我！我从乡下回来了，给你带了点黄豆酱。”

满叔开了门，同英杨面对面站着，两人眼睛里话很多，脸上却都没有表情。

“快进来吧，下个乡还想着我，难为你了。”满叔说着让英杨进屋。

这房子背阴，堂屋里光线很差，摆着乌木中式靠背椅，看着油腻黑沉。满叔斟一杯滚烫的开水给英杨，让他想起在根据地的三个月短训，搪瓷缸子不分彼此，磕得掉了漆，集中学习时盛满开水排在桌上，轰隆隆冒着白汽，你喝完了我喝，起初英杨并不习惯。

满叔看他盯着白瓷杯，生了误会道："我这里只有白开水，没咖啡也没茶叶，小少爷别嫌弃啊。"

英杨懒得解释，笑一笑说："是有要紧事吗？"

"收到立春同志的紧急通知，藤原加北要来上海。"

"藤原加北？那个细菌战恶魔？"

"对！他主持试验细菌战，实在是恶魔！"满叔恨恨道，"这人一直躲在东北，来上海八成又为细菌战！"

"藤原加北行踪诡秘，听说军统沈阳站买他的人头，黑市抬价到万两黄金竟无人揭榜。有人讲他的安全由日本军部直接负责。他来上海的消息准确吗？"

"这是立春同志拿到的情报，不会有错！"满叔肯定地说。

英杨不由感叹道："上海情报科成立不到三个月，能拿到这样等级的情报，太厉害了！"

满叔笑道："咱们跟着老火过惯苦日子，现在可不一样！上海情报科直属省委，开展工作方便多了。另外，立春同志经验足人脉广，情报来源当然不同以往。"

"立春"是上海情报科负责人，仿佛曾经的老火。他的真实姓名无人知晓，"立春"只是代号。

"立春"到上海后，首先改变通联方式，将原先点对面联络变成三级联络。立春设了中枢联络员，自己只同中枢联络，上传下达全靠中枢完成，除了中枢，没人见过立春。

满叔就是中枢联络员，代号小满。

三级联络制吸取老火牺牲的教训，规避了叛徒出卖的风险。无论谁被捕叛变，能供出来的只有满叔。但也有缺点，一来谍报员交通员互不联络，少了往日的和乐融融。二来嘛，英杨觉得满叔的担子太重了。

他有过阴暗想法，若是有人叛变，“立春”一枪打死满叔，能确保所有人安全，包括他自己。

管用，但是残酷。

英杨在坏念头再次袭来时紧急刹车，问：“那我们的任务是什么？”

“刺杀藤原加北，”满叔眼睛放光说，“让细菌战恶魔永远留在上海！”

“好。有详细计划吗？”

“找你来就是传达行动计划。立春同志讲，藤原5月19日到沪。”

“5月19日？就是后天！”

“是的，时间紧任务重！立春同志指示，这次行动全员参与，你的任务是到达伏击点实施刺杀。”满叔说着拍了拍英杨肩膀，“你的枪法最准！”

刺杀行动中开枪的人最危险。之前老火只让英杨摸排路线，从不让他开枪，像是不知道英杨的枪法精准。现在想来，老火是真偏心。

“没问题。”英杨愉快地说，“终于不干琐碎活了。”

“你喜欢做最终实施吗？可是最危险。”满叔一句话点明。

“最终实施只对我自己负责，前期摸排要对同志负责，压力太大！”英杨微笑说。

“有道理。那么最迟明晚，我会通知你伏击地点。”

英杨答应，想想又说：“我大哥今天回上海，他这次要长住。你打电话来不要再假装打错，他会起疑心。直接找我就好，就讲是射击俱乐部的。”

“英柏洲回上海干吗？”

“跟着他老师投靠和平政府。”英杨抬腕看表说，“他十二点到，我要去接船呢。”

“那么你快些走吧，码头常会封路，不要耽误了。”满叔说着起身，送英杨出门。

差五分钟十二点时，英杨到了码头。他靠着车门抽根烟，定神壮胆。英柏洲是出了名的扑克脸冰块心，你笑出花来贴上去，他不如意照样给拍成烂番茄。

韩慕雪说的不错，英杨是拿热脸贴别人的冷屁股。

但是屁股再冷也要贴。上海沦陷，政府重组，如果接触不到高级情报，工作无法有效开展。英柏洲的老师林想奇能进入汪派核心圈，这是绝好的机会。

英杨自我鼓励：做情报工作面子不重要，不就是当狗腿子吗，又不是要命。

他正要上前，却听身后有人唤道：“英副厂长！”

这声音便是化作了灰，提溜起来英杨也认得。他笑笑转身，果然看见特筹委行动处处长骆正风。

英杨挂名副厂长的兵工厂，直属特筹委后勤处，就是骆正风替他安排的。

骆正风的存在，时刻提醒英杨不能将人类型化。此人毕业于军统青浦特训班，上海沦陷后，成为铁血锄奸团成员。后在执行任务时被捕，据说骆正风十点被关进特高课刑讯室，十点十分就招供了……

投诚后的骆正风受到重用，特高课认为他受过正规训练，直接拔擢成特别行动大队队长。为了占据情报市场，和平政府组建了特工总部筹备委员会，简称特筹委，任命杜佑中为主任。日本人不甘示弱，立即推出心腹骆正风，占据最重要的行动处处长位置。

然而日本人看错人了。骆正风既不想给日本人卖命，也不想为和平政府奋斗，他的人生哲学就是“混”。用他的话说，日本人迟早要走的，难道跟他们回日本？

即便做混混儿，骆正风也不按牌理出牌。在英杨印象里，混子逃不开三样，抽大烟、逛窑子、进赌场，但骆正风不沾黄赌毒，只热爱健康运动——桥牌。

骆正风痴迷打桥牌，是海风俱乐部的常客，时常出入高端牌局，但他牌臭，输比赢多，弄到债台高筑。英杨就是在海风俱乐部结识骆正风的。

他俩一见如故，都是“外面浑圆”的人。不管内心是圆是方，只要外面圆乎就好相处。这符合骆正风的哲学，也符合英杨的需要。

英杨没想到在这遇见他，便笑道：“原来是骆处长。”

骆正风斜叼着烟说：“英副厂长不上班，跑码头来干什么！”英杨抬腕叩叩手表：“现在十二点，中午要休息的！”

骆正风一把扳过英杨手腕：“又买新表了？找借口显摆呢？”英杨嫌弃着抽回手：“谁跟你显摆啊，你也看不懂。”骆正风吃亏在穷，被英杨怼了就挑刺：“还中午休息呢？周厂长说了，一个礼拜六天，你到岗不足两天！这是天天休息啊！”

英杨笑道：“在周原眼里，副厂长敬业是在想他的位子！特筹委的俗话没听过吗？天塌不要紧，别耽误周原往上爬！”

“编，接着编哎！自己不上班，还怪别人往上爬，要不说小少爷厉害呢。”

“好了！”英杨笑道，“我这会儿忙呢，我大哥回来了，我要去接船！”

骆正风好奇：“你大哥不是不理你吗？怎么肯叫你接船了？”英杨被他戳中痛处，略生恼火：“清官都不管家务事，骆处长还挺操心。”

骆正风听他这样讲，便笑道：“那么你快去吧，耽误你没事，耽误英大少我可不敢。”

英杨脱身要走，想想又问："你来抓人吗？"

"哪有那么多人抓？"骆正风把烟头嗖地弹进垃圾堆，说，"察看地形。"

英杨意识到有情况，可没等他再问，骆正风将手一指问："那是不是英大少？"

英杨赶紧回头，看见英柏洲穿着铁灰西服走来，身后跟着两个随从拎行李。

他非但是头等舱，还是特别席，因此最早出来。

英杨丢开骆正风跑上去，含笑叫道："大哥！"

英柏洲正低头想心事，不防被吓一跳，往后便躲。他的随从唰地向后背手。英杨是玩枪的，当然知道这意味着什么，忙道："大哥！你不认识我了？"

英柏洲这才认出是英杨。可他认出来也不热情，一面制止随从拔枪，一面冷淡问："你怎么来了？"

"你回上海，我当然要来接船。"

"我没告诉你坐哪趟船，你怎么知道这时候来？"

"我问了船务公司，今天从香港过来的船有两班，设特别席的只有荣信号。我想，大哥应该坐这班。"

英柏洲"哼"了一声，青着脸说："请你正常点！不要像个特务分析我！不告诉你是不想你知道，很难理解吗？"

他说罢愤愤而去，把英杨丢在原地。

英杨满面尴尬，暗想：不是为了拿到情报，我管你坐什么船回上海，很难理解吗？

英杨脸皮再厚，也做不到持续不断地拿热脸贴冷屁股。他中午没回家，躲在西餐厅缓一缓。

英柏洲带来的不愉快早已消散，英杨满脑子都是 71 号保险箱里的纸条。老火留下的联络方式突然被启用，来人可以相信吗？

很明显，71 号保险箱是共用的。老火和钱先生各持一把钥匙，需要联络就在报上登告示。如果钱先生叛变，在汇丰银行就能抓住英杨，不必到静怡茶室。除非，钱先生有进一步利用英杨的需要。

有可能是坑，那跳不跳呢？

英杨脑袋发懵，顺手拿起画册，是最新一期的《晶月》。这杂志是办给有钱人家的太太小姐看的，内容是胭脂水粉、旗袍料子、珠宝首饰和家常菜谱。听说销量不错，因此封面多是名人。

这期的封面女郎英杨不认得，标注是"沪上名媛"惠珍珍。

惠珍珍烫元宝头，描又黑又弯的眉，嘴上的颜色是时兴的杏色，油汪汪的。英杨知道她漂亮，可这漂亮同他没关系，是过不了玉门关的春风。

他把杂志丢回书报架，又要了杯咖啡。喝完咖啡英杨想，老火说钱先生可以信任，那就可以信任。不相信不去开保险箱就好了，何必自寻烦恼？不去的理由千万条，去的理由只有一个，为了老火。英杨忽然想通了。

走出思源西餐厅时，英杨想起在伏龙芝受训的日子。俄国教官波耶夫爱吃生牛肉，满脸通红。他喜欢嘶吼，越吼脸越红，叫喊着："任何感情都是敌人！"可英杨是人，做不到没有感情。

四点整，英杨到了花园咖啡厅。

韩慕雪喜欢来这里，说是咖啡味道正宗。英杨想她没去过国外，哪里知道什么是正宗咖啡？然而对于母亲充门面的行为，英杨向来不戳穿。

他刚跨进咖啡厅，冯太太便招手唤道："阿杨，阿杨！这里，来这里！"她四十多岁，微胖，衣饰精致，无名指上戴个大钻戒，一闪一闪的。

看着英杨含笑过来，冯太太挪不开眼夸道："啊唷，阿杨这样帅的！派头足得很啰！韩太太好福气啊！”

英杨被甜汤灌得发晕，堆笑道：“我母亲讲您有事找我。您只管吩咐，能做到我勉力去做。”

“啊唷，不是什么事情！”冯太太吃吃笑，“英太太托我好久，要给你找个漂亮贤惠的人，才有合适的，因此叫你来看看！”

英杨立即明白，韩慕雪是要他来相亲！他来都来了，这时候跑掉不礼貌。英杨想，好在相亲包见面不包成功，赶紧弄完就罢，六点还要和微蓝接头呢。

英杨正要说两句客套话，服务生已经领着位小姐走过来，冯太太笑着迎接：“金老师来啦！快坐在这里。”英杨陪着站起，没三秒钟又陪着坐下，浑身不自在。

金老师穿蓝白格夹旗袍，提着个小箱子。冯太太问是什么，金老师回答是新买的水粉颜料，冯太太顺势向英杨介绍：“这是汇民中学教美术的金老师，漂亮吧？”

金老师是漂亮的。可在英杨看来，她的漂亮像月历牌上的寻常美人，哪里都精致，只是毫无生气。英杨没工夫考虑感情，即便考虑也不会是金老师，她少了点灵气。

金老师呆板无趣，英杨不愿兜搭，气氛尴尬得要月老下凡才能挽救。冯太太自知能力不足，先换台阶逃跑，笑道：“我在这儿你们不好讲话！我不当电灯泡，你们多聊啊！”她说着告辞，化作香风一缕闪出咖啡厅。

冯太太走后，尴尬越演越烈，时间仿佛冻住了，恶作剧似的要他们一刻永恒。熬到四点四十分，英杨不想再拖了。

他小心措词问：“冯太太那里要不要我去说？”这话里拒绝的意思既含糊又明确，想懂的人自然能懂。

金老师显然愿意懂，只点头说：“好。”英杨顿时轻松：“天还亮着，我就不送你了。”

金老师客气道："您请吧。"

英杨结账时多给了几十元钱，说金老师加点的咖啡蛋糕都算在里面。服务生晓得他是英家小少爷，拍胸脯保证会照顾好小姐，钱不够就挂账，总之不叫小姐会钞。

英杨被弄得好笑，好像他与金老师还有将来似的。

静怡茶室二楼有五间包房：温、良、恭、俭、让。英杨推开"良"字号包房，屋里空着，微蓝还没到。

伙计送上茶水，附赠瓜子花生。英杨倚窗看出去，马路平静，行人举止与平日无异。这间包房临街，遇事不易逃脱，不像"俭"字房，窗外是九曲十八弯的小巷，容易脱身。

英杨想微蓝可能没经验，否则不该犯这错误。他回头望望，八仙桌上的两只瓷杯兑了茶，袅袅冒着白汽，仿佛有人对坐而谈，只是他看不见。现在走还来得及。英杨忽然想。

然而门外传来伙计的招呼声："您里面请！"

英杨迅速回头面窗，深呼吸平定情绪。身后啪的一响，来人按亮了电灯。

是敌是友都必须面对了。英杨关上窗转回身，很多年后，他总爱回味初见微蓝的心情。

花园咖啡厅毫无生气的美女，汇民中学的金老师再次站在他面前。她说："先生您好。有位亲戚托我来找您，买两斤茶叶。"

她在咖啡厅说话总共没有十句，英杨此时才觉出她嗓音清亮，仿佛山间清啭的鸟儿。

"您亲戚贵姓？"英杨接上暗语。

"他姓火，火烧新野的火。"

"那么您要什么茶？"

"两斤六安瓜片，两斤西湖龙井。"

“对不起，我只有祁门红茶。”

暗语对上，金老师的笑容忽然有了个性，像春风拂过江南岸，绿了树红了花蓝了江水，她向前一步，伸出手说：“谷雨同志你好，我是微蓝。”

英杨很奇怪，金老师只是换了个身份，却仿佛换了个人。由呆板无趣之人摇身一变为富有灵气的女子。

战时电力管制，电灯黄扑扑的。然而微蓝皮肤很白，光线昏暗更显得她在发光，与之前判若两人。

英杨还是好奇：“你在咖啡厅时知道是我吗？”

微蓝很大方地说：“知道。”

“这么说相亲是你们安排的？”

微蓝想了想：“有一半是巧合。”

英杨笑笑：“真巧，太巧了。”

微蓝忽略他的调侃，公事公办说：“我是社会部特勤处的，受钱先生委托来见你。我在专项任务中代号微蓝，这个代号随任务完成取消。”

她公事化的态度像无形的墙，要与英杨特意拉开距离。这姿态像极了英柏洲，高高在上直逼而来，让英杨有些抵触。

“社会部特勤处？你从延安来的？是为了公事吗？”

“当然是公事。”

“那么你应该通过组织找我，从上海情报科下达任务。”

英杨句句挑衅，微蓝却不生气。她打开装水粉颜料的小箱子，从夹层里拿出信封：“我们接到紧急情况，必须直接与你见面。”

英杨接过信封打开，里面是几张照片，拍的不是风景也不是人物，是名单。英杨刚看了几行，立即大脑空白。

这是上海情报科的花名册。英杨和满叔都在上面，真实姓名、代号、住址、社会身份，写得清楚明白，一览无余。

“你怎么会有这个？”英杨险些口吃。这花名册是上海情报科的命脉，落在敌人手里会变成累累白骨。

“你也拿不到，对吗？”微蓝柔声说，“能拿到花名册的，只有负责人立春和中枢联络员小满。”

英杨不说话，算是默认了。微蓝接着说：“这是我们截获的情报，它险些被送给特高课课长浅间三白。”

“那么现在……”英杨急问。

“我们做了处置，关键要素被替换了。浅间拿到的花名册是假的，你放心吧。”微蓝平静地说，“你应该很想知道，是谁出卖了花名册。”

出卖花名册的只可能是立春或者满叔。以私心论，英杨希望不是满叔，但如果是立春，那也太可怕了。

“时间紧迫，我就直说了。”微蓝不再绕弯子，“出卖花名册的是立春。民国二十一年，立春因叛徒出卖被捕，随即叛变。由于知情范围极小，他被纳入绝密档案，遣回组织反向潜伏。”

“民国二十一年叛变？现在是民国二十八年了！”英杨不可置信，“七年了！你现在说他是叛徒？”

“我很遗憾。但立春隐藏得很好，最近才得到确证。”

“用什么办法确证的？”

“事涉机密，我不能告诉你。”

英杨简直不敢相信自己的耳朵：“你既然不相信我，为什么要来找我呢？”

“信任同志和遵守纪律不冲突，”微蓝说，“你在敌后工作多年，应该懂得。”

英杨无话可说。他一口饮尽茶汤，冷透了。

“上海情报科那么多同志，你为什么找我？”

“是你拿到了 71 号保险箱的钥匙。”

英杨皱起眉头："所以你在咖啡厅只知道我是谷雨，并不知道我会来静怡茶室？"

"我从花名册上得知，英家小少爷是谷雨。"微蓝说，"相亲是冯太太安排的，我知道也不能拒绝她。另外，我接到的指示是启动 71 号保险箱，而不是接触谷雨。"

"这真是太巧了，"英杨喃喃道，"太巧了。"

微蓝体贴地缄默着，让英杨平复情绪。五分钟后，英杨说："我现在要做什么？"

"组织上委托我传达两项指令。第一，刺杀藤原加北的行动是陷阱，要设法中止。第二，秘密锄杀立春。"

"陷阱？藤原加北不会来吗？"

"藤原加北 5 月 20 日到沪，立春通知你们 5 月 19 日。提前一天行动，就是要让你们在藤原来沪前被一网打尽。上海情报科被剿灭后，立春会按计划侥幸逃走，从而达到继续潜伏的目的。"

"太乱了，实在是太乱了。"英杨说，"你突然出现，一会儿是金老师，一会儿又是微蓝，难以置信。"

"老火应该说过，要绝对信任钱先生。我有钱先生的图章，请你相信我！"

茶室用的是白玻璃荷叶灯罩，它从天花板倒垂下来，含着暗黄的光，像朵将败未败的莲。微蓝在莲灯下直视英杨，她的眼睛很漂亮，黑白分明，秋水盈盈。

"这世上没有绝对。"英杨说，"我不接受绝对。"

天光已暗，马路对面的霓虹灯一时红一时蓝，像诡秘的眼睛，猜不出正义或邪恶。英杨转脸看向窗外，即便在乱世孤岛，万家灯火依旧坚强点亮，仿佛在提醒他，这世间除了陷阱，也有救援。

"我需要时间，"英杨说，"明天中午前给你答复。"

"好的。我住在汇民中学教工宿舍 3 号间，你可以来找我。"

“大摇大摆地去找你吗？用什么身份呢？”

也许关着窗太热，也许话题让人激动，微蓝玉白的面颊飞起红晕，却没有说话。

“我知道用什么身份去了。”英杨笑了笑，“看来冯太太保媒成功了。”

英杨从静怡茶室回到家，已将近七点了。他刚进门厅，阿芬便迎上来问：“小少爷吃过饭了吗？”

“还没有。有吃的吗？”

“有。”阿芬说，“我去热菜。”

“太太呢？”英杨坐进客厅的沙发问。

“太太去汪家打牌了，说晚点回来。”

“那么大少爷……没出门吗？”

“大少爷在家吃的晚饭，吃完就上楼了。”

英杨再无话，顺手拿过茶几上的杂志，又是《晶月》。阿芬斟了咖啡送来，见英杨捧着杂志发呆，便抿嘴笑道：“小少爷也喜欢惠珍珍啊？”

“你知道她吗？”英杨好奇地问。

“对啊，惠珍珍比电影明星都要红呢。”

“这杂志写她是沪上名媛，她是哪家的千金？”

阿芬扑哧一笑：“她是哪门子千金？听说认了日本人做干爹，这才红遍上海滩。太太讲十个男人有九个半都喜欢她。”

英杨把杂志一丢，笑笑道：“我是剩下的半个了。”

阿芬手指头绕着辫子问：“小少爷，那么你喜欢什么样的小姐呢？”

英杨警觉抬眸：“你想干什么？”

阿芬脸上微红，飞快说：“随便问问。”说罢去热菜了。英杨盯着她的背影，怀疑这是韩慕雪派来刺探的。

餐室飘来饭菜的香气，阿芬来叫他吃饭。英杨走去坐下，桌上一道糖醋黄鱼全须全尾，没动过筷子。

“大少爷晚上吃的什么？”英杨端起碗问。

“只吃青菜，烧了鱼、炖了鸽子他都不吃。”

“也许吃素了。吃素好，吃素不杀生。”

阿芬抿嘴一笑，却不接话。英杨吃着饭，脑子里乱哄哄的全是微蓝、立春、藤原加北，人在餐室，心却不知在哪里。他勉强吃罢搁碗，却听阿芬说：“小少爷，你要跟着大少爷吃素吗？”

英杨顺口道：“我就是吃素做和尚，也决不同他一个庙。”他说罢转身，正看见英柏洲站在餐室门口，穿着白西服配着白皮鞋，鬼魂似的。

英杨背脊发凉，想他走路怎么没声音，刚刚的话必定被他听去了。英柏洲并不理他，自顾开冰箱拿出一罐钙乳，找勺子挖出来塞进嘴里。英杨看着觉得他很变态，那东西能比糖醋黄鱼好吃？

“大少爷，你要出门吗？”阿芬怯生生问。

英柏洲仰脖灌掉整杯白开水，说：“对的。叫司机去准备汽车。”

“哦，那要准备夜宵吗？”阿芬又问。

“不用了。”英柏洲说着拉开椅子坐下，拿起餐桌上的晚报。立春的事火烧眉毛，英杨心绪不佳，并不愿与英柏洲同桌寒暄，于是上楼回卧室。

他关上门捋一遍思路，觉得能派上用处的还是骆正风。

骆正风穷，因此爱财，找他办事回回都得出血。出血还得有包装，赤裸裸的钞票他不收的，掉价。英杨想起今天在码头，骆正风仿佛对手表感兴趣。

英杨的存货大多不合适，只有一块古董表凑合。这块表本是英华杰给英柏洲准备的新年礼物，结果那年英柏洲没回来，英华杰顺手把表给了英杨。

英华杰从没费心思给英杨准备过礼物，唯有这件，还是英柏洲不要的。

英杨在手里掂掂，认为它为上海情报科牺牲很值得。

他换了衣裳下楼，去海风俱乐部。骆正风没有家室，他的每个夜晚都消磨在海风俱乐部。租界的宵禁在九点之后，执行也不够严格，这时候还不到八点，马路还留着热闹的影子。

海风俱乐部华灯熠熠。它的前身是英国陆军俱乐部，二战爆发后，俱乐部关停出售，被挥金如土的沈三公子买下来，起先是个私人会所，慢慢竟做大了。俱乐部有三层，一楼是舞厅和餐厅，二楼是棋牌、台球、播放厅等时髦项目，三楼是美容美发、量体裁衣，太太小姐也爱来。

英杨把车停在门口，钥匙甩给泊车的小弟，刚进门便被任经理一把抱住，笑道："小少爷！为什么许多天不来？是有新鲜去处吧，把我们给忘了？"

任经理留两撇小胡子，白胖脸，远看像日本人的翻译官，其实很爱国，经常公然发表抗日言论，英杨替他捏着把冷汗。他爱国归爱国，为沈三公子打理海风毫不含糊，接待汉奸谈笑风生，人脉四通八达，上到金融机密下到黑市买卖，没有他不懂行的。

英杨挣脱笑道："别处只费钱，你这里又费钱又费脑子，我总要休息几天。"说罢了又搭他肩问，"骆正风来了没？"

任经理呵呵笑道："来了，在二楼 6 号间！小少爷知道骆处长来了，因此赶来赢钱？"

英杨扑哧一笑，抽身要往楼上去。任经理又拖住了问："听说大少爷回来了？"英杨心里敲了个警钟，不露声色说："是啊，中午回来的。"

"大少爷这次是要高就了？"

英杨含笑点头，摆出很了解又不方便讲的样子。任经理笑盈盈道：

“没事就带你哥来放松放松，咱们这里讲文明，大少爷准定欢喜。”

英杨敷衍着答允，脱身上了二楼。他刚走到6号间门口，便见门开了，骆正风气呼呼走出来，身后跟着个年轻男人。英杨认得，那是杜佑中的秘书汤又江。

“什么事非要我去？”骆正风满脸不高兴问。汤又江正要说话，看见英杨又缄了口。骆正风瞅见英杨，不由笑道：“英副厂长来了？正好杜主任有事召集，咱们同去吧。”

汤又江慢悠悠地提醒：“骆处长！”

骆正风望望他：“这是兵工厂的英副厂长，他大哥是英柏洲，林想奇的学生，你明白了吗？”

汤又江年纪不大，被骆正风问得皱眉毛。英杨打圆场说：“什么事非带着我？我是来玩牌的。”

“别玩牌了，换个地方先来八圈麻将吧。”骆正风圈着他肩膀往外走，“杜主任召集，谁也别想跑。”

三人打后门出去，骆正风要坐英杨的车，叫汤又江在前带路。等上了车，英杨问：“是什么事啊？”骆正风不耐烦道：“杜佑中有毛病，打麻将非得叫人陪。”

“他缺腿子吗？”

骆正风冷笑：“他怕死。跟别人玩怕被锄奸团给解决喽，因此叫我们几个陪。你说烦人不烦人，我最讨厌打麻将。”

“所以你拖着我？”

骆正风露出友好笑容：“小少爷十项全能，射击、骑马、台球、桥牌无所不精，区区麻将能难倒你？”

英杨不给面子说：“是没钱输了吧。”

这话一针见血，骆正风沉默半晌，咬牙道：“还不能赢！只能输！”

英杨心想，分明是此人牌臭赢不了，却推在杜佑中身上，仿佛是受强权不得不输似的。他并不揭穿，只思忖如何问藤原加北来期。骆正风虽然没“上进心”，但他并不傻，敏感的话讲出来只能让他疑心。

前面汤又江又拐弯，英杨急扳方向盘跟上，低低抱怨：“选哪里打牌啊？越走越偏。”

“你知道落红公馆吗？”骆正风问。

“不知道，是哪里？”

“也有小少爷不知道的去处喽。”骆正风得意之间，汤又江已驶进一处庭院。英杨跟进去时记得门前有两根石柱，顶上各安一盏圆白的路灯。

落红公馆院子很大，由洋花匠打理，把树木修剪得有棱有角、左右对齐，完全抹杀了中式庭院的随意之美。

英杨把车子停到左侧跨院，下车便听有人唤道：“小少爷！”英杨在灯影子里看到自家的司机，不由问：“你怎么在这里？”

“大少爷在里面呢。”司机笑道，“刚来没一会儿。”

英柏洲也在落红公馆？中午刚到上海，晚上就有应酬，这效率可以。英杨随便叮嘱两句，跟着骆正风往正屋走去。

他们经过一处水景，圆池里立着大理石裸女，肩上扛着水缸，一引细流从缸子里汩汩而出，落进水池。英杨往池里张望，水面铺着几朵睡莲，三两尾红鲤在叶间出没。

英杨觉得不中不西的挺有趣，骆正风已催他快走。门厅有服务生迎接，穿白衬衫黑马甲，生得唇红齿白，讲话文质彬彬。他见着汤又江就鞠躬，熟稔极了。

英氏是大企业，英华杰的房子也算大手笔，然而跨进落红公馆的客厅，英杨还是吃惊了。一挂三层楼高的水晶吊灯银河倾泻般垂下来，电力管制拿它毫无办法，亮得璀璨耀眼。屋里不知喷了什么香，既没有旧式熏香的烟火气，也没有西洋香水的化学味，只叫人心怡神和。

正中一套宝蓝丝绒沙发，用金丝线络着边，扶手边垂下两寸长的流苏。

另有干净漂亮的服务生迎出来，说杜主任在二楼小书房。英杨跟他上二楼，楼梯铺着极厚的深紫色绒毯，皮鞋全陷进去，丁点声音也没有。

小书房并不小，进门是墨绿皮沙发，靠墙搁着麻将台子。杜佑中坐在沙发上抽雪茄，他身后的女人穿件米黄的斜纹绸旗袍，耳朵上别着钻石耳钉，眼睛亮晶晶直盯着英杨。

是惠珍珍，英杨立即认出来。

特筹委的兵工厂等于军火仓库。虽然重要，但看仓库接触不到核心机要。英杨进兵工厂一个多月，只见过杜佑中三次，还都是远望。

杜佑中很普通，个头中等，五官寻常，酒色双修导致双颊凹陷，带着些病容。他也头回见英杨，转脸对骆正风说："带朋友来怎么不说一声？"

英杨听出责备来，骆正风毫不在意："杜主任，这是兵工厂的英副厂长，内政部英次长的弟弟，您忘了？当初可是您亲自批示，让他进兵工厂的。"

杜佑中听到"英次长"，立即收回责备，若无其事笑道："想起来了，英家小少爷，啊呀，真是一表人才。"他微笑问英杨："你在法国学什么？"英杨客气道："建筑艺术。"杜佑中闻言点头："英家真有钱。"

因为英柏洲留学日本，韩慕雪闹着英杨也要留学。英华杰无奈，等到英杨十七岁，将他送去法国，学什么都不拘，韩慕雪不念叨就行。

英杨到了法国，还没择定学什么，机缘凑巧接触到旅欧共产主义小组。小组领袖人物叫夏先同，他符合英杨设想的完美人格，儒雅、博学、意志坚定。

除了人格魅力，夏先同用共产主义理论为英杨描绘了未来的中国，那是图景式的盛世华年，在那里，百姓富裕，社会安定，国家强大……

相比眼前的积贫积弱甚至抱头挨打，图景中国是梦，遥不可及。

夏先同说，中国且是少年，吾辈且是少年，你我行进其间，不过是一场尽兴少年游。

民国二十五年，夏先同在上海被捕，至今下落不明。每当提到法国，英杨脑海里率先浮出的并不是埃菲尔铁塔，而是夏先同说少年游时光彩闪烁的双眸：抛头颅、洒热血，不过是尽兴少年游。

英杨被送去伏龙芝军事学院接受培训，在苏俄待了近三年，对英家只说在法国。韩慕雪好糊弄，英华杰又懒得管他。从伏龙芝毕业后，英杨回皖南根据地受训三个月，被派遣到上海。

每被问及海外经历，英杨总说学习建筑艺术，这学科不疼不痒没前途，听过的都说英家有钱烧的，看来杜佑中也不例外。

说话的时候，惠珍珍忙着敬茶敬烟。英杨认为交际花应当八面玲珑，然而惠珍珍软糯羞涩，带着苏州口音，桂花拉糕似的又香又软，吃到嘴里想必也是甜的。

惠珍珍陪着说了几句话，服务生便来请，说另有客人来。她向杜佑中告假，杜佑中伸手覆住她手背，仰面讲话时声音极低，样子留恋极了。惠珍珍低头笑着，竟像母亲看孩子似的。

英杨想，难怪十个男人有九个半都喜欢惠珍珍。同样是漂亮，微蓝与惠珍珍对比鲜明。前者是天上浮着的云，飘来下阵雨都是给面子，后者是泥里开出的花，是仰望的姿态，无限温柔。男人嘛，谁不喜欢温柔顺从呢。

英杨定定心神，自我提醒任务是弄清楚藤原来沪的时间。这时间杜佑中知道，骆正风知道，也许汤又江也知道，然而近在咫尺的答案，偏与英杨远隔天涯。

小书房的门又开了，走进来两个男人。

英杨知道这俩，前面眼圈青黑的是情报处处长纪可诚，后面脸色蜡黄、戴黑框眼镜的是电讯处处长陈末。骆正风讨厌纪可诚，喜欢陈末，因为陈末曾是军统的，在南京军事技术研究所任职。

骆正风说陈末是天才，讲他破译过延安的密电码，以 5678 为指标的四位数加减乱数。英杨想，破解乱位加减只有两条，一是得到延安的指点，二是运气够好。非要把第二条说成天才，英杨也能接受。

电讯天才陈末也是麻将高手，杜佑中专等他来才开局。纪可诚是要上桌的，骆正风和英杨互相推让。杜佑中便说：“小少爷既然来了，总要玩两把。”

英杨只得坐下，他在杜佑中上家，记着要输不要赢。四圈没打完，纪可诚先笑道：“小少爷在兵工厂屈才了，要到电讯处去，牌算得太精了。”

骆正风替英杨吹嘘：“小少爷玩桥牌才绝，抹麻将算什么。”杜佑中赢得高兴，也笑道：“英家风水好，总出人才。”

都晓得英杨和英家风水没什么关系，没人接话。

为了缓解尴尬，英杨丢张二筒出去，杜佑中放牌叫和，高兴得哈哈大笑。正好打完四圈，陈末推牌道：“英副厂长要玩，我就不玩了。”

杜佑中奇道：“这是为什么？”陈末伸懒腰不理，英杨笑笑起身，告假去洗手间。他出门时惠珍珍着人送来点心，是鸡丝面和蟹壳烧饼，杜佑中借坡下驴，招呼吃点心。

英杨用罢洗手间，想到麻将桌上赢了电讯奇才陈末，不由对镜微笑。他忙了一天，依旧剑眉星眸，高鼻端口，英俊得像西洋石膏像。

韩慕雪不是这样的眉眼。她是温婉的江南美人，第一眼并不惊艳，要山长水远才品出气韵来。英杨没见过亲生父亲，想来是极帅的。

他出洗手间要往小书房去，忽又站住了。走廊尽头有扇窗，窗外树影幢幢，晚风轻拂，吹进槐花的甜香。

很美好。但是英杨记得，他来时窗是关着的。

或许是服务生开的窗，然而洋房走廊窗等闲不会开，用人照管不到容易进贼，通风也不指望它。

英杨站了会儿，缓缓走去查看，窗框上的灰尘被擦掉了一些，想必是有人爬进来，也许听见英杨在开洗手间的门，因此没来得及关窗。那么，那人应该没走远。

英杨急扭身要走，已经来不及了，有枪口硬邦邦地顶上他后腰。英杨只穿着衬衫，枪口隔着薄布与他肌肤相贴，从口径判断，这应该是勃朗宁新出的袖珍款，能塞进女式坤包里。

“M1906 要用消声器，”英杨说，“你忘记装了。不！是没来得及装。”

来人没说话，只顶了顶枪管，仿佛威胁。

“这房子看着没人，其实布满警戒。你爬进来不容易，杀了我无关紧要，不必耽误你的大事。”

来人仿佛被说动了，慢慢松开枪口。英杨又说：“你快走吧，我不会回头的，这窗子我来关！”

枪口彻底松开了，身后却没有声音。英杨不敢动，走廊的地毯太厚，他无法依靠脚步声判断。等了足够久，英杨伸手关上窗，玻璃映出他身后的走廊：有人站在几步开外，正抱臂闲看英杨的背影。玻璃亮得像镜子，清楚映出那人穿着一袭和服。

日本人。英杨倒吸一口冷气，稳定情绪潇洒转身，礼貌鞠躬说：“太君晚上好。”

“这位先生晚上好，”日本人操着流利中文，温文尔雅地说，“请问您贵姓？”

他的中文太过标准，若非穿着和服，英杨不会认为他是日本人。

“免贵姓英，”英杨说，“落英缤纷的英。”

日本人“哦”一声：“英姓罕闻，冒昧问一声，您知道一位英柏洲先生吗？”

“知道，那是我大哥。”

日本人愣了愣，随即哈哈笑起来：“好！好！原来是英小少爷！

英氏一门真是才俊迭出！”

英杨同他见面不到十分钟，并不知“一门才俊”的定论何出。看来中国文化强大非常，寒暄戴高帽的习惯已经传染给日本人。英杨于是笑问：“太君同我大哥很熟悉吗？不知太君如何称呼？”

“我姓浅间。”日本人微笑说，“同你大哥是旧识好友。”

英杨心下咯噔，想到特高课课长浅间三白。他定睛打量，这日本人眉目生春，眼睛像含着两汪春泉，稍不注意就要迤逦而出。

英杨听过零碎传言，说浅间生就女相，人又多情，惹下许多风流桃花债，因此得了外号“枕头阿三”。若是这么说，眼前这人可太符合了。

英杨试探问道：“您是浅间课长？”

浅间三白笑起来：“小少爷竟听说过我？幸会幸会。”

“不敢，不敢，”英杨尴尬道，“对不起我刚才，那个，嗯，我……”

浅间三白笑容可掬，摆手道：“小少爷不必在意。若换我被枪指着，也要说出那番话，用中国人的话讲，这叫权宜之计。”

英杨不知如何回答，只得干笑两声。

“让我佩服的是，小少爷背后没生眼睛，却能说出我的手枪型号，这是顶尖情报人员才能做到的呢！”

“浅间课长过奖了。我闲来无事去梦菲特玩枪，关于枪械了解些粗浅知识，不足为道。”

“梦菲特射击俱乐部？真巧，我也喜欢去那里！不知小少爷在梦菲特拿几星？”

梦菲特用积分制，每周每月都有比赛，重大节日还有特别活动，比赛优胜者积分多，可以体验优良装备。为了容易分辨，各积分段用星标，最高拿七颗星。英杨是七星会员，可以享受最新的装备，当然，只能在射击场里。

然而听浅间这样问，英杨却笑起来：“如果您常去梦菲特，一定知道我拿几星。”

“为什么？”

“梦菲特只有两位七星会员，名字张贴在刚进门的黑板上，其中一个就是我，英杨。”

浅间被戳穿没去过梦菲特，可他并不生气，反而无限神往：“小少爷真厉害，真厉害呀！”

英杨谦虚：“您过誉了。”

就在这时英柏洲匆匆走来，他见到英杨不由奇道：“你怎么在这儿？”

“我和朋友来玩麻将。”英杨据实说。

英柏洲了然带着鄙薄：“你的朋友是杜佑中？”

“不，我的朋友是骆正风。”英杨纠正罢了向浅间行礼，“浅间课长，牌局三缺一，我失礼告辞了。”

“去吧，快去吧。”浅间笑眯眯地说。

英杨转过弯并没进小书房，而是贴墙壁竖耳朵偷听，只听浅间呵呵笑道：“英桑！你一定是严厉的兄长，小少爷很怕你呢！”

英柏洲干笑两声：“我比他大十岁，待他是严苛些。不过他不务正业，成日打鸡骂狗，很是讨厌。”

“哥哥看弟弟都是这样，我弟弟在日本也是游手好闲，每次写信回去总要训斥他，然而心里还是疼爱他啊！”

听到“疼爱”，英柏洲和英杨都浑身难受，这种感情很难应用于对方！英柏洲不乐意谈论英杨，转开话题笑道：“多年没见，你还是不喜欢在屋里抽烟！可你跑出来却忘了带火！”

浅间笑着接过火机：“我打开窗户，刚要点烟发现没火，正要回去拿呢，却碰见令弟从洗手间出来，于是聊了几句。”

原来窗户是这样开的，英杨想。

英柏洲听他又提到英杨，再次打岔：“屋里人多，我有些话在这里讲好了。”

原来他送火是另有所图，浅间眯眯眼睛：“请说。”

英柏洲切换成日语说：“藤原要来上海，他听说我也在上海，因此想同我见个面。”

精通多国语言属于伏龙芝的特训内容，英杨听得懂日语，听见英柏洲提到藤原，他揪紧心脏，屏息静听。

“藤原君一直欣赏你，说你是令他喜爱的中国人之一。”浅间也换作日语说，“他难得来上海，想与你见面是正常的。”

“可是……藤原现在身份不同，我听说想要他性命的大有人在，所以出来吃饭聊天不方便吧？”

浅间沉默了一会儿，问：“英桑，作为中国人，你对藤原有什么看法呢？”

“我不相信关于他的传言！他是学医的，他为了救人才研究细菌学。我想见他，想听他的解释。”

“……关于他的事我没有发言权，让他自己说吧。我只能保证你们的安全，想好在哪儿见面了吗？”

“还没有。今天是 17 号，藤原 20 号来，还有时间呢。”

“好吧，早点决定告诉我，我要布置警戒。现在，我想去抽烟了，讨厌烟味的你赶紧回去吧！”

英杨听到这里，悄然无声地滑进了小书房。

第二章　立春

小书房的牌局已经继续，骆正风被迫入局，满脸写着不开心。他见英杨进来便说：“小少爷掉进马桶了？搞这么久啊！”

英杨笑笑不答，靠着椅子看牌。他人在这里，心思全在浅间与英柏洲的对话里，看来微蓝说的没错，藤原是20日来沪，立春有问题。

藤原加北长期躲藏在东北三省，好不容易来上海，如果提前行动很可能打草惊蛇。要在上海解决他，就必须取消19日的行动!

然而中枢联络员满叔与情报科的同志有着五花八门的联络方式，联络方式不对，即使通知到人也没有用。要阻止明天的行动，只能通过满叔，微蓝拿到的花名册不管用。英杨没办法让满叔短时间内相信立春叛变。他可以无条件相信老火，因此也相信微蓝，但满叔做不到。

满叔常说，我们只对组织负责，不对任何个人负责。除非收到明确的上级指示，满叔不会相信微蓝，也不会相信英杨。

“和了！”陈末忽然高兴地推牌，打断英杨的神游天外。杜佑中伸头望望陈末的牌，埋怨骆正风：“你怎么能打二条？他就在做条子啊！”

骆正风苦着脸哗啦啦洗牌，杜佑中急得冲英杨招手：“小少爷！来来，你来玩！骆处长抓人有一套，打牌吃瘪哎！”

骆正风正不想打，听这话立即起身，把英杨推进椅子里说：“英副厂长！杜主任点将，你赶紧坐好！今晚牌打得好，明天把你那副厂长的‘副’字抹掉！”

他半开玩笑半当真，在座笑哈哈地乱捧场，纪可诚码着牌道：“把厂长前面的‘副’字去掉算什么？英小少爷嘛，要瞄准后勤处的！我们缺个后勤处处长！”

英杨赶紧谦虚：“我在兵工厂效力很好，不敢做非分之想。”

“有什么非分的？”杜佑中咚地甩出一张“南”，“牌打得好算术就好，算术好明天先去会计室报到！”

众人一阵起哄，骆正风却说：“杜主任偏心啊，陈处长算术好，要放在电讯处当处长；小少爷算术好，只能去会计室！”

陈末少言寡语，听他这样讲也就笑笑，并不搭理。杜佑中幽幽道：“我很想请小少爷去电讯处，只怕小少爷不肯呐。咱们这行叫做吃力不讨好，个中辛苦不足为外人道。小少爷含着金汤匙，何必同咱们裹在一处？”

“杜主任，这话说得我惶恐，”英杨赶忙说，“我没有不肯干的，只怕干不好。主任若肯抬爱，带着我们见见世面，我们是受益良多的。”

杜佑中被哄得高兴，望望英杨问：“你真这么想？”

“那是当然！”

杜佑中哈哈一笑，抛出一张八筒：“我猜这张牌有人要。”然而满桌摇头，都说不要。陈末忍不住问英杨：“你真的不要吗？外面只有这一张了！”

英杨恍若未闻，起手打出一张八万。杜佑中又和了，高兴得推牌大笑。陈末看不下去英杨放水，按桌子起身说：“不玩了，回家睡觉！”

“别啊！”杜佑中很不高兴，“平时都是你赢，玩到天亮都不肯下桌，这才输了几次就闹脾气？”

陈末不吭声，骆正风把他按回椅子里，又替他点上烟笑道：“陈处长，棋逢对手，将遇良才！你今晚非但不能撤，要越战越勇才对！”

麻将哗啦啦打下去，英杨满肚子心思也只能搁置，先打起精神应付杜佑中。英柏洲让英杨十分挫伤，看来搭他的路接近和平政府没那么容易，要另谋出路，不如巴结杜佑中。

牌局进行之中，惠珍珍夹着支象牙烟嘴进来。她捏烟嘴的手指雪白，指甲涂成粉红色，晶莹透亮。这又换了件肉桂色喇叭袖旗袍，袖子倒垂在手肘间，开花似的露出一段藕粉的手臂。

杜佑中被那段手臂迷住了，一手扶着牌，一手扶着惠珍珍的纤腰，仰脸笑道："你舍得丢下日本人，过来看看我了？"

惠珍珍在他臂弯里扭扭腰，说："我可不敢得罪浅间课长。"

"落红公馆是我带他来的，"杜佑中笑道，"来了之后说这里茶好吃，三天两头甩开我跑得勤呢。"

"浅间课长什么样的美人没见过？你不要吃不相干的醋，"惠珍珍娇媚笑嗔，"他讲茶好你做啥不信？瞧不起我们做茶的手艺吗？"

"他见过的美人是多呢，"杜佑中不屑，"我担心你见过的美人少，被他勾了魂去！"

满桌哄然爆笑，惠珍珍边笑边将杜佑中推翻一边，自走去沙发坐着。英杨正不明白他们笑什么，杜佑中又高声问："你没有同他讲我在这里吧？"

惠珍珍远远摇头，表示没有。

杜佑中喃喃笑骂，嘟囔道："枕头阿三！"

这样又搓了四圈，陈末放出功力来，杜佑中赢得不如之前畅快，渐渐没了兴趣。眼瞅着过了十二点，惠珍珍说宵夜备好了，大家推牌起身，挪到隔壁去吃宵夜。宵夜上了一碗白粥，一碗酒酿元宵，一碟菊叶汤包，一碟芝麻米糕，另有八个小菜。

英杨并不饿，就着腌鹅脯喝了半碗白粥。骆正风见他搁碗不吃，于是开口告辞。杜佑中也不留，冲英杨说："小少爷今天认了门，往后多来走动，喝茶也好，打牌也罢，给惠小姐撑撑门面。"

英杨连声答应，接过惠珍珍半盒香喷喷的名片，答允代为分发，这才跟着骆正风出了落红公馆。

车子出了大门，英杨长舒一口气，仿佛卸掉千斤重担。骆正风听见笑道："这是干什么？你今天表现绝好，很快要受杜佑中重用！"

英杨想打听浅间三白，故意问："今天在牌桌上讲枕头阿三，说的是谁？"

"你竟不知枕头阿三？"骆正风惊得点烟也忘了，直勾勾地盯着英杨。

"我一定要知道吗？"英杨没好气说，"知道就快讲！"

骆正风点上烟笑道："你晓得特高课课长浅间三白吧！枕头阿三就是讲他。"

"晓得啊。为什么叫他枕头阿三？"

"浅间在中国待了十年，潜伏在南京汤山温泉招待所。他仗着皮相好，勾搭政府高官家眷，拿到不少绝密情报。战争开始后，他被内务省提拔，到任特高课课长，全靠在南京立下的功劳，也因此得了绰号'枕头阿三'。"

"原来是这样……这绰号听着像印度人。"

"这是梅机关的岩井正雄取的，"骆正风冷笑道，"杜佑中是岩井正雄的人。为了能在特筹委主任位置上安排自己的人，岩井和浅间差点打起来，'枕头阿三'于是传开了。"

英杨认真听着，嘴上却说："斗来斗去的听着头疼。"

骆正风正色道："小少爷，你若不想入官场，不如辞掉兵工厂，不必沾着这些人。"

英杨奇道："之前我找你谋事时，你不是这么说的！"

"那时候你大哥没回来，你们孤儿寡母，没身份撑腰会被欺负。现在英柏洲回来了，上海滩随便你逛去，不必再挂虚名。"

"我大哥不会管我们的，你又不是不知道。"

"面子上的事他会管的。他回来当官，又不来讨气。"

英杨无话可讲，于是直接说："我有时觉得，你们做的事也挺有意思。”

骆正风十分意外：“小少爷转性了？你别是为了贪玩！干特工和玩枪跑马不一样！”

“我看没什么两样，说到底也是玩呗。”

骆正风没有接话。英杨道：“你放心，我不会给日本人卖命，也不在意当官拿钱，不过是没玩够呢。”

骆正风勉强笑道：“你要玩也由得你，只是留足了心眼。杜佑中不是吃素的，特筹委所有人都不是吃素的，别把自己给玩进去了。”

“放心吧！也许我睡醒觉得无聊，要反悔也说不定。”

骆正风扑哧一笑：“这才是我认得的英杨！”

“不过呢，我今天见到了浅间三白。”

“哦？在哪儿见的？”

英杨把走廊偶遇说给骆正风听，末了道：“没听过枕头阿三的故事，我对他印象挺好。”

“风度翩翩，礼贤下士，对不对？”骆正风笑问。

这两个形容倒有点贴切，英杨于是点点头。

“我当初也是被他的言谈举止蒙蔽，才会投靠日本人。”

“你后悔了？”

“谈不上后悔，再拉回去我还是这样选，要保命嘛。家国情怀和信仰节操太虚了，做人要实惠点。”

“实惠就是活着？”

“还要活得好，过得畅快舒心！这就要钞票！”

“你现在又能活着又有钞票，应该很畅快了。”

“我畅快个屁！浅间和杜佑中斗得你死我活，把我夹在中间受气！纪可诚那种熊包，成天想着把我踩下去！说正经的！你来玩玩也很好，我在特筹委太难了，纪可诚、汤又江，还有周原，都皆非我类！”

他说罢却又神秘道：“有件事你知我知，不许外传。”

“什么呀？”

“浅间有见不得人的毛病。他不喜欢女人，喜欢年轻漂亮的男孩，据说是伺候高官太太们落下的毛病！”他边说边笑，“杜佑中竟吃他的醋，怕惠珍珍跑了，你说好笑吧？”

英杨敷衍着笑笑，不知该说什么。骆正风却拐拐他道：“你就是年轻漂亮的男孩哎！今晚他在走廊上用枪顶你的腰……啧啧，你想想，你细想……”

英杨一脚急刹，骆正风差些被甩到前挡上。没等他恼火，英杨木着脸说：“你到了！”

英杨回到家将近凌晨一点。他在路上遇见几次巡逻队，出示工作证后即被放行，比起英柏洲的弟弟，英副厂长的名头好使多了。

他进了门厅，见阿芬精神抖擞迎上来，不由奇道：“太太在家摆牌局了？”

“没有啊。小少爷干吗这样问？”

“我看你精神头十足，以为叫你伺候打牌，因此错过了困头！”

“那倒没有。”阿芬笑道，“不过太太刚回来要吃宵夜。我煮了豆沙元宵，小少爷要一碗吧？”

落红公馆的夜宵精致丰盛，英杨却没胃口，现在到家却饿了，于是说“要吃的”。阿芬去热元宵，英杨在厅里翻杂志，不多会儿便听着楼梯响动，韩慕雪下来了。

英杨见她来了，搁下杂志问：“姆妈还没睡吗？今天是赢钱了？”韩慕雪傍他坐下说：“输赢有什么要紧，都是打发时间。你怎么才回来，晓得我担心吧？”

英杨想她天天搓通宵麻将，好容易早回来，就要管东管西的。他不提晚上去向，先板住面孔问：“冯太太找我做什么，你晓得的吧？”

韩慕雪一听到冯太太，立即堆上笑脸：“你下午去见冯太太了？”

“我敢不去吗？”

“那么，结果怎样啊？”

英杨先瞪她一眼：“姆妈，你能不能别添乱！现在是什么世道？你竟有闲心管这些！”

“你这话好玩啦！什么世道也要婚丧嫁娶啊！你是我儿子，我不管你谁去管你啊？”

英杨低头不理。韩慕雪兴致上来，接着发挥：“冯太太讲那个金老师很漂亮的，漂不漂亮？”英杨无奈道：“姆妈！”

正巧阿芬送元宵来，听见了便问：“太太说谁漂亮？”

“你又管闲事！”韩慕雪笑嗔道，“快去睡觉，年纪小不能熬夜的，会变笨！”

阿芬吐个舌头，同情地望望英杨，转身去了。韩慕雪急忙又问：“那么金老师脾气好不好？女孩子要紧是性子好，我不赞成你找千金小姐，脾气火爆爆的，成天鸡毛也要争，蒜皮也要吵，难过吧？”

英杨不吭声吃元宵。韩慕雪不满：“你究竟怎么想的？说话啊！”

“见一面总共半个钟头，看不出脾气怎样。”英杨含着元宵嘟哝。韩慕雪皱眉头：“你要当做正事来办啊，终身大事要认真点！”

“就因为是终身大事，姆妈你能不管吗？”

韩慕雪被塞住，鼓着气想了半天，忽然想通：“你讲得有道理！婚姻大事不能勉强！不喜欢金老师没关系，明朝我去同冯太太讲，再给你物色着，不放弃总能找到满意的。”

听见她要“不放弃”，英杨差点被元宵呛到。他猛咳两声，忙道：“不必不必！我觉得金老师很好！”

韩慕雪以为听错了，愣了问：“你讲啥？”

英杨只好重复：“我说金老师很好！”

韩慕雪立即眉开眼笑：“真的啊？那你讲讲看，金老师哪里好？”

英杨砰地搁下碗，说：“你能不能放过我了？”

第二天早上七点半，英杨开着车晃到汇民中学。

他停下车步行过去，路过一片花店。门口摆着许多木桶，插着艳红的玫瑰，抽枝绽蕊的红梅，还有紫色的星星草。国难当头，花朵儿依旧兴兴头头，仿佛太平无事。

也许要打发时间，也许要扮演风度，总之英杨走进了花店。老板娘讲玫瑰刚从花田送来，新鲜合算。英杨不方便买玫瑰，因为它代表爱情；红梅又太过土气，提着像乡下人走亲戚；想来想去，英杨买了双头百合。

百合粉红泛白，叶子油绿，香气扑鼻。老板娘要用礼品纸包装，被英杨拒绝了。他扯半张报纸裹好，倒提着走向汇民中学。

门房看他不像学生也不像家长，拦住问找谁。英杨说找美术组的金老师，顺便塞十块钱钞票。他打算钱不管用就掏证件，谁知钱管用，大爷收了钱热情指点，女教员宿舍穿过操场往东走，门前有椭圆的花坛。

英杨踩着咯吱响的煤渣跑道穿过操场，有晨读的女学生向他好奇张望，让他下意识把花别在身后。

女教员宿舍前的花坛种着栀子，在五月的风里抽出软嫩绿叶。英杨驻足想象它们夏日里的芳香，不知道能不能看见栀子花开。

宿舍是平房，微蓝住在第三间，薄铁皮门上用粉笔画圈，里面写个“3”字，像阿里巴巴和四十大盗的暗号。

英杨敲敲门，很快听见屋里有脚步声。微蓝没问“谁呀”“干什么的”之类的套话，只是打开了门。两人猛然间面对面，眼底都是清澈的，没有一丝感情。英杨想，微蓝是老江湖了，她在想什么没人能知道。

微蓝客气问：“你来了？”英杨也客气说：“没打扰你吧？”

“当然没有，请进。”

英杨倒提百合踏进去。房间很小，窗边摆着画架，靠墙是窄小木板床，床边有书桌，桌腿上用白漆描着：汇民中学。加上门后的脸盆架，地上的竹壳热水瓶，她全部的家当就是这样。英杨走到窗边，先看见窗上镶着铁条，站在里面像坐牢似的。

他把百合递上，说："第一次来不知道买什么，一点心意。"微蓝热情又不失矜持地接过花，由衷而又冷淡地说："谢谢！"

英杨觉得自己输了。他把花当作花，微蓝却没有。在微蓝看来，这枝百合只是接头的道具。

她不露声色又欢天喜地捧着花，找出玻璃瓶倒上冷水，把花插进去。英杨静静看着，觉得微蓝很会演戏，她面孔也漂亮，应该去做电影明星。

"你会画画？"英杨找到话头，走去看微蓝的画架。画的主题仿佛与草原有关，近处鲜绿，渐远渐淡地没入天际。英杨伸指头在画布上一抹，像抹出马儿来放缰跑了，随口问："你喜欢草原？"

微蓝答非所问："我是美术老师。"

英杨知道她是美术老师，看来微蓝不乐意陪他寒暄。眼看要冷场，隔壁"咣啷"巨响，有女人尖嗓子说："啊哟！板凳不要摺在路当中！"

英杨说："我们出去走走吧。"

微蓝知道这里不隔音，没办法谈事情，于是跟着英杨出门，慢慢走到煤渣跑道上。

"大白天的散步会不会扎眼？"英杨问。

"有规定白天不许散步吗？"微蓝反问。

英杨望望她，说："你很少执行敌后任务吧！"

微蓝凝神想了想，问："为什么这么讲？"

"静怡茶室的良字号包房临街，遇事不便撤离。你的宿舍窗户有铁条，敌人能冲进来，你却跑不出去。还有，这学校门卫形同虚设，只要十块钱就热心指点住处……住在这里不安全。"

微蓝像没听懂，平静地说："金老师是我公开的身份，我住在教工宿舍顺理成章。”

英杨皱起眉毛：“我的意思是……”

“你来找我有重要事情吧。”微蓝打断他的说教。

“行吧。我来告诉你，藤原的确是20日来沪。你没有说错，我们应该取消19日，也就是明天的行动。”

这消息在微蓝意料之中，她语气平淡说：“那挺好的，那就落实吧。”

“可我没办法取消行动。上海情报科搞三级联络制，只有中枢联络员可以发出通知。”

微蓝很快理解了：“你没办法说服中枢联络员吧。”

“是的。71号保险箱只对我有效，对满叔没效果！要说服满叔，就要拿出明确的上级指示……你应该有吧？”

“我没有上级的明确指示。”微蓝说，“负责人立春变节，没人清楚上海情报科的情况。发来一纸电令非但不能解决问题，还有可能打草惊蛇！”

“八一三”之后，江浙一带的党组织被破坏殆尽，南京连党小组都不复存在。艰难组建的江苏省委，像一簇微弱的火苗需要呵护维持，在这簇火苗中，上海情报科是强健的队伍，每个同志都是一笔财富。

在这种情况下，由特派员开启原上海站负责人留下的保险箱，与最可以信任的同志取得联系无可厚非。但英杨能够理解微蓝，却无力说服满叔。

“你不了解满叔，”英杨道，“他最信奉一句话，我们不对任何个人负责，只对组织负责。”

微蓝静静看着英杨，等他说下去。

“我相信你，是因为相信老火，你明白吗？”英杨说。

上课的电铃忽然响起来，喑哑又嘈杂。操场上有零星学生向教室奔去，晨阳透过绿叶铺洒而下，电铃慢慢停止了，操场也安静下来。

"满叔是对的，"微蓝说，"我们应该像他那样，对组织负责，而不是对哪个人负责。"

"那么现在呢？你们做的事明明不是这样！"

微蓝淡定绕开话题："除了拿出上级指示，还有其他办法能让满叔配合吗？"

英杨发现微蓝极能克制情绪，不该纠缠的绝不恋战，是理性大于感性的人，这在女孩中挺少见。今天微蓝穿件绿条子夹旗袍，很朴素的料子，花色也老实，在她身上却很出挑，配着金灿灿的五月晨阳，显得干净美好。

"我想不出更好的办法，"英杨说，"除非用巫术催眠他，让他听话。"

微蓝当然不会听他胡扯。她低下头琢磨，乌黑的短发滑下来，带出一缕清香。英杨想她年岁不大，眉宇间的沉稳却像历练极多，真让人猜不透。

"你怎么知道藤原20日来沪的？"微蓝忽然问。

"我听特高课课长浅间三白说的！"

英杨述说昨晚的故事。当他讲到英柏洲不相信藤原加北效力细菌战时，微蓝眉尖微挑，不悦道："他们明知细菌战违背人性还要去做！就像你大哥，他很清楚曲线救国是卖国求荣，可还是会支持和平政府。"

英杨猝不及防，没想到微蓝会发表感慨。持续的战争让英杨心灵麻木，大多数时候他只是制敌并不思考，也许接触环境不同，他并不认为英柏洲真的清楚什么是救国，什么是卖国。

"这不是批判我大哥的时候。"英杨小声抗议。

微蓝没同他争论，转开话题问："你在落红公馆的二楼走廊听见的？"

"是的，就在洗手间门前的那条走廊。"

微蓝沉吟道："你今天不要出门，在家等我的电话。也许我有办法让你说服满叔。”

离开汇民中学后，英杨开车驶出很远，眼前浮动的仍是微蓝的严肃小脸。年轻女孩戴着铁焊的面具，她不累吗？英杨有奇怪的冲动，想把她的面具摘掉。这年纪的女孩子，要么温柔恬静，同外人讲句话都要羞红脸，要么咋咋呼呼，随心所欲又天真烂漫。可微蓝始终克制，活得像“真理”，放之四海而皆准。

他满脑子胡思乱想，不提防有东西砰地撞到汽车上，英杨忙一脚急刹，已经晚了。

被撞到的是辆黄包车。车被碰翻，车底铁条划破了车夫小腿，伤口血淋淋的，触目惊心。

此时英杨的车头已让过去了，严格来说是黄包车撞了他，把汽车侧面擦出大条的漆痕，还有个坑。但英杨仍旧关切地问车夫：“你没事吧？”

车夫是个年轻后生，一副老实长相，捂着伤口疼得倒抽冷气，却又苦着脸说：“先生，撞到我不要紧，伤到客人要赔的啊！”

英杨这才发现，黄包车是拉着客的。客人是个年轻女孩，也被灰头土脸地甩翻在地。男女授受不亲，英杨不便搀扶，只能弯腰问她：“小姐，你能起来吧？”

“我扭着脚了！站不起来！”女孩满脸不高兴，质问英杨说，“你怎么开车的？”

这女孩看着十八九岁，烫着英式“玛丽头”，穿着洋装，脖子上的珍珠项链颗颗饱满圆润，看上去价值不菲。女孩子五官清秀，算不得姿色过人，但这身行头替她加了分，十足的洋派千金。

英杨心说倒霉，洋派千金最难缠。

他打定主意打不还手骂不还口，耐心道：“对不住啊，是我不小心，是我的错。这位小姐你要不要上医院？我送你们去医院看伤？”

车夫听说要上医院，立即摇手：“先生不用麻烦了，我们耽误不起工夫的！您看着赏几块钱买药，我自己搽搽好了。”

英杨看他的伤口很深，又是被铁器伤了，只怕搽药好不了。再说真给他钱，是不是买药也不一定。他正在沉吟，女孩先嚷起来：“这样大的伤口不看医生要发炎的，细菌感染了要锯掉一条腿！你到时再找他，他可不会管你！”

这话英杨听着不高兴，好像是他占便宜似的。他于是搀扶车夫说：“你跟我上医院看看吧，不论多少钱我负责到底，不要让人讲我花小钱收买人命！”

车夫期期艾艾：“先生，我身上好脏的，不能上你的汽车……”

听他这样说，英杨心下难受起来。他不管不顾地把车夫扶起来，塞进汽车说：“你坐坐好吧！”说罢又给了背着手看热闹的巡捕房警察几块钱，请他通知车行来拖走黄包车。

他处置妥当要回去开车，却见女孩还抱腿坐在地上呢，只好上前道：“小姐，你跟我去医院呢，还是我帮你叫车回家？”

女孩子看着英杨肯送车夫去医院，起先的怒气慢慢化作好奇，只是面孔板得太久一时缓不下来。这时听英杨发问，她仍旧没好气说：“我要回家的！但我不要坐别的车，我要坐你的车！”

英杨心想这是什么毛病，然而他无心争执，顺从道：“行吧，那么你自己站起来吧！”

“我站不起来！”女孩的坏脾气不受控制，恶声道，“没看见我脚肿得跟馒头一样，怎么站？”

英杨蹲下来看她的脚。女孩穿白色长筒丝袜，脚脖子确实肿起来，像半个馒头。

他伸手过去，女孩先白他一眼，这才搭住他的手臂吭哧吭哧站起来，一条腿蹦到了车边。英杨伺候她坐上副驾驶，开车直奔最近的陆军医院。

结果到了医院，女孩睁大眼睛说：“这是日本人的医院！我不去日本人的医院！”

英杨的耐心要耗尽，强忍着说：“小姐，这家医院最近！他的血要流干了，折腾不起啊！”

女孩看看车夫血淋淋的腿，鼓着嘴说：“那你带他去吧，反正我不去日本人的医院，我要回家！”

英杨无可奈何，只得叮嘱她在车上等，自己扶了车夫进医院，挂了号看着他缝针。医生怕伤口发炎要打吊针，英杨不想再陪了，给了车夫五百块钱，算作医药费之外的赔偿。

车夫自觉遇到好人，泪汪汪地说：“先生，你留个姓名，我以后要报答的。”

英杨哪里指望他的报答？只是车夫看着憨厚有良心，他于是留下名帖说：“报答就不必了，你若有困难，打这个电话能找到我。”

车夫接过名帖看看，说：“英先生，我姓张，家里行七就叫作张七。你若用得着我，就去小西街的洋泰车行，我每天都在的。”

英杨笑道：“知道了，你好好养着吧，我先走了。”

车夫却舍不得，又道：“英先生，我会开汽车的，你有需要来找我啊。”英杨冲他笑笑，下楼时想，雇个心腹司机也不错。

他出了医院，才想起车上还有一位呢！洋派千金可不好说话！他的无名火全部算在微蓝身上，若不是为了去见她，何至于撞着黄包车？

他气哼哼拉门上车，女孩等得快睡着了，见着他便抱怨：“怎么才回来啊？”

英杨懒得解释，发动车子问：“你家在哪儿？”

“你别管在哪儿，照我说的开车就是。”

英杨把个“忍”字贴在脑门上，咬着后槽牙想：千难万难，送神归位最难！好赖把她送到家就完事了！

只是道理归道理，情绪归情绪，英杨虽被道理说服，情绪并不好，因此冷着脸开车。他照着女孩指点直走左拐右转，这么样驶过几条街，英杨越来越觉得不对。这是他回家的路啊！

“这条路一直往前，对，一直往前开！好，好，前面准备停车啊……停！停！就是这儿，停！”

英杨一脚刹车停在自家门口，转脸安静地看着女孩。

“你看我干什么？”女孩奇道，“按喇叭叫门啊？”

“这是你家啊？”英杨不得不发问。

“是啊！”女孩理直气壮，“不是我家是你家啊？”

英杨无言以对。

在英家的客厅里，女孩说了实情。她叫林奈，是林想奇的女儿，也是英柏洲的师妹。她今天临时起意，要坐黄包车来拜访师哥，没想到半路被“拦截”了。

听说是林想奇的女儿，英杨倒留了心。他让阿芬给政府办公厅打电话，通知英柏洲回来，又派人去接韩慕雪的“御用神医”沈老夫子。随后英杨把阿芬叫进厨房，吩咐她弄个冰袋给林奈敷脚腕。

“没有冰袋，”阿芬睁圆眼睛，“没有这东西！”

英杨只得亲自开冰箱，找一圈只有英柏洲的钙乳罐头合适，冻得冰冰凉的。

他掏手帕裹住罐头，示意阿芬送去。阿芬替他心疼：“你的手帕给她敷脚啊？以后不要用了？”

“我那么多手帕洗了就丢了，也没见你心疼啊。”

阿芬无话可讲，撇撇嘴说：“小少爷，这个是不是金老师啊？”英杨心里扑通一跳，道：“你怎么知道金老师？”

“太太讲的啊！太太讲你喜欢金老师呢！”

英杨像被猛然揭穿了用力隐瞒的事，脸颊透出红热。阿芬不解“风情”，还在说：“太太讲的话也不能全信！她讲金老师好漂亮呢，我看并不漂亮，只是打扮时髦！”

“客厅那个不是金老师！”英杨迅速辟谣，“叫你打电话给大少爷的，怎么可能是金老师？”

阿芬呆了几秒，忽然吐舌头笑道：“那就是大少奶奶了？”英杨挥手帕敲她头，阿芬忙扯手帕裹住冰罐头，捧着送出去。

“我从没听说柏洲哥哥有个弟弟。”客厅里，林奈疼得龇牙咧嘴，依旧要坚持讲话，“你叫什么名字？”

“英杨，杨树的杨。”

“咦，你为什么是两个字？”

“你的名字不也两个字吗？”

“可是，兄弟俩的名字要差不多才对，难道不是吗？”

英杨拒绝回答这么无聊的问题。

好在沈老夫子到了，英杨迎救星般把他迎进客厅。沈老夫子六十多岁，神采奕奕，气色红润，他捧着林奈的脚啧啧两声，道：“跌打损伤，要排淤堵。”

说罢从诊包里掏出青花瓷瓶子，倒些橙色药水在手心里，捉住林奈的脚一通揉捏，把林奈痛得大声惨叫。

阿芬缩在英杨身后说：“小少爷，她好像受不住了。”英杨抱臂当胸，面无表情：“扭伤就要这样通筋骨的。”

忽然院子里汽车喇叭响，英柏洲回来了。他踏进客厅便听见林奈惨叫，竖眉毛先吼一声：“住手！”

林奈被沈老夫子的独门药酒折腾得披头散发，满脸冷汗，看见英柏洲哭也哭不出，笑也笑不出，哼哼道：“柏洲哥哥，你可回来了！”

英柏洲只得连声安慰：“我在这里，你不用怕。”

英杨浑身乱冒鸡皮疙瘩，正要借故遁走，正好电话响了。英杨赶忙去接电话，话筒里传来微蓝不紧不慢的声音：“是英杨吗？”

英杨站在餐室门口，身后闹腾得鸡飞狗跳，他莫名好笑说：“闹得凶的其实没多大事。”

“什么？”微蓝没听清，“你在说什么？”

"啊！没什么！我跟家里用人讲话！金小姐吗？你找我有事情吗？"

"你今天约了我吃午饭，难道你忘记了？"

"没有忘！我正要出发去接你呢！"

"那么我在学校门口等你，再会啊！"

微蓝爽利地挂掉电话，让英杨意犹未尽。看看时间差不多，英杨沿墙根飞快溜上楼换衣裳，却听林奈大喝："你要去哪里！"

英杨站住脚回头望她："我吗？"

"是你把我撞成这样！你居然要溜走！"林奈说着看向英柏洲，带着哭腔委屈道，"柏洲哥哥，就是他把我撞成这样的，你管不管！"

不等英柏洲开口，英杨笑道："林小姐，我把你送到指定的地方，又给你找了医师，又给你找了哥哥，喏，连你敷伤处的冰罐头都准备好了，还要怎样呢？不论你怎样想，我问心无愧了，密斯林，拜拜咯。"

他说着敬个俏皮礼，转身就往楼上跑。林奈不依，急着要起身去追，英柏洲忙按住了笑道："谢谢你答应陪藤原吃饭，你有没有想好馆子定在哪里？"

这句话嗖嗖射进英杨耳朵里，他原本潇洒的脚步蓦然慢下来。

"你不要讲饭店！我的脚痛得要命！"林奈发着脾气说，"我不要听什么日本朋友，啊哟，啊哟，嘶……"

"好，好，我们不说，"英柏洲哄着她说，"我们什么都不说了……"

英杨无比郁闷，自顾自上楼了。

英杨到了汇民中学，果然看见微蓝站在学校门口，提着只半旧布纹板箱子。箱子死沉死沉的，英杨接过就问："这是装了多少水粉颜料？"微蓝不理睬他的玩笑，自己开门上车。

英杨把箱了搁进后备箱，刚钻进车坐好，便听微蓝问："这是你的？"她指尖拈着枚珍珠耳坠，很像林奈的珍珠项链，也许是一套的。

"你在哪儿找到的？"英杨问。

“就在座椅上。是你女朋友的？”

“我有女朋友还托冯太太相亲？”英杨一把薅过耳坠塞进口袋，发动汽车。

“冯太太说了，托她相亲的是你母亲，并不是你。”微蓝向后靠了靠，调整姿势坐得舒服些。

英杨斜瞄她一眼，找茬问：“你来上海多久了？怎么能同冯太太混熟？她先生冯其保官虽不大，汉奸事迹可以写几页纸了！”

“这样的人才有用啊。”微蓝不以为意。

“别模糊重点！我问的是你来上海多久了。能谋到汇民中学的职位，还能同冯家打交道，我看你不像临时来上海执行任务！”

“谁说我临时来上海？执行专项任务未必要临时来上海。我可以通过电台受领任务。”

英杨被她噎住，只得说：“看来除了江苏省委，上海还有别的党组织。”

“上海是情报交易的天堂。日本公开的情报机构就有特高课、竹机关和梅机关。我们只有江苏省委岂不吃亏？”

英杨勾嘴角笑笑：“失敬失敬，原来同行很多呢。”

“不是同行，是同志！”

英杨笑而不答，开车转进僻静的小路。路两侧有二层楼高的夹竹桃，五月天气和暖，它们开出或粉或白的小花，生机蓬勃。

“我们这是去哪儿？”

“去个好说话的地方。”

这一带环境优雅，夹竹桃后露出一幢幢欧式公寓的尖顶，都是五层高的红砖墙房子。

英杨停下车，带微蓝走向其中一幢。公寓门厅铺着白棕两色瓷砖，擦洗得锃亮光洁，水磨石楼梯配着柳木扶手一圈圈往上绕。这里非常安静，像没人住似的。

“这是哪里呀？”微蓝不觉压低声音。

“这是爱丽丝公寓，隔壁叫做玛丽莲公寓，再隔壁的叫桃露丝公寓。”

英杨边说边领她上三楼，左拐走到最东头，掏钥匙打开门，请微蓝进去。

公寓有很大的客厅，带一间卧室，配洗手间和厨房间。屋里整洁明亮，窗外夹竹桃的绿影随风摇曳，不时闪过半粉半白的花簇。

“我看你的宿舍并不安全，如果有需要，你可以住在这里。”英杨说。

“不用，”微蓝立即回绝，“住在这儿我说不清楚。”

“你是我的女朋友，有什么说不清楚的？”

英杨理所当然地说出来，微蓝却红了脸。她掩饰着把箱子搁在橡木茶几上，掏出钥匙开了锁头，说：“满叔的事情我替你解决了。”

英杨凑过去，看见箱子里的军绿色金属盒子。“你从哪里弄来的录音机？”英杨惊讶问。

“不该打听的不要打听。”微蓝伸出两个指头，“第二次提醒你，这是纪律。”

英杨第二次左耳朵进右耳朵出：“拎录音机来干什么？”

微蓝调试机器，按下播放键说：“听。”

录音机发出沙沙声，不多时，一个男人轻声说：“屋里人多，我有些话还是在这里讲好了。”

英杨倏忽睁大眼睛，简直不可置信。虽有轻度失真，但他能听出这是英柏洲的声音，紧接又听浅间说：“请讲。”

英杨立即意识到，这是在落红公馆二楼走廊的对话。

公寓里很安静，只飘荡着录音机的播送。昨晚，浅间三白与英柏洲在落红公馆的对话复刻出来，毫无遗漏。

录音结束之后很久，英杨道：“违反纪律我也要问，你怎么会有这段录音？”

“上个月13日，杜佑中大修落红公馆，借机在二楼墙壁里安装有线窃听。日本人和和平政府要员常到落红公馆聚会，他们私下说的话，杜佑中都能掌握到。”

“所以这段录音……是杜佑中给你的？”

“录音怎么来的我不能说，你也不该知道，这是纪律。”

微蓝守护纪律态度坚决，英杨只得放弃打听，转而道：“可是满叔听不懂日语怎么办？”

“那么更好。你以此为借口要求见立春，就此执行第二项任务——锄杀立春！”

“现在动手会不会打草惊蛇？藤原后天到上海，立春此时出事，浅间三白会加强警戒！”

微蓝想了想，说：“杀敌固然重要，保护自己的同志也很重要。立春交给特高课的名单虽然被换了，但他肯定有复本！只有尽快铲除立春，才能消除隐患，否则不只是上海情报科，连我们的内线也会被挖出来！”

听了这话，英杨略有触动。波耶夫曾经说过，特工时常要面对利弊做出最优选择，藤原是细菌战恶魔，用上海情报科换他的性命也不亏。但是英杨喜欢微蓝的说法，比刺杀藤原更要紧的是保护战友。

“满叔会同意我见立春吗？”

“即使不让你见，他也会向立春汇报。只要他同立春联系，我们就可以顺藤摸瓜找到立春。”

“社会部不知道立春的公开身份和住处吗？”

“立春没有用组织安排的身份潜伏，理由是找到了更好的潜伏方式。但他汇报的新身份经核实不存在，也就是说，他向组织撒谎了。”

“撒谎？他这是……”

“将在外君令有所不受，很多同志会犯这样的错误。他们认为这样更安全。”微蓝沉声说，“所以我一再重申纪律。在敌人心脏工作，自由度越高，越需要纪律！”

英杨真是怕了微蓝随时开讲的大道理。他立即转移话题：“换句话说，只有满叔知道如何与立春联络！”

“不，还有浅间三白。如果你有办法让浅间三白开口，那也行。”

英杨莫名其妙想到骆正风昨晚的挤眉弄眼——浅间三白不喜欢女人，他喜欢年轻漂亮的男孩。英杨一哆嗦，决定无论如何要拿下满叔。

“好吧。我们商量一下，如果满叔同意我见立春，是由我执行刺杀吗？”

“是的。我跟着你，会伺机配合你。”

“那我们这就走。”英杨说着掏出一把黄铜钥匙递给微蓝，“这间公寓的钥匙，有需要你可以过来。”

“我没有需要，”微蓝背着手躲开，“任务完成之后，我们不要来往了。”她依旧穿着早上的绿条子夹旗袍，绿影子微微荡漾，像窗外摇曳不止的夹竹桃。

“那也等任务完成后，你再还给我！”英杨不由分说，把钥匙塞进她背在身后的手里，转身开门出去了。

去丰乐里的路上，英杨仍在琢磨录音从何而来。他认为有两种可能：一是落红公馆有自己人，二是杜佑中身边有自己人。

落红公馆的可能性不大。惠珍珍软糯糯的，我见犹怜，服务生一个个油头粉面，英杨不能想象这里有自己的战友。如果杜佑中身边有自己人，会是谁呢？

骆正风绝无可能。英杨太了解骆正风，两个成语可以精准形容他：贪生怕死，爱财如命。纪可诚也不像，这个马屁精一言难尽，剩下来就是陈末和汤又江。波耶夫说过，没证据时要靠直觉。凭着直觉，英杨总觉得陈末有“根据地的味道”。此外陈末是电讯科科长，他可以轻易做到窃听、录音，并借出录音机。在落红公馆安装窃听设备，说不准就是杜佑中授意陈末去办的……推测轻易通关，英杨偏又不信了。他们这行是这样的，看着顺理成章，往往不能成立。

英杨拎着箱子走进丰乐里，路过一间店铺，借橱窗打量身后，看见微蓝不紧不慢地跟着。

这算是英杨第一次主动找满叔。之前总是满叔联系他，不经召唤英杨不会踏进丰乐里，除非是紧急情况。英杨担心满叔不在家，好在敲门之后，满叔隔着门问："谁呀？"

"是我啊满叔！我从南京回来了，三婶托我给你带几块料子做衣裳！"

满叔让英杨进去，掩门就问："你怎么来了？"

"紧急情况。"英杨低低说，"进去说。"

他们进了堂屋，英杨放下箱子，问："明天的伏击时间定了吗？"

"还没有，立春让我晚上七点听消息。咦？你跑过来为这事吗？总要先打个电话吧！"

"不是这事。"英杨严肃说，"我收到消息，藤原加北来沪是5月20日，不是明天。"

满叔怔了怔，像是没听懂。

"藤原明天来上海是假消息！我们要取消行动！"

英杨加重语气重复，满叔这才反应过来，立即问："消息可靠吗？"

"藤原加北是我大哥在日本留学时的校友，他来上海要见我大哥，时间定在20号晚上！"

"会不会藤原19号到上海，20号见你大哥？"

"不可能！浅间三白说得很清楚，藤原20号上午到沪！我有他们的录音，你可以听听。"英杨说着拿出录音机。满叔奇道："你从哪里弄到这东西？"

“借的。”英杨说罢按下播放键，沙沙的走带声让满叔咽下追问。然而英杨的担心并非多余。当英柏洲开始说日语时，满叔喃喃道：“这说的什么？我听不懂。”

英杨啪地关上录音：“他们在说藤原来沪的时间。”

“我听不懂日语，”满叔抱怨道，“怎么知道你说的是真是假？”

“今晚就要发布行动指令，我们必须抓紧时间。我提议把录音给立春听，由他决定是否终止行动。”

听说英杨要见立春，满叔犹豫了。

“我知道三级联络制是规矩，可现在是紧急情况！”英杨急切道，“即便你懂日语能听懂，也要向他汇报！”

“我可以向他汇报，但你不能见他！”

“录音是我拿来的，消息是我打听到的，只有我能把情况说清楚！”

藤原来沪时间有变是英杨拿到的情报，应该让他亲自汇报。但是，破坏三级联络制立春肯定要生气，是事急从权，还是坚持原则，满叔没了主意。

见他举棋不定，英杨敲着手表催道：“时间不多了，你快些拿个主意！请让我见立春！你怕我出卖立春吗？”

满叔没有正面回答，却问：“我们共事多久了？”

“算来有三四年了。”

“你知道吧，老火在时十分赏识你。”

满叔忽然岔到往事，英杨只能听着。

“沪战失利后，老火曾给组织上打报告，讲明如果他出了意外，请求由你主持上海站工作。”

英杨怔了怔，他知道老火对他好，却不知道曾受重托。

“谁想组织回应还未下达，老火已经牺牲了。”满叔长叹道，“立春来上海赴任，约见我讲了这件事。但他不认同老火的建议，他认为阶级属性决定立场，你不可靠。”

英杨的心忽地一沉。他经常因少爷身份受到质疑，但立春是上海情报科负责人，他也这样想，很让英杨心寒。好在立春已经变节，英杨不必在意他的看法。

“我想你听到会不高兴，所以从没同你提过。”满叔说，“我现在是想说，你去见立春效果未必好。”

霎时沉默后，英杨正色道：“这件事我必须去。满叔，我们不对任何个人负责，只对组织负责。立春怎样看待我不重要，汇报紧急情报是我的工作！”

听到这句话，满叔的眼神明亮起来，他像找到充分理由，迅速有力地说：“好，我同意你见立春！我现在出门，找公用电话联络立春！”

“为什么要出门？你家里有电话。”英杨不理解。

“立春交代过，同他联系只能用公用电话，而且要经常换地点。”满叔边解释，边出去打电话了。

英杨独自坐着，想想立春来上海有三个月了，情报科从没有集中，更谈不上学习。战时地下工作有十六字方针：隐蔽精干，长期潜伏，积蓄力量，以待时机。是以不搞集中顺理成章，只是英杨不喜欢。

英杨记忆中的美好时光是在根据地受训的时光。只有三个月的时间，要排队上理论课，轮流读报纸，讨论思想心得，学着出板报，喂猪种菜、生产自救……

此时坐在空荡荡的弄堂房子里，英杨透过岁月烟尘回望短训时的自己，他衣着朴素笑容憨厚，有着抽干灵魂似的纯粹愉悦。回上海之后，英杨只能在集中学习时体会这种愉悦。老火牺牲之后，英杨再没体会过。

人是群居动物，总在寻找归属。现在的英杨很孤独，只是这两天有所不同，微蓝像荧荧火苗，在他心底或左或右飘移着，让他莫名兴奋。除了满叔，他终于有一个实实在在的战友，看得见摸得着，不再只有冰冷代号。想到解决立春之后，微蓝将要彻底消失，英杨未免心绪不佳。

在他胡思乱想时，满叔打完电话回来了，英杨立马迎上去问："立春怎么说？"

"我没有讲你要见他。我说有紧急情况，他同意见我！"

"太好了，那我们走吧！"

英杨说着要去拿箱子，却被满叔制止了："我们不用走，他到这里来。"

"他到这里来？"

"是的。我们一直在这里见面。"

英杨吃惊立春太过狡猾，看来满叔也不知道立春落脚之处。如果今天不处置他，再想接近立春会很困难。

"立春过来要多久？"英杨试探着问。

"这个不一定，他有时来得快，有时又很慢。我也不知道他的公开身份，只见过他这个人。"

"他长什么样呢？"

"也没什么特别，就是普通人样子。喜欢穿长衫，戴着个眼镜，像个教书先生。"

这个描述太笼统了，听来毫无头绪。满叔见英杨低头思索，不由道："你不必问了，一会儿见了他就知道了。你带枪没有？把枪给我。"

听说要缴枪，英杨满面狐疑。满叔笑道："立春每次来都是这样，我们把枪搁在院子里，再进屋谈话。"

"这是为什么？"英杨笑起来，"他怕你暗杀他？"

"我之前有过看法。但立春同志说，上海的斗争复杂残酷，我们应该在事实上有战友，在意识上没有战友。我认为他说得有道理。"

英杨想，立春这类似是而非的道理真多。

"把枪交给我吧，立春快来了。"满叔再次提醒。英杨只得交出枪，看着满叔把它放在院中的石桌下。枪刚放好，外面响起了敲门声，三长两短。

“立春来了。”满叔压低声音说，“上楼等我，我叫你再下来。”

英杨抽身上楼去，为了听清立春说什么，他攀着楼梯蹲下身子，侧耳倾听。

脚步声经院子进了客厅，有人低低问：“什么事这么急？”

英杨皱起眉头，这声音很熟悉，可他一时间想不起是谁。楼下满叔接话道：“我收到情报，藤原加北后天才到上海！我们是否取消明天的行动？”

“哦？你哪儿来的情报？”

“谷雨的大哥是藤原加北的校友，藤原来上海约了他大哥见面，说的是20日来沪！”

“哪个谷雨？是老火推荐的负责人？”立春不屑地哼笑两声，“这位的大哥我知道，听说是林想奇的学生，沾老师的光谋到内政部次长，算是挤进和平政府高层。但是满叔啊，我同你讲过很多次，看事情不能只看表面，战争中开展工作，要分析到敌人的深层关系！”

满叔被大道理噎住没话讲。英杨在楼上听着，深感此时须得微蓝出场，从理论角度给予打击。

“你晓得和平政府和日本人的关系吧？”立春继续发挥，“没有日本人就没有和平政府，所以藤原来上海的时间，和平政府内政部次长讲了不算，要日本人讲才算！我的情报来源是驻屯军司令部，你怎么能相信个小少爷呢？”

“小少爷”这三个字刚说出来，英杨脑袋里咻地打个闪，立即想起在哪儿听过这人的声音。他被好奇驱使，探身子往下看，不提防楼板“嘎嗒”一响。

“谁在上面！”立春唰地变了脸色。

“没事的！是自己人！”满叔急忙解释。立春恍若未闻，声色俱厉斥道：“我们见面不能有第三人在场，这是上海情报科的纪律！”

满叔还要再解释，立春却迅速抬腿，从袜口拔出枪来指定满叔，低吼：“别动！”

满叔大惊：“你的枪不是放在门口了？你带了两把枪！你怎么……”

“少废话！”立春切齿道，“你把我诓来干什么？”

满叔毫无防备，不要说枪，手边连个水果刀也没有。他只得举起双手，耐住性子说：“立春同志，请你听我解释！”立春哪里肯听，他枪指满叔，慢慢向厅外退去。

英杨不敢叫他跑了，人还没下楼，已经放声道：“任经理！你昨晚见我还挺亲热，要我大哥也去海风放松玩乐，怎么今天这样凶呢？”

楼下，枪指满叔步步后退的立春，正是海风俱乐部的任经理。他被英杨叫破身份，恼怒地看向楼梯。英杨依旧小少爷模样，双手抄着裤兜，潇潇洒洒地溜达下楼。

立春一改西装革履的经理做派，穿着半旧长衫，戴着塑料框眼镜，只是蓄胡子的白胖脸仍然像极了日本翻译官。

“任经理，原来您是真爱国，失敬啊失敬。”英杨笑着揶揄。然而立春收起任经理的职业巴结，板起面孔说：“小少爷不要耍威风了，我现在是你的上级！”

“您当然是我的上级，立春同志。”英杨依旧嬉笑，“我看见您觉得很亲切，没想到立春同志是我的旧友。”

“我算是你的旧友？”立春冷笑，“你也太容易交朋友了。”

“多个朋友多条路嘛，我的情报都靠朋友来的。”英杨笑眯眯说，“比如要向你汇报的，藤原来沪的时间。”

“我同满叔讲过了，你大哥的话不作数。藤原是日本人，他来上海的时间只有日本人说了算！”

“是日本人说的呀！是特高课浅间三白亲口说的！”

“浅间课长？”立春不信，“他怎么可能告诉你？”

英杨微然一笑："您真敬重浅间三白，称呼他浅间课长！特筹委上下都叫他'枕头阿三'！"

立春脸色微变，嘿然冷笑："我是个待客的，当然要注意口头！难道对着客人叫'枕头阿三'？"

"很有道理。"英杨笑笑不作深究，转身要去开箱子。立春却低叱："站住！你站在那里讲！不许动！"

英杨满面不悦地回过身："立春同志！你是我的上级，也是我的战友，怎么能拿枪指着我！"

第三章　仙子

面对英杨的指责，立春不为所动。他挺了挺手中枪，命令英杨道：“你站住了别动！再废话我打死他！”

英杨怕逼急了立春真会开枪，只得缄口不语。满叔没弄清火药味的根源，努力解释道：“立春同志，我们只是向你汇报工作，没有别的想法！你不信英杨总该信我吧！”

“还要我相信你？”立春怒道，“我多次强调，三级联络制是基本守则，任何情况不能破坏！藤原加北改期来沪，这事你不能汇报吗？为什么要他来？”

“我怕你不相信才带他来。”满叔急辩，“消息是他搞到的，他同你讲才讲得清楚嘛！”

立春冷哼一声，满脸写着不相信。向来克制的满叔终于耐不住，小声说：“搞地下工作应该谨慎，但总要服从中心，把同志看作敌人是因噎废食啊！”

眼看满叔也要反抗自己，立春更加生气，指着英杨怒冲冲地说：“这位小少爷每晚都泡在海风俱乐部！和平政府的特务头子杜佑中、骆正风、汤又江都跟他称兄道弟！成天花天酒地金钱美女，他能保持信仰纯洁吗？”

“您这话我不服气啊！”英杨立即反驳，“要这么说，您替沈三公子打理海风的生意，接触面更加复杂，要变节也先轮到你吧？”

“胡说！”满叔立即训斥，“英杨你注意态度，怎么跟立春同志说话的！”

英杨不服气，却不吭声了。立春冷笑道：“你听听，他半点不把上级放在眼里！目无组织，目无纪律，把小少爷的毛病带到党内来！英杨，我告诉你，你的阶级属性就……”

“我什么阶级属性？”英杨最烦听到这四个字，“英华杰不是我亲爹，我娘之前就是舞女！我七岁进英家之前，为了讨生活什么苦头都吃过！你要讲什么阶级属性？你把出身亮出来看看！”

满叔见他气到脸通红，也顾不上被立春枪口指着，抢上几步嗔道：“英杨！少说几句！”

他刚说这句话，忽觉脑后微凉，有东西硬邦邦顶上来，是立春的枪口。

“我叫你不许动，听不见吗？”立春恶狠狠迸出这句话，把满叔吓得下意识举起双手。

“小少爷，退到墙边去举起手站好。”立春阴声说，“不然我现在就毙了他！”

“他是你的同志！”

“闭嘴！”立春咆哮起来，“举起手站好！”

英杨不敢再刺激他，只得后退到墙边举起手说：“这里是租界，开枪引来巡捕房我们都跑不掉！立春同志，无非是我违背了三级联络制，您何必气成这样？”

“我可不是为了三级联络制，”立春森然一笑，“你说藤原改期来沪，这消息从哪来的？”

“我大哥说的啊。他和藤原是校友，藤原这次来还约他吃饭呢！”

“你刚才说了，英华杰不是你亲爹，英柏洲根本不把你娘和你放在眼里，藤原来沪这么重要的消息，英柏洲怎么可能告诉你？”

“你说的没错，我只是听见我大哥同浅间三白讲起这件事。”英杨冲箱子努努嘴，“证据在箱子里。”

立春用枪顶着满叔喝道："你去把箱子打开！走慢点！"

满叔只得走去打开箱子。箱盖翻开之后，立春盯着录音机露出狞笑，回身问英杨道："你从哪儿弄到这东西的？"

"找骆正风帮忙借的。"英杨面不改色地撒谎，"为了给你汇报工作。"

立春闻言咯咯笑起来，笑得声如夜枭。

"别说骆正风了，杜佑中也拿不到这台机器。"立春怪声道，"整个上海只有两台，一台在特高课，一台在驻屯军司令部。"

英杨不相信："立春同志，你别骗我见识少，这种录音机特筹委至少有十台！"

"那都是钢丝录音机，这台是磁带录音机！"立春狠狠说，"功课不做好就学做特工，亏老火还眼瞎要你负责上海站！这机器三年前在德国研制成功，不要讲中国，连德国佬都没能普遍装备！"

英杨暗道惭愧。他在伏龙芝时短板就是电讯，回到上海后只把精力花在枪械上，老火时期，上海站也缺乏收集装备情报的意识。然而他转念之间，又疑心微蓝如何拿到这台机器，这么看来接应她的人未必是陈末，很可能潜伏在日本人内部。

立春看出英杨的慌乱，乘机假设："这么说来，我递交给浅间课长的名单已经被截获了！"

他说得轻飘飘的，英杨却心头一凛。这种话讲出来，说明立春打算摊牌了，那么今天要么立春死，要么英杨、满叔葬身于此，没有第三条路了。眼下形势危急，英杨和满叔没有武器，唯一的指望是候在院外的微蓝。可她怎么进来？进来后怎么动手？瞧她娇怯怯的像个女学生，来了也是拖后腿！最好微蓝能找来支援，现在只能拖时间等机会，英杨于是佯笑："您说什么名单？"

"英杨，别再装了。"立春微笑道，"我替你说吧，仙子小组有成员潜伏在特高课，他截获了我递交的名单，再设法联系你，炮制一段对话，借出机器来哄我取消明天的行动！没错吧！”

英杨不吭声。除了不知道何为仙子小组，立春说的基本算是实情。

“很可惜，我不会取消明天的行动。”立春狞笑道，“我设计很久，终于等到藤原来上海，借此把上海情报科全员奉上，这是我明珠另投的见面礼，怎么能够取消呢？”

“什么明珠另投？你在说什么？”满叔大惊失色，他想要回头，立即被立春的枪口逼住。

“你们唱双簧把我骗到这里，还问我在说什么！满叔，你的戏也该停了！”

满叔不知所措，向英杨投去极度不解的一瞥。

“既然话说开了，我们都不必演了。”英杨说，“事已至此我不求别的，能换条命就行。明天的行动你可以继续，今天的事会烂在我肚子里，这样行吗？”

“这么容易吗？”立春不相信，“这可不像你们，没骨气也没节操。”

“阶级属性决定我的立场。”英杨微笑说，“我有吃有穿过得很好，日本人再凶狠也不会动我家，我何必跟着泥腿子卖命？”

立春切一声：“果然是小少爷！”

“那么，我们就这样交易好不好？”

立春“嘿嘿”笑起来：“我可以放你走，但你要说清楚，接触你的仙子成员是谁？”

“什么仙子？这是你第二次提到仙子了。”

“别装傻了，仙子是中央特科时留下的老地下党，现在直属社会部。他们存活的秘诀是与组织切断联系，我搞三级联络制就是受仙子启发。这次到任上海，社会部特地打招呼，要我小心，避免误伤仙子！”

这是英杨第一次接触“仙子小组”。如果立春说的没错，微蓝有可能是仙子成员，但她那么年轻，不会经历过中央特科时期吧？

“英杨，你在上海有多大能量，能把事情办到什么地步我很清楚。”立春切齿道，“就算你能偷听到英柏洲和浅间谈话，也没办法拿到录音，更不要说借出仅有两台的磁带录音机了。这些事都是仙子成员做的吧！告诉我，潜伏在特高课的仙子是谁？”

“你们在说什么？我为什么听不懂？”满叔忽然大声说，“什么仙子？什么花名册？我们现在要紧的是取消明天的行动！”

“满叔，立春早在民国二十一年就叛变了！现在时局变了，他跟着军统不如投靠日本人，因此立春故意把后天的刺杀提前到明天，布下陷阱端掉情报科做见面礼！”

听英杨这样说，满叔大惊失色，然而他刚动就被立春使劲顶住后脑，他只能紧盯着英杨，满面愤懑和恼怒。英杨很怕他冲动，要不管不顾地同立春扭打。

“快点把仙子成员告诉我，”立春也失去耐心，扭曲面孔低吼，“不说我毙了他！”

“接触我的是个男人，四十多岁。”为了救满叔，英杨不假思索地编瞎话。立春果然被吸引，紧盯着问：“接着说下去！他长什么样？公开身份是什么？”

英杨靠墙站着，紧盯着立春身后的院落，思考接下来的瞎话，然而他看见墙头绿影一闪，有人轻飘飘跃进来。

是微蓝。她仍然穿着绿条子旗袍，为了方便翻墙，她把绿条子旗袍的下摆提到腰际，利用开衩打了个结，露出两条修长结实的大腿。下午四点多，偏斜的阳光洒进小院，落在微蓝身上，像给她镀了层金光。微蓝在金光中慢悠悠解开旗袍，抚了抚皱褶。

英杨面无表情地看着，他之前在公园里拜过便宜师傅，学了几天八卦掌，因此懂得些门道。微蓝飘下墙头的身法，绝非一日之功。

“那个人应该在邮局上班，”英杨继续胡诌，“他骑着深绿色脚踏车，像是邮差。”

“深绿色脚踏车，邮差，四十多岁。”立春喃喃苦思，未觉察微蓝飘进了客厅，慢慢靠了过来。

“邮差怎么找到你的？”立春急问。他话音刚落，却听耳边有人软声说：“你想知道什么？我告诉你好吗？”

立春刹那灵魂出窍，猛地转头去看。就在他转脸的瞬间，微蓝倏忽扬手，指间寒光微凛，唰地闪过立春喉间。寒光未隐，微蓝身子微顿，已飘出数步开外。

一股血箭从立春咽部直飙出来，飒然喷洒在地砖上，他扑通向后栽去，翻着白眼抽搐几下，渐渐不动了。

锄杀立春行动瞬间终结。微蓝那几下矫若游龙，翩若惊鸿，把英杨看得呆了。这身手不要说英杨，上海滩混青洪帮的，也没几个是她对手。

微蓝验看了立春尸身，从指间褪出薄刃揩了血，反插回旗袍领子里。英杨不由好奇，问：“你用什么兵刃？”

微蓝不答，淡漠道：“时间不早了，赶紧通知其他同志，明天的行动取消！”

“你是谁？”满叔终于从突变的局面中缓过来，努力镇静问，“你怎么进来的？”

“她是社会部的特派员，专门来处理立春变节一事。”英杨小声说，“这台机器和录音都是她给我的。”

“特派员为什么不和我联系？我是上海情报科的中枢联络员！向你传达指示必须通过我！”满叔很不高兴。

“小满同志，三级联络制是立春搞的，社会部执行任务没必要按你们的方式来。”微蓝冷淡提醒道。

满叔无言以对，却仍然生气：“你可以不按规矩来，但英杨是上海情报科的人！未经允许，他不能受领其他任务、接触其他组织！这是违反纪律！”

微蓝霎时沉默。英杨被骂了却很高兴，他甚至幸灾乐祸，终于有人用纪律反杀微蓝了！

“我不对，我应该检讨。”英杨假作诚恳，“满叔说的对，我违反了纪律！”

英杨认错积极，满叔消了急怒，嗔道：“立春变节是实还好说。如果立春冤枉，英杨，你要犯多大错误！”

英杨再次诚恳道歉：“满叔，我深刻认识到错误了，绝没有下次！”

话说到这样，满叔也不能揪着不放，于是说：“立春亲口承认变节，我没什么好说的。既然明天的行动是陷阱，我现在去通知紧急取消。你们赶紧走吧，这里以后不用了，新的联络点我再通知。”

“我帮你挖个坑把人埋了再走。”英杨说着卷袖子去拿锹。等他拿锹出来，微蓝却说：“那么我先走了，处理立春的任务完成，我们以后不必联系了。”

听了这话，英杨像胸口挨了闷锤，急道：“你等等！”

他穿着白衬衫，袖子卷到手肘上，拎着只铁锹站在门口，半点小少爷的影子也没有，像是根据地种地归来的年轻战士。微蓝心有触动，仿佛在上海弄堂嗅到泥土芬芳，真是久违了。

“你等等再走，我还有话要讲。”英杨说。

满叔看看他俩，接过锹去墙下挖坑。微蓝道：“有事就说吧。”

“刺杀藤原需要我做什么？”

“传达给你的命令只有两条，取消明天的行动和锄杀立春！这两件事你们已经完成了！刺杀藤原与你们无关，你不需要做任何事。”

不能参与刺杀藤原，实在让英杨难受。但微蓝拒绝得干脆利落，英杨不便再纠缠，只好说：“我还能去找你吗？”

“我很快会离开汇民中学。你不必来找我了，来也找不到我。”

她语气轻淡，没有一点留恋，让英杨深感失望。失望也是灼热的情绪，微蓝仿佛被烫到了，避开英杨的目光说：“我要把录音机带走。”

英杨拿出箱子递给微蓝，又说：“虽然纪律不允许，但我还有个问题，你是仙子小组的成员吗？”

微蓝接过箱子，微微一笑：“按照纪律我不该回答，但我真不是。”

英杨和满叔在墙角挖个大坑，把立春埋进去。填平了土，两人累得满头大汗，于是坐着抽烟。

英杨打量院子说：“三四年了，要搬走了挺舍不得。”

“这底下埋着个人，我连一分钟都不想多待。”满叔瓮声说，“有什么舍不得的？”

“你可以在这种株梅花，来年肯定长得好。”

“别恶心人了！快走吧！取消了明天的行动，我还要给省委打报告。立春变节又被锄杀，这两件事要说清楚很不容易！”

“这是社会部的指示，杀立春的女孩代号微蓝，是来传达指示的。你这样报告给省委，上报延安自然清楚！”

提到微蓝，满叔立即说：“我很不理解，你相信她的基础是什么？你之前认识她吗？”

英杨不敢提 71 号保险箱。这是老火留给他的秘密通道，也许以后还能用上，斗争形势瞬息万变，该烂在肚子里的绝不能说出来。

他于是装傻：“我看她是个小姑娘，不像在说谎的样子。”

“能说出这种话，你这几年算白干了。”满叔知道他不想说实话，催道，“别耽误工夫了，你赶紧走吧。”

回去的路上，英杨想，立春死了，上海情报科的新负责人会是满叔吧？会不会是微蓝呢？她有做领导的气质。遇见微蓝不过两天，却像过了许多年。花园咖啡厅的木头美人，静怡茶室里客气亲切的接头人，汇民中学娇怯怯的金老师，丰乐里见血封喉的老到杀手。只见了四五面，却像有四五个人。英杨深感好奇，和这样的人长久相处下去，会是怎样的滋味？

英杨回到家，进客厅先看见韩慕雪端坐在沙发上，林奈蜷在单人沙发里，像被抓住的小偷。

看着韩慕雪脸色不好，英杨猫到她身边坐下，小心问：“姆妈，今天不打牌吗？”

“我还敢去打牌吗？”韩慕雪一肚子怒气终于找到出口，冲口而出说，“我再出去打牌！回来家都没有了！”

英杨不知何事，只好看看林奈。林奈怯生生说：“英太太，千错万错都是柏洲哥哥的错，您不要生气了。”她之前凶如雌虎，现在乖如小猫，这让英杨很不习惯！看来不只是微蓝千面，林奈也很有几副面孔呢。

伸手不打笑脸人，林奈态度好，韩慕雪也不便发作，可她怒气未消还是绷着脸。英杨听说她生英柏洲的气，不由松口气笑道：“姆妈，生气容易老，不要同自己过不去。”

“我不想生气的啊，他找上来叫我气哎！”韩慕雪恼火道，“我好好地下楼吃饭，撞见他们在客厅里做道场，又哭又叫又蹦又跳，那么我要不要问声在搞什么？就问了一声，仿佛踩到英柏洲的尾巴！嗷一声蹦到老高，讲他的事不要我管！”

韩慕雪说着嗓子也哽住了，嘶嘶道：“这是我的家啊，我问问厅里什么事闹哄哄不行啊？讲不讲道理啊？”

英杨看她眼睛泛出泪花，紧忙抚后背劝道：“好了姆妈，这事情我来问他好吧？你不要急啊。”

林奈顾不着脚伤，悬着条腿捧上茶杯，小心劝道：“英太太喝茶，这是柏洲哥哥的错！他不讲理！他不好！”

她对英柏洲的三连批判效果良好，韩慕雪还在喘粗气，情绪却缓下来。英杨瞅林奈一眼：“我大哥是为了谁？还不是因为你扭了脚！”

林奈睁圆双眼瞪着英杨，仿佛英杨是个叛徒，出卖了她这个同盟。没等林奈开口，韩慕雪先不高兴了：“谁是你大哥？你认他是大哥，他认你这个弟弟吗？”

英杨被炮火重新校准，无奈投降：“姆妈，是英柏洲跟她在客厅又唱又跳吵到你，我要问清楚啊！”

“没有唱，也没有跳。”林奈虚弱道，“是沈大夫给我揉药酒，实在太疼了……英太太，都是我不好，打扰到您了，我下次不敢了。”

这世上一物降一物，韩慕雪的火爆脾气就怕林奈这样的小可怜。眼瞅着小姑娘又道歉又递茶，还帮着骂英柏洲，韩慕雪不好意思再发作。

英杨见他娘有不忍之色，心知林奈的糖衣炮弹初见成效，不由冷笑道：“还说什么下次？没有下一次！”

“我也不想有下次啊，”林奈回怼，“我这次都不想有！是你撞伤我弄成这样好吧？讲不讲道理？”

“她是你撞伤的？”韩慕雪听出名堂来，直问到英杨脸上。英杨只好承认，却又解释：“我也没撞到她，我撞到她坐的黄包车！她自己摔下来扭着脚的！”

他话音刚落，被韩慕雪“啪”地在手背抽一记，疼得直吸冷气。

“你撞到小姑娘嘛，态度就要好点！我看你没半点抱歉，还嘴硬得很！这是跟英柏洲学的吧？”

英杨目瞪口呆，不懂形势怎么拐弯的。林奈顺竿子急上，立即偎在韩慕雪身边，半委屈半拱火说：“英太太，你这两个儿子都不听话，难怪你要生气的！”

韩慕雪进英家十八年了，只有林奈把英柏洲划作她儿子！正宫位置得到承认，韩慕雪红了眼眶说：“林小姐，是我教子无方，叫你受委屈了。”

“不委屈，”林奈乖巧道，“英太太不讨厌我，那么我以后常常来，好不好？”

“好！当然好！我后悔没有个女儿，许多贴心话无处可讲，你肯来我最高兴的！”

两人言来语去，投契如忘年知己。英杨越发看不懂，不由煞风景问：“我大哥呢？”

这话杀伤力绝佳，和睦气氛立即笼上薄霜。没等韩慕雪发作，林奈抢着说：“他有事情先走了，你找他啊？”

“不找他。”英杨笑而起身，“我看看晚饭好没好。”

晚饭开饭了。英家的餐室难得其乐融融，竟是林奈的功劳。英杨虽默然吃饭，心里还挺高兴。开战以来，韩慕雪从没有这样开怀笑过。

今天阿芬秀手艺，做了碗萝卜蛤蜊汤，汤头鲜甜爽口，受到林奈的大力称赞。韩慕雪劝她多吃，很快汤碗见底了，英杨于是进厨房添汤。他进门看见阿芬神秘兮兮往外张望，不由问：“躲着看什么呢？”

“林小姐蛮会巴结的啊。”阿芬压低声量装神秘，“小少爷，你可要小心呐。”

英杨奇道：“我小心什么？”

“林小姐将来要做你嫂子，她这样能讨太太欢心，等金老师进门要受气的，你不要小心吗？”

英杨瞅她半晌，不知如何反驳才好。他把汤盆子一蹾，说：“赶紧盛汤送出去，琢磨什么呢！”

阿芬少见他生气，吐吐舌头不敢多话，转身捧盆子去盛汤。英杨站在那里，想着微蓝冷冰冰的模样，觉得阿芬说得很有道理。韩慕雪吃软不吃硬，她未必多么憎恶英柏洲，只是厌烦他态度冰冷。微蓝同英柏洲一样高高在上，八成要同韩慕雪处不好。他想得入神，忽然一个激灵反应过来，不会有金老师了。

晚饭愉快结束。韩慕雪收拾妥当去打牌，林奈表示很想同去。韩慕雪最高兴被人巴结，立即与林奈约定伤好后不只要一起打牌，还要一起逛街、看电影、做头发。两人叽叽喳喳讲了又讲，韩慕雪这才依依不舍出门。

韩慕雪前脚刚走，林奈后脚露出狐狸尾巴，得意扬扬地望着英杨。英杨被盯得难受，问：“你在高兴什么？”

“你姆妈真好，比我妈好多了，”林奈笑道，“我能不能住在你家不走？”

“不行！”英杨断然拒绝。

“你说了又不算。”林奈无情耻笑，“你姆妈同意，你大哥也同意，你不同意有用吗？”

英杨无言以对，哗啦啦翻动杂志以示抗议。林奈越发得意：“在家里地位不高，就不要神气！”

英杨被气到发笑，要驳她又没意义，只当听不见。林奈瞅着杂志封面啧啧有声：“我说看什么这样认真，原来是惠珍珍！”

英杨两只眼睛越过杂志，看着林奈问：“你认得惠珍珍？”

“人家是沪上名媛，我哪有资格认得？只在沈三公子宴席上见过。哎，她没有杂志上漂亮，不要被骗了！”

英杨见过惠珍珍，知道她的漂亮程度，只不想就此事与林奈争论，于是再度沉默。林奈见他不理睬，劈手来夺杂志说：“别看了！”

英杨皱眉将杂志一让，林奈扑了个空，栽在靠枕上向英杨瞪眼：“十个男人有九个半喜欢惠珍珍，我看你也不例外！”

阿芬出来送茶点，听见这话扑哧一乐，又掩嘴溜走。英杨想阿芬也这样说惠珍珍，十个男人九个半喜欢。他知道林奈不得安生，只好丢开杂志找话讲，问：“林小姐在家里有什么消遣？”

林奈听他肯聊天，不由受宠若惊，许多爱好跃然喉间，竟不知先选哪个，索性说道：“最大的消遣是烧菜了！”

英杨颇感意外，不想她一个挺洋派的千金居然会烧菜，不由将信将疑：“你最拿手什么菜？”

林奈笑而反问："你喜欢吃面条吗？"

"你的拿手菜不会是阳春面吧？"

林奈做个轻鄙表情："瞧不起阳春面吗？等我脚好了，下一碗上好面条，叫你真正知道什么是阳春面！"

"阳春面能舞出啥花头？"英杨奇道，"我真要拭目以待！"

"中华厨艺博大精深，粥粉面饭都是学问！可别小看其中任何一种！说了半天问问你，英太太欢喜什么口味啊？"

"她什么都吃，不挑。"

"什么叫不挑啊？八大菜系总有个偏好吧？"

英杨怕她纠缠，随口道："她喜欢杭帮菜吧。"

"哦哟，你知道秋苇白吗？那儿做的是很正宗的杭帮菜，东坡肉和龙井虾仁啧啧好吃，你们去过没有？"

英杨知道秋苇白，也陪着韩慕雪去过几次，只是不肯兜揽，于是摇头："没去过。"

"那么等我脚好了，我做东请客，你要作陪哦。"

一个韩慕雪已经够烦，再加上林奈，热闹可想而知。英杨正要拒绝，忽然想起英柏洲说过，他请藤原吃饭要林奈定饭店。

刺杀藤原不必上海情报科插手，英杨却放不下。他盘算着在餐厅动手很理想，预知餐厅可以策划成意外。藤原在沪身亡，日本人恼羞之下必定腥风血雨，说不准要拉十几二十个中国人陪葬，做成意外要好得多。英杨越想越心痒，忽然想起还没看见汇民中学的栀子花开，更加不甘心。

"秋苇白这样好，推荐给我大哥了吗？"英杨试探着问，"他说要请日本朋友吃饭呢。"

林奈听了撇嘴："我并不高兴管这个闲事！"

"为什么？"

林奈的欢天喜地黯淡下去，勉强道："我不喜欢日本人。中国人都会不喜欢日本人，对吗？”

英杨说实话：“那可不一定。”

“比如你大哥，还有我父亲，他们在日本读书，对日本很有感情。你呢，你喜欢日本人吗？”

“谈不上喜欢，也没太多感觉，明白吗？”

“就是说，你并不恨日本人？”

英杨耸肩表示“大概如此”。林奈却说：“我恨日本人，因为南京。”

上海沦陷后，中国人虽没有道路以目，也是小心说话。英杨很少听见直白的恨意，不由暗自刮目，沉默地望着林奈。

“因为南京，中国人都应该痛恨日本人！即便不痛恨，也不该努力去寻求什么共荣！”林奈流露痛苦神色说，“柏洲哥哥说枪炮不能解决问题，要依靠外交。可我不明白，枪炮不能解决的问题，外交能解决吗？”

英杨想说打不赢就没资格外交，又努力克制住。在这场战争里，有些中国同胞用各种手段自我麻醉，麻醉无痛就能生活下去。显然林奈不甘心，她保持着思想，也保持着痛苦。英杨被打动了，不由安慰道：“你还是个孩子，不要想太多。”

“明年我就 20 岁了！如果 20 岁算孩子，你也是孩子吗？”

“我是啊，沧桑稚子！”英杨微笑着说，“别讨论时局了，送你一份礼物吧。”

他掏出珍珠耳朵坠冲林奈晃晃。林奈惊喜：“原来在你这里！我以为掉在街上！这是我哥哥送我的生日礼物！”

“你还有个哥哥？”

“就许你有大哥，不许我有吗？”

英杨笑笑不语。没有任何渠道传出林想奇有个公子，这在中国官场说不通：“你大哥不在上海吧？”

“他在山东做生意，不常回来。”林奈轻描淡写地岔开，“咦，这东西本来就是我的，可不能算作你的礼物。你撞伤了我，要送件礼物赔偿的！”

她说话时歪着脑袋，蛮横又俏皮。英杨忽然想，微蓝能像她这样简单多好。

英柏洲有应酬回不来，吩咐司机送林奈回家。林奈坚决不肯，英杨只得开车送她。

林想奇到上海后住在愚园路左近。那一带警戒森严，有许多政府官邸，因此享有特权不受灯火管制，老远就是雪亮的路灯。路口设有岗哨，英杨停车掏证件递上，哨兵却说：“没有通行证，车子不好进的。”

林奈听着摇下后车窗，探出头凶道：“你不认得我吗？我却认得你呢！为什么不让我进？”

哨兵认出林奈，好声好气道：“林小姐，你们走进去可以的，车子不能进！”

“真是好笑！我能进，我坐的车为啥不能进？”

哨兵被问得无奈：“林小姐，你不要为难我！”

“不是我为难你，是你在为难我！”林奈下车单脚立着，举着伤脚往哨兵跟前戳，说，“我现在是伤病员，腿脚不方便！你叫我走进去？”

英杨见她跷着腿发火，生怕再摔着，只好下车去扶。他刚扶住林奈，便见两道雪亮车灯转过来。有车正停在他们后面，叭叭按了两声喇叭。

林奈立即得意，指着哨兵斥责：“你不给我进，我就堵在这里，谁也别想进！”

这里头都是官邸，哨兵谁也惹不起，听这话就发慌。后头来的车等得不耐烦，司机探出脑袋叫道：“喂，不要拦着路，这是冯处长家的车！”

冯处长？难道是冯其保？英杨不由转脸看去，车灯太亮扎得他睁不开眼，然而车里人却清楚地看见他。车门忽然就开了，下来个人鞋跟咯噔噔响，直凑到英杨跟前说：“哟！这是不是英家小少爷啊？阿杨！是不是你啊？”

英杨只听声音，就知道是冯太太。

冯太太认出英杨，问：“你怎么在这里？你姆妈今天在潘家打牌，不在我家。”

英杨先堆出笑来，说：“冯太太晚上好啊。我不是来找姆妈的。”

“哦，不是找英太太的啊。”冯太太说着，目光在林奈身上转一转，呵呵道，“那你在这儿做什么啊？”

林奈独脚站不稳，半个身子靠在英杨怀里。他俩年纪相仿，容貌相当，入眼一对璧人，赏心悦目。然而冯太太心情复杂。她上午收到韩慕雪电话，兴高采烈说英杨看中了金老师，保媒成功的喜悦还未消散呢，就撞上这一幕。

眼看冯太太已经误会，英杨硬着头皮解释道：“冯太太，这位林小姐脚受伤了，我是送她回家的，因为车子没有通行证，被拦在这里。”

在和平政府里，冯其保自然比不得林想奇。他能住进愚园路，完全是因为管理处近水楼台，先替自己谋划了好房子。虽然住得近，但林想奇位高权重，余光也瞥不见冯其保，两家素无往来。冯太太不熟悉林奈，于是说：“没有通行证是不好进的！阿杨，你同这位小姐认识啊？”

林奈先被冯太太目光扫射得心头火起，此时听她既帮哨兵讲话，又要胡乱打听，索性甩开了说道：“我当然认识英杨！我是他女朋友啊！”

“林奈！”英杨低斥一声，也是来不及了。冯太太“喔唷”一声，望定英杨道：“阿杨，她讲的对不对？”

“不对！当然不对！”英杨急着要解释。冯太太却又指着他说：“看看这样子，当着许多人搂搂抱抱，还有什么不对？”

英杨千头万绪，只不知从何说起。却在这时，有人从冯家汽车里下来，穿过两束车灯走过来。

是微蓝，英杨唰地躲开林奈三尺，害林奈差些摔倒。

微蓝穿了一整天的绿条子旗袍终于换掉了。虽然是晚上，她新上身的鹅黄云湘纱旗袍极亮眼，车灯从后面打过来，把她笼得朦胧泛光，美得不在人间似的。

林奈眯了眯眼睛，直觉让她泛起了敌意。微蓝却不看她，只是柔声道："冯太太，我家里有点事情，就不陪您进去了。今晚招待太过丰盛，实在谢谢了。"

她这样温柔不计较，冯太太却不依。她一把挽住微蓝，厉声道："你不要走！有我做主，你总要问清楚！"说罢扯着微蓝挤到英杨面前："小少爷！你姆妈早上来电话，讲你答应同金老师交往！这又变卦啦？"

"没有变卦，没有变卦！"英杨慌得连声解释。冯太太哪里肯听？只顾着嚷嚷下去："有女朋友嘛你就讲出来，放金老师另寻人家哎！哦，我晓得了，你嫌弃她不是千金小姐，不肯娶回去做太太，又看她长得漂亮，想讨了做姨娘！"

她推测得有声有色，把英杨吓得目瞪口呆，生怕微蓝信她所讲，他急得双手连挥道："冯太太，你误会了，绝对不是这样！"

"那是哪样？"冯太太也急起来，"我告诉你阿杨！现在不时兴讨姨太太的！英家是新派人家，你也留过洋回来，怎么做出这等事呢！"

"我说了要同金小姐交往，那就是要交往！"英杨斩钉截铁，"金老师才是我女朋友！"

他如此坚决，冯太太不由发愣："那么这位小姐呢？"

"这位是林小姐，她是我大哥的师妹，她伤了脚，我替大哥送她回来！"英杨立即撇清，抢上一步握住微蓝手臂，细声嗔道，"冯太太不相信我，你总要相信我！"

微蓝退开半步，挣了挣低声说："你先放开。"

"我不放的。"英杨赌气道，"你若不相信我，我便站在这里不走了。"

这条路口搭着临时哨岗，站岗的本就无聊，今晚遇上好戏，个个看得聚精会神。微蓝被这一大把目光盯得无处可避，只得扭过脸去不吭声。她半张脸浸在黑暗里，半张脸映在路灯下，饱满的额与俏挺的鼻被明暗分界勾出轮廓，既柔美又清冷。英杨一时迷离，仿佛忘了所为何事，真情实意说："我送你回学校好不好？"

林奈扶车门站着，听到这里怒气勃然，"哼"一声转过身，竟拼口气蹦着走了。英杨瞧她蹦得可怜，然而碍于微蓝不敢作声，也只由她去了。

冯太太抱臂看着，等林奈蹦得远了方才说："这位小姐也是有趣，为什么要讲是你女朋友？"

"千金小姐脾气大。"英杨赔笑解释，"哨兵不许我的车进，她为此生气罢了，并不关别的事。"

冯太太"哼"一声，拿出管理处处长夫人的架势，指点江山道："愚园路住着许多要员，安全上当然要小心再小心，她不懂事，她爹爹总该知道。"

英杨尴尬无言，微蓝便上前挽住冯太太，细声道："时间不早了，您回去休息吧，英杨送我回去就是。"冯太太舒展笑容，道："你不要同他生气了，我看阿杨也是冤大头，并不关他的事。"

微蓝连连点头，又伺候冯太太坐进车里，这才挥手告别。等冯家汽车消失了，英杨长松一口气，且向微蓝道："送你回学校吧。"

眼见哨兵看戏看得津津有味，微蓝不想再惹人注目，于是低头上车。直到远离愚园路，微蓝方才说："你何必惹人家不高兴？我们今后不会见面了，冯太太那里我自有说法，本是顺水推舟的事，倒被你搅和了。"

“人家不高兴？哪个人家？”英杨望望她问。

微蓝转脸去看窗外，留个后脑勺给英杨。英杨笑道：“既然讲好不联络，你怎么不同冯太太说明？我听她的意思，并不知道你要与我断交。”

微蓝的后脑勺动一动：“你说得对，要断就该断干净，万一有个意外，要连累上海情报科的。”

英杨想她真有意思，分明阴阳怪气，说出来诸事为公。他大度不计较，却问：“刺杀藤原要在哪里动手？”

微蓝转过脸来刚要开口，英杨先截断了道：“按纪律我不该打听，不过作为战友，我想提醒你最好选择餐厅动手。”

短暂的沉默后，微蓝说：“你有相关情报吗？”英杨得意道：“我当然有的。我大哥要请藤原吃饭，定在杭帮菜馆子秋苇白，这算不算重要情报？”

“你从哪儿打听的？英柏洲告诉你的？”

“刚刚我送回来的林奈小姐，是林想奇的女儿。我大哥请藤原吃饭要带着她，这地点也是她定的。”

“你今天惹她不高兴啦，也许她换地方不告诉你。”

“她是英柏洲的师妹，也许是我未来的大嫂。”英杨乘机解释，又说，“再说定在秋苇白并非我的提议，她为什么要轻易推翻？”

微蓝不吭声，前面已到了汇民中学。下车前，微蓝把爱丽丝公寓的钥匙搁下，说：“这个还给你。”

微蓝走了，黄铜钥匙静悄悄躺在那里。英杨想，她这是在吃醋吗？还是认定他风流无状？忐忑的心情忽上忽下，陪着他回家去了。

清晨六点，英杨在蒙蒙晨光中睁开眼睛，满腹心事。

他洗漱后去餐室煮咖啡，阿芬已经起来了，厨房飘着咖啡的异香。在俄国受训多年，早起喝咖啡是英杨的习惯，阿芬很懂这习惯。

英杨拖椅子惊动了阿芬，她扎着围裙赶出来，奇道："小少爷起得这样早？咖啡还没有好。"

"不着急，我等一等。"英杨说着坐下，却听见电话铃响。这么早谁会打电话来？英杨先想到是微蓝或者满叔，于是去接电话。

他刚"喂"一声，便听见林奈声音气势汹汹，像要从话筒里钻出来："你有女朋友为什么不告诉我！"

英杨莫名其妙："我为什么要告诉你？"

林奈被噎住，气得喘粗气说不出话，半晌才道："很好！我今天要找沈夫子敷脚，你十点钟来接我！不许迟到！"

她不等英杨反应，怒气冲天地掼上了电话，把英杨的诘问掐断在嗓子眼。

神经病！英杨窝着火摔上电话，回餐室坐好看报纸。然而报纸上的字密如蝗蚁，入不了眼。

阿芬煮好咖啡，用滚金边的英国瓷杯盛着，配上沾黄油烤香的吐司，巴巴儿送过来。英杨怒气未消，扫一眼面包说："自从大哥回来，早餐也变西式了？"

英杨虽爱咖啡，却只吃中式餐饭，与英柏洲大相径庭。阿芬做两样早餐辛苦，此时尴尬笑笑："小少爷不喜欢面包，我去煎包子吧。"

"不必了。"英杨暗想何必为难阿芬，放下报纸说，"我吃西式也挺好。"阿芬露出甜笑，却看出英杨有心事，便问："小少爷为什么事不高兴？是林小姐吗？"

这鬼精灵的丫头，猜得却准。英杨忍了又忍，忍不住说："这林小姐可真有意思，大清早打电话来发脾气，问我有女朋友为什么不告诉她！"

阿芬抿嘴笑："她吃醋了呗。"

"她要吃醋也该吃大哥的醋，为什么弄到我头上？"

"她昨天来闹一场很明显啦，"阿芬神秘地说，"她对大少爷不感兴趣的！”

英杨脸上发烫，装傻不说话。阿芬又笑问：“林小姐总不会撞见金老师了？”

她又猜中了！英杨无奈：“也是太巧！送她回去恰巧遇见冯太太跟金老师！可不是撞见了！”

阿芬咯咯笑，高兴得身临其境一般。英杨恨她幸灾乐祸，瞋目道：“笑这么欢做什么？若非有事求她，我要躲这等大小姐十丈远！”

“啊？你求林小姐做什么事？”

“我入了间菜馆的股份，新开业要图热闹，合伙的想请大哥去撑个场面，”英杨开始编故事，“可你晓得大哥难请，只得从林小姐入手，要她做个说客！这下可好，全部要泡汤！”

阿芬眼珠轻转，笑道：“这很容易，设法叫林小姐知道，菜馆开业你要带金老师去捧场，那么她准定要大少爷陪她同去！”

英杨怔怔望着她，半信半疑。

上午十点，林奈吩咐司机拿着特别通行证接英杨。她等在院子里，很快看见一辆黑色轿车驶进来。林奈受到些许抚慰，至少英杨愿意应约而来。她的欣喜没停留几秒，很快被车上下来的张七打破了。

“怎么是你？”林奈傻眼问，“英杨呢？”

“林小姐您好，我是昨天的黄包车夫，叫做张七，您还记得我吗？”张七鞠个躬，满脸憨笑说。

“我记得你！我问的是英杨呢？他怎么没来？”

“英少爷临时有事，吩咐我来接您。”

林奈瞬间火冒三丈：“他有什么事？为什么不能来？”张七看她发火，却不紧不慢说：“林小姐，我伤了腿在亲戚家车行帮忙，正遇着英少爷的车坏在门口。他说又要来接您又要去办事，急得团团转。我因此自告奋勇，替他开车来接您。”

“我问你他有什么事！你说这一大串做什么？”

“是！是！英少爷也没讲清什么事，我就听着有位金老师过生日，他忙着去订馆子庆生，听说那间馆子很火，去晚了就订不到了。”

林奈听到“金老师”，两只耳朵竖起来追问：“金老师哪天过生日？他要订什么馆子？”

“听说生日在明天。订的馆子嘛叫做秋苇白，英少爷讲是杭帮菜，金老师最喜欢的！”

他每说一个字，林奈的脸色就难看一分，等这段话讲完，林奈已是气得面无人色。别的就罢了，可恨秋苇白是她推荐的，想到英杨用自己的好心去巴结女朋友，林奈立时就要爆炸。

张七像没察觉，又说：“林小姐，英少爷真是好人，对老师这样尊敬！”这话犹如火上浇油，林奈咬紧牙关道：“是好人！他人可真好！”

她说罢转身要进屋，张七奇道：“林小姐，你不去医馆了？”林奈冷冷道：“你那条腿肿得溜圆，这样开车我可不敢坐！”张七忙笑道：“我伤不在脚踝，可以开车的……”他话音未落，林奈悬着一条腿蹦出老远了。

林家的司机见小姐走了，便催张七离开。张七驶出愚园路，远远看见英杨倚着街口的路灯杆抽烟。

张七下车笑道：“英少爷，林小姐不去医馆了。”

英杨踩灭烟头问：“她有没有生气？”

张七挠挠头：“她脸色不好看，但没发火骂人。有钱人家的小姐总是凶巴巴，也不知是真气假气。”

英杨无奈，只得问：“你有没有讲清是明天晚上在秋苇白给金老师过生日？”

“您放心吧，我讲得很清楚！”

英杨并不放心，却也没别的办法。所幸张七留了联络地址，否则英杨找不出第二个做这事的人。他掏二百块钱出来，张七死活不要，说这点小事不能收钱。英杨感念他老实，不由动了让他进英家的念头。

然而英家用人要韩慕雪点头。现在英柏洲回来了，安插自己人更加困难，这事还要再想办法。

他谢了张七回家，心里有十个笊篱耙来耙去，简直坐立不安，想给林奈打电话又都熬住了。沉住气，英杨想。要把林奈气死，才能让英柏洲和藤原定在秋苇白见面。

晚饭后，英杨去了海风俱乐部。立春被埋在丰乐里，当然见不到任经理，上海滩失踪一个俱乐部经理很正常，即便浅间三白要调查，也查不到英杨身上。

没有任经理的海风俱乐部热闹如常，英杨没找到骆正风，听说是没来。这个钟点，骆正风不在海风俱乐部，只能在特筹委。英杨先拨了骆正风公寓的电话，果然没人接听，再拨到特筹委，铃响三声骆正风接了。

英杨开门见山邀请牌局，骆正风苦巴巴要开会，说明天有重要事情，电话里不方便讲。英杨猜“重要事情”是藤原来沪，他左思右想，特筹委近水楼台先得月，自己应该跑一趟。

夜晚的特筹委也很安静，值班室里坐着行动处的调查主任。英杨知道他姓罗，绰号鸭头，并不知他真实姓名。

罗鸭头是骆正风的亲信，见到英杨也很亲热，迎出值班室笑道：“英副厂长！今天有空来检查工作吗？”

此人开口就是套路，眼里有人又会说话，是个八面玲珑善交际的。正所谓物以类聚，英杨从罗鸭头身上看到些骆正风的影子，他于是笑道：“罗主任又值班吗？真是辛苦了！”

这个“又值班”让罗鸭头很高兴，说明辛苦能被人瞧见。他一面客套说应该，一面掏烟敬上。英杨接过叼在嘴角，却摸出两盒法国牌子的香烟，笑道：“尝尝这个。”

罗鸭头一根烟换回两盒，笑得满脸开花，赶紧擦火柴伺候英杨点上烟。英杨于是闲话道：“楼里静悄悄的，难道都下班回家了？”

罗鸭头把脑袋摇成拨浪鼓："您什么时候见过特筹委下班？吃饭睡觉都是三班倒！静悄悄是在开会呢，你们周厂长也来了，在三楼呢！"

"出什么大事了？我这几天忙，竟顾不上公事！"

"英副厂长在忙什么？又弄什么好东西？您别只带着骆处长玩，也带我们开开眼。"

英杨笑着冲他招手，等罗鸭头凑近了，对他耳朵说："我呀，新买了一匹小马，正养在红柳山庄呢。这几天刚到手的，可不是忙吗？"

罗鸭头只在乡下见过骡子，不懂得有钱人买纯种马的乐趣，连声赞叹却发表不出高见。英杨笑道："你别啧啧啧啊，刚刚问你出什么大事了，你还没说呢。"

罗鸭头深感受英杨信任，买匹马也乐意告诉自己，因此恨不能剖心挖肺，低低道："有个日本人要来上海，高官，启动最高警戒了！"

"哦。"英杨知道是藤原，却故意问，"最高警戒是什么级别？要封城吧？"

"封城不至于，"罗鸭头呵呵笑道，"上头要求低调，怕惊动暗杀团。但这个日本人不省事，要在上海见个朋友，现在开会是要清理饭店。"

"饭店？哪家饭店？"

"叫秋什么白，"罗鸭头翻眼睛想想，说，"骆处长漏了一嘴，我也没细听，就说是个杭帮菜馆子。"

英杨高兴得差点没跳起来，恨不能抱着罗鸭头亲一口。就在这当口，楼上传来喧闹声，散会了。骆正风第一个出现在楼梯上，见到英杨不由奇道："怎么跑过来了？找你们周厂长？"

"我找他干吗？"

骆正风笑一笑，领英杨回办公室，进屋先端杯子灌凉茶，末了喘口气说："渴死我了。"

"什么事这么重要？大晚上的开会？"

“特筹委晚上开会稀松平常。小少爷并不知道我们干活辛苦。”

“我看你天天泡在海风俱乐部，并不辛苦。”

“那是我不想给他们卖命！”骆正风冷笑，“想找事且容易，天天都能加班。”

“那么现在散会了，我们可以去海风了吧？”

“想得美呢！今晚能回家睡觉我就满足了，你自己去玩吧！”

“究竟什么事呀，说出来让我也开开眼界！”

骆正风被他缠不过，犹抱琵琶地哼唧：“告诉你也没什么。一来你是特筹委的人，二来这事同你哥有关系。”

英杨只是装傻要听，骆正风道：“你哥有个好朋友是日本人，他明天来上海。这人呢是个军事专家，重庆方面很想把他给咔嚓了，为了保护他我们要紧急行动，就这么个事。”

“日本人？那该特高课管啊，为什么要你们管？”

“特高课也管，我们也管，警戒级别高。”

“你们打算怎么管？接他到上海来？”

“他坐专机来，行程由日本人负责。我们重点在明天晚上，他要和令兄吃顿饭，就这顿饭讨厌！”

英杨“嗯嗯”连声，一脸认真地听，恨不能拿本子做记录。骆正风好笑道：“我看你兴趣十足，真想入行啊？”

“别岔话呀！我当听你讲故事呢。”

“也没什么特别的，就是封路，查饭店……哎，要不我给杜主任讲讲，把你调到行动处来吧？行动处副处长怎么样？来给我帮把手！”

“我没意见，你同意就行。”英杨假装随意，“你转行千万不能去说书，能把人急死！快些往下说吧，我大哥在哪儿请他吃饭？”

“杭帮菜秋苇白，听过吗？”

“何止听过，我还去过呢。”

“这馆子很好吃吗？我看地形条件不好，警戒不利，但你大哥咬定在这里！”

“好吃啊！东坡肉、龙井虾仁、西湖醋鱼，并称三绝。我姆妈喜欢去的。”

骆正风终于说出秋苇白，英杨放松下来，起身给自己倒杯茶。骆正风捏着下巴道：“你妈和你大哥爱好挺一致？”

“我娘之前在杭州住过一段。”英杨答非所问。骆正风意识到再问下去不礼貌，结束话题道：“行了，故事也讲完了，你也别添乱了，哥哥今天不能陪你，回去吧！”

“那么我调进行动处就没下文了？”英杨玩笑问。

“你真想来？”

“来也不到行动处，我去后勤处。”英杨伸个懒腰。

“讲来讲去就是不讲义气！”骆正风怒而挥手，“快走！快走！”

离开特筹委，英杨在五月的夜里小跑起来，心里充满鼓胀的愉悦。也许因为能够刺杀藤原，也许因为可以再去汇民中学，谁知道呢，总之快乐不能细分缘由。

他直接去了汇民中学。微蓝宿舍的橙黄灯色从门缝里泻出来，让人安心。英杨要叩门，正遇上两个女教师迎面走来，恨不能扳着英杨的脸对着眼睛来看。英杨招架不住，顺手推门，门却开了。

英杨后来想，门开的瞬间屋里人在做什么？他越想越模糊，只记得微蓝站在电灯底下，身边另有个男人。他同英杨差不多岁数，个子挺高，宽肩细腰，穿一件洗到发黄的白衬衫。

英杨刹那迷惑，这两天的诸般设法究竟为什么。“她说刺杀藤原不必插手，那就不必插手吧！”这念头刚浮出来，英杨转身就走了。

他来时天上有月亮，只是月晕浓重，是风大之兆。此时月亮躲进云里，风扑面涌来，英杨逆风疾行，只觉得心烦意乱。刚走到操场中间，便听见微蓝在身后唤道：“英杨！你等一下！”

英杨恍若未闻。她越是叫喊，他走得越快，两人一前一后咯吱吱地碾过煤渣跑道，微蓝又唤道："英杨！你站一站！"

她急得嗓子有点嘶哑，英杨不由慢下步子。他回过身，看着微蓝跑过来，却淡然道："对不起啊，按照纪律，我不应该再来了。"

微蓝穿着淡蓝格布旗袍，仍旧是寒素料子，却把她裹得肩头浑圆，脖颈修长，仿佛夜之天鹅，敛羽也是优雅。她的眼睛很亮，星星似的飘在夜色里。两人沉默相对，因为有许多话不能够讲出来。良久，英杨问："你有空闲走开吗？"微蓝问："去哪里？"英杨说："我早就讲过，你这里不安全！"

他说罢转身走了，微蓝跟着他出了校门，走到汽车前。英杨先拉开副驾驶的车门，微蓝犹豫了一下，还是钻了进去。

爱丽丝公寓的客厅装着枝形水晶灯，摆着宽大的棕色皮沙发。微蓝尝试着坐下，很软很舒服，像坐在云朵里。

她很久不触碰柔软的东西，艰苦早成了习惯。微蓝常听人说，安适能够腐蚀灵魂，这或许是真的，在这云朵似的沙发里，微蓝忽然懒了。

上海是夜之华府，即便在 1939 年，它依旧拥有精雅的洋房，闪烁霓虹的街道以及衣香鬓影的交际场。上海的太太小姐们不必理会城外的难民，仍然做衣服、做头发、打麻将、喝咖啡。

只要足够麻木，诸事皆可翻篇，微蓝有时也会羡慕。今晚微蓝应该麻木。她与英杨的短暂合作已经结束，"微蓝"即将彻底消失，这场邂逅很快烟消云散，相忘于江湖是最好的结局。她为什么要追出来呢？让英杨离开多么好。

厨房传来杯盘轻响，英杨正在烧水泡茶。煤气炉摇曳着淡蓝火焰，发出毒蛇吐芯般的咝咝声。英杨平复情绪，回想在汇民中学看见了什么。其实没有什么，只是微蓝和陌生男人站在房间里，仅此而已，没必要生气。

英杨泡好龙井茶端出去，递给微蓝说："喝茶。"

微蓝接过来搁在茶几上，并不喝。英杨原以为她不爱喝咖啡，看来也不爱喝茶。他捧着杯子坐进沙发侧面的扶手椅，时间沉淀，光舞飞尘，屋里的安静像把岁月冻住了，英杨却很享受。意中人在身边，不说话也很好。

微蓝还是先开口了，说：“你来找我有急事吗？”

英杨不肯提自己意气用事，不讲理地说：“是你追着我跑出来，你有急事吗？”

“是啊。”微蓝大方承认，“你不来找我，我也要去找你的。我们收到紧急情况，是关于刺杀藤原的。”

英杨想她真犀利，大大方方都推在公事上，不落一丝痕迹。他并不戳穿微蓝，晃着茶杯听下去。

“根据原先的情报，藤原将搭乘南京来沪的列车，我们本打算在列车上动手。但是计划改了，藤原搭专机来沪，降落在军用机场，落地后由宪兵护送到驻屯军司令部。”

“多少兵力？”

“两个小队。”

“你们上不了专机，进不了机场，也没把握顶住两个小队的火力刺杀藤原，是吗？”

微蓝点了点头。

“所以你想起我了，想起我大哥与藤原的聚餐了。”英杨露出半嘲讽半得意的笑容。微蓝却像看不见，就事论事道：“在餐厅动手比较理想。”

“我知道他们见面的餐厅，但是按照情报交换原则，你要用价值对等的情报交换。”

“自己人也要这样做吗？”

“即便为了共同的目标，也有贡献大小之别。我们的合作结束啦，现在你是社会部的，我是上海情报科的，隶属不同，没有合作，当然要讲清条件。”

微蓝垂目想了想，说：“好吧，你想知道什么？”

“仙子小组。”英杨不假思索说，“在丰乐里我就问过你，你不肯多说。”

“仙子小组在社会部被列为绝密，它有多少成员，有哪些成员，社会部的主要领导都不清楚。”

“我不用知道它有几个成员又分别是谁，我只想知道什么是仙子小组。”

微蓝犹豫良久，终于开口了：“民国十六年两党合作破裂，那时候每天都有人变节，每天都有牺牲，党员损失超过70%。你今晚的战友，明天要么是一具尸体，要么是指认你的叛徒。面对白色恐怖，中央特科切断所有联络，迫使谍报员进入休眠。”

民国十六年英杨只有十三岁，他对那场血腥屠杀没有印象，只在根据地短训时听教员提起过。

微蓝低垂眼睫，继续说下去：“与组织失去联络虽然安全，但也很可怕。当时的上海，有几个彼此信任的谍报员暗中保持联系，成立了特别小组，共同代号仙子。直到全面抗战爆发，国共开启第二次合作，仙子小组才与组织恢复联系。”

“从民国十六年到民国二十六年，脱离组织独立运行近十年？”

“不可思议吗？可它真实存在。与组织恢复联络后，仙子小组被特许不报告名单，它很神秘，能量巨大。”

“那你呢，你是仙子小组的成员吗？”

“我？民国十六年我只有十四岁！”

英杨遗憾地神往：“仙子小组，都是仙人吧。”

“他们不是仙人，是普通的凡人。”微蓝不赞同，“是血肉之躯，有七情六欲，不只是他们，我们也是这样！”

“是血肉之躯，有七情六欲。”英杨冲微蓝笑笑，“你确定知道什么是七情六欲吗？”

微蓝捧起杯子喝口茶。看见她肯喝茶，英杨有点好奇，忍不住问：“好喝吗？”

“还行。”微蓝说，“我不喜欢龙井，有股焦煳味。”

“那你喜欢什么茶？”

“铁观音。很多年没喝过正宗铁观音了，我快忘了是什么味道。”她说着放下茶水，恢复正色道，“关于仙子小组，我知道的都告诉你了。现在该你说了，明晚藤原在哪儿吃饭？”

“我提过的杭帮菜馆子，秋苇白。”

“林小姐帮的忙？”

“可以这么说吧。”

微蓝笑笑不予置评。英杨便问：“你们打算怎么做？”

“我要这间馆子的地址，”微蓝说，“如果有周边地图就更好了。”

“建议你不要费心思了。特筹委参与警戒，行动处在布置封路了，骆正风并不傻，你们想混进去没可能的。”

“有别的办法吗？”

昨天还是冰山雪莲的微蓝，今天就要虚心请教了，英杨很高兴。

“办法当然有。这家馆子我去过，镇店名菜是东坡肉，装在小瓷盅里，一盅一块肉，用毒杀很方便。”

“毒杀？”

“是的。买通后厨，把剧毒放进肉里送到藤原面前，小瓷盅能确保精准投毒，省事又省力。”

英杨得意说完，微蓝却神色不豫，沉吟不语。

“如果你们经费紧张，买通后厨我来出钱。”英杨试探着说，“后厨投毒后立即离开，我安排他直接去香港。”

“不是钱的问题。”微蓝皱眉道，“一来时间太紧，底细不清，收买的人未必靠谱，很可能会坏事。二来即便毒杀成功，日本人捉不到凶手有可能报复，轻则杀光秋苇白的老板伙计，重则连累他们的家人邻居，搞不好那一带的百姓都要遭殃！”

英杨没想这么细，然而毒杀是最佳方案，他试图说服微蓝：“藤原加北是细菌战恶魔，如果他活着，死在他手上的无辜百姓数以万计！”

“那就能牺牲无辜吗？”

在公寓的水晶灯下，微蓝的眼睛像浸在水里的黑曜石，散着幽幽冷芒，英杨被刺痛了，觉得自己像不择手段的冷血狂徒。英杨无言以对，却并不服气。他想微蓝应该清楚，战争中的牺牲在所难免，妇人之仁于事无补。

“微蓝同志，我们有共同的目标。”英杨试图迂回说服。微蓝却早有准备：“三民主义也为了救中国，与我们也有共同的目标。即便目标相同，执行手段也千差万别，主义在理论上都是自洽的，区别在于执行！”

“你别说这样的大道理，我头晕。”英杨赶紧投降。

“你旅法归来，喝了多年洋墨水，竟会害怕大道理？”

英杨冷笑一声，把不服气黑体加粗标在脸上。

“你有没有想过，我们和他们有什么不同？”微蓝问。

“我们？他们？谁啊？”

“军统、中统、特高课、梅机关，还有活跃在上海的来自英国、美国、德意志等国家的情报人员，他们和我们有什么不同？”

英杨想了想：“是信仰吗？”

“他们也有信仰。比如三民主义，比如大东亚共荣，或者没这么宏观，只为了挣钱，利益至上也是信仰啊。”

英杨不能说不对。可他理解的信仰和以上不同，或者在英杨的心里，只有共产主义才能称之为信仰。

“我曾经的上线说过，我们的情报机构要有节操。这话听起来很漂亮，落实在残酷斗争里太难了，但我总是想，我们和他们是有区别的，对吗？”

“你让我想起三国演义。”英杨怏怏说。

“怎么讲？”

“记得刘备带着百姓逃命吗？我小时候就不信，刘备太假了，完全沽名钓誉。没想到真有这样的人！”

微蓝被他影射却不生气：“你不理解我也没办法。但我坚决反对毒杀。”

“有利还是有节，真是人性难题。”英杨自嘲，“明晚就要行动了，我们在这里讨论人性！”

微蓝沉默一时，忽然道：“有利还是有节，真是人性难题。为了能在秋苇白动手，你花了不少心思哄林小姐吧？可你明明知道她会是你的大嫂！”

英杨眼皮一跳，还没反应过来怎么转到这事了，微蓝已经起身往门口走了。“等等！”英杨一把捞住她的手，随即嘶了一声。他捉着微蓝的手在灯下展开，那手掌和指腹上都是茧子。微蓝急着要抽手，英杨却握得更紧了。

“你会用枪对吗？”他慌着，却又强作镇定地说，“你食指上是枪茧。可你杀立春用的是刀，你的刀片放在哪里？在旗袍领子里吗？”

英杨不停说着话，只是想让自己能大脑空白，从而保有足够勇气，可以奋力圈住微蓝不让她挣扎。可他心里没底，他知道以微蓝的身手，自己不是她的对手。他于是乞求着说：“你觉得毒杀不好，我们就想别的办法好吗？你不要着急！不着急！”

微蓝脸涨得通红，她的手腕被英杨握住了反在身后，虽然不至于落进他怀里，但这距离完全不属于同志之间。即便如此，她要制服英杨也很容易，只需要抬膝撞他胸口，可她一扬眸，却看见英杨湿漉漉的眼睛，那是幼小动物求收养的眼神。微蓝微抬的膝头瞬间软了下去。

英杨立即觉察微蓝卸掉气力，他于是轻声说："你急着回去，因为有人在等你吗？"

微蓝刚平息的恼火被瞬间点燃。"那是我的小队长！"她愤怒道，"来商量明天的行动！"

"什么小队长？是你的领导吗？"英杨接过微蓝的话问，"这领导真好，不等你提交情报，反来找你汇报工作。"

微蓝眯眯眼睛，扭过脸不搭理。

"我放开你，但你不许走，好不好？"英杨求和。

微蓝不吭声，只点了点头。

英杨慢慢撒开手，轻声笑道："我没有花功夫哄林奈，是用的激将法。这办法是我家小大姐阿芬教的，叫做欲擒故纵，你想不想听？"

微蓝还是不吭声。但英杨要说。他决不能给微蓝留下花花公子的印象，太致命了。

听完英杨绘声绘色的叙述，微蓝说："既然你说要请我去秋苇白，那么我们去好了。"

英杨怔了怔，目光在微蓝旗袍领上打个转。他见识过微蓝的手段，但秋苇白内有特务，外有重兵，微蓝即便得手也逃不掉。

"你有计划吗？"英杨问。

"还没有。"微蓝回答得干净利落，"多谢你的情报，我们会连夜制订计划。"

"我去过秋苇白，餐馆有两个包间，外面十多张台子。骆正风封了路，能进入秋苇白的食客都是特筹委安排的，你们想混进去几乎没可能。"

"你带我进去啊！你是特筹委的人，我是你女朋友！"

见微蓝这么爽快地自认女友，英杨不由好笑："我进去也很可疑。这是行动处的活计，我是兵工厂的，属于后勤处，按理不该出现的。"

"只吃饭也不行吗？明天我过生日啊！"微蓝眨着大眼睛充满期

盼，真情实感得让英杨恍惚，仿佛她真的明天生日似的。

英杨冲口而出："也不是不行，但我不想你以身犯险。"空气仿佛有一秒的凝滞，微蓝掩饰着捧起杯子，又喝一口她不喜欢的龙井茶。

"你的领导不能进去吗？"英杨说，"我能带你进去，也能带他进去。做领导的总要身先士卒，这么艰巨的刺杀任务交给小姑娘去执行，这不好吧？"

微蓝放下杯子，微笑道："你说得不错，做领导的要身先士卒。我回去找小队长商量，看谁去秋苇白。"

"你的小队长叫什么名字？我能认识一下吗？"英杨酸溜溜地问。

"他叫杨波，执行完任务就离开上海，因此没有代号。"

英杨心下生奇，追问道："你们是什么小队？明明杨波是队长，为什么长期留沪的是你？"

微蓝秀眉微蹙："谷雨同志，请不要连累我破坏纪律！"

她若用纪律要求英杨，十之八九不能成功，然而她要求不被连累，英杨只得刹住话头，又挑衅道："你那间宿舍究竟有多少人知道？"

"只有你和杨波，杨波对外称是我表哥。"

"那我呢？"

微蓝顿了顿，答非所问道："我们昨天才结识。"

"昨天才结识吗？这两天我真是度日如年。"英杨感慨。

"好在明天就结束了。刺杀完成后，我们不要来往了。"微蓝立即说。英杨想她是在装糊涂呢，他并不追究，只问："你会离开汇民中学吗？"

"不会马上走，可能要待一段时间。"

"这样很不妥。明晚我带你去秋苇白，遇见骆正风只能宣布你是我女朋友。藤原刚死我们就一拍两散，这仿佛在不打自招。出于保护我，你不能那么快消失，至少要在我身边待满三个月。"

"三个月？"微蓝吃惊道。

“三个月很长吗？也就 90 天啊。”

谁知这 90 天要添出多少故事，又要增加多少首尾，只怕越来越难抽身。微蓝不接他的话，起身道：“这些事等任务完成再说，我要告辞啦。”

“外面已经宵禁了，杨队长还在等你吗？”

“他应该回去了。”微蓝说着抬头看看时间，已经过了九点。“既然杨队长回去了，你就别往回赶了。明天早上我会来接你，送你回学校。”英杨站起身，赶在微蓝拒绝前又说，“我现在要去找骆正风，设法混进秋苇白，没时间送你回去，为了安全起见，你就留在这里吧。”他说罢穿上西装，直接开门走了。

直到英杨的脚步声消失在走廊里，微蓝仍然愣在那里。她不该在这里过夜，可现在回去没什么事，没有英杨护送路上不安全。明天的行动重大，不必此时节外生枝。既来之，则安之。微蓝说服自己，住一夜而已。这公寓舒适整洁，让微蓝产生错觉，仿佛战争胜利了，苦日子也到头了。

她坐回沙发，仿佛英杨仍坐在扶手椅上，像平安世道的遥光，引着微蓝向往。等红旗插遍了中国，但愿她能有这样的地方，守着这样的人，过些琐碎平庸的日子。

微蓝心生惆怅，起身走进卧房，看见床上铺着青灰色绸缎被褥，床头两盏黄铜灯，花色像青花瓷上的缠枝纹，又有哥特风的阴郁华丽。衣柜里摆着一套女式绸睡衣，前襟绣着粉绿淡黄两只彩蝶。微蓝伸手摸了摸，摸得绸面刺啦啦响，微蓝一时黯然，明白自己同这环境相背已远。

她找条毯子在沙发上和衣躺倒，路灯青白的光掩进窗来，夜静得可怕，微蓝忽然想离开上海，越快越好。她慢慢睡去了，梦里有清楚的意识，仿佛从绝高处纵身跃下，风扬起裙子，像撒开雪白双翅的蝶，坠向无尽深渊。微蓝猛地醒了，她在黑暗里睁大眼睛，提醒自己，人要面对现实。

天蒙蒙亮时英杨下楼去，餐室空无一人，英杨从冰箱找出面条、咖啡、鸡蛋，一同带着出门了。

清晨街道空寂，开车时英杨想微蓝也许会偷溜回去，这个看着柔弱的特派员能量十足，做出什么都不奇怪。好在他白担心了，微蓝没有走，她把屋子收拾得很干净，床和沙发都没有被睡过的痕迹。

“你不会在屋里站了一夜吧？”英杨问。

“当然不会。”微蓝没睡好，人不大精神。

“要喝咖啡吗？我家的咖啡绝对正宗，舶来品。”英杨边说边去厨房，开始煮咖啡下面条。微蓝靠门框看着他忙碌，说：“学校食堂能吃早餐。”

“在哪里都是吃早餐，我也要吃的。”英杨说着，往开水里打两个荷包蛋。

他穿着雾蓝细条纹衬衫，料子上乘做工考究，完全不适合厨房。微蓝站在门口，能闻到他身上古龙水的味道，这让她想起某个战友对英杨的评价：彻头彻尾的小少爷。彻头彻尾的小少爷，坚定的共产主义战士，哪个才是英杨的伪装？他们行进在黑暗甬道，前方有光，也仅仅只是有光，追光路上多少岔路多少断崖无人知晓，黑暗里曾握过手的人可否绝对信任也无人知晓。

微蓝想得出神，英杨弄好了早餐：卧鸡蛋的阳春面，热咖啡。

“加几块糖？”英杨问。

“我不习惯喝这个。”微蓝说。

“那么还是龙井茶吧。”英杨起身去泡茶，又说，“我今天去买铁观音。”

“不用了！我以后不会来了！”

英杨并不就此争论，他泡好茶递给微蓝，说：“一旦确定能进秋苇白，我会给你打电话，是找美术组的金老师吗？”

微蓝点头答应，接过茶杯。

“我一直忘了问你，金老师叫什么名字？”

“叫金灵。”微蓝笑笑，“灵光乍现的灵。”

送微蓝回去后，英杨直接去找骆正风。特筹委气氛紧张，因为今晚的行动，昨天都通宵了。

骆正风在办公室刮胡子，因为睡眠不足耷拉着眼皮，说：“小少爷不在家睡懒觉，大早上跑来干什么？”

“找你啊。”

“我这只酒囊饭袋又能派上用处了？”骆正风仰起头，把热毛巾摊在脸上，“要我做什么？小少爷请讲。”

“也没什么大事，就是我新近交了个女朋友。”

骆正风忽拉扯下毛巾：“女朋友？你从来看见女人就跑，我以为你跟枕头阿三一个爱好呢！”

“能不提日本人吗？”

“行，行。”骆正风呵呵笑，“谁家的千金被我们小少爷看中了？”

“只是个美术老师，姓金。”

骆正风有点意外，眼睛一转问：“漂亮吗？”

“漂亮啊，很漂亮。”

“那就难怪！小少爷何必找个千金苦哈哈伺候，美术老师好，又漂亮又体贴又要仰仗你，真正的温柔乡啊。”

英杨眼前闪过微蓝指间的薄刃，违心道：“她是很温柔，特别听话。她越体贴，我越是不忍心叫她失望。”

骆正风扑哧笑出来：“杜佑中被惠珍珍吃定，就是讲她温顺听话。你可以和杜佑中成为知己。”

“别提杜主任吧，我有一桩头疼事来找你商量！”

“请讲。”骆正风刮完胡子，尖着嘴啜茶喝。

“我家金老师特别喜欢杭帮菜，尤其是西湖醋鱼。她今天过生日，所以我早早订下秋苇白……”

骆正风停止喝茶，睁大眼睛看着英杨。英杨被他瞅得发怵，挤出笑容：“我不想添乱，这真是提前定好的！昨晚你说秋苇白被警戒了，我本想换地方，可是她泪涟涟的，我……”

“这只能跟杜佑中说了，”骆正风当机立断，“只有他能理解你，我们都做不到。”

英杨软的不行来硬的，冷笑道：“这点子小事，骆处长是不帮忙了？”

骆正风受了英杨许多好处，并不想淡了交情，只好说：“你大哥的朋友是藤原加北，藤原加北你晓得是谁吧？细菌战恶魔！不只重庆、延安要他的命，美国、英国、法国、俄国都不消停！细菌武器不只对中国人管用啊！一旦被日本人掌握，投放欧洲战场指日可待！”

“这和金老师过生日有关系吗？”英杨装傻问。

骆正风合掌拜拜：“小少爷帮帮忙，今晚离秋苇白远点！生日明朝补过好了，何必往浑水里蹚？”

英杨静默半晌，问：“这些话我能同金老师讲吗？”

“当然不能！这是机密！传出去我俩都完蛋！”

“那金老师哪能理解呢？我还是交代不了啊！”

骆正风无语凝噎，良久道：“我一定要帮这个忙？”英杨坚定点头。骆正风道：“那我也有个要求。”

“说！”英杨爽快道，“就是要月亮我也马上去办！”

“别麻烦月亮了！”骆正风啪地一拍英杨肩膀，“调到行动处来吧。”

第四章　赴宴

骆正风以人手不足为由，打报告申请调动英杨，请汤又江急呈杜佑中。杜佑中捏着报告看看，笑道：“骆处长挺精明，知道先下手为强。”

汤又江问：“是因为英次长吗？”

“内政部那么多位子，英柏洲随便甩个处长给他，也比在特筹委好。等日本人滚蛋了，讲来他是从犯，出国都比我先搞到船票！”

“英柏洲和英杨不是一条心，骆处长搭不上这条船吧？”

“死马当活马医呗。他背叛军统，重庆是回不去了，延安也不会要他，跟着日本人是权宜之计。能搭上英柏洲最好，搭不上也不掉块肉。”杜佑中说着把申请丢在桌上，“准了吧，也是可怜。”

骆正风等报告的工夫，英杨抽空去汇民中学，把微蓝约出来讲话，说进秋苇白只能用“女朋友过生日早定下馆子”这个借口。微蓝沉吟道：“我想来想去，只能在洗手间动手，你去过秋苇白，还记得洗手间布局吗？”

“秋苇白的洗手间不分男女，水池和厕格在一起。”英杨努力回记，“好像有扇窗户，对着马路。”

“有扇窗就好办。”微蓝喃喃道，却又说，“洗手间门口应该有特务哨，最好能搞清怎样排班的。”

“藤原是男人，你跟着他进去太扎眼了，要不由我来执行刺杀吧！”

“上海情报科不能插手刺杀藤原，请你为组织考虑，以身犯险很可能牵累江苏省委。”

“你还不是要以身犯险？”

“我们会周详布置。”微蓝不紧不慢说，“还有几个小时呢，来得及。”

英杨没有追问，他知道微蓝不会说。任务紧急，有磨嘴皮的时间不如回去盯着骆正风。他讲好傍晚时分来学校接微蓝，随之告辞。

英杨刚回特筹委，就被骆正风拽着去秋苇白。路上问及调令，骆正风不在意道：“总之会批的，先干活要紧！”

英杨无话可说，骆正风忽然问：“你记得海风俱乐部的任经理吧？”

“记得啊，怎么了？”

“他两天没去海风了。昨天沈三公子给我打电话，让我查查这人上哪儿去了。”

“他卷着沈三公子的钱跑了？”

“那倒没有，账目没问题，只是人不见了。”

“人口失踪归巡捕房管吧，怎么也找你？”

“上海每天失踪多少人你晓得吧？情杀的、仇杀的、高利贷还不上的，巡捕房管不过来，报过去等于石沉大海。”骆正风感叹着又道，“沈三挺讲义气，还想着去找，别的老板等三天见不着人，直接换人领薪水了。”

英杨没见过沈三公子，却知道此人名头极响。沈三原名沈云屏，在家行三，上头有两个姐姐。沈家打清末起就是官商，经营政界十分了得，因此两个姐姐嫁了高官跟去重庆，只留沈云屏在上海，听说沈三拿了美国护照，日本人拿他没办法。

转眼到了秋苇白，英杨见识到骆正风的手段。此地除了做菜的厨子，跑堂洗碗打扫连同吃饭的都是行动处特务。果然骆正风只是不上进，并非不管用。

隔壁旅社也被清空，只关着秋苇白的老板，还有他八岁的儿子和五岁的女儿。英杨问干吗控制老板，骆正风诡秘笑道：“出了差错总要找个出气筒，不能让日本人把气撒我们身上。”

英杨过了好久说：“两个孩子可怜。”

骆正风叹口气：“中国人都可怜。我也可怜啊，找老婆生孩子都不敢。”

英杨不答，气氛一时沉重。恰好有特务请骆正风检查后厨食材，把话头岔过去了。

傍晚时分，英杨告假去接微蓝，却被骆正风驳回了，只叫罗鸭头去接。等罗鸭头开车走了，骆正风道：“小少爷，干我们这行要学会自我保护，这时候离开现场，出了事你说不清楚的。”

英杨连连称谢，心想骆正风精明谨慎，本该有番作为。

快六点时，罗鸭头把微蓝接来了。今天微蓝稍作打扮，换上银灰色撒小红梅的电光缎旗袍，顺滑的学生头上系着银色发带。她上了淡妆，目如点漆，唇如涂丹，美得鲜亮动人。

骆正风见到微蓝一时瞠目，立即理解英杨的“博红颜一笑”。他伸出手去说：“金老师，幸会幸会！哎呀呀金老师一来，到处都在发光啊。”

微蓝腼腆害羞，闻言往英杨身后躲。英杨便笑道：“你不要夸她。她是老实人，没见过世面。”

“这年头最珍贵就是老实人。”骆正风连连褒奖，又向英杨耳语，“你今晚的任务是装客人吃饭，进去吧。”

英杨谢过他，领着微蓝进饭店，坐进指定的座头。

十分钟后，藤原加北到了。

英杨背对着门，先听见林奈的声音，她叽叽喳喳又讲又笑，领着英柏洲和藤原往雅间走去。

秋苇白的雅间在最里面，走过去会经过英杨的座头。今天微蓝打扮亮眼，林奈刚进门就看见了，她脸上的笑全为了压住心头的火，只等着发泄。

到了英杨跟前，林奈假作吃惊地问："英杨！你怎么在这里？"英杨答道："原来是林小姐，我来这里吃饭啊。"

"是了！上回我推荐这间馆子，你说要带我和你娘来吃饭，今天是来试菜做准备的？"林奈笑盈盈的，明知故问。

"不！今天是我女朋友的生日，她喜欢杭帮菜。"

"那就是顺便试菜！你慢慢试啊，要找出我喜欢的菜品，否则请客没诚意的！"林奈说着飞一眼微蓝，微蓝却眼观鼻鼻观心，只当没听见。

英杨正不知如何回答，却听藤原加北问："林小姐，这是你的朋友吗？"

"藤原先生，这是柏洲哥哥的弟弟呀！"林奈笑道。

"英桑有个弟弟吗？我竟没听你提过！"藤原吃惊问。英柏洲知道瞒不住，只得嗔怪英杨："见到藤原先生还坐着？"

英杨起身见礼。藤原加北身材敦实，细眉细眼，皮肤黝黑，看着像个种田的，并不像研究细菌战的专家。他与英杨寒暄两句，转过目光问微蓝："这位小姐是……"

"这是我朋友，金小姐。"英杨介绍道，"今天是她的生日，因此在此小聚。"

"哦，哦，金小姐生日快乐，祝福您。"藤原加北一面热情祝贺，一面伸出手去。微蓝起身，碰了碰藤原的指尖说："谢谢您的祝福。"

她说话时约略含羞，藤原不禁道："金小姐柔美如樱花，让我想起了家乡。"微蓝盈盈一笑："先生过奖了。"

她这一笑仿佛满坡铃兰展放柔瓣，让藤原看见小草初黄的山坡，嗅到风中飘荡着将触未触的奇缘。他傻在那里，竟做不出反应了。

气氛陷入极度尴尬中，英柏洲连忙道："藤原君，酒菜已备好，我们入座吧。"藤原回过神来，啊啊连声道："我们邀请令弟和金小姐同进晚餐吧？"

“不必了，”英杨推托，“她家里还有事，我们马上就要走了。”

藤原看看没上菜的空桌子，碍着英柏洲不好再说什么。英柏洲强笑道：“让他们年轻人自由活动，我们入座吧，请！”

他们走进雅间，等纸拉门合上后，英杨问：“按原计划进行吗？”微蓝点了点头，忽然说：“我们喝点酒好不好？”英杨奇道：“你会喝酒吗？”

他想她总不会要喝酒壮胆，却依旧唤来特务装扮的服务生，要了上好的女儿红。没过一会儿，酒菜都上来了。秋苇白的菜品名不虚传，东坡肉是油汪汪的樱桃红，西湖醋鱼是亮堂堂的焦糖色，十分诱动食欲。

英杨斟了酒，假模假样地祝微蓝生日快乐。两人碰杯饮了，微蓝问：“洗手间是怎么值守的？”

“洗手间门口的清洁工是行动处特务，有他在，你不可能跟着藤原进洗手间。搞掉他也不行，骆正风安排组长扮成跑堂的，巡逻检查各个执勤点，先做掉清洁工是打草惊蛇。”英杨压低嗓子说。

“我知道了。”微蓝沉声说，将杯中酒一饮而尽。秋苇白的女儿红果然上品，入口醇香甘甜。微蓝饮尽酒微咂舌尖，仿佛回味悠长。

英杨满腹狐疑，想她茶要铁观音，酒要女儿红，看来家世殷实，然而她手上的茧子，又像是惯做农活的。他狐疑的工夫，微蓝接二连三饮了几杯，喝得颊飞粉彩，本就漂亮的眼睛更是流盼生光。英杨正要劝她少饮，却听雅间纸门被哗地打开，藤原加北出来了。

英杨的注意力立即被吸引，眼看着藤原绷着脸走向盥洗室，没等他反应过来，微蓝已推杯起身，道：“我去了。”

“你等一下！”英杨恍惚明白微蓝买醉要做什么，可他的拦阻毫无力度，微蓝摇摇晃晃起身，尾随藤原而去。与此同时，雅间的纸门哗一声又开，林奈气冲冲地出来，也向盥洗室去了。

英杨静止在座位上，迅速思考可能出现的情况，但没等他想清楚，林奈就回来了。

她的怒气一扫而空，扬扬得意地坐下，向英杨笑道：“好酒好菜，你有好心情吗？”

“什么意思？”

“秋苇白是我推荐的地方，你却用它来讨好女朋友，很不够意思。”

英杨没心情争论，笑笑不答。林奈挑衅不成，伏在桌上神秘笑道：“可是，你的金老师更喜欢日本人呢。”

英杨夹菜的筷子停了停，问：“怎么说？”

“她搂着日本人进盥洗室了。不，是日本人搂着她！”

林奈的笑容还挂在脸上，英杨还没琢磨出意思，盥洗室方向突然传来凄厉的惨叫。

是微蓝的声音。英杨丢下筷子直扑到盥洗室，扮清洁工的特务正在咣咣砸门，可是门从里面别住了，打不开。

“让开！”英杨吼道，扯开清洁工飞起一脚，哐地踹开了门。

他第一眼看见的是血。大片的血喷洒在贴着白色马赛克的墙壁上，简直触目惊心。微蓝傻在血墙之下，斜倚着洗手台，吓得瑟瑟发抖。她脚下躺着一具没脑袋的尸体，血污涌流在瓷砖上，腥气扑鼻。

英杨伸手去拉微蓝，说：“过来！”然而微蓝像被抽去魂魄似的，盯着地上的尸体，僵在那里。除了英杨，绝没人能看出来她在演。

他跨过血污握住微蓝的手臂，强行把她扯过来。微蓝借势扑进英杨怀里，整个人都在发抖，唇无血色。但英杨能感觉到她的心跳，沉稳，平缓，有力。

浅间三白赶到秋苇白时，英柏洲颓然坐着，脸色苍白。浅间坐到英柏洲身边，说：“很抱歉。”

“该说抱歉的是我，早知道不见面了，也不来这间杭帮菜，是我搞砸了。”英柏洲喃喃道，“好容易见一面，为什么上来就要讲战争？这世界除了战争是不是没别的了？”

“你们说了什么？”

“原来相谈甚欢，可我不该提起细菌战。”英柏洲懊悔道，“我以为他会解释，说那些传言都是误会。可是藤原坦率承认，还说为了帝国必须这么做。”

浅间想说什么，可是又放弃了。

“他是日本人，为日本做什么都没有错，可我是中国人。”英柏洲痛苦地扬起脸，“中国人就该死吗？你也这样认为吗？”

浅间没有回答，而是问：“你们进雅间多久谈起这些的？”

“不到半个小时吧，镇店名菜东坡肉还没有上。”

“你们吵起来了？”

“不是我，是我的师妹林奈。她起先挺喜欢藤原，可是谈到细菌战，林奈像变了个人，说了很多过激的话！”

“然后呢？”

“藤原气得坐不住，说要去盥洗室。他出去没多久，林奈也说要去盥洗室。再接下来，我听见了惨叫声。”

“我记得你说过，这间馆子是林小姐定的，她是常客，应该知道这里的盥洗室只有一间。藤原先去了，她跟出来是要排队的。”

“由于我老师的缘故，我对林奈事事顺从，但藤原离开之后，我责怪她不够礼貌。我想，她是生我的气跑出去，并不是要去盥洗室。”

浅间笑笑，安慰道：“你放心吧，我会找到杀害藤原君的凶手，替他报仇。”

“替他报仇是杀掉这里的中国人吗？”英柏洲问。

在他的逼视下，浅间平静说：“英桑，你要学会面对现实。”

他说罢起身走了，不再与英柏洲讨论。

还没到盥洗室，浅间就先闻到了刺鼻的血腥气。眼看走廊拥堵着宪兵和特务，浅间对迎上来的骆正风说：“留下法证课的技术员，其他人全都散开！”

“是！”骆正风转身去传达。

浅间独自步入盥洗室，走到特高课一课少佐荒木野次郎身后，温声道：“荒木君，有什么发现吗？”

荒木身材魁梧，腰背挺正，蓄着络腮胡子。他回身啪地立正：“课长！根据初步推断，藤原先生被人从身后袭击，因此丧生。”

“从身后？”

“是的。”荒木指着东南方向的黑布口袋说，“藤原先生的首级在这里。”

盥洗室有十五个平方，马桶放在厕格里。与厕格相对的是洗手台，搪瓷水池上方悬着椭圆镜子，藤原的身体倒在洗手台前，他的人头滚出几米之远。

“首级为什么在布袋里？”浅间问。

“这不是布袋，”荒木剥开布袋，露出雪亮锋利的刀刃，“这是一种中国兵刃，专门割取首级。”

浅间面部肌肉微搐，却不说话。

荒木接着走到窗前：“我来时窗户开着，窗框上有血迹，凶手应该是跳窗逃走的。”

“跳窗？”浅间寒着脸问，“骆正风呢？他布置在窗外的警戒看见凶手了吗？”

“我已经通知骆处长彻查。但是，藤原先生被杀时，盥洗室里有目击者。”

“有人和藤原君一起进来吗？是谁？”

“英家小少爷的女朋友，姓金。”

浅间迤逦春水般的眼睛忽然转了季节，射出冷冽寒光。他并不表态，却问：“还有其他情况吗？”

“插销上有根线，应该是用来控制窗户的。”荒木说着捞起一根线。这是从细麻绳上剥下的一股，被染成了紫红色，颜色非常接近刷窗棂的漆色，很容易被忽视。

浅间接过线头看看，问："荒木君有什么看法呢？"

"凶手原本的设计是这样的，从窗户进来行凶，得手后跳出窗外，提拉这根线垂下插销，做成密室杀人。但他跳进来才发现，盥洗室另有人在。"

"英杨的女朋友吗？"

"是的。"

浅间想了一会儿，笑笑说："一位林小姐，一位金小姐，都同英家有关系。"

荒木上前一步，低低道："课长，我们应该弄清楚，藤原先生为什么会和金小姐同进盥洗室。"

浅间唔了一声，良久道："那么，我先见林奈吧。"

林奈今天穿着豆绿色连衣裙，竖领泡泡袖，前襟铺着白色荷叶褶，她看上去情绪平静，并不惊慌。

"林小姐，听说在此用餐是你推荐的，我能听听理由吗？"浅间问。

"我喜欢研究厨艺，也喜欢找寻美食，因此柏洲哥哥请我推荐餐馆。选这里完全因为菜做得好，没别的理由。"

"林小姐的选择没受到指使、暗示或者托付吧？"

"当然没有！"

"那么，藤原君喜欢这间馆子吗？"

"他来的时候心情挺好，可没等到上菜，柏洲哥哥同他吵了起来。"

"为什么吵起来？"

"藤原先生说，为了大和民族的将来，必须牺牲中国！柏洲哥哥很不高兴，我也很生气！凭什么为了日本就要牺牲中国？"

浅间冷淡道："林小姐，我能理解你作为中国人的情感，但我不喜欢你的态度。请说下去！"

坏脾气的林奈却没发脾气。她平静一会儿，继续说：“柏洲哥哥太软弱了，他想跟藤原讲道理，可是敌不过藤原的歪理！我忍无可忍，就骂了藤原。”

“你骂他什么？”

“我说大和民族书写了人类文明史上的耻辱。”

浅间沉默了一会儿，问：“然后呢？藤原君被气跑了？”

“是啊。他气得要冲上来打我，柏洲哥哥当然阻止了他，他就跑了！可是他出去之后，柏洲哥哥却又责怪我，说我讲话太难听了！我很不服气，推说要去盥洗室，也跑了出来。”

“你是熟客，应该知道只有一间盥洗室，还要跟着藤原君跑出来？”

“我当时很生气，没在意这些细节。”

浅间静了一会儿说：“后来呢？”

“盥洗室门口的清洁工说里面有人，我就回到大厅等。闲着也闲着，看见英杨就过去聊了几句。”

“你跟英杨很熟吗？”

“见过两次吧。他是柏洲哥哥的弟弟啊。”

浅间抱臂当胸，转而叫来荒木道：“带林小姐出去，请金老师进来吧。”

第五章　四杀

比起林奈，微蓝受到的待遇高得多。除了浅间三白，陪同在侧的还有荒木和骆正风。

浅间打量着“英杨的女朋友”，这女人因为受惊过度坐得笔直，紧绷着身体微微发抖。浅间见过许多美女，但他不得不承认，这位金老师很漂亮，很吸引人。他做了个手势，示意荒木开始讯问。

“金小姐，你先做个自我介绍吧。”荒木说。

“我叫金灵，在汇民中学做美术老师。”

“你是英小少爷的女朋友？”

微蓝点点头。

“你今晚为什么在秋苇白？”

“今天是我生日。英杨在这里给我庆生。”

浅间皱眉道：“英杨明知道今晚有重要行动，为什么要在这里庆生？”寂静之后，微蓝细声道：“这是我的错，是我坚持要来的。”浅间冷哼一声：“为什么呢？”

微蓝搁在膝上的手握着拳，抬起脸来注目浅间道：“太君，我父亲原是汇民中学的国文教师，染肺病去世了，母亲没多久也跟着走了。学校照顾我，聘我去教习美术。但我总要为前程打算！”

浅间浮起轻蔑的笑：“金小姐的前程是什么？嫁进英家吗？”

微蓝含羞点头，喃喃道：“上海的名门闺秀很多，我没什么能同她们相比，但我听说，英太太并不喜欢名门千金。”

“除了容貌尚可，金小姐的确没有优势。”浅间毫不客气地揶揄，“所以你要投英太太所好？”

“太君，我不喜欢杭帮菜的，我来是因为英太太喜欢！”

浅间望着她笑笑，讽刺道：“也是，否则你不了解上流社会，闲聊都插不进话。”

微蓝低头不语，算是默认了。

骆正风轻咳一声，提醒道：“金小姐，巡捕房的户籍卡上可以查到生辰的，你可不能说假话。”

“我不敢说谎的！你们可以去查！”微蓝立即说，“骆处长，您不会认为那人是我杀的吧？我哪有本事去，去割……”

浅间扫了一眼微蓝的旗袍，藤原被杀时首级向后飞，血也向后喷洒。微蓝站在藤原面前，身上还算干净，说明她没有撒谎，杀藤原的另有其人。纵使不喜欢微蓝，浅间也承认，微蓝要割取首级不容易，身不沾血更不可能。

“藤原君被杀时身边只有你，你看见凶手了吗？”荒木接着问。

“我没有看清楚，”微蓝颤声说，“我喝了酒有点头晕，我只记得，记得……”

她忽然哽住，惊恐得睁大眼睛，黝黑的瞳仁蒙上一层泪花。骆正风劝道：“金小姐，你看见什么就好好讲出来，如果你不说，要被带回特高课，被关进牢房，明白吗？”

听说要被关进牢房，微蓝彻底泪崩，哭着说：“我真的不知道会这样，真的不知道……”

“别哭了。”浅间不耐烦，“现在死去的是藤原君，又不是你！如果你不配合，只好请你回特高课的地牢，到提刑室慢慢讲！”

微蓝吓得胡乱点头，擦眼泪吸鼻子说：“太君，我平时不喝酒的，因为过生日喝了两杯，结果脸上烧得厉害，我就想去洗个脸。就在走廊里，我险些被地毯绊倒，幸亏藤原先生扶了我一把。他说怕我再摔倒，要陪我去……”

她越说越低，最后几个字几乎听不见。浅间冷笑道：“金小姐，你就这样跟着陌生男人进盥洗室了？”

微蓝涨红脸分辩：“藤原先生没让我拒绝，是他扯着我进盥洗室的！”

“说实话吧！”浅间低吼，“是你刻意接近藤原君！”

“我没有！你们抓不到凶手，所以要诬陷我吗？”

“去洗脸为什么要闩门？清洁工听到叫声去推门，发现门从里面闩住了。”荒木插话问。

“不是我闩的！是藤原闩的门！”微蓝忍无可忍，“他不由分说把我架进盥洗室！因为英杨在外面，藤原又是英杨大哥的朋友，我才，才……”

“才没有喊出来，对吗？”荒木接话问。

微蓝红着脸点头：“刚进盥洗室，藤原就反插住门，他，他，他……”

她说了三个“他”字，咬着嘴唇不肯说下去。荒木催问：“后来呢？”

“当时我闭着眼睛，用尽力气想推开藤原。他死沉死沉的，比一座山还重，但不知为什么，他突然放手了。我只听见哗啦啦一片响，等睁开眼，他已经死了！”

“这么说，你没看见凶手？”荒木又问。

“太君，我说的是实话，我真没看见凶手！”

浅间沉着脸盯了微蓝许久，吩咐荒木：“带她出去！”

微蓝被宪兵带走后，浅间不悦道：“骆处长，秋苇白的警戒有很大漏洞。”

骆正风早已做足准备，听见这话立即道：“浅间课长，警戒方案昨天报到特高课后，我们在荒木少佐指导下修订了不足。今天完全依照方案实施，您说的漏洞是哪里？”

“盥洗室有窗，你安排在窗下执勤的人呢？”

“骆处长，我记得方案里您安排了窗外执勤点。”荒木也说，“既然是按方案执行，那么执勤的应该能看见凶手。”

骆正风见躲不过去，只得把罗鸭头叫进来问：“盥洗室窗外是谁执勤？查到没有？”

“查到了，是孔庆贵的岗。”

“查到了为什么不回话？孔庆贵人呢？叫他过来！”

罗鸭头期期艾艾：“处长，孔庆贵，那个，嗯，找，找不到了……”

骆正风刚瞪起眼睛，浅间冷笑道：“真巧啊，要你们交人，人就失踪了！”

骆正风怒道：“去给我找！刨地三尺也要找出来！”

“骆处长，我看不必找了。”荒木幽幽道，“孔庆贵失踪有两种可能，一是被凶手杀了，第二嘛，他就是凶手！”

“荒木说得对。被人杀了总有尸体，生不见人死不见尸，这位只能是凶手了。”

骆正风暗叫倒霉，孔庆贵是行动处的人，万一真是他干的，这口锅从天而降，行动处势必要呜呼哀哉！

“浅间课长，”骆正风试图挽回，“孔庆贵在窗外执勤，他怎么进盥洗室的呢？”

“我原以为是金小姐开的窗。”荒木道，“但我们在窗户上找到了细麻绳。应该是孔庆贵听见金小姐反抗的声音，确认藤原先生在盥洗室，于是在窗外牵动细麻绳提起插销，开窗跳入盥洗室，袭击藤原先生之后跳窗逃跑。”

“孔庆贵是行动处的人，他逃离现场很容易，是吧骆处长？”浅间补刀追问。

骆正风面部微抽，咬牙暗想：枕头阿三铁了心要捉我做替死鬼了！

荒木却问："骆处长，孔庆贵是什么人？"

"孔庆贵是编外的，我们处长不熟悉。"罗鸭头解释道，"他四月底被招进来的，和他一批的有三十个人，都是编外的，平常干些粗活。这次人手不够，才把他们抽过来帮忙！"

"盥洗室窗外很重要，为什么叫编外去守？"

"盥洗室窗外不重要啊！"罗鸭头委屈道，"窗户外面是树丛，入夏了蚊子极多，这苦差事谁都不肯干。孔庆贵从北边逃难来上海，向来好说话，才把这差事分给他，窗外还有三道岗呢！这位置真不重要！"

"如果不是孔庆贵行凶，他们的警戒线很难被突破。"荒木向浅间低低道，"行动处的安排没问题。"

浅间瓮声瓮气说："孔庆贵早就溜了，现在封上海也来不及，军部明天就会知道藤原被刺，不要说行动处，特高课也要被问责！"

"是。"荒木起身道，"是我思虑不周。"见此情景，骆正风也豁出去了，说："浅间课长，我说句实话您别见怪。藤原太君已经过世，孔庆贵也已经跑了，交不出人来，吃眼前亏的可是咱们啊！"

浅间默然不语，荒木低头不言，心下都觉得骆正风有道理。半晌，荒木替浅间问道："骆处长有好办法吗？"

"浅间课长，荒木太君，你们听过永社四杀吗？"

浅间问："你是说三爷、五爷、六爷和十爷？"

"浅间课长对上海的了解令人佩服。混帮派的都知道，怕的是，三爷不笑六爷不恼，五爷不要钱十爷要袖手。"

"什么三四五六七的？你说快一点！"

"这是句黑话！讲的是永社四杀动刀子前的做派。三爷总是笑眯眯，不笑了就没好事！六爷火爆脾气，他若冲谁笑了笑，谁就要完蛋！五爷爱财如命，若是给钱他不要，那是没得谈了。最后讲到十爷袖手，因为他是使兵刃的高手，袖手是掏家伙呢！”

浅间转转眼珠，问：“你是说，杀害藤原君的布袋是十爷的兵刃？”

荒木闻言恍然：“课长！听说中国人有种兵刃叫做血滴子，也是这样套住人头，抽动绳子瞬间绞杀！”

“让法证课把布袋子拿过来。”浅间皱眉道，“凶器是破获凶手的重要线索，骆处长提醒得好。”

骆正风忙不迭叫罗鸭头去催办。不多时，杀人布袋搁在搪瓷盘里捧进来，袋口刀光隐隐。

骆正风戴上手套，拿起布袋拆出袋口钢刃，指着尾端说：“课长您看，这就是十爷的东西。”钢刃尾端嵌着块乌木，上面雕着个圆，圈着金文刻就的“诚”字。

“这是什么意思？”

“十爷的兵刃店叫诚十斋，这东西叫做金蝉钺！”

眼见凶器有了名目，浅间精神大振，摩拳擦掌就要去捉拿十爷。正在这时，有宪兵来报，说杜佑中来了。

藤原被刺是大事，杜佑中当然要来，他进雅间先鞠躬，沉痛道：“藤原先生不幸遇刺，我很抱歉。”

浅间心想，杜佑中明知此事重大，受领任务后全盘撂给骆正风，出事了又来惺惺作态。他心下不快，便干笑两声：“杜主任，现在要紧的是捉拿凶手。你来得正好，刚刚骆处长说，杀害藤原君的凶器出自永社十爷之手！”

杜佑中闻言“哟”一声，道：“浅间课长，永社四杀的故事你晓得吧？”

浅间哼一声：“杜主任有话请讲！”

“永社社长叫做顾金梦，但永社四杀真正效忠的不是顾金梦，是永社一位理事卫清昭。此人是八卦门第三十六代掌门人，他曾在上海举办武林大会，在江湖上很有名气。开战之后，武馆大多不能支撑，很多人慕名来上海投奔卫清昭，四杀便在其中。”

“卫清昭能养活他们吗？”荒木奇道。

“荒木太君说得对！卫清昭养不活这么多人，所以他的旧友、永社理事何问天居中牵线，让卫清昭投靠了顾金梦。但是武林门派本质与帮派不同，顾金梦与卫清昭渐生分歧。为了保护卫清昭，四杀事事冲在前面，闯出了名头，也叫顾金梦有所忌惮。”

“顾金梦早就去香港了。”浅间皱眉道，“永社也不复存在了。”

“是的。两年前顾金梦离沪赴港，他要把四杀带走，四杀却不肯。为此顾金梦差点和卫清昭翻脸，还是何问天居中调停，最后取折中的方案，三爷跟着顾金梦去香港，六爷金盆洗手退出江湖，五爷下落不明，留下十爷照看些永社余下的生意。”

“也就是说，四杀对半分，两个跟了顾金梦，两个跟了卫清昭？”荒木问。

“可以这么说。其实顾金梦占便宜，三爷、十爷实打实替他做事，五爷、六爷根本退出江湖了。”

浅间听到这里，说：“杜主任说了半天，究竟何意？”

杜佑中呵呵笑道：“浅间课长，顾金梦在香港的开销，全靠十爷照看的那几门生意！您也知道，顾金梦表面为战事所迫赴洪，其实去香港经营共荣，支持他的是梅机关的岩井先生！”

眼下战事胶着，占领地经营迫在眉睫，岩井正雄的“文化渗透”很受军部欣赏。他在南京、上海、北平、香港、重庆等地皆有大批文艺界友人，热衷沙龙、笔会、办刊物，旨在模糊政治是非，宣扬亲日文化。顾金梦去香港，也是替岩井正雄经营“文人之脉”。

因为“枕头阿三”的绰号，浅间恨透了岩井，然而岩井风头正劲，浅间惹不起。他思忖半晌，道：“杜主任是说，十爷动不得？”

“凶器金蝉钺打着十爷的店名，挂幌子杀人太过愚蠢，不像永社四杀所为。证据不够就动十爷，只怕……”杜佑中话没说完，浅间已知其意。藤原被刺这么大的事，浅间若把矛头指向梅机关，只怕要得罪不少人。杜佑中见浅间沉吟不语，又道："浅间课长，见十爷要先礼后兵，先把事情问清楚，再捉人也不迟。"

浅间"唔"了一声："那么骆处长跑一趟吧。"

"骆处长去不合适，像是搭官架子压人。我看，不如让英杨走一趟。他没有官职，又是英次长的弟弟，里子面子都能兼顾到。"

浅间摸了摸下巴，道："可以试试。"

忽然被浅间点名去见十爷，英杨虽然不知所措，也只能跟着骆正风出发。他刚要步出秋苇白，却听林奈唤道："英杨！我有话同你讲！"英杨没心情与她周旋，说："有什么事过几天再说吧！"

"和你女朋友有关，你若不肯听，我就同别人讲去！"

英杨无奈，只得问："是什么事情？"

林奈把英杨拉到僻静处，说："我亲眼看见，是金小姐假装摔倒，扑在藤原身上！"

"嘘！"英杨以指比唇，示意她轻声。

林奈压低声音："她说要去盥洗室，又说喝多站不稳，主动要求藤原陪她进去！"

"你的意思，是她杀了藤原？"英杨问。

"她可没本事割下藤原的脑袋！"林奈不屑，"我看她呀，就是个水性杨花的女人！"

英杨松口气，温声问："你没有同别人讲过吧？"

"我虽不喜欢她，也不至于送她去死。不过是要提醒你，这女人满嘴谎话，并不适合做女朋友！"

"你说的有道理，也许金小姐并不适合我。等这件事结束，我们找地方聊聊吧。"

"好呀！什么时候，在哪里？"

“后天吧，在海风俱乐部，你知道那地方吗？”

“知道啊，我母亲常去做头发。”

“好。请你不要再同别人提起此事！”

林奈连连点头：“我知道的，我不会让她连累你。”

英杨微笑：“多谢你！那么后天见面再说。”

他说罢告辞出门，骆正风安排的车队已整装待发。罗鸭头带着英杨开车先行，骆正风率队压后，一行三四辆直驶出去。

路上，英杨问：“罗主任，你熟悉永社吧？”

“谈不上熟悉，有几个朋友在里头。”罗鸭头谦虚道，“四杀这四位爷很清高，寻常人巴结不上。”

“帮派要讲义气，清高怎么混下去？”

“他们的义气不同常人讲，八卦门自成一派，同别人不啰嗦。日本人没来之前，顾金梦同沈三关系好，军统托沈三做说客，想让四杀进军统，结果谈不拢。您想想，四位爷连沈云屏的账都不买！”

“为什么呀？”

“卫清昭不肯沾军统！他不发话四杀就不动！四杀不去香港，也是为了卫清昭不肯去！”

英杨一时神往：“卫清昭为什么不去香港呢？”

“我听说卫清昭有个独生女儿，十六岁就失踪了。他怕女儿回来找不到家，因此要守着。”

英杨想起骆正风说的，上海每天要失踪很多人，卫清昭的女儿只怕早不在人世了。

说话间车停了下来，英杨下车，听骆正风嘱咐几句，带着罗鸭头转进巷子，只见一座旧宅，门口种着雪松，像两座绿沉沉的宝塔。

罗鸭头推开朱漆小门，英杨跨了进去，抬头只见一串红灯笼。从三层楼直垂下来，贴的字是“展翠堂”，照得满地红光。有个女孩子迎出来，她梳着黑粗的独辫子，穿件月白滚乌边斜襟衫，立在院子里不说话。罗鸭头堆上笑道："夏巳姑娘，瑰姐在不在？"

夏巳一张清水脸，两只杏核眼，长相十分清纯，只是神情寡淡。她看人眼神轻飘飘的，说："瑰姐在屋里。"

"烦请夏巳姑娘带路。"罗鸭头巴结着说。夏巳也不多话，转身便进宅子，罗鸭头忙催英杨跟上。

人进了客室，夏巳丢下一句"我去请瑰姐"，转身便走了。这客室摆着榻床圈椅古董架，地上一排半人高的粉彩瓷瓶中插着画轴和孔雀羽毛。

屋子挺宽敞，只是花红柳绿的，看得人眼累。很快楼梯一片响，走下来个梳旧式圆髻的女人，她身上是莹绿弹墨衫裤，脚上是桃紫绣花鞋，穿得五彩缤纷。

女人进门先抽手帕，攥着笑道："哟！罗主任！今天有空来坐坐吧？"

罗鸭头呵呵笑道："瑰姐生意好啊？您这里是宝地，我不敢来，要来的是我们英主任。"他说着张开双手，冲着英杨展一展："英家小少爷，新到我们行动处上任呢！"

瑰姐没见过英杨，但听过"英家"的名号。听说是小少爷，她眼睛安了透视光一般，从头到脚扫着英杨，赞不绝口："原来是英家小少爷，果然派头好看！"说罢了又嗔怪罗鸭头："罗主任很不对！你本是熟客，为什么才请小少爷来？"

"我们今天来是为了公事。"罗鸭头笑道，"瑰姐，小少爷想拜见十爷。"

一听说"十爷"，瑰姐变脸比翻书快，忽地拉沉了笑脸，没好气道，"十爷今晚不在。"

"瑰姐啊！我们也是当差，您行行好，帮着回禀一声，求十爷赏光见见。即便十爷不在这儿，也烦您给打个电话。"

"十爷已经半退江湖！不过为了以前的兄弟有口饭吃，才主持几家偏门生意，何必事事来找他？”

“瑰姐！这不是我们要找他，是日本人要找他！”

听说日本人要找，瑰姐抱臂沉脸，半晌勉强道：“你们等在这里！”

等瑰姐走了，英杨道：“罗主任，展翠堂做什么生意，是古玩字画吗？”

“小少爷哎！这以前是长三堂子，现在不兴这么叫，但也同会芳楼、景云堂差不多。只不过展翠堂的姑娘都是清倌人，谁若看中了，要么赎买回家，要么交钞票养在这里，算是包住了，不接其他客人。”

英杨这才听明白，这里是青楼。那么瑰姐就是老鸨了？罗鸭头看他在琢磨，又道：“瑰姐之前就是长三姑娘，被十爷看中给赎身，又盘下展翠堂给她主持。”

“既是看中了，为什么不娶回家去？十爷另有夫人吗？”

“那我不晓得。我只知道十爷关了诚十斋，就住在这里。”

他刚说完，瑰姐咯吱吱又下来了，远远招呼道：“哎，十爷答应见你们。”

罗鸭头大喜过望，连声道谢，拉着英杨上楼。那楼梯又窄又陡，踩一步就嘎嘎叫，让英杨想起在南京游秦淮河，李香君故居的闺阁楼梯便似这般，能跌死人。

上三楼进了东头的房间，迎面就是窗，窗外是后院。这宅子前院虽窄小，后院却阔大，弄成一片梅园。快六月了，梅园无朵，一株株擎着油绿的叶子，静默在夜色中。这里的摆放也用中式，对窗是绷着竹篾的榻床，右手两张太师椅，中间一领高几，搁着盆旁逸斜出的兰草。

“两位坐吧。十爷就出来。”瑰姐说罢走开了。不多会儿，有个十四五岁的小丫头，穿着白衣黑裤，捧着茶盘搁在榻几上，展开家伙泡茶。

“什么茶？”英杨问。

“安溪铁观音。”小丫头说。

英杨想到微蓝说过，她爱喝这茶。

小丫头泡了头浇茶，分了白瓷杯，英杨拈杯喝了，没等咂出味来，却听有个浑厚嗓子说：“这茶，还能入口吗？”

英杨一惊回眸。说着话进来的男人和英柏洲差不多岁数，却与英柏洲气质迥然。他穿着抖嗦嗦的灰绸闪如意对襟衫，配着同色阔腿裤，剃了光头，挽一串小叶檀佛珠，摇摇摆摆踱进来。

罗鸭头急忙起身：“十爷，对不住，这么晚来打扰！”

十爷并不看他，却捏着佛珠冲英杨指指：“这位是？”

“这是我们英主任。”罗鸭头巴结着说。

十爷“唔”一声，拿出把人盯碎了掰开看的目光，打量着英杨说：“你是英家小少爷？叫做英杨？”

听他开口报出自己名姓，英杨暗想，罗鸭头并未提我名姓，他如何知道？然而他恭敬行礼道：“十爷晚上好，我就是英杨。”

“唔，一表人才，好，很好。”十爷笑眯眯的，转身向榻床上坐了，又道，“你们也坐。”

英杨坐进右手太师椅，正要赔笑说明来意，十爷却先开了口，问：“小少爷是为金蝉钺而来？”英杨微惊：“您如何知道？”

“杜主任来过电话，让我配合着把金蝉钺的事讲清楚。这金蝉钺呢，是我做的，它的去处呢，我也知道，但我不能平白告诉你们。”

英杨要哄着十爷说话，于是恭顺道：“您只管开出条目来就是。”

十爷笑道：“小少爷爽快！我这人并不爱金银俗物，只是爱才。小少爷要从我这淘东西，不知能拿出什么本事来？”

英杨默然无语。十爷陪着他静默一会儿，讥讽道：“小少爷若只会吃喝玩乐，就恕我不招待了，请杜主任再换个能人来吧！”

英杨只得问：“十爷说的本事，不知指哪方面？”

“哪方面都行！外家的刀枪剑戟、斧钺钩叉，内家的精气神、手眼身，无论哪个门派哪个行当，能合上巧、妙、化、虚、神五个字的，都算得本事！”

十爷果然是做兵刃的，讲的本事也与功夫有关。英杨恍惚想起微蓝落叶般掠进墙头的身法，不知她的本事，入不入十爷的法眼？然而英杨在公园里学的仨瓜俩枣断不敢在十爷面前献丑，只得抱抱拳道：“十爷，您说的都叫我惭愧，无论十八般武艺或是诸派心法，我不懂得也没练过。不过我有项西洋人的奇巧淫技，不知您愿不愿费精神瞧瞧？”

十爷听他贬斥“西洋”，心下受用，又高兴道：“小少爷有什么好玩的，不妨说来听听。”

“我会玩枪，”英杨说，“不是虎头枪、烂银枪、点金枪，是西洋火器的那个枪。”

“能玩枪的我见得少，想开开眼。小少爷带着枪吗？”

“拜见十爷怎敢带着枪？枪留在外面车里，请罗主任跑一趟，替我取来。”

十爷闻言笑道：“我还有些枪，小少爷挑一把用就是。”他说罢扬声叫人，进来的是个青衣衫裤脸覆三角巾的男人，十爷道：“把我新得的德国毛瑟挑几把来，让小少爷称称手。”青衣男子点头便去，脚步之轻仿若行走云端，不多时捧了托盘回来，盘里垫一羽红纱，搁着把崭新的毛瑟。

十爷请英杨试枪，英杨掂了掂道：“可用的。”十爷笑道：“你说可用，那便是可用。”

青衣人瓮声说：“十爷，梅园布置妥了，您移步吧！”

十爷请英杨先行，英杨谦让不敢，十爷也不坚持，笑一笑当先出门。

梅园里挑起六只长杆，一串五只垂下三十只红灯笼，另在宽阔处摆两只双层高架，上层约二米，下层只到膝盖。

园中来往尽是青衣人，都用三角巾覆面。他们在高架上摆好蜡烛。左边红蜡烛，右边白蜡烛，蜡烛均是小臂粗细，各有二十根，另有青衣人提铜锣立着。英杨心想，这架子有两只，蜡烛有两色，那么该是比枪，不知十爷派谁出战。果然十爷笑道："小少爷，玩西洋枪要论胜负，因此我出个人同你比一比。"

他说罢唤来送枪的，道："这是跟着我多年的兄弟，叫作成没羽。小少爷别嫌弃，就同他比比吧。"

听见成没羽这三个字，罗鸭头先"啊"一声，又急忙捂住嘴，两只眼睛紧盯着英杨，眼珠子乱飘打眼色。

英杨不知何事，当着十爷又不便多问，只得向成没羽抱抱拳道："承让了！"

成没羽戴着面巾没表情，只向英杨点了点头。十爷便笑道："小少爷是客，先挑颜色。"英杨道："我不拘什么都行。"成没羽也说随意。十爷便叫人拿了两色球箱，结果英杨摸了红蜡，成没羽摸了白蜡。

挑罢颜色，两人走到桌前检查弹匣。英杨上着子弹想，两排蜡烛有二十支，要比换弹装匣。上下两排，高低有差，还是比枪快。

青衣人举起包红帕的木棍，英杨与成没羽提枪静立，屏息以待。只见青衣人挥棍击锣，"当"的一声脆响，英杨和成没羽的枪同时响了。

为了盖住枪声，梅园里挂了十串天地响，凑着枪响点了炮，炸得噼里啪啦。罗鸭头堵着耳朵，隔着漫天硝烟，只能看见英杨的背影，眼见他抬臂运枪，高排的蜡烛应声而灭，不由暗自赞道："小少爷竟有这样的本事！"

上排蜡烛灭尽，两人几乎同时退匣装填。炮仗声里夹着枪械咔咔，满院的人影，却是鸦雀无声。转眼下排蜡烛也灭尽了，鞭炮剩着几声零星收尾。最后一声炸响后，天地忽寂，只有肥白月亮浮在空中，照着梅园漫漫硝烟。

"点数！"十爷沉声道。

青衣人上前点数，他们走路步子极轻，若不细看，且似浮在空中一般，又让英杨想到微蓝倏忽欺近立春的身法。

“白蜡，十八根！”

十爷得意一笑，问：“红蜡呢？”左边的青衣人再三清点，却扬声道：“红蜡十九根！”

罗鸭头听着结果，不管不顾先拍掌叫道：“好耶！”十爷瞅他一眼，立即将他瞅得㞞了。成没羽上前一步，冲英杨抱抱拳道：“小少爷，受教了。”

“不敢，不敢。”英杨忙回礼谦虚，罢了转向十爷道，“十爷，我问的事可以说了吗？”

十爷输了枪，却满脸喜气：“小少爷楼上请，听我细细说来！”

再回到楼上，十爷着人新沏了茶来，仍是铁观音。

英杨接茶饮尽，赞道：“十爷的茶真好，香醇有回味。”十爷笑道：“小少爷识货，这茶叶是福建尖货，今年也只得了六小罐。”

英杨心想，他只得了六小罐，也舍得拿出来待客，不知是太抬举我，还是说来哄我高兴。他于是笑笑道：“十爷，枪也比了，茶也喝了，金蝉钺的事还请您赐教！”

十爷叹道：“金蝉钺在诚十斋挂了两万元售卖，大概两年前，有个英国人看中了，但要求不走现金，要用银行户头汇款，我于是在大通银行开了户。”

“是美国大通银行吗？”

“是的。我还留着当时的汇款单。”十爷说着起身，“你们喝茶，我去拿汇款单。”

等十爷出去，罗鸭头小声说：“小少爷，你今晚可厉害！你知道那位成没羽是谁吗？”

英杨也对成没羽感兴趣，忙问：“是谁呀？”

“八卦门里武艺最强的是兄弟两个。弟弟成没飞来无影去无踪，轻功出众；哥哥成没羽更厉害，他练寒冰掌，能凝水成冰，以冰杀人！”

“就是今天和我比枪的？”

“正是呢！”

英杨暗想，原来成没羽不玩枪。与我比试却只输一枪，我真正惭愧了。

罗鸭头不知他所想，又说：“都以为成没羽跟着三爷去香港了，没想到他陪着十爷！”

“这么说来，刺杀藤原绝不是十爷做的！他让成没羽凝水成冰杀人，连凶器都找不到，何必动用金蝉钺？”

罗鸭头琢磨道：“很有道理！”

屋外楼板传来咯咯声，十爷回来了。他递给英杨一张纸说：“你看看，这是汇款条子吧？”

英杨凑灯细看，果然是美国大通银行汇款单。汇款人叫克里森，收款方是崔玉瑰，金额两万元，时间是两年前的四月七日。

“崔玉瑰是？”英杨轻声问。

“就是你瑰姐。我是个孤儿没名姓，因此用她的名字申请户头。”

这张汇款单在两年前，看似不可捏造，单据要素齐全，汇款人、收款人、金额、日期历历清楚，唯独不能证明它是用于购买金蝉钺的。这东西拿回去，浅间若说句不信，那也没办法。

十爷见他不吱声，问：“小少爷，你还有疑问吗？”

英杨微笑道：“十爷，您知道有个叫孔庆贵的人吗？”

“不知道。”十爷回答极爽快。

“您再想想，永社弟兄里有没有过这号人？”

十爷笑起来：“孔姓论谱排辈，永社姓孔的是祥字辈和令字辈，没有庆字辈！”

英杨听他这样咬定，便把残茶饮了，起身告辞。

十爷便说："小少爷头回来，带两罐铁观音回去，算作我的心意。"英杨赶忙推却，十爷已唤人拿茶，果真是小瓷罐，只有半个手掌高。

因为微蓝说爱喝，英杨半推半就收了。十爷送他下楼，道："有事只管来找我，瑰姐不会拦。"英杨答应，十爷却又说："来找我就行！展翠堂的姑娘，想都不要想！"

英杨一愣，罗鸭头笑道："十爷放心，小少爷喜欢桥牌、射击、跑马，窑子烟铺他从不去的！"十爷点头笑道："那就好！那就好！"英杨不知说什么，只好微笑道别。

等出了门，英杨问罗鸭头："十爷不许我想着展翠堂的姑娘，是什么意思？"罗鸭头笑道："练武之人害怕过欲伤身，这么说是爱惜你。现如今旧式堂子没落了，舞厅多的是，又何必上他这儿来？"

英杨觉得不对，却不想讨论。骆正风在路边等得发急，听说有英国人的汇款单，立即精神起来，带着英杨赶回秋苇白。

浅间等在秋苇白的雅间，见英杨回来精神一振。英杨略过比枪一事，只把金蝉钺的去处讲了，又呈上汇款单。

正如英杨所想，浅间捏着汇款单说："这能说明什么？"说着将单子递给荒木："你看看！"

荒木看罢说："课长，这位克里森，是我们知道的那位吧？"浅间恍然惊觉，半晌低声道："你去查一查。"

荒木匆匆走后，浅间忽然心情好转，冲英杨笑道："小少爷，今天的事让你女朋友受了惊吓，很抱歉。"

情况不明，英杨只能老实说："浅间课长，明知道有重要行动还带着她，这是我的错，请您责罚！"

"我能理解你，"浅间微笑说，"如果没有刺杀，你完成了工作，也圆满了金小姐的心愿。这样的两全其美，换我也要做的。"他说罢向杜佑中道：“杜主任，我看今天的事与金小姐无关，她受了无妄之灾，让她回去休息吧。”

杜佑中生怕浅间拿英杨做法，再连累特筹委吃排揎，听说肯放微蓝，他忙道：“好。让英杨送她回去吧。”

浅间却不肯放英杨去快活：“小少爷来了行动处就要做事。你送金小姐之后速到孔庆贵的住处，参加搜查。”

英杨只求能保微蓝脱身，连忙答应了，到隔壁雅间领出微蓝上汽车。驶离秋苇白之后，英杨问：“孔庆贵是你们的人？”

“这是……”

英杨一脚刹车踏下去，车子突然停在马路上。微蓝皱眉道：“你要干什么？”

“别谈纪律，我就想知道真相。”

“我可以告诉你真相，但我们不要再联系了。我的专项任务全部完成，微蓝这个代号取消了，汇民中学的金老师很快会消失，请你不要来找我！”

让英杨难受的不是这段话，而是微蓝渴望不被打扰。“好吧。”英杨答允，“那么你该告诉我实情了。”

“孔庆贵是我们的人。上个月底，特筹委行动处招人，这批次招工属于编外，因此要求不高，也不会逐人交到警政部审查。我们安排了包括孔庆贵在内的几个同志加入行动处。”

“几个？”

“具体人数你不必知道了。刺杀现场转到秋苇白后，最好的办法是让孔庆贵进入盥洗室实施。”

“那么金蝉钺呢？是你们故意留下的？”

“为了防备浅间报复式缉凶，我们用金蝉钺把目标指向十爷。十爷与梅机关有交情，浅间不敢栽赃他，而十爷的汇款单将把刺杀藤原的矛头指向英国人。”

“英国人？”

“孔庆贵的住处是我们最后的战场。所有线索指向英国人之后，浅间会很乐意推卸责任。”

“日本人有那么听话吗？”

“日本军国主义的野心绝不会止步于中国，他们需要开启欧洲战场。藤原死在英国人手里，无形中迎合了他们这种需求，这是投其所好。”

英杨该知道的都知道了，却不甘心问：“十爷为什么听你的话？永社四杀为什么会配合你？”

“再说十爷不听我的，他听杨波小队长的。”

英杨真是嫉妒杨波，却又无能为力。快到汇民中学了，英杨问：“真的不能再见了吗？”

“留下愉快回忆不好吗？”

“保持联系，会有不堪的未来吗？”

微蓝没有回答。英杨感觉她缩了缩身子，像是想缩进暗影里去。汇民中学终于到了，英杨咬牙踩下刹车。微蓝绽开笑颜说：“谷雨同志，再见！”

时空刹那间回到静怡茶室，微蓝依旧是初见时的样子，友好、礼貌、热情。英杨想不出挽留的话，只冲她的衣领扬扬下巴：“你的刀片也是十爷做的吗？叫什么名字？”

“我的刀片是普通手术刀，任何医院都可以拿到，不是定做兵刃。”微蓝说罢打开车门，再次道别，“谷雨同志，再见。”

英杨没说再见，但也没阻拦。他看着微蓝消失在夜色里，惆怅几秒后，掉转车头驶向孔庆贵的住处。

孔庆贵住在曾经的“三不管”地带，这里街巷密布如蛛网，容易迷路。孔庆贵租住在亭子间，房东加装了细窄的铁楼梯，让租户从户外上楼。

大晚上的，浅间带着七八辆汽车跑来，手电筒雪亮亮到处晃，把左近百姓吓得门户紧闭，不漏一丝灯光。

纪可诚和陈末正在带领人搜查，英杨刚进门，就被霉味冲得差点儿栽了个跟头。这是多久没住人了？亭子间十多个平方，只有扇天窗，天花板垂下光裸灯泡，靠墙摆着床，边上是写字桌，门后搁着烧饭的炉子和矮柜。特务们大肆翻找，把本就凌乱的房间弄得更乱。英杨从矮柜里捏出一只酱色粗瓷碗，油腻腻糊着层蜡光，很久没用了，看来“孔庆贵”并不在这里住。他丢下碗晃到写字桌边，看见陈末正在翻查抽屉。英杨笑道：“这位孔仁兄很有趣，连张饭桌都没有，竟有写字桌。”

陈末回身望望英杨：“小少爷并不知人间疾苦。孔庆贵的家具是捡的，没捡到饭桌捡到写字桌，他也不乐意。”

“原来是运气不好。陈处长有发现吗？”

“我不擅长干这个，这种事应该让你们骆处长来。”

英杨不接话，从抽屉里拽出黑色羊皮面笔记本，奇道：“他怎么有这东西？”

“一个本子而已，很奇怪吗？”

英杨指着笔记本左上角的烫金纹饰：“这是福山笔行的本子。这间笔行只做英国货，封皮是真羊皮，价钱也吓死人，这也是孔庆贵捡的？”

陈末笑笑说：“那他运气蛮好。”

英杨不相信。这本子显然是“孔庆贵”事先安排的，它太醒目了。本子是空白的，英杨拆掉封套，扉页里掉出对折的白色信封。

“发现什么了？”嗅觉灵敏但业务奇烂的纪可诚凑过来，接过信封打开，也是空的。纪可诚失望道：“一只空信封也大惊小怪。”

英杨指着信封右下角的蓝色标记道：“这是美国大通银行的信封。”

“大通银行怎么了？”纪可诚说，“路上捡的吧。”

陈末和英杨同时笑了，纪可诚不明白：“你们笑什么？”英杨道：“纪处长，捡来的信封干吗要藏在笔记本封套里？”

“是巧了点，”陈末道，“能捡到写字桌，能捡到福山笔行的笔记本，又能捡到大通银行的信封。”

纪可诚恍然大悟，举起信封对着灯泡看了会儿，大声吩咐人拿碘酒。碘酒送来了，纪可诚用小刀剖开信封，把碘酒刷在信封的粘连处。没多久，一行数字隐隐浮现。

“这是什么？”英杨问。

“不知道，也许是银行账号。”纪可诚终于立功，急忙抄下数字去汇报。英杨和陈末交换了眼神，陈末说：“小少爷，不争不抢做不了这行。”

“关键不是争抢，是像陈处长这样，有过硬的本事。”英杨面不改色拍马屁，“其他都是虚的，过眼云烟。”

陈末做了个厌恶的表情，转身离开了。英杨看着他悠哉的背影，越发觉得他是自己人。没多久，有人上来通知收队，要大家到特筹委三楼会议室集中。回去的路上，英杨想，微蓝的安排太过滴水不漏，也许会引起浅间的警觉。

他心怀忐忑地回到特筹委，三楼会议室气氛紧张，浅间沉着脸坐在正中，不知在想什么，只是不说话。荒木很快进来，递给浅间文件袋，并在他耳边小声说什么。良久，浅间抬起眼睛，目光扫过特筹委众人，说：“骆处长，陈处长，你们还记得克里森吧？英国的王牌特工，也算军统的老朋友了。”

“他又行动了？”骆正风问。

“汇款给十爷购买金蝉钺的账号，也同孔庆贵住处搜到的账号有来往，一共有六次，每次 1 万美元。最近这次在 5 月 3 日，汇款金额是 2 万美元。”浅间说。

“孔庆贵应该是杀手，用克里森提供的武器做事，他们之间至少合作了六次。”荒木补充道。

“英国人为什么要刺杀藤原先生？”纪可诚嘴快问。

屋里静下来，细菌武器是反人类的，答案人人皆知，谁也不敢宣之于口。

“孔庆贵这样的流贼很难抓捕，但克里森的狐狸尾巴被揪出来，也算件好事。”浅间岔开道，“如果不是孔庆贵丢了金蝉钺，克里森会和他有第七次合作。”

“他为什么把凶器丢掉呢？”汤又江小声说，“他是个惯犯，不该犯这种错误。”

“是因为金小姐。”荒木道，“孔庆贵没想到金小姐在场，他收拾金蝉钺要把首级弄出来，金小姐会看见他的相貌，甚至让他逃不掉。”

“所以他慌着越窗跑了，毕竟时间宝贵。”骆正风感叹，“这么说要感谢金小姐，逼着孔庆贵留下关键线索，否则他溜之大吉，我们再想不到是英国人干的！”

“感谢就不必了。”浅间冷冷道，“虽然这是英国人的蓄谋，还请大家不要放松，自明天起缉捕孔庆贵，不捉拿到案绝不放弃！”

满屋的人哗地起身，立正，齐声答道：“是！”英杨在人群中立着，身体绷得笔直，心却放下来。他想自己多虑了，浅间不是名侦探，真凶没有推卸责任重要。

散会之后，骆正风把英杨叫到办公室，告诉他安全了。英杨奇道：“不是说不抓到孔庆贵不放弃吗？”

“官话！听听就好不必当真，”骆正风惬意道，“现在是英国人同日本人的官司，与我们无关啦！”

孔庆贵未被缉拿，总要做做样子，英杨当晚睡在会议室。他看着窗外孤独伫立的路灯，想到微蓝离去已成定局，强行挽留只会显得“思想不成熟”。

“不要再想了，”英杨对自己说，“微蓝这个代号，取消了。”任务已经结束，何必枉念斯人？

关于藤原被刺的调查，很快把焦点从延安或重庆转移到英国或美国，不多久，此事正式移交日本军部。

消息传下来，骆正风兴高采烈。他这几天摆足样子，全城通缉孔庆贵，弄得英杨几天不敢回家。韩慕雪头回见儿子奋发事业，打发司机来送衣裳吃食都叫英杨撵回去了，韩慕雪这才收回母爱。

除了韩慕雪，第二个关心英杨不回家的是林奈。为免她乱说话，英杨百忙中约见了林奈。

林奈她心情大好，吮着橙汁约英杨去郊游。英杨说自己忙得很，没空郊游。林奈责备英杨同英柏洲一样，去给日本人做事。英杨不愿多作解释，林奈却说："我看你肯扶张七坐汽车，又陪他进医院，只当你是可靠的人。"

"这有什么特别的？"英杨奇怪。

"你像我哥哥，看着是个少爷，其实不是。"林奈说罢又要英杨靠近些，问，"你喜欢共产党吗？"英杨吓一跳，斥道："你怎么乱讲话？"

"干什么慌成这样子？我哥哥就是共产党，我也没你这样慌！"

英杨以为听错了："你说什么？"

"我哥哥林可就是共产党，他在太行山，听说是什么政委，可厉害了！"林奈一脸得意。

"你……你爹爹知道这事吗？"

"知道啊，他总不能上太行山把我哥捉回来。你不知道，军统、中统抓着我哥做文章，差些逼死我爹爹！"

所以林想奇和重庆翻脸如此爽快。英杨不由感叹。

"你同我大哥说过此事吗？"英杨又问。

林奈摇摇头："我哥是我爹最大的心病，不让我告诉别人。所以，你也要替我保密啊！"

"这样的机密为什么要告诉我？"

"我想我哥哥，很想很想。你和他太像了！我想上太行山去找他！"

英杨只能恐吓："你的想法太危险了！特筹委捉不够抗日分子，要拿你这样沾边的去抵数！"

"如果我加入共产党了，你会抓我去抵数吗？"林奈并不害怕，闪亮着眼睛问。

英杨不理，叫来服务生算账。林奈说："咦，我的橙汁还没喝完呢！"英杨丢下钞票说："莫谈国事，听过吧，做不到别约我出来！"

英杨到家后，阿芬说射击俱乐部有位满先生来了三次电话，让英杨给他回电。

为防意外，英杨驱车去邮电局打电话。果然是满叔，约他在吉祥里23号见面。英杨应约去了，满叔问他这十天哪里去了，为什么和组织失联。

英杨不敢细讲刺杀藤原的事，只说被扯进这桩奇案，回不得家。好在满叔并不追问，只说立春变节已经报到江苏省委，要求英杨写出详细报告。处理结果下来之前，满叔暂代上海情报科负责人。

见面结束，英杨走出很远又回头看，弄堂细窄幽长，没有尽头的地上积着水，天上飘着衣裳。日本人没有走，中国还是这样子，英杨追寻的那束光遥不可及，身边刹那的闪亮又消逝了。

时间照常流逝，并不在意愉悦或者悲伤。英杨结束小少爷的悠闲生活，跟着骆正风步入特筹委核心。他逐渐掌握日本人与和平政府的风向，并把这些汇报给满叔。情报质量显著提升让满叔很高兴。这天中午他约见英杨，少有地摆出小酒和花生米。喝酒谈心时，满叔说，搞情报的，在边缘打转很累。他流露出羡慕之情，夸英杨得天独厚，能打进敌人心脏。

英杨不喜欢把取得的成绩归结为"出身"，划阶级说他不纯粹，讲效果又说他讨巧。但满叔说这些并无恶意，英杨不愿与之计较。半瓶酒喝下去，满叔说，上海情报科要来新负责人，代号"大雪"。

英杨吃惊，问怎么又派新人来。满叔苦笑道："我这人居中联络是行的，搞情报我不行，真不行！"满叔讲规矩，类似微蓝讲"纪律"。懂规矩、守纪律是好事，太本分、做不出成绩也是实情。今日之上海，遵守"党内纪律"只能确保安全，谈不上开展工作。英杨不知如何安慰他，只得陪着他喝酒。他感觉到满叔的失落，但愿这失落与得失无关。

"大雪今天就到上海，"满叔大着舌头说，"你把时间留出来，大雪明后天要见你。"

英杨怔一怔："为什么要见我？"

"立春的三级联络不搞了吧。你是我们的王牌谍报员，大雪来了当然要见见你。"

"别！别！"英杨谦虚道，"我和大家一样，没什么王牌不王牌的。"

"那能一样吗？你坐坐办公室，拿的情报比谁都多！"满叔拍拍英杨，"别谦虚了，工作上有成绩不丢人。"

英杨知道他喝得差不多了，于是收起剩下的半瓶酒，说："我要回去上班了。你也别喝了，酒多伤身。"

从吉祥里出来，正午的太阳晃得人眼晕，也许酒喝多了心烦，英杨总是想起微蓝。她杀掉藤原那晚也喝了酒，粉面生春，眼横秋波。微蓝也许仍在汇民中学，去找她总能见一面。然而自尊心让英杨停住了脚步，国难当头，他们没资格谈论感情。

英杨在特筹委与罗鸭头一间办公室。他刚进门，罗鸭头便抽抽鼻子说："小少爷上哪儿去了？这一身酒味啊！"

英杨懒得说话，只冲他笑笑，便窝进沙发里闭上眼睛，想眯瞪几分钟。罗鸭头以为他喝多了，体贴问要不要茶。讲到茶，英杨遽然睁开眼睛，撑着起来打开柜子，找出十爷给的两小罐铁观音。罗鸭头看他要拆，心疼地说："这点茶叶你当个宝贝，只收着舍不得喝，今天想开了？”

英杨起初攒着，是想有机会捎给微蓝，眼看这机会越发渺茫，到了今天，竟是死心了。上海情报科都换负责人了，还有什么可期盼？他于是呢喃：“只有我当作宝贝有什么用？”

罗鸭头没懂，正瞅着英杨撕封口的纸条。忽然电话响了，罗鸭头就手抄起听了，却又递话筒给英杨：“小少爷，你的电话。”

英杨一手抱着茶叶，一手接过话筒，漫不经心说：“喂？哪位？”话筒里传来微蓝清亮的声音：“喂？请问是英杨吗？”英杨像被一道雷立劈在地。他攥着话筒，目光流转，却不说话。微蓝又“喂”几声，英杨还是不说话。微蓝喃喃自语：“是这个号码呀……难道我拨错了？”

英杨听到这句，才说：“有事吗？”

微蓝静了静，不确定地问：“是英杨吗？我想问你今天有没有时间，我想见见你。”这声音清脆悦耳，如同林间鸟鸣，透着的愉悦仿佛从不曾和英杨分别过。英杨不由汗颜，在微蓝面前，他也太被动了。他于是不冷不热地说：“有空啊，什么时候见？”

“今晚行吗？晚上六点，还在汇民中学门口。”

“好。晚上见。”

英杨说完利落地挂电话。罗鸭头趁这工夫洗了杯子，捧着来蹭极品铁观音。谁知英杨把封条贴贴好，不拆了。

“哎，喝茶啊，小少爷……”在罗鸭头绝望的呼唤里，英杨脚步轻快走出办公室，回家洗澡换衣服，约会不能满身酒味的。

约在晚上六点，英杨整个下午心情微妙。他知道微蓝有事相求，否则绝不会自食其言。可即便做了她的棋子，叫她利用了，也这样让人期盼。除了莫名涌动的情感，他也喜欢与微蓝一同完成任务，见神杀神，见佛杀佛，爽快。还有十爷、成没羽、展翠堂的青衣人以及永社四杀……英杨在无限畅想中坐立不宁。煎熬到五点半，他立即收拾出门，六点不到就到了汇民中学。出乎意料，一向矜持的微蓝早早站在学校门口，张望着过往车辆。

英杨一脚刹车，帅气地停在微蓝面前，摇下车窗按声喇叭。今天微蓝穿着水粉底飘细白格旗袍，衬得肤白如雪，新鲜得像要泼出的牛奶。不过十多天没见，却像经过了许多年。两人忽然面对面，皆是横生诧异，眼前人与心里的仿佛不同，然而细看了，却还是那个人。

已经六月了，初夏的傍晚，天空留着落日的余晖，飞过几缕细长白云。英杨开着窗，晚风蹿进车里，让英杨忘记这是1939年的上海，生活刹那美好起来，充满着希望。

“你喜欢吃什么？”英杨问微蓝，“这是我头回请你吃饭，总要叫你如意。”

“总之不吃杭帮菜。”微蓝笑起来。

“我娘是真爱吃杭帮菜，她特别怀念在杭州的生活，总是向我说起。”

微蓝微笑听着，并不说话。

“你去过杭州吗？”英杨又问。

一缕羞涩闪过微蓝的面颊，她腼腆说：“没去过。”

难得看见微蓝腼腆，英杨觉得很可爱，于是说：“有机会我带你去看看，西湖很美。”

微蓝没有向往，却问：“那么你去过笔架山吗？”

英杨没听这名字：“没有去过。是哪里呀？”

“在江西。每年五月，笔架山的杜鹃漫山盛放，像飞瀑直挂山头，肯定比西湖美。”

“生如夏花之灿烂，逝如秋叶之静美。西湖是静美，和笔架山不同。”

“那么我喜欢灿烂的美，有生命力又足够蓬勃。”

英杨侧头看看她，问：“你是江西人？”

“不，不是，我只是去过。”

“你去过的地方挺多的呀。”

微蓝又不说话了。

英杨选择的餐厅在新新公司附近，是法国人开的。他停好车扮绅士去给微蓝开门，微蓝早已下了车，打量面前尖顶的红房子问：“这是哪里？”

英杨用法语说了餐厅名字，又补充道：“这里牛排尤其好吃，带你来尝尝。”

微蓝不多话，跟着英杨走进去。客人不多，侍者引他们到幽静的座头，又问要不要开酒。英杨望着微蓝笑笑，问：“喝吗？”

微蓝正色摇头：“我不会的。”

英杨懒得相信她，请经理开一瓶红葡萄酒。这间餐厅贵得离谱，因此客人稀少。英杨请微蓝来这里，一多半是为了环境，人少才好说话。

“你找我绝不会是叙旧，有什么事就说吧。”英杨开门见山地说。

“认识不到二十天，哪来的旧可叙？”微蓝好笑道，“不过你说得对，我找你的确有事。”餐厅桌与桌之间隔着老远，微蓝还是不放心，伏在桌上努力凑近英杨，低低问，“你知道七号码头吗？”

七号码头是沪战失利后的特称，简单来说是货运码头，只走货，不走人。英杨刚要回答，侍者送上了牛排。“尝尝牛排，很好吃。”英杨说。

微蓝看看盘子，没有动。自从进了餐厅，除了喝水，微蓝什么也没有吃。刀叉起初摆成什么样，这时候仍摆成什么样。英杨仿佛意识到什么，拿过她的盘子，把牛排切成小块，边切边说：“我知道七号码头，你想干什么？”

“我有批西药想从七号码头过一过，送到南京下货。”

英杨盯她一眼，问：“什么药？”

“盘尼西林。”

英杨笑一笑，把切好的牛排递给微蓝，取餐巾揩着手，却不说话。

“你有办法吗？”微蓝顾不上牛排，又问。

“盘尼西林是严控品，你从哪儿弄来的？”

微蓝刚皱起眉头，英杨立即竖起手掌阻断：“行了，我不问，是纪律嘛，我知道了。”微蓝这才神色和婉，取叉子戳了块牛排放在嘴里。

“好吃吗？”英杨问。

“还行。”微蓝说，“说正事吧，你究竟有没有办法？”

“有啊，办法总比困难多。”英杨悠闲道，“但是你知道的，要有价值对等的交换。”

微蓝又戳块牛排搁进嘴里：“条件是什么？”

英杨掏出蓝丝绒小匣子，推到微蓝面前：“我的条件简单，把这个收下。”

匣子大小像包装戒指的，四四方方，憨头憨脑。微蓝面露警惕之色盯着，仿佛下一秒，那里面能跑出个怪兽来。

“你可以打开看看。”英杨说。

微蓝打开匣子，里面不是戒指，是把黄铜钥匙，系在一根铂金链子上。微蓝不易觉察地松口气，问：“这是什么？”

“你忘记了？这是爱丽丝公寓的钥匙。”

微蓝咬咬嘴唇不说话。英杨伸手去拿匣子：“你不要也行的，七号码头找别人好了。”

“等等！”微蓝出手如电，一把抢过匣子，“我说了不要吗？”英杨满意地收回手喝咖啡，问：“这批盘尼西林你打算做什么用？”

微蓝犹豫了一下，说：“要送去大别山。”

“这也是社会部的特别任务吗？”

“你怎么这么爱打听呢？”微蓝忍无可忍，“同你讲十句话，八句要违反纪律！”

“这说明我们的谈话围绕着工作，”英杨微笑地说，“违反纪律我也要问的，杨波小队长拿七号码头没办法吗？”

“立春失踪后，围捕上海情报科的行动流产，浅间三白正在秘密调查。因此我们参与行动的人，要有60天的冷却期，但这批药品很紧急，山上等不了60天。”

“可我也参加了行动啊，我不需要被冷却吗？”英杨很委屈。

“你要是没办法我另外找人。”微蓝今晚的迁就到此为止，寒着脸道，“你只提供了饭店，有什么好冷却的？”

英杨迅速服软：“行吧，我给你想办法好吧？我若想到办法，还是去汇民中学找你吗？”

“是啊，我还住在汇民中学呢。”

英杨忽然想起什么，问：“你宿舍门前的栀子，开花了吗？”

第六章　冷山

微蓝宿舍前的栀子开了。幽香浮动在夜色里，远远伸出无形小手，弹拨沁香来勾人。英杨满足地站在花坛前，无论如何，他总算看到这一季的栀子花开。

除了栀子，微蓝的画作也进展飞速。那一片朦胧可疑的绿真是草原，小草初具形状，铅灰山脉向远处延展。英杨想，女孩子总喜欢这些，草原啊，远山啊，云雾啊，做着梦似的，轻柔奇幻。微蓝也做梦吗？叫人不敢想象。

见他在画架前驻足，微蓝不由问："你也喜欢画画吗？"英杨回过神笑道："正因为不会，所以才向往。"

答允三天之内给回音后，英杨愉快回家，阿芬见到他说："小少爷今天这样开心。"

"我开心得很明显吗？"英杨心虚地问。

阿芬往他脸上认真看看："很明显，你一直在笑。"

英杨有意识地板了板脸，却按捺不住愉悦，快乐像泉水从心田涌出，不当心就荡漾在脸上。所幸电话响了，阿芬忙着去接，放过了英杨的开心，然而她很快跑回来说："小少爷，你的电话！"

电话是满叔打来的。他用暗语通知英杨，明天下午三点，大雪在左登巷锦云成衣铺等英杨。

"我去了说什么呢？"英杨问。

"他看过你的照片，会叫你的名字。"满叔说。

英杨说“好”。他的快乐因为这个电话打了折，新领导来了，也许不同意他帮助微蓝过七号码头。这次微蓝的求助，很显然是私下的，没有通过组织程序。这个把纪律挂在嘴上的人，原来也不按章程办事。

第二天下午三点，英杨应约到左登巷。锦云成衣铺门面不大，橱窗里站着两个木偶，高的穿灰西装，矮的穿黑底红花丝绒旗袍。铺子左边是小饭馆，右边是烟杂店，对面是两层楼的旅社。成衣铺里采光并不好，老板站在柜台后面，听见门响招呼问：“先生做衣服啊？”

英杨有点不知所措。不设暗语也是一种暗语，他不敢乱接话。老板瞧他沉默，反倒笑问：“你是英杨吧？”

英杨恭敬道：“是。”

“我们里面谈。”老板揭开屋角布帘，把英杨领进小屋，又请他坐下。

“谷雨同志，见到你很高兴。我姓史，叫做史云深，代号大雪。”

大雪非常符合共产党人的形象，眼睛明亮，态度和蔼，待人亲切，他言谈间的神采让英杨很快想到微蓝。

“他们受过训练，习惯这样开展工作。”英杨想。

他于是欠身行礼：“大雪同志您好，很高兴见到您。”

“我来上海先见的满叔，第二个就是你！你处理立春变节很果断，做得很好，让人印象深刻！”

英杨受到直白表扬，不好意思道：“您过奖了，都是我应该做的。”

大雪微笑说：“我们有许多优秀的地下工作者，却缺乏优秀的特工，我很期待你的表现。”

“地下工作者和特工有区别吗？”

“当然有！后者的要求更专业，做出的牺牲也更大！”

英杨能明白前半句，对后半句体会不够。初次见面，他顺着大雪说：“我会努力的。”

“好！组织上要交给你新的任务。”

“您说！”英杨连忙道，“我保证完成任务！”

“我们收到上级指示，大别山区有一支抗日力量，由于鬼子封山被切断补给，急需药品和枪弹。华中局的同志克服万难搞到盘尼西林，想通过七号码头运出上海。他们通过延安向省委请求支援，省委把这个任务交给了我们。”

大雪刚说到大别山，英杨就愣住了。他越往下说，英杨越愣得厉害；等大雪全部说完，英杨完全傻掉。

大雪等了等，终于提醒：“谷雨同志？英杨？”

英杨蓦然回神：“是，是的，我在听。大雪同志，盘尼西林从七号码头出来，要运去哪里？”

“南京。”

英杨又一惊！这和微蓝说的完全吻合。

“药品到了南京，你辛苦一下帮着送到定远，把药交给华中局，任务就完成了。”

“好，好。”英杨一时不知该喜该忧。大雪观察他问：“英杨，你说实话，有把握吗？”

“从七号码头出货要批条，和平政府能办理批条的是内政部的运输处。您应该知道，我大哥是内政部次长，我想，因为这个才让我们支援吧？”

大雪没有正面回答，却说：“你和英柏洲的关系我略有耳闻。我想听你说说困难。如果做不到，就不要把担子压给你一个人。”

英杨心底涌出暖流，不假思索地说：“我试试吧，有困难再向您汇报。”

大雪正色道：“按照战时地下工作要点，保存力量是重中之重，不行就放弃，我们另想办法！你现在的位置很重要，能做的事很多，你要珍惜！”

英杨认真点头：“您放心吧！我有分寸的！”

“另外，你明天到静安寺去一趟。下午两点，供香处有人拿着本《良友》，你问他在哪儿买的，他说这期卖完了是绝版。暗语对上后，他会与你接头。这个人叫杨波。”

英杨睁大眼睛，不可置信地望着大雪。大雪发现他神色有异，问：“有什么问题吗？”

“没问题。”英杨赶紧说。

“大别山上的队伍牵制着鬼子清乡团，是当地百姓的指靠。”大雪最后说，“我们要尽全力帮忙！”

见过大雪，英杨心情良好。他回家进门，见到阿芬迎上来，笑得满脸都是故事。

英杨好奇：“你今天是开花了吗？这样高兴干什么？”阿芬扑哧一笑：“小少爷！家里来客人了！”

“哦，是太太的牌友吗？”

“是啊！你猜是哪位牌友？”

英杨看她这神头鬼脸的，心下微动：“是冯太太吗？”阿芬咯咯笑：“是呢！正是呢！”

“呵呵，冯太太来了有什么好稀奇。”英杨生出隐隐渴望，却不敢叫它成形，只说，“来就来嘛。”

他说着进了客厅，第一眼瞧见的却是林奈。难道阿芬的笑是为了她？英杨很失望。

“林小姐？你怎么在这里？”英杨问。

比起阿芬的高兴，林奈明显不高兴。她嘟嘴坐在沙发里：“我为什么不能来？这是你一个人的家吗？”

承蒙林奈肯替微蓝打掩护，英杨心怀感激，总是让着她。他默然坐下展开报纸，林奈却要挑衅：“听说你和柏洲哥哥不是亲兄弟，没错吧？”英杨奇怪：“没错啊，你知道得也太晚了吧？”

“我之前还不相信呢，今天才明白了！果然不是一家人，进了一家门也没用的！”

英杨放下报纸：“你要说什么就说出来吧。”

“我有什么可说的？把心掏出来都叫人嫌腥的！”

英杨听她说得离谱，皱眉正要反驳，却听着脚步声响，冯太太在楼梯上叫道：“哟！阿杨回来啦！”

见着韩慕雪挽着冯太太笑嘻嘻下来，英杨忙起身行礼：“冯太太您好。”

“好，好！阿杨真是啊，又孝顺又懂礼貌！”

韩慕雪笑道：“冯太太老客气了，总是夸他！”

“好嘛就要夸的。”冯太太边笑边坐进沙发。看见韩慕雪下来，林奈早换上乖巧面孔，面带甜笑，背手站着。

韩慕雪拉过林奈，向冯太太道：“林小姐这双巧手啊什么都会做！她今天做了奶油蛋糕，巴巴地来看我！冯太太来得正好，我们一起尝尝！”

冯太太见到林奈多少带点敌意，只不方便表露出来，于是笑道：“千金小姐十指不沾阳春水，林小姐却是例外，将来不知谁有福气，能娶到这样贤惠的。”

韩慕雪知道林奈八成要进英家门，只是英柏洲的事她不便多话，因此讪笑不语。林奈见气氛冷了，便说：“我去把蛋糕切来，那上头的大草莓可新鲜了，刚从乡下摘来。”

韩慕雪按住她笑道：“你是客人，做蛋糕的是你，切蛋糕的还是你，没有这样的道理！你坐着，让英杨去！”说罢向英杨道：“你这个报纸呢，从早上要看到晚上，哪有这许多事要操心？今天姆妈请客，烦请小少爷动动手，切蛋糕来行不行？”

冯太太听了咯咯笑，端起茶杯帮腔：“阿杨你姆妈说得对，快去，快去吧！”

英杨无法，只得起身去厨房。正在收拾桌子的阿芬见他来了，一笑缩头便跑出去。英杨更加莫名其妙，叫道："你别跑啊，林小姐的蛋糕搁哪儿了？"

"在灶间桌上！"阿芬丢下这句话，没影了。

英杨穿过餐室进灶间，进门却愣住了。灶间里，微蓝穿着淡绿旗袍，站在流理台前切水果。水果刀嗒一声嗒一声，一片片小橙子堆在她的手边。英杨没力气似的倚住门框，感叹微蓝旗袍的绿太淡，吹口气就要褪掉似的，弄得人大气也不敢出，只怕惊跑了她。时间不能静止在这里。英杨先开口了，说："姆妈叫我来切蛋糕。"又问，"你会切蛋糕吗？"

微蓝轻声说："掰馒头会，切蛋糕不会。"

英杨无奈笑道："刚刚冯太太讲，千金小姐十指不沾阳春水，我瞧你不是千金小姐，却沾着这样的毛病。"

微蓝嫣然一笑："又会做杭帮菜，又会做奶油蛋糕，这样的千金小姐难找，你要珍惜才是。"

她尖酸罢了接着切水果，英杨并不反驳，自去伺候奶油蛋糕。林奈做的蛋糕很漂亮，雪白的奶油拉花上戳着鲜红草莓。英杨捡一片微蓝切好的橙子，蘸着奶油吮了吮，说："太甜了。"他说罢，探手去接微蓝手里的刀。微蓝只得松开手，斜着身子看他切蛋糕，说："这刀刚切过橙子，还是酸的。"

"酸才能中和甜，否则酸的稀酸，甜的齁甜。"

微蓝微笑道："我听你这话意有所指。"

"指了什么？"英杨反问。

微蓝冲客厅戳戳手指："你说的稀酸可是坐在外面的？"英杨三分玩笑三分认真道："你要小心，我娘是个没读过书的。"微蓝不懂："这是什么意思？"英杨笑道："没读过书的人，偏爱薛宝钗多过林黛玉。我看你今天很有黛玉风骨。"

微蓝憋不住笑起来：“上回三国，这次又红楼，我看你才是宝玉风骨，什么时候要说西厢？”英杨望她笑笑：“什么宝玉黛玉的？这可是你说的，与我无关。”

微蓝回过味来，立即缄声走开。她去找了玻璃盆子，把切好的橙子摆成盛开的花，又拈起英杨吮过的橙瓣，却掐着头尾剥下皮，取牙签扎着果肉，仍摆在橙子皮上。

弄罢了，微蓝捧着玻璃盘子出去了。英杨却拈起牙签，把那瓣橙子送进嘴里。他将蛋糕切成等分三角形，刚切完阿芬溜进来笑道：“小少爷，金老师果然漂亮啊！把林小姐比下去喽！”

英杨微笑不语。阿芬拿出瓷碟将蛋糕装好，又冲了壶英国茶，整整齐齐摆进托盘。英杨吩咐她端出去，却又叫住了问：“金老师什么时候来的？”

“有好久了。听说是太太到冯家打牌，正巧遇见金老师给冯家小姐上课，于是请回来吃晚饭。”

“那么林小姐呢？”

“她自己提着蛋糕来的。一来看见金老师嘛，哇，那个精彩啊！”

眼看着阿芬眉毛眼睛都要演戏了，英杨立即替她打住，忙道：“好了！你快点送出去吧，吃不着蛋糕太太又要找我麻烦呢！”

阿芬这才收了戏，捧着托盘匆匆去了。

英杨洗净手跟到厅里，仍旧展开报纸假读，没坐一会儿，他便晓得微蓝决不是黛玉那派的。

微蓝讨好韩慕雪用个“默”字。林奈的小甜嘴叽叽呱呱，上天入地大谈美食厨艺。微蓝正襟危坐，屁股搭着点儿沙发边，背挺得跟块铁板似的，安静得像尊雕像。她不插话，不抢风头，却也不是只坐着。没茶了添茶，一会儿收蛋糕盘子，一会儿又收拾果皮，进进出出比阿芬还忙碌。

等到天刚黑，英柏洲为了躲韩慕雪，照例不回来吃晚饭，阿芬便去支锅炒菜，微蓝自然跟去帮忙。英杨不大懂这世界，高谈阔论美食厨艺的林奈不下厨，不会做饭的微蓝反倒进了灶间。

冯太太笑道："林小姐这样会做菜，不晓得我们今天能不能尝到？"

林奈也笑道："冯太太，我做饭只能用我家的厨房。灶头的火，锅的尺寸，铲勺的斤两，这些都影响手艺的！讲究起来，我平日用的油盐酱醋都与别处不同。"

冯太太奇道："油盐酱醋如何不同？"

"这里头学问极大，细讲能写本书来！只说这酱料，我家里有个小大姐，别的事不做，只替我做酱料！"

冯太太感叹道："林小姐做饭便似神仙做饭，吃到嘴里要添寿数。"韩慕雪笑道："冯太太，你要吃什么只管点出来叫她做，做好了送到你家里去！"

"啊哟，不敢不敢。"冯太太知道林奈是林想奇的女儿，听这话直摆手，"太麻烦了，不敢的！"

林奈嫣然道："我回头做两道拿手菜带过来！冯太太，到时候一起来吃啊。"

冯太太心里翻个大白眼，暗想左邻右舍的，却要跑到英家来吃？可她脸上堆出笑："能尝到林小姐的手艺嘛，那最好啦！"

说话间阿芬来请吃饭。众人落座，微蓝并不坐下，帮着阿芬盛饭递汤。韩慕雪看她忙到现在，忍不住说："金小姐，你坐下来吃饭，你也是客人呢。"

"哟，她不是客。"冯太太立即说，"你问问阿杨，她是不是客？"英杨刚把饭碗捧起来，听了这话只得说："她不是客，不是的。"

桌上气氛欢愉，林奈却不高兴，鼓着嘴说："英太太，我也不当自己是客的，你说对不对？"韩慕雪最喜欢被人依赖，于是高兴道："你也不是客！这就是你家！"

林奈这才满足，得意着瞅一眼微蓝。微蓝坐得笔直，用筷子挑一粒米搁进嘴里。

吃罢晚饭，用了茶和水果，冯太太起身告辞。韩慕雪只叫英杨开车送，自己又跟进院子，拉微蓝的手说："金小姐以后常来，不必等冯太太的空闲，知道吗？"

微蓝含羞点头。英杨冷眼旁观，觉得看错微蓝，之前怕她脾气冷与韩慕雪不投契，现在看来都是白操心。这人要么是液体，要么属变色龙，完全按需变化。

车子开出英家，冯太太先笑道："阿杨，你姆妈蛮喜欢林小姐的。"英杨透过后视镜盯一眼微蓝，说："林小姐再好嘛，也是我大哥的师妹。"

冯太太呵呵道："我看她人嘛没进门，大嫂的派头摆出来咯！论年纪金老师比她大几岁吧？你瞧这顿晚饭，我们金老师忙前忙后，她坐着不动弹！旧式媳妇立规矩，那也是大嫂领着头，不好这样的吧？"说着又嗔怪英杨道，"小少爷，你心里要有个数，金老师身世可怜，不能被人欺负了。"

英杨无奈道："冯太太放心好了。"

微蓝却笑道："冯太太，上回您咳嗽，吃了苏州妙仁堂的枫露茶管用呢。我表哥又带来几包，明天给您送去。"

"那怎么好意思？我这点老毛病，每回都要麻烦你！讲到苏州呢，我有个表妹嫁女儿，要打床蚕丝被子，我看上海的生丝并不好，要请你陪我走一趟苏州。"

"那没有问题。您定了时间，我陪您去就是。"

等到了冯家，冯太太意犹未尽，要请英杨微蓝屋里坐坐，尝她新收的上品官燕。这晚上冯其保在家，见到英杨十分客气。冯家女儿今年十五岁，花蝴蝶般扑下楼，缠着微蓝讲东讲西。

英杨不能脱身，只得陪冯其保吹牛皮。冯其保问了特筹委的情形，道："令兄是林先生的学生，前途远大，小少爷为何要在特筹委容身？

那地方不干净！”

英杨笑道：“我这人散漫，正经仕途走不好的，随便找地方打发时光。”冯其保道：“那么小少爷可有发财的念头？”英杨听他坦白，便说：“正想靠政府跑些生意。”

冯其保来了精神，问英杨要做什么生意。英杨没做准备，只得说些黄金股票来推搪，谁知冯其保却认真道：“小少爷，做这些不赚钱的，我告诉你一桩门路。”

英杨洗耳恭听。冯其保请英杨进书房，沏了茶关上门说：“你晓得猪鬃吧？”

“是做刷子的？”

“正是这东西！”冯其保一拍大腿，“现在是紧俏物品！内地5万法币一箱，到美国卖到67万！”

英杨不由吃惊：“这东西有什么用处？”

“猪鬃嘛，做的刷子保养飞机大炮啊！否则不刷油，要锈掉的啊！”

英杨恍然大悟：“原来如此！”

“不瞒你讲，我现有一条路子，香港那边等着收猪鬃，用黄金的价，只是找不到货源。小少爷交游广阔，不知能不能收到猪鬃，若是能的，你六我四分账如何？”

英杨没有货源，却客气道：“冯处长说哪里话，找到货源也是五五分账。”冯其保哈哈笑道：“小少爷客气了！只要找到货源，过码头的琐碎事都包给我了。”

英杨心下微动，不由问：“猪鬃要从七号码头走吗？”

“战时物资都要经七号码头。”冯其保道，“不过一张批条，却难不倒我。”

“好。好。”英杨喃喃道，“找到货源我来找您！”

吃罢燕窝告辞出来，英杨送微蓝到学校门口，他停车拿出纸袋给微蓝：“本想明天带给你，今天遇上了，就今天给吧。”纸袋里是小茶叶罐，典雅漂亮。

“这是什么？”微蓝问。

“十爷给的上好铁观音，我想你喜欢，要了两罐。”

“两罐？还有一罐呢？”

“搁在爱丽丝公寓，万一你会去呢？”

微蓝沉默一时，说：“很多事和你想的不一样。”英杨想，她刚走近一步，就要跳开一点的。他不接话，等着她说下去，微蓝于是说：“总之你记住，除了忠诚，我们的一切都可能是虚假的。”

“对谁的忠诚？”英杨问。

“对党，对祖国，对人民。”微蓝毫不犹豫地说。

在上海，没人用这样的语气说话，它听起来有点傻，有点可笑，可英杨喜欢，他讨厌软绵绵的文艺腔。

“你的意思是，关于你的一切都是假的？”

微蓝像是默认了。她低头坐在车里，在大片黑暗里发出柔白的光芒，让英杨忍不住要接近。可近在咫尺了，他又屏息以对，生怕这光是假的，这梦会醒来。

“我知道没什么能改变你，”英杨苦涩着说，“希望我们的再次合作能够顺利。”

微蓝飞快点头，匆匆说：“谢谢你的茶叶。”说完她下车走了。

看着她的背影，英杨心绪复杂，有欣喜甜蜜，有惆怅不甘，也有苦涩悲伤。

次日下午两点，英杨到静安寺同杨波接头。

静安寺香火旺盛，香客如织，英杨看着信佛者的虔诚，想这也算是信仰。老火曾说中国人的神与西洋不同，中国神要办实事的，比如送子观音或者灶王爷，都是接地气的神仙。老火能把高深道理揉烂了讲透，但他实在不适合上海。上海是摩登与烟火气兼具的城市，老火只有烟火气，不懂摩登。

英杨走到供香处，远远看见杨波。

杨队长五官端正，浓眉大眼，英杨在他面前逊色了三分正直。然而《良友》同杨波气质不搭，他骨节粗大的手，握着绘有妖娆女郎的杂志，怎么看怎么别扭。

英杨走近说："先生，《良友》新一期出了吗，我跑了几处竟没买到。"

杨波露出和善微笑："这期早就卖完了，我这本是绝版！"暗语说罢，杨波直接道，"谷雨同志你好，我见过你，你也见过我，还记得吗？"

静安寺里人来人往，英杨说："我们前面茶楼坐坐。"

他在茶楼要了包房，等跑堂送上茶和瓜子退下后，杨波道："谷雨同志，想必你接到了任务，大别山的队伍被日本人死缠烂打，如果药品不上去，只能眼看着他们牺牲在山上！"

英杨点头："我能理解你的心情。"

"搞到的这批药是山东局冒了生命危险弄来的！我们一定要让它出上海，让它到山上去！"

"你说，哪里的同志搞来的？"

"山东局啊！"

"也就是说，船是从山东来，这船能装什么货？"

"什么货都行！只要你能拿到批条，让船顺利进七号码头，你要它装什么货，就装什么货。"

"能弄到猪鬃吗？"英杨眼发幽光，盯着杨波问。杨波愣了愣："猪鬃？这东西值钱吗？还要用船运？"

"你们能解决猪鬃，我就能解决批条！"

杨波抓抓头："行吧，我反映给他们。"他说罢要告辞，英杨却又道："关于这次任务我有疑问，上海情报科弄批条，你们社会部负责什么？"

“我们在定远接应，再把药品送上山啊。”

“送上山不是华中局的任务吗？”

杨波怔了怔，说：“谷雨同志，你对任务有疑问不要问我，我也不清楚，有事吩咐我做就可以了。”

英杨生出疑心，杨波并不像微蓝的领导。

接下来的事很顺利。山东局弄了船猪鬃，冯其保大喜过望，转手弄到批条。英杨感叹他能量强大，细问才知道，冯其保和运输处长管翔是至交好友，这批猪鬃赚到的钱，管翔自然有好处。

在冯其保牵头下，英杨请管翔小聚，又拉中亚银行胡行长的公子作陪。酒足饭饱之后，冯其保、管翔连连表态，说以后发财少不了英杨。英杨很清楚，冯其保拉他下水是冲着英柏洲，万一有纰漏，英柏洲自保也会保住他俩。

猪鬃到上海之后，杨波带人化装成码头工人，偷出盘尼西林藏进英杨租好的仓库。进上海是解决了，接着是出去。

英杨问骆正风有没有芝麻，说南京有朋友要收。骆正风两眼放光：“芝麻有何难？小少爷也做这样的买卖吗？”

“我帮个朋友，”英杨推托说，“并不长做的。”

“我希望你长做呢，”骆正风笑道，“乱世里遍地金银，请你放放小少爷的架子，挣出不靠英家的财路来！”

英杨好笑：“你说的也对。”

骆正风便问：“正经货要从七号码头走，出码头的批条你弄到了？”

有管翔保底，英杨不愁批条，只让骆正风放心。骆正风心想，七号码头的批条归内政部管，谁知英家兄弟在搞什么鬼，自己少问一句是正经。他雷厉风行地找到卖家，弄了芝麻在七号码头装船。英杨把倒卖猪鬃赚的钱分作三份：一份汇给山东局填补亏空，一份作为买芝麻的货款，一份是骆正风的好处。他又当掉几块手表，把好处加到五万元。

骆正风见钱眼开，笑道：“你若有路子弄码头批条，可以赚他们的钱。”他说着比个“八”。

英杨大吃一惊，叫他不要乱讲。骆正风不屑道：“小少爷别天真了，背地和共产党做生意的比比皆是，否则他们的枪，他们的粮，他们的药，都从哪里来？”

“在日本人枪口下面，敢赚这种钱吗？”

“日本人在南京杀了三十万人！长江水都染红了！中国人不干这事就能活着？谁傻呢给他们卖命？我同你讲过，重要的只有命和钱，其他都是放狗屁！”

英杨木鸡状点头，表示受教。

芝麻装船那天，英杨带着张七到码头，把盘尼西林拆散藏进装芝麻的麻袋，做上标记塞进船里。查货的听张七口口声声叫“英少爷”，疑心这货是英柏洲交代的，因此做做样子便验货放行了。

等船离沪，英杨请假去南京，只说韩慕雪有个远房叔父过世。骆正风爽快允假。英杨带张七直奔南京，在西站码头高价租了卡车，只等船到。

芝麻船到了南京，张七带着租来的工人进码头，卸下做了记号的麻袋，装上卡车出南京往定远跑，天刚黑时到了定远县城。

沿路全靠英杨的三件宝物证件、钞票和香烟撑着。虽然一路顺利，但沿途破败的山河，神色麻木的同胞，像一颗颗子弹击在英杨心口。夏先同说的那个中国，它真的能实现吗？

到了定远，英杨把货卸在杨波联系好的仓库里，等第二天华中局来人接应。当晚住在定远，客栈床上有臭虫，英杨和衣坐着不敢睡，张七就说：“小少爷，往后这样的活让我来就行，您在家歇着吧。”

英杨道：“你一个人跑，我不放心。”

“要么给罗鸭头几个钱，他的兄弟多，能帮着跑货。”

“你晓得我们出来做什么的？”

“明里卖芝麻，其实卖药。好多人这么干，还有卖鸦片膏的，这叫走私。”

“你知道就好。走私这么点药，可够我们掉脑袋了！罗鸭头那把大嗓子喊出去，岂非完蛋？”

“小少爷，我是怕你辛苦。”

“这算什么辛苦？”英杨打个呵欠说，“舒服日子过多了，也该出来松松筋骨。”

第二天早晨，英杨还在眯瞪，便听着张七在耳朵边上唤道：“小少爷！金老师来了！”英杨一个机灵醒过来：“谁来了？”

“金老师啊！”张七笑嘻嘻说，“她在院子里呢。”

“她怎么来了？”英杨急着下床，洗漱罢了对着小圆镜抹抹头发，赶紧迎出去。杨波见着他就站起来，笑道：“英少爷。”微蓝却稳坐不动。

英杨赶紧请杨波坐下，又问微蓝：“你怎么来了？”

“他们不熟悉山路。”微蓝说着又问，“吃早饭吗？”

“吃啊。”英杨扫一眼玉米楂粥和荞麦窝头，掰了小块窝头塞进嘴里。微蓝瞅着他艰难进食，就说：“对不住啊小少爷，这里没咖啡面包。”

“不是这样的。”英杨小声抗议，“我喜欢吃窝头。”

微蓝抿嘴一笑，自顾自地端碗喝粥。等吃罢早饭，微蓝又问伙计买窝头，伙计问要多少个。微蓝想了想说要十个，杨波紧赶着掏钱，英杨却问：“带这么多窝头做什么？咱们把药送出定远，交给华中局的同志就回来了！”

“带点窝头上山，”微蓝说，“山上也缺粮呢。”

“那么别要十个了，多带点吧。”英杨立即大方，叫来伙计要把店里的窝头都包上，账挂在房费里。伙计笑说全包上也只有三十个，边说边拿来个蓝布包袱皮，把热腾腾的窝头倾在上头，麻利捆了。

杨波要会账，不肯叫英杨掏钱，微蓝却拦住了说：“这钱让小少爷出吧，也不值什么。”

他们三个到了仓库，见着十来个乡亲，推着七八辆独轮车等在那里。杨波告诉英杨，这是他们小队的。英杨同他们礼貌招呼，可杨波的队员表情淡淡，并不热情。

他们把芝麻提出来装上独轮车，要往城关去。这是个好天，碧空如洗，绿叶青翠，加之和风扑面，让人心情舒爽。微蓝今天换上淡青竹布裤褂，戴着假发，一根乌黑油亮的大辫子拖在胸前，俏生生地漂亮。

她看着芝麻装上车，把英杨拉到边上笑道：“多谢你啊，你的任务完成了。之后的事交给我们就好，你回上海吧。”英杨奇道：“不是说好了送出定远城吗？”

“那是我们送，你们的任务是送到定远。”微蓝道，“现在圆满完成了，再次合作很顺利，谢谢你。”

“所以按照纪律，我们之后不能联系了？”

微蓝的长睫毛抖了抖，扬起脸来明媚笑道：“我很快要离开上海了。小少爷，您在公开场合还是换个女朋友吧！我看林小姐就很好，她的身份能帮助你潜伏。”

英杨听这话别扭。她走就走吧，还要替自己安排终身，让人心烦！微蓝看他不高兴，抱歉着笑笑：“也许是我多管闲事！谷雨同志，那么再见了！”

“不再见！”英杨赌气说，“我送你们出定远！”他说罢丢下微蓝，追着独轮车队伍去了。微蓝独自站了一会儿，也只能跟着走了。

独轮车到了城关，站哨的是伪军。英杨掏出证件递给哨兵，又将钞票塞在他手心里。哨兵露出笑脸来，英杨再摸出香烟递上，笑道：“往老家送点芝麻，榨了芝麻油自家吃的，长官高抬贵手，别把麻袋戳通了，这路上漏得厉害。”

伪军手里攥着钱、耳朵上夹着烟，于是把麻袋摸了摸，挥手就叫过。

出定远后大伙都松口气，气氛也活泛了。英杨问微蓝：“杨队长手下只你一个女同志啊？”

“不行吗？”微蓝反问。

“不是不行，是不方便。多个女同志也好搭搭伴。”

微蓝恬然笑道：“你可真是操心。”

英杨打量微蓝的竹布褂子薄，又操心念叨：“山里晚上冷，你该加件衣裳。”微蓝摇头：“不冷，我常上山。”

英杨正在想她为什么常上山，便听着“咻”一声子弹破空。英杨反应极快，按着微蓝扑在地上，右手探到后腰拔枪出来。抬头便见一队鬼子，戴的帽子像狗耳朵，呼噜噜晃着迎面而来。

英杨暗叫糟糕，杨波已经叫道：“拿家伙！”众人得令掀翻独轮车，拆出木架里藏着的枪，见着自己人就丢。英杨只觉得怀里的微蓝用力挣起来，他急着回头看，便见着微蓝凌空抄住枪，哗地拉栓上膛，“砰”地撂倒一个。

英杨来不及多想，抬手“叭叭叭”放了三枪，打翻冲在前面的两个。那队鬼子七八个人，被打得叽哇乱叫，急找掩护躲起来。

他们也缩在乱石、粗木后面，英杨便听杨波低声说：“洞拐，怎么办？”

微蓝声音平稳：“不能叫他们招人来。”她话音刚落便擎枪闪出去，边冲边放，杨波带人跟着便冲。英杨耳边像炒豆子一般噼啪乱响，他在俱乐部里玩多少枪，也比不上这时候真刀真枪的见血要命。他定定神，握枪闪出去，微蓝已经到了鬼子跟前，“砰”地毙掉最后一个。英杨远远看着，持枪的手臂软垂了下来。

“洞拐。”他无声默念，那应该是两个数字：07。

以英杨在根据地的微末经验，一定级别的首长在队伍中要使用代号，比如07，念出来就是洞拐。如果是这样，微蓝称杨波为“我的小队长”，这小队应该是保护微蓝的，而不是领导微蓝的。

杨波组织大伙儿把鬼子尸体拖进山林，又从装芝麻的麻袋里捡出药盒，再塞进子弹袋捆在身上。英杨没有子弹袋，就帮着拆麻袋。

“快一点！”微蓝催促，“鬼子支援很快就到！”

趁着他们忙碌，英杨吩咐张七回定远等候。张七不肯走，说：“小少爷，我跟着你吧。”

英杨嘱咐道：“你在定远等我三天，等不着回去告诉太太，说我叫日本人杀了。让太太同英柏洲摊牌，拿了10%的遗产去法国。我在法国有房子，房契在保罗路汇丰银行78号保险箱里。”

张七听他像交代后事一样，湿润着眼不知说什么。英杨肃容道：“你若没牵挂，烦你照顾我娘，最好能陪她去法国。如果不行，万万要把我的话带到。”他边说边想，应该把韩慕雪托付给大雪。但张七不是组织的人，英杨不能冒险暴露大雪，因此黯然道：“行了，你快走吧。”

“小少爷，你不能不去吗？”张七乞求道，“生意做到这儿也该够了，我们回去吧。”

英杨垂眸不语。张七说得不错，他可以不上山，大雪给他的任务已经圆满完成。但英杨不想这样回去，微蓝是他生命里的光，英杨不想让她消失。

做好上山准备，微蓝对英杨说：“送到这里可以了，你们回去吧。”英杨不肯：“张七回去，我跟你们上山。”微蓝刚要说什么，英杨道：“让我去吧，我不放心。”

他语气平淡，微蓝却在这平淡里开不得口。她不再多话，接过杨波递来的手枪，说：“出发！”

英杨拍拍张七肩膀，跟着微蓝走了。张七肩负重托，眼睁睁看着他们消失在森森山林。

走了没多久，英杨就开始后悔，他实在不该穿皮鞋，硌得脚脖子快要断了。又走了一会儿，英杨的衬衫湿透了，微蓝的额发也被汗水打湿，歪斜在脸颊上。

杨波带两个脚程快的做尖刀侦察，沿路用刀削去树皮作记号。走到正午时，杨波猫腰回来，向微蓝汇报："前面就到封锁线了。"走了这么久，这才接近游击队活动的山区。

微蓝下令就地休息，他们分食一种黑黄色的菜饼。英杨第一次吃，入口粗粝，带着股酸酸的咸味。英杨又累又饿，可这饼依旧难以下咽。他看微蓝大口吃着，就说："你不是带着荞面窝头吗？颜色虽不好看，却比这个好吃。"

"那是给山上带的，"微蓝小声说，"我们不能吃。"

英杨不敢再说，看着她啃完一只饼，便把自己剩下的大半只递上去。微蓝给了身侧虎头虎脑的男孩，说："土坷，你把这个吃了。"

土坷犹豫着看看英杨，违心说："我饱了。"

"你吃了吧，他早上窝头吃多了，吃不下呢。"微蓝替英杨做主，土坷这才接过饼子。另有个人便笑道："上海来的同志，吃不惯野菜吧。"杨波瞪起眼睛嘘一声，把那人吓得闭了嘴。

"我不是吃不惯，"英杨赶忙问，"这野菜叫什么？"

听见英杨感兴趣，土坷扬起脸笑道："这是马齿苋，搁在南京的酒楼里，用香油干子拌一拌，要卖六块钱！"

"你去过南京吗？"杨波再次瞪眼，"话那么多！"

土坷吐吐舌头，冲英杨做个鬼脸。英杨看他脸嫩，就问："你多大了？家乡在哪儿？"

"十八了，"土坷用手往北边一指，"我从湖北来的，就在山那边。"

英杨点点头，没有再问下去。战乱之中，问下去都是悲惨故事。等土坷把饼吃完，微蓝招呼大家上路。英杨拐着脚站起来，不休息还好，休息一下简直站不起来。

“你把鞋脱了吧，”杨波说，“穿我这双。”

他边说边脱下鞋，是双厚纳底的布鞋。英杨不肯：“那你穿什么？”杨波说：“我们打赤脚习惯了。”英杨看着满山尖石不说话，微蓝道：“你穿他的鞋吧，否则队伍没找到，你的脚先断了。”

英杨脸上发烫，觉得自己拖了后腿，只得换上杨波的鞋。土坷早挖了个坑，把英杨的皮鞋并着些琐碎埋了，又用草汁在路边画个不显眼的记号。“下山时好挖出来。”土坷向英杨介绍。

他们折向西去，越走越是深山。六月草木齐发，浓荫把日头都挡住了，山里有奇怪的鸟，发出低缓的咕咕声，像压着喉咙的警告。直走到太阳偏西，他们再次歇下来。杨波说今天运气好，鬼子没从这头巡山。英杨此时并不怕鬼子，这山太大也太深了，他喘着气想，中国有如此河山，是决不能屈服的，日本人的枪炮再厉害，也不能夺取每寸土地。出了逼仄的上海，他忽然生出了广大的信心。

傍晚时风开始凉了，英杨担心微蓝竹布衫太过削薄，微蓝却毫不在意。天黑了，山里的夜像整桶墨倒泼下来，好在月亮出来了，月晕却被风吹得毛毛的。

微蓝集合众人，道：“前面就是鹞影崖了，两人一组攀上去，注意安全！”她率队前行，风越来越大，吹得人睁不开眼。微蓝猛然停了，英杨差些撞在她身上，手扶上她的腰却又立即松开了，只怕冒犯她。他们停在悬崖底下，那山崖黑簇簇仿如恶兽，风呼呼地吹，微蓝的散发在风里乱飘，她说：“出发。”

英杨拼尽全力往上爬。这山崖陡峭，几乎九十度，上到半中腰时，英杨觉得自己轻飘飘的，来阵风就能随之而去。在他斜上方，微蓝衣衫飘飘御风而上，看着毫不吃力。等英杨攀到崖顶时，微蓝早已上去，正伏在崖边接应，示意大家噤声而上。英杨意识到，他们进入鬼子封锁区了。

靠着夜色掩护，他们散开成三角形，窸窣前行。微蓝走在最前面，英杨想把她替下来，却知道自己没这个资格。不知走了多久，前面忽然出现许多影子，有蹲有跪，仿佛捧着枪准备射击。英杨以为遭遇鬼子，紧迫间不作他想，先抓住微蓝把她捞到身后。

“有鬼子。”英杨低声说，却觉得手被微蓝用力反握住。她的手冰凉，茧子擦着英杨的掌心。

“找到了。”微蓝低低说，牵着英杨向前走去。

走到影子跟前，英杨逐渐看清，那是一株株被烧焦的树木，有的高些有的矮些，只是它们披着灰蓝色的军装，戴着帽子，远远看着仿佛站着或蹲着的人。

微蓝带着队伍静默着走向前，他们向焦木鞠躬，把装药的子弹袋挂在被烧得枯黑的残木之上，仿佛他们是真的战士。最后，微蓝接过杨波递上的荞面窝头，把它郑重斜挂在正中的焦木之上。

杨波轻声问：“他们会来吗？”

“会的。”微蓝说，“一定会来。”

启明星在天边闪亮时，他们按原路回到山脚，顺路挖出了英杨的皮鞋。杨波带着队伍走了，临走前与英杨握手告别，并请他照顾微蓝。

队伍走后，英杨和微蓝坐在路边草丛里等待天亮进城。英杨展臂把她搂在怀里，微蓝没有拒绝，乖巧地靠着英杨。

“山上的焦木是怎么回事？”英杨小声问。

“鹞影崖虽然陡峭，却不太高，之前队伍常在这一带活动，为着能攀崖转移。山下的百姓送补给也喜欢从鹞影崖上去。鬼子听了汉奸保长的话，在鹞影崖纵火烧山，队伍只能在山火蔓延之前转移。负责断后的警卫班为了争取转移时间，被烧死在山林里。”

英杨没有吭声，安静听着，微蓝却停了下来。过了一会儿，她轻声说：“大家把他们埋在那几株焦木之下，之后老乡再上来，会把粮食挂在上面，他们就仿佛还活着，一直站在那里似的。”

“日本人不会把粮拿走吗？”

“鬼子再也没来过鹞影崖，说是闹鬼。”微蓝说着，眼底掠过冰凉的冷漠，看向黎明前深蓝的天空。

英杨摸到她的手，六月的天，微蓝的手冷得像冰碴。英杨双掌合握，努力替她焐着。微蓝缩着手说：“我不冷。并没有这么娇气。”

英杨不让她抽回手去，握紧了道：“你说共产党人也是血肉之躯，冷啊热的都是正常反应，不是娇气！”

微蓝垂眸黯然，良久道：“若都记着是血肉之躯，许多事就做不到了。”

英杨扯出夏先同来：“我在法国留学时认识一位前辈，他说只要坚信共产主义，百年后的中国会是盛世华年。”

“一百年，要到 2039 年。”微蓝喃喃计算，“太久了。”英杨打气道：“也许只要 30 年、50 年或者 70 年。”

“我们看不到百年后的中国，只能把它当作一个梦，当作一束光。”

“后人会看到的。咱们今天做的，不过是叫以后的他们不必活得像现在的我们。”

“那么，他们会感谢我们吗？”

英杨缓缓摇头：“也许不会。如果不会，你会后悔吗？”微蓝黯然一瞬，立即笑起来：“为什么要后悔？我并不是为了未来的感谢才走今天的路。”

“那你是为什么呢？这条路并不好走。”

微蓝望望英杨，反问道：“那么小少爷是为什么呢？你也不该选择这条路。”

是啊，即便日本人进了上海，英杨依旧是鲜衣怒马的小少爷。苦的是山上的焦尸，是背着窝头攀爬鹞影崖的老乡，是在刺刀下挣扎着活下去的百姓。

“老百姓太苦了。”英杨脱口而出。寥寥数语微蓝却懂了，天色从墨蓝转作淡蓝，天快亮了。

英杨整顿西装后，依旧是浊世佳公子。他掏证件带微蓝过关卡，回到定远的客栈，张七像母鸡扑窝似的奔出来，见到英杨像再世重逢，不知道先哭还是先说话。英杨斥责他经不起事，张七只得饱含委屈，压抑感情。

安顿之后，英杨让微蓝先睡一觉。微蓝的竹布褂子擦得稀脏，手肘破了，露出一片渗着血丝的皮肤。

“你这里破了。”英杨指着说。微蓝捂住说没事。英杨退出房间想，能看见的地方有伤，看不见的地方肯定也有伤。他出去买药，药店没有酒精或药水。伙计听说是破了皮，出门揪两把野草搡给英杨：“捣烂了敷在伤处，明天就好。”

英杨问是什么，伙计说：“地锦草，治伤最好的。”英杨将信将疑，又问要多少钱，伙计亮出牙齿笑一笑：“这东西要什么钱？拿去用吧。”

英杨连声感谢，捧回客栈洗净，碾成绿汪汪的泥。他送去给微蓝，微蓝奇道：“这是什么？”

英杨把地锦草介绍一番，请她抹在伤处，微蓝对着那汪绿泥表情复杂，良久才说：“谢谢。”英杨把新买的衫裤鞋子堆在床上，让她抹完药换上。

他走之后，微蓝用筷子蘸了药泥，弯过手肘来抹在伤处。那东西凉凉的，散发着草木腥气。微蓝觉得好笑，她小时候调皮，上屋揭瓦不过是寻常事，擦伤是标准配置，从没这样当回事。她还是认真涂抹了，不想辜负英杨。

微蓝擦了药蒙头睡觉，过了正午才醒来。她的房间紧邻着客栈小院，窗下摆着石桌石凳，醒来便听见英杨同张七商量如何回程。

张七讲县城里租不到汽车，只能租牛车马车。英杨不想坐牛车回上海，于是让张七买去南京的车票，再从南京坐火车到上海。

听到这里，微蓝砰地推开窗子，说：“我不去南京！”

第七章　微蓝

自从英杨知道微蓝是“07”，诸事都留着心眼。她不肯去南京自然有因由，英杨于是让张七买去滁县的车票。

“为什么要从滁县走？”张七问，“可以从蚌埠搭火车，蚌埠更近些。”

“火车不安全。英氏企业在滁州有间山货行，我去想想办法，搭他们的货车回上海。”

他们到滁县已是傍晚，车不赶夜路，山货行也关门了，只得找附近小客栈落脚。客栈老板娘生得面目和善，见英杨出手大方，便说：“小先生，你带的女娃太水灵，路上不安全。”

英杨知道鬼子不讲理，凡事要小心为上，于是请问办法。老板娘说：“我拿旧衣裳给她换了，明日出门前抹些锅灰，再用头巾包住脸！”

这办法虽不万全，也能有点用，英杨连连称谢。老板娘正要去拿衣裳，忽然外面乱起来，有人在院子里喊：“这店谁的？出来！”

院里被火把照得通亮，来了大群的人。领头的穿黑绸衫裤，掇张椅子大马金刀坐着，手里捧着只紫砂小茶壶，跷着腿问老板娘：“这店是你的？”

老板娘认出是县里的保安队王队长，忙不迭道：“王长官，这店我开了好几年，税钱按时交的。”

“谁问你这个？皇军来了紧急任务，有抗日分子混进来，叫挨家查看！你把客人都叫出来，在这里排排好，要挨个瞧呢。”

老板娘只得请客人到院子里，又摸索钞票往王队长手里塞道：“长官，客人都出来了，您看着查验吧。”

王队长厌恶地摔开手：“多少钱就往外拿？”他身后立即出来个胖子，夺过老板娘的钱，把她搡到边上。

王队长叫胖子擎着火把，把院里人一个个看过去，等火把照到微蓝时，胖子忙不迭地跑回来：“队长，车站看见的小娘们就是她！漂亮！”

王队长怪眼微翻，踱过去凑到微蓝面前，啧啧道：“这丫头是打哪里来啊？”

微蓝向后让让，低眸不语。英杨把她扯到身后说：“我们从上海来的。”王队长瞄一眼英杨，收了笑抬起下巴：“你是她什么人？来滁县做什么？”

“我是她先生！”英杨老实不客气，“我们到定远走亲戚，来滁县转车回上海！”

“从定远回上海，放着蚌埠不转车，要跑到滁县？”

蚌埠车多兵也多，英杨不选这条路是怕横生事端。他看王队长要挑事，于是掏出证件来：“王队长，我家里有间山货行在滁州，因此顺路来看看。”

王队长接过来念道：“特筹委？英杨？”他脸上肉一抖，呵呵道，“这是什么劳什子？爷爷能做出一打来！”说罢将证件丢在地上，叉腰道，“这两人行事可疑！给我带回去！”保安队的齐声答允，上来就要动手。

英杨诧异至极，特筹委的招牌从没失手，不想在县城翻船。这位保安队长本就欺男霸女，养着一班流氓成日里替他物色美人。微蓝在车站就叫他们盯上了，直跟到客栈来，再回去禀告。

王队长满心都是微蓝，不把特筹委和英氏放在眼里，那胖子又谄颜道：“队长，这男的很可疑！可这女的不会是抗日分子！依我看，男的带回队里去问着，女的送到您办公室细审！”

王队长摸着脑袋吱吱笑道："有理！把这小娘们送到我办公室去！"

胖子答应一声，上来就扯微蓝。英杨哪能让他得手，背手便去摸枪。他枪还没抽出来，却听着破空轻啸伴着"啪"的脆响，那胖子"啊哟"一声，用手捂着半边脸，指缝里哗地沁出血来。

王队长惊呆，怒瞪英杨："反了你了！竟敢动手？"他话音刚落，漫天嗡嗡乱响，也不知飞来的是什么，砰砰啪啪打得保安队嗷嗷惨叫，在客栈小院里滚作一片。其中几个嘶着嗓子喊道："山神来了！快跑啊！"

听到"山神"，王队长抱头就往外跑，捂着半张脸的胖子紧随其后。转眼之间，保安队跑得一个不剩，只留了满地火把，照着不知所措的投栈旅客。

老板娘吆喝伙计收拾火把，以防火星燎着屋子。英杨检视满地的黑色圆石头，很像是传说中的蝗石，他于是问老板娘："大娘，什么是山神？"

老板娘合掌念声佛道："那是琅琊山的山神，来无影去无踪，只帮着老百姓！"

"可我此前来游览，不曾听过山神传说！"

"之前并没有的，日本人来了，山神才显了灵！"

"日本人也怕山神吗？"

"起先是不怕的，后来被打怕了！之前有个千叶小队长，带着人攻山毁林，结果有去无还！后来又有卫戍队长姓宫崎，把琅琊山围得像铁桶，天天进山扫荡，忽然有天晚上，你猜怎么着？"

英杨不想她此时卖关子，只得催道："大娘您说吧，我猜不出来！"

老板娘森森一笑："那位宫崎队长横死寓所，血都流干了！听说脖子上老大的血洞，却找不着凶器，门窗紧闭也没有入室的痕迹！日本人这才信了，是山神显灵！"听说找不到凶器，英杨莫名想到成没羽的凝冰杀人。

老板娘却又合掌拜拜："多亏着山神庇佑，日本人才不敢太放肆！"她说罢又向英杨道："我说女娃儿太招人吧？明天必要打扮了上路！今晚是她运气好，出了琅琊山可就难保了！"

英杨道谢，又问："大娘，他们今晚还会来捣乱吗？"

"今晚上没有比这儿更安全的！山神显过灵的，借他们一百个胆也不敢来捣乱！"

英杨放下心来，他回房把老板娘的话讲了，问微蓝："你相信有山神吗？"

他以为微蓝会不屑，谁知她认真点头："我相信的！"

英杨忍不住提醒："小姐！我们是无神论者！"

微蓝怅然道："我有时候想，真有漫天神佛该多好，人间许多不平都能被铲除。"英杨懂她意思，却不知如何安慰，只得说："你从山上下来，有了很大变化。"

"变了哪里？"

"变得伤春悲秋。"英杨直言，"你该知道情绪没有用，不能赶走敌人，也不能夺取胜利。"

微蓝轻声说："你说得对。"英杨又后悔了，她好不容易脱了半边的面具又被自己摁回去了。微蓝已恢复理性，说："琅琊山绝不会有山神，必定有高人在山上。"

"身不能至，心向往之。若有一日我们失联了，就在琅琊山上见吧。""等胜利以后，"微蓝补充道，"胜利以后无法联络，我们在琅琊山醉翁亭见。"

英杨笑笑没有回答。胜利遥遥无期，也许他们都见不到那一天。

第二日天放亮，英杨打扮妥当去山货行。英华杰在世时，曾带着韩慕雪母子游览琅琊山，负责接待的是山货行刘经理。他认得英杨，连忙备车送回上海。

到了上海，微蓝的态度和大别山时判若两人，恢复了公事公办的模样。英杨想，送药的任务结束，她很快要离开了，因此不愿与我多牵扯。他有点灰心，却不愿强求。只是微蓝攀爬鸮影崖的身影印在英杨脑海里，山风猎猎，那影子沉默矫健，让人难忘。

第二天早上八点，英杨给骆正风打电话，先销假说回上海了，接着又请半天假要休息。骆正风取笑他小少爷做派，说晚上替他接风，为着“处里弄了条大鱼”。

英杨对“大鱼”很敏感。进行动处十多天，他逐渐搞清楚，骆正风虽不求上进，但为了保住饭碗，也要尽力打压抗日力量。他喜欢找左派文人的麻烦，文人大多情绪化，言行比较激进，特别容易被抓住把柄。骆正风把这些人抓了来，一来勒索家属弄点钱钞，二来哄骗出几份自白书登报渲染实绩。但他也说这种是小打小闹，要想站稳脚跟，总要捉到“大鱼”。大鱼是重要收获，是捉到真正的特工间谍。

英杨放下电话先去锦云成衣铺。大雪听了汇报唏嘘道：“大别山的百姓苦队伍也苦，我们有余力要多帮忙。”

英杨说行动处捉到“大鱼”，大雪道：“这条大鱼不知捉住几天了？咱们没什么情况，一切正常。”

“会不会是省委的事？”

“省委有事会通知我，没动静就不是我们的人。”

英杨放下心，又与大雪聊些闲话，最后耐不住讲了微蓝的情况。从老火留下的71号保险箱，到最近的送药上山，他说完问：“大雪同志，您觉得微蓝正常吗？”

“谈不上反常，只是奇怪。”大雪沉吟道，“你刚刚说杨波叫她07？你没有听错吧？”

“绝对没有！我听得清清楚楚！”

“如果她不是延安社会部的特派员，这事就能说通。”

“什么意思？”

“华中局有个分管保卫的副书记叫魏青，她排序代号07，是个女同志。据说她十六岁参加革命，年纪不大，资历老，长得漂亮，身手又好，还有就是讲课讲得好。”

“讲课？”英杨愣住，“讲美术课吗？”

“理论课！我在江西上过她的课，她讲的卡夫丁大峡谷让人印象深刻！”

英杨顾不上什么峡谷，先抢话道：“对！她去过江西！您知道笔架山吗？”

“知道，笔架山是井冈山的支脉，以盛放杜鹃闻名。”

“井……冈山。”英杨喃喃自语，傻看着大雪。

“但这事有两个疑点。第一，魏青绝不可能是延安的特派员，社会部调派不了她。第二，她不该留在上海！”

“为什么？”

“魏青留在上海太危险了！”

“我听她说，完成了送药任务，她要离开上海了。”

“那么延安特派员又怎么解释呢？”

英杨解释不了，心里却打起小鼓，说不出什么滋味。微蓝真的是魏青吗？他又期盼又害怕。

英杨下午回到特筹委，跨进办公室看见罗鸭头奋笔疾书，不由奇道：“罗主任，你在写字啊？”

罗鸭头搁下笔兴奋道：“小少爷！你不回来可要错过大功劳！”

“出什么大事了？”

“骆处长捉住一条大鱼！从延安来的！”

英杨的心忽悠一闪，忙稳住问：“是共产党？”

罗鸭头点头：“这人从延安来，打扮成个小开！白西服配着白皮鞋，系个天蓝色领带，梳三七分的头，桂花油抹得苍蝇都站不住！”英杨一下有了画面感。

“我们巡马路，觉得这人怪里怪气，于是拦下来问问的，这一问！”

“一问就承认了？”

“那也太小看人了！他有良民证的，是生和洋行的买办，叫马乃德！他不说洋买办还好些，说了更没人信！”

“所以把人带回来了？”

“本来是存疑，带回来给生和洋行打个电话，核实无误就放人吧！谁知这位沉不住气，在马路上拔腿就跑！他能跑过谁？被弟兄们拐胳膊按脖子捉住了！拖回来一查，生和洋行是有位马乃德，然而三年前去世了！他的良民证是真的，照片却是假的！”

“手段真高啊！他回来就招了？”

“那不能的！他若进刑讯室就招，骆处长绝不能信！哪有共产党这样软骨头？从逮进来到送进特高课，骆处长审了十多个小时，一个字问不出！”

“为什么要送到特高课？”

“因为问不出啊！特高课有位宫崎少佐，咱们下不去的手他都能，骆处长于是送去试试。”

英杨的心沉下去，竟不敢再问了。罗鸭头说到刹不住：“凌晨送到特高课，天亮就招了，说是延安来的特派员！”

“这真是大鱼，”英杨心里怦怦跳，“他来做什么？和谁接头？这能逮出一串啊！”

“什么都没说出来，”罗鸭头摇手说，“出了意外！”

“啊？他死啦？”

“死倒没死，只是宫崎少佐下手太狠，马乃德只认了从延安来，转眼晕了过去。”

“哦！那马乃德人呢？”

“送到陆军医院了！今天上午可忙成什么样！抓捕档案竟要我自己填！”

罗鸭头叹着气写档案，英杨起身去见骆正风。骆正风见他来了便问：“家里事顺利吗？”

“顺利。听讲你钓了条大鱼？”

“瞎猫碰着死耗子，撞大运得的。”骆正风得意着甩烟给英杨，“延安方面像这样挂幌子的真不多，我猜这人是来做传声筒的，话带到就走，没什么大收获。”

“有接头就有收获啊！跟着他不就完了？”

“他在医院昏迷呢，说不准接头时间都过去了！”

“那没什么价值了？”

“也不好说，得问出来才知道。”

英杨笑道：“这件事带着我吧？进行动处有日子了，我还没见过大鱼！”

“行啊，陆军医院三楼东头专门辟给要犯，门口要值班，我让罗鸭头给你也排上！”

“白班晚班？”英杨又假作犹豫，“我不能熬夜的。”

“四个小时一班，你就晚上六点到十点！”

这时间段算得黄金时间，不耽误事还博个加班美名。英杨从西装内袋摸出长条匣子：“在夫子庙见着金箔扇子有趣，送给骆处长雅玩。”

匣子是沉香木的，手工极精致，入手沉甸甸的。骆正风拽出扇子哗地展开，被金光刺得睁不开眼，高兴道：“就为这把扇子，今晚必须给你接风！”

“我不是值班吗？”

“哎哟，给你把名字写上，就算你值了！”

“那就承蒙骆处长照应了。”

英杨从骆正风屋里出来，决定把“马乃德”汇报给大雪，谁知刚到门口就被汤又江拦下来，不许出去。

英杨奇道："汤秘书，我刚从南京回来，并不知立了新规矩，竟不能出办公楼了？"

"不是新规矩，是非常时非常法。你们处捉了条大鱼，可惜进了医院。因此杜主任交代，咱们办公楼封闭两天，私人闲事就不要出去了，免得大鱼有意外说不清。"

"这是什么道理？那人不醒来，我也不必回家了？"

"在特筹委做事，一两天不回家是常事！劝您别牢骚了，沾上意图通共的罪名，多么不值！"

英杨知道汤又江油盐不进，只得悻悻回去。现在消息传不出去，只能自己决断，无论如何，让叛徒闭嘴总没错。

骆正风说晚上接风，自然有办法带他出去，到了饭店英杨可以借机脱身。陆军医院值班的认得英杨，会放他进病房，杀人要用毒。

英杨打开保险柜拿出小药瓶，这种剧毒药粉用生理盐水化开，推进静脉后两分钟就能要命。杀了马乃德，再把值班员骗进病房毒死，之后回到饭店同骆正风吃饭，如果顺利，十点钟换岗前不会有人发觉。

熬到五点，骆正风带着英杨、罗鸭头和张七，摇摇摆摆走到大厅，汤又江从值班室出来："骆处长去哪儿呀？"

"到特高课拿马乃德的审讯记录！宫崎少佐来电话，通知我们去的。"

"拿审讯记录要四个人去吗？"

"四个人去才好互相监督，绝不能溜去陆军医院杀人。"骆正风嬉皮笑脸说。

汤又江知道骆正风不比英杨，惹急了耍出流氓手段来难看，于是微笑放行。等坐进汽车里，英杨问："你领我去哪里吃饭？"骆正风笑道："你去过的啊，展翠堂！"

作为展翠堂的熟客人，骆正风被热情接待。瑰姐留的房间很气派，铺着墨蓝地毯，圆桌罩着大红百蝶穿花金围桌衣，靠窗三只花架高低不同，搁着山水盆景。

桌上已备妥八只青瓷凉菜碟，一把细流青莲壶并着六只莲瓣杯搁在中间，女孩子们鱼贯进来，摆零嘴碟的，送热手巾的，忙得不亦乐乎。

瑰姐也迎出来，陪着闲聊良久，笑道："我叫厨房烧小菜啦！今天现去江边买的白米虾，一半油爆，一半做腐乳醉，骆处长说好不好？"

骆正风高兴："咱没吃过好东西，听凭瑰姐安排！"英杨知道瑰姐是半个"十爷夫人"，便欠身道："来吃顿便饭，辛苦瑰姐了。"

瑰姐连说小少爷客气，这才要出去，骆正风又叫住道："请夏巳来奏一曲琵琶，叫小少爷品鉴品鉴。"

瑰姐答应着走了，屋里四人推杯起箸，聊起南京见闻。骆正风说："我听讲鸡鸣寺有个和尚有道行，法号叫作守正。当年日本人屠城，他在藏经阁保护了百十号人，喔哟，那外头就是屠场，在北极阁那里，你晓得吧？"

英杨头回听说，于是说："我不大逛寺庙呢。"罗鸭头疑惑道："我为什么听讲鸡鸣寺是个尼姑庵子？"骆正风正要说下去，热菜送了来，一道道色香味俱全，大家搁下话头吃菜。

酒过三巡，屋门又开，却是夏巳来了。她换上珍珠白的旗袍，抱着把琵琶，依旧是清水脸杏核眼，平添了几分娇媚。

她进门行礼，掇张凳子坐下，摆好架势问："长官要听什么？"骆正风道："我一听你叫长官就不高兴！我来了多少次了？连个名姓都没有的？"

夏巳低低唤道："骆处长。"骆正风这才回嗔作喜，叫她弹十面埋伏来听。夏巳凝神坐了，纤指挥去琤琤弦起，空气忽然肃杀起来。英杨没有听曲的心肠，推说如厕起身下楼去。

梅园里，琵琶声似有似无，曲调渐高铮铮如战鼓，催得英杨心神难宁。现在可以行动了，但是冒险值得吗？然而敌后工作往往不能心怀侥幸。万一“马乃德”有重要任务，英杨没有及时处置，那可没有后悔药可吃。

英杨踩灭烟蒂，正打算溜出梅园，却见成没羽从林中出来，笑道：“我当谁在园子里抽烟，原是小少爷。”

来人正是成没羽。英杨一时大喜，笑道：“对不住，惊动了你。”

成没羽仍用三角巾盖脸，语气温和：“小少爷不必客气。今天同朋友来坐坐吗？可曾拜见十爷？”

“还没有。也许十爷事忙，我不敢打扰呢。”

成没羽抿嘴一笑：“小少爷这话不对。十爷很盼着你来，他若知道你进了展翠堂却不拜见，会不高兴。”

“你提醒的是。只是我有桩急事要去陆军医院，回来再去拜见十爷。”

成没羽听他有急事，便让开路道：“那么我不耽搁小少爷了。”英杨拔脚要走，却又顿住了笑道：“此事还要烦你给打个掩护，有人问只说我在梅园遇着十爷，被请去闲话。重点是我从不曾离开过展翠堂！”

成没羽爽快答允：“你放心去就是，有我兜着。”

英杨抱拳多谢，转身离开了展翠堂。

这时候还不到七点，英杨叫了辆黄包车直奔陆军医院。他上三楼向东头去，看见两个特务坐在椅上看报纸。这两人认得英杨，放下报纸打招呼。英杨笑道：“今晚本该我值班，骆处长临时有指派，两位兄弟受累了。”

两个特务忙说客气，代班而已并没有什么。英杨谢过了又说：“骆处长让我来看看，里面那位没醒吧？”

“没醒呢，傍晚医生查房时还在昏迷。”

英杨点头：“那么我进去看看，你们坐吧。”两个特务诺诺答应，接着坐下看报，英杨便开门进了病房。

他进门后，顺手拉过医用屏风，展开挡住门。

马乃德躺在床上，整张脸仿佛鲁提辖刚揍完的镇关西，开颜料铺似的淤紫青黑，肿得透亮，头颈双腿都裹着纱布，可见伤势沉重。

英杨俯身探视，又捏住他手腕，马乃德脉搏平稳，醒来是迟早的事。英杨情知事不宜迟，抽出准备好的注射器，拉开马乃德的衣袖。就在他寻找静脉的时候，突然觉得马乃德动了动。

他醒了？

英杨迅速抬起眼睛，马乃德惊慌说："你要干吗？"

英杨没有说话。他握针管的手不觉用力，一滴冰凉的药水落在马乃德手臂上。

"我说！我全说！"马乃德惊恐着呢喃，"不要再给我用药了！求你了！"

英杨没有注射，也没有回答，只是紧盯着马乃德。

"我从延安来，是社会部的特派员，来与上海情报科代号小满的谍报员接头，告诉他情报科的负责人是叛徒！"

英杨瞬间五雷轰顶，刹那六神俱灭，这是什么事？刚死了个立春，又来个大雪，都是叛徒？

"小满的住址是丰乐里8号，启用3号联络暗语，我在这次行动中的代号是……"

马乃德停下，捯口气艰难道："代号微蓝。"

英杨脑袋里轰地一响，没等他反应过来，病房的门开了，医用屏风被咯吱吱拉开，浅间的声音幽幽而来："让我看看，特护病房钓到的大鱼是哪位？"

英杨只来得及收好针管，医用屏风已经被拉开。浅间带着荒木和宫崎走进来，柔声说："这位先生晚上好，我们虽没见过面，但应该是老朋友了，我们认识一下吧。"

英杨缓缓转过身，看见浅间的神色从惊讶到失望再恢复平静："原来是小少爷。他们说共产党出神入化，此刻我方有领会。"

英杨保持缄默。浅间吩咐宫崎："去搜一下。"宫崎走到英杨面前，说："举起手来！"

宫崎比荒木矮，却更加壮实，长得短眉细眼，塌鼻阔口。他搜查时行为粗鲁，并不给"小少爷"半分颜面。宫崎摘下英杨后腰的枪，又从他口袋里找到针管，最后瞪了英杨一眼，这才把枪和针管展示给浅间三白。

"小少爷，针管里是什么药水？"浅间问。

英杨仍旧保持沉默。宫崎恼火着请示："课长，请把他交给我！我有的是办法让他开口！"

浅间微笑道："小少爷，你是跟宫崎走呢，还是在这里把话说清楚？"英杨不为所动，仍是一言不发。

"荒木君，你派人把药水送到鉴识课。"浅间转而吩咐荒木，"另外，去把陈处长请过来。"荒木接过药水，领命而去。

病房里没人说话，只飘动着马乃德紧张的低喘。荒木很快带着陈末进来，跟进来的还有个日本军官，英杨记得他姓上原，是特高课电讯课的。

"陈处长，"浅间问，"英杨进病房后说过什么？"

"他什么也没说。"陈末说，"我们进行了录音，您可以移步到隔壁检视。"浅间望了望上原，上原立正道："只听到马乃德说话，没有其他声音。"

"马乃德说了什么？"

"还是那些话，说他愿意交代，他从延安来，他此次的接头点在丰乐里8号。"陈末耸耸肩说，"和在刑讯室说的一样。"

陈末无心之言让英杨吞下了定心丸。形势初露端倪，马乃德应该是真正的特派员"微蓝"，而他所认识的"微蓝"，八成是魏青。眼下丰乐里已经空置，满叔早已转移。马乃德对上海情报科不构成威胁，麻烦的是英杨如何脱身。

“小少爷很聪明，知道言多必失。但你今晚不开口是过不去的。”浅间收敛客气，冷冷说道。

“课长！把他交给我吧！今夜十二点之前，保证他说实话！”宫崎兴奋请命。

“不，我想给小少爷改过自新的机会。”浅间眯起眼睛吩咐，“荒木君，请把英杨带到荣宁饭店。”

荣宁饭店的套间客厅有小阳台，包着弧形黑铁栏杆。厅里沙发造型华丽，茶几搁着红酒水果。浅间进门打开留声机，放出周璇的《天涯歌女》。

“小少爷，你该奇怪，我为什么会喜欢周璇。”浅间一面说，一面斟了两杯酒，递给英杨一杯说，“周璇是抗日分子，她在香港经常参加非法演出。”

英杨接过酒，仍然不吭声。

浅间晃着酒杯说：“我很理解中国人对大日本帝国的抵抗情绪，如果中国派军队去日本，夺取土地攻陷首都，我也会痛恨中国人。”

他说罢观察英杨，但英杨没有表情。

“比起摇尾乞怜的懦夫，抗日分子是有血性的正常人！而杜佑中、骆正风、纪可诚，还有陈末，他们都很畸形，只能利用却不值得敬佩。”

英杨终于笑了笑：“没想到您如此看待特筹委。”

“从感情上，我可以理解。但从立场上，我必须打压。所以我看不起特筹委，但我需要他们。”浅间坦然回答。

英杨不置可否，转了转红酒杯。

“年轻人总是一腔热血。”浅间感叹道，“小少爷，只要你幡然悔悟，就能像骆处长那样，活得滋润又愉悦。”他说着靠近英杨，把手放在英杨腿上，用力压了压说：“有我在，总要小少爷舒畅顺心。”

英杨忙不迭地往边上让让。浅间立即察觉，不高兴道："如果你不说实话，只好请宫崎来问你！"

英杨带着武器和毒药站在马乃德床头，被浅间抓个正着，想脱身也是难上加难，英杨一时间无计可施。

"你细皮嫩肉的，根本经不起宫崎折磨！"浅间正要进一步恐吓英杨，忽听荒木敲门唤道："课长，药水检测出来了。"

浅间只得丢下英杨，起身去开门。就在他拉开门时，客厅窗上响起毕剥之声。英杨转眸看去，只见一块青色三角巾紧贴着玻璃，他不假思索地起身，走去打开通阳台的落地窗。成没羽双脚钩着黑铁栏杆，青衫在风中飘动，他把叠成方块的纸塞在他手里，一言不发地跃下阳台。英杨赶紧关窗打开纸条，迅速浏览后塞进嘴里吃掉，回身坐进沙发。

几乎在下一秒，浅间关上房门，转身走回客厅。他对英杨笑道："小少爷，药水是调和后的剧毒药品，您潜进病房，是为了投毒杀人！你还有什么好说的？"

"我没什么说的，那就是剧毒药粉。"英杨说，"我在黑市买的药，800 美元 3 盎司。"

英杨终于开腔了，浅间大喜："说下去吧！你的上线是谁？"

"我没什么上线，只是缺钱。您应该知道英柏洲和我没有血缘关系，英家的钱也和我没关系。我顶着小少爷的名头，要花钱的地方太多了。"

浅间脸色微变，仿佛预见事情的发展。英杨接着说道："为了弄钱，我会参加海风俱乐部的桥牌老千局，或者在地下彩庄玩射击，组局的都知道我缺钱，他们玩赏金榜也会带着我。"

"赏金榜？"

"金主出钱买命，有人居中牵线。今天我在新新公司遇见牵线的。他说有桩急事，金主出手大方，问我肯不肯做。我新近交了女朋友，正是要钱的时候，当然肯做！那人就说，人在陆军医院三楼东头特护病房，要在他清醒前动手！”

“后来呢？”

“我回到特筹委才知道他们要杀的人来自延安，但赏金榜的规矩，答应了不做是坏规矩，下场凄惨，我只能硬着头皮做下去，于是申请了值班。”

“可你没有去值班。”

“那是骆处长临时起意，让我陪他晚饭。入席之后，我找借口去了陆军医院，下面的事，您都知道了。”

短暂安静后，浅间冷冷说：“小少爷，这种事不能编故事的。”

“我没有编故事，您可以去核查！”

“牵线的是谁？”

英杨舔了舔嘴唇，挤出三个字：“沈云屏。”

浅间愣了愣，喃喃道：“沈三公子？”

“我们在梦菲特认识的，梦菲特有两个七星会员，一个是我，另一个就是他。”

浅间恍惚想起，英杨提过梦菲特的两位七星会员。

“这种暗杀你做过多少次？”浅间恨声问。

“这是第一次。”英杨面不改色道，“如果不是为了买新公寓，我不会答允去杀人。”

浅间浮出狞笑，道：“沈云屏年初入了美国籍，受美国大使馆保护，小少爷算定我不能抓他来对质，因此编出这个故事？”

“浅间课长，您冤枉我了。”英杨委屈道，“我说的都是实话，经得起对质啊！”

浅间盯视他良久，道：“我本想劝你放弃幼稚想法，加入大东亚共荣的事业！可你没给我机会，既然你没有情报，那就轮到我提要求了。”

英杨没有听懂，怔忡不语。

“你潜入特护病房，妄图杀害要犯，这事总要惩处。小少爷，我可以判你糊涂愚蠢，也可以咬定你嫌疑不清、严刑审讯，甚至牵连到你的母亲、你的金小姐、你的大哥。小少爷想我怎么做呢？”

英杨微抽冷气，浅间说得没错，即便为钱杀人也会受惩处，就看浅间乐意怎么操作。他出神的工夫，浅间忽然展臂搂住他头颈，问：“小少爷，这世上最重要的是什么？”

“命，和……钱。”

“小少爷，你真好看，我很喜欢你。你答允我，要命要钱都容易，你不答允我，谁也救不了你！”

英杨全身汗毛哗地立正，毛骨悚然地盯着浅间。成没羽送来的纸条上，没写这情况如何应对。战时电力不足，荣宁饭店十分闷热。英杨满面大汗，看着浅间伸手解开自己的领口。

“你等一等。”英杨虚弱道。然而他大脑空白，不知“等一等”之后要怎么办。

“不要等了，”浅间捏住英杨下巴，强迫他直视自己的眼睛，“还记得落红公馆的走廊吗？你站在窗前，身后是当晚的明月，天上月是眼前人，你懂这样的感觉吗？”

英杨恶心得要叫出来，羞恼让他脸色通红，他在心里骂了一句，正要不管不顾踹开枕头阿三，客房的门忽然被敲响。

浅间瞬时如奓毛猫，嗷一声怒道：“什么人！”门外静了静，传来荒木的声音：“课长，是我，荒木。”

浅间约略冷静，伸手撸了把头毛，悻悻起身去开门。

英杨“虎口余生”，一时间不知该整顿衣衫还是该管理表情，就在他手忙脚乱之际，听见浅间沉声说：“沈三来了？他来干什么？”

英杨并不认识沈云屏，所说都按照纸条指点，听说沈云屏前来救场，英杨着实吃惊。他竖起耳朵要细听，然而浅间咣地带上门，带着荒木走了。

英杨独坐在空荡荡的房间里，想这糟糕的夜晚不知如何落幕。大约四十分钟后，荒木推门进来，客气说："英少爷，课长说，您可以回家了。"

英杨丈二和尚摸不着头脑，却知此地不可久留，他飞步下楼，出饭店就看见一辆最新款的防弹克莱斯勒，车后座开门，门边站着身材魁梧的汉子。

"小少爷，请上车。"那人瓮声瓮气说。

车里坐着个人，他烫着头发，上唇留着小胡子，手里攥着海泡石烟斗，望着英杨点了点头。英杨弯腰钻进车里，说："沈先生，晚上好。"

来人正是沈三公子沈云屏。他抿唇笑笑："英家小少爷的名号我听过几次，不料用这种方式见面，有意思。"

他们说话之间，司机发动汽车，缓缓驶离饭店。路上，沈云屏问："小少爷和十爷很熟悉吗？"

英杨听了心想："原来是十爷托的关系。"他嘴上却道："受十爷抬爱，平日有些走动。"沈云屏点点头，把烟斗塞进嘴里吮一吮，道："烦请小少爷给十爷带句话，三十天内我要见到焰火名单，否则，我只能把小少爷送回荣宁饭店了。"

明明说着威胁的话，沈三却语气温和，仿佛在与英杨闲谈家常。英杨晓得越是这样笑里藏刀的，越是难对付。他并不知什么是焰火名单，也只能答应下来。

十多分钟后，克莱斯勒把英杨放到英宅门外，掉转车头离开了。英杨在门口站了一会儿，确定周围没有浅间布下的眼线，这才走进家门。

英家灯火宛然，客厅没人，餐室传来轻微的响动，英杨走过去，看见微蓝和阿芬在学做蛋包饭。阿芬先看见英杨，放下碗高兴道："小少爷回来啦！你吃蛋包饭吧？"

"等下吃。"英杨简短回答，却对微蓝道，"你跟我来。"微蓝知道什么事，跟着他上楼进卧室。英杨关上门，向微蓝苦笑道：“你瞒得我真好。”

微蓝轻声说：“对不起。”

“我想知道马乃德怎么回事，他为什么也代号微蓝？”

“这件事要从仙子小组讲起，”微蓝坦率道，“你的老上级，原南方局上海站负责人老火就是仙子成员。他留给你的71号保险箱是仙子特有的联络方式，叫做逃生通道。”

向来保持神秘的仙子小组，终于向英杨展露真颜。得知老火就是仙子成员，英杨非常吃惊，催促微蓝说下去。

“我之前同你讲过，仙子从清党大屠杀中存活下来，靠的是组员与组长间的绝对信任。组长钱羿生与成员共用保险箱，保持联络坚持工作，直到国共第二次合作后，才与组织取得了联络。”

英杨忽然感受到71号保险箱的分量，也感受到老火对自己的信任。

“立春可能变节是仙子拿到的情报。向延安汇报后，社会部决定派遣代号微蓝的同志来上海。”微蓝接着说下去，“但是仙子很快得知，立春要利用刺杀藤原构陷上海情报科，时间不允许等延安来人，所以仙子决定重启71号保险箱，提前行动。”

“这些你怎么知道的，你是仙子成员吗？”英杨问。

微蓝犹豫了一下，点了点头。

“可你说过，你不是仙子小组成员！”

“我也说过，为了胜利一切都可以造假，除了忠诚。”

“你怎么加入仙子的？你经历过中央特科时期吗？”

“我没经历过，只是机缘凑巧。”微蓝含糊道。

英杨知道她不想说，因此也不追问，催她说下去。

“后面的事你都知道了，我用微蓝的身份与你接头，刺杀藤原成功后，仙子小组向延安做了报备。当时马乃德已经离开延安，没有办法通知他返程。按照纪律要求，他到沪后无法联络小满，应该即刻离开返回延安。”

“你以为马乃德会自己回去，没想到他会被捕。”英杨喃喃道，“你这样不说实话，差些害死了我。”

“对不起。仙子小组事涉机密，我不能告诉你。”

“我还有第二个问题，今晚的沈云屏是怎么回事？”

“得到你落入浅间陷阱的消息，我们商量出赏金榜这个办法。但这事缺个证人，我想沈云屏很合适。他表面入了美国籍，绝密身份是军统上海站站长，他奉戴局长严令，在找一份名单。”

英杨脱口道：“焰火！”

“你怎么知道？”

“沈云屏送我回来时说，三十天拿不出名单，他会把我送回荣宁饭店！这是什么名单，和十爷有什么关系？”

“焰火总共有二十个人，入选者必须功夫高强，是专门执行暗杀任务的小组。当初沈云屏奉令组建焰火，却头疼难找二十个功夫高强之人，无奈之下想到了永社四杀的传奇。顾金梦正想巴结军统，于是逼迫八卦门挑选二十个高手组成焰火。四杀见他态度强硬，只得推五爷出头，挑人组成焰火。就在交割名单之际，上海沦陷了。”

英杨恍然大悟：“所以说五爷失踪了，其实是带着焰火跑了！”

“若非战乱所迫，八卦门根本不想掺和帮派之事，更不想沦为暗杀工具！五爷带着焰火跑了，顾金梦也去了香港，此事不了了之。现在军统的锄奸团混得风生水起，他们又想起焰火，打听很久了。”

“有十爷在，你们应该能拿到名单吧。”

“我拿不到，”微蓝冷冷说，“五爷神出鬼没，性子又古怪，谁知道他跑去哪儿了。”

英杨一怔：“没有名单你和沈三交易？”

“还不是为了救你？”微蓝皱紧眉头，“谷雨同志，不经上级允许不得擅自行动，这是纪律！”

“你同我谈纪律？”英杨微笑道，“你冒充微蓝与我接头，经过延安批准了吗？”

微蓝噎住，半晌道：“当时情况紧急！”

“现在的情况也很紧急，”英杨技术反杀，“我还有第三个问题，请你诚实回答！”

“什么？”微蓝掠了掠额前散发，强作镇定问。

“什么是卡夫丁大峡谷？”

他说完欣赏着微蓝的表情，那张美丽的脸竟能保持平滑如镜，不沾染丝毫情绪涟漪。

“你怎么想起来问这个？”

“讨教理论知识。这不是机密，也不涉及纪律，你能告诉我吗？”

“难得见到小少爷学习，不容易。”微蓝揶揄道，“卡夫丁峡谷出自古罗马。公元前321年，萨姆尼特人在卡夫丁峡谷击败罗马，并羞辱战败军队。之后用卡夫丁峡谷比喻灾难性的历史经历，或者极大的困难和挑战。”她随即压低嗓子：“马克思引用它的含义，用来指称疑问。按照设想，资本主义完成了资本积累，社会财富充足，实现按需分配，将自然过渡到社会主义。但十月革命一声炮响，社会主义诞生于世界，财富积累尚未完成，这样的社会主义能够立足吗？这是马克思的疑问。”

英杨恍然：“我在伏龙芝为什么没听过这些？”

“你进过伏龙芝？”微蓝流露出钦羡的目光。

“是啊，接受三年的特工集训。”

“也许特工集训重点不在理论，”微蓝快快道，“我想去伏龙芝的短期理论班，排到现在都没轮到我。”

英杨笑笑，出其不意道：“魏书记读书也要排队吗？”

听到“魏书记”三个字，微蓝化身任性回头的美杜莎，凝固成石像一动不动。

“仙子成员的身份在社会部是绝密，没人知道华中局的魏青也是仙子成员，否则延安未必批准你执行。”英杨道，“魏书记，说到遵守纪律，真是无人能出你之右啊！”

微蓝憋不住笑了笑：“特殊情况特殊处理嘛。”

“那么，你知道我今晚最痛苦的是什么？”

微蓝摇头。她坐在椅子里，英杨在她面前蹲下，仰起脸说：“我差点被浅间亲到，他的嘴唇离我只有这么……”他用食指和拇指量出距离给微蓝看看。

微蓝瞬间睁圆眼睛：“他……他……”

“所以你差点害死我，你知不知道？”英杨打断她，不让她说下去。

“不能怪我吧？”微蓝心虚，“我怎么知道他，这个……”

“你不知道没事，但你总要补偿我。”

微蓝不安地缩了缩身子：“怎么补偿？”

“我问三件事，你要如实回答，态度好就算补偿了。”

微蓝皱皱眉毛：“如果不违反……”

英杨用力咳嗽，提醒她，再没资格谈论纪律啦。

“行了你问吧！大不了都告诉你好了。”

“第一，成没羽怎么知道我在荣宁饭店？”

“十爷告诉他的。”

“第二，是谁通知沈云屏来救我的？”

“杨波找到十爷，请他给沈云屏挂了电话。”

“第三个问题，给你们报信的肯定是仙子成员，今晚在现场的中国人只有陈末，他是仙子吗？”

微蓝眼睫一闪，静静看着英杨。英杨微笑道：“这个问题不回答，你的补偿无效了。”

“我不能说……”

微蓝正要争辩，英杨忽然凑上来吻了她。这个吻太快了，像蜻蜓掠过夏日湖面，等微蓝反应过来，英杨已经站起身："如果有下一次，就不只是这样了。"

微蓝脸上红云滚滚，可她只是低下头。英杨却叹了气说："其实我并不想你是魏青。"

微蓝轻声说："我也不想。"

英杨重新蹲回去，扶起她的脸问："为什么呢？"微蓝说："我喜欢微蓝这个名字，很喜欢。"

"那么我接着叫你微蓝，"英杨说，"不过有交易。"

微蓝笑起来，抬起水盈盈的眼睛说："这么点小事也要交易？"

"特筹委肯定有你们的人！是陈末对不对？今晚只有他在陆军医院。你承认吧！"

微蓝密如羽扇的睫毛晃了晃，她忽然出手，倏地推在英杨肩窝之侧。英杨只觉透骨酸痛，"啊"地叫出来，向后仰坐在地。

第八章　纵身

荣宁饭店那晚之后，浅间三白仿佛人间蒸发一般。此前他三天两头到特筹委巡视，时常弄得鸡飞狗跳，几天不来，显得不大正常。

骆正风当然知道英杨出现在陆军医院，当晚行动处的值班员向他做了汇报。他问英杨去医院何事，英杨索性推在浅间三白身上，说是被叫去的。

结合浅间三白这段日子的反常，骆正风认为事情跟浅间的特殊癖好有关。他吩咐罗鸭头私下打听，罗鸭头说问了荣宁饭店值班的兄弟，看见浅间的汽车送英杨过去。

骆正风震惊不已，好奇心如万蚁乱爬，也只得忍耐着。然而再见到英杨，总要上演些眉飞色舞。英杨晓得他误会了，却不打算澄清，由着此人胡思乱想。

马乃德只能供出废弃联络点丰乐里 8 号，骆正风一无所获，转而逼问延安的情况。英杨不敢再贸然行动，好在马乃德知道的不算机密，也只得由他去说了。在微蓝的建议下，英杨与上海情报科暂时切断联络。失联的日子里，英杨真切体会到仙子小组的痛楚，没有任务，没有归属，渐渐地身在敌营成了身在日常，这滋味实在难受。他现下着急焰火名单，只是五爷神龙见首不见尾，不知道他在哪儿。这天中午，英杨在楼梯口遇见陈末，他刚要招呼寒暄，陈末先笑道："小少爷，几天没见到你了。"

"陈处长，我天天都能看见您，怎么您看不见我呢？"

“小少爷这话是在批评我，既然如此，相请不如偶遇，共进午餐如何？”

经历过“马乃德事件”，英杨对陈末充满好感，听他出口邀约，焉有不答允的？

特筹委院外是条清寂马路，两侧栽着雪松，并无一家商铺。英杨和陈末要走去隔壁街，路上见有人剥掉雪松树皮弄出图案，一株是圆的，一株是方的，一株画个叉，一株又勉强是个眼睛。

陈末喃喃道：“饭都吃不饱，有闲情弄这些。”

英杨笑笑：“苦中作乐过日子嘛。”

陈末伸手点点画眼睛的树，说：“若是只一株睁一株闭，这条路飞快走过去，能看见这眼睛眨啊眨的。”

“陈处长很有童心。”英杨奉承道。

陈末又问：“小少爷喜欢音乐吗？”

“陈处长是说乐器吗？我对这些不通。”

“音乐是超越语言的艺术，电波也是这样。我时常想，如果人类没有语言，这世界会美妙许多。”

英杨没明白陈末的奇思妙想，也许天才就是光怪陆离，没人可以理解。

陈末请客的馆子叫“云客来”，午市生意好，厅堂竟坐满了。伙计见到陈末笑道：“陈处长来啦！还是一客包饭一客例汤吗？”

“不。我今天请客，要二楼的雅间。”

伙计将白毛巾甩在肩上，领着他们上二楼背街的雅间。窗外是别家院落，洒扫洁净，清静无人。

英杨与陈末相对而坐，谈些时事财经类闲话。没坐一会儿，伙计捧进莲藕骨汤，香气四溢，撒着碧绿葱花，让人食指大动。

陈末道：“武汉喜欢用藕熬汤，滋味鲜美。上海的莲藕虽不如武汉，但这家做的汤头极好，小少爷尝尝。”

英杨尝了说好，随口问："陈处长是武汉人吗？"陈末摇头："我土生土长的南京人，住在桃叶渡。"他说罢起身道，"小少爷你先喝汤，我去洗手。"

陈末走后，英杨独自喝汤，只觉得鲜到咂舌。门开处伙计又来上菜，搁下一道涨蛋，却低笑道："谷雨同志！"英杨大惊抬头，见是乔装的大雪，不由起身道："您怎么在这里？"

"我不敢正常联络你，找魏书记想了这个办法同你见面。"大雪微笑道，"有项紧急任务，必须由你完成！"

英杨忙请他坐下讲。大雪道："我们接到指示，要从福泉山劳工营营救一位重要人物，并把他送往香港。此人代号默枫，留着一头白发，长可及肩。你说夏先生让你来的，他就会跟你走。"

英杨连连点头。大雪又道："除了默枫，福泉山劳工营还关押着华中局的八名同志。他们近期要组织营救，想请我们支援，那么就由你配合，保障他们的营救。"

"默枫不在华中局的名单里吗？"

"是的，他是第九人。"大雪郑重道，"你要记住，营救默枫不能让华中局知道。省委领导直接向我部署，点名由你完成任务，可见默枫的重要！保障华中局可能接触到魏书记，请你遵守纪律，绝不能透露默枫的情况。"

"我明白了。"英杨肃然道。

所谓保障华中局，是要英杨安排八名被救同志顺利离沪，这其中涉及车辆安排、获取特别通行证、择定撤离路线与具体细节。省委选择英杨，无非看中他在特筹委的便利。

"明天中午，华中局负责营救的同志要与你见面，共同商定方案。见面地点定在卷帘棋院，路上注意安全，千万不要有尾巴。"

"有联络暗语吗？"

"满叔会在棋院等你。"大雪说着递上棋院地址。

“好！”英杨接过来道，“我保证完成任务。”

大雪满意地告辞，屋里再度安静，英杨越发肯定陈末是自己人，云客来的饭局，原是为大雪而设的。

小半个月无所事事，接到福泉山的任务很让英杨兴奋。吃罢午饭，他推说家里有事，驱车直奔福泉山。

打援劳工营最要紧的是熟悉地形，英杨必须实地察看。到福泉山要经过朱家角镇，他顺路买了套土布衣衫和一顶草帽，又选了根扁担，之后把车停在镇外僻静处，扮作挑柴的进山。

福泉山比不得名山大川，最高处也就七米多。夏日草木繁茂，蝉声迭起，步入其间山空人静，自有一番怡人景象。

英杨渐入深山，很快听见军用卡车的隆隆声。他掐着指南针循声而去，迅速找到了建在低洼处的劳工营。英杨掏出望远镜看过去，这座营区不算大，背靠山壁建着两排平房，营区安装有粗大笨重的木栅门，左右各有瞭望点。

此时营区很安静，看来劳工都出去干活了。英杨转动望远镜，突然看见左侧草棚里走出一个人，他很瘦，腰背佝偻着，但披到肩膀的白发十分醒目。英杨暗想此人就应该是默枫，他走出来的草棚安装着烟囱，想来是劳工营的伙房。这么说来，默枫也许有伤病，也许是厨艺好，他不用出工，可以待在营区。

英杨收起望远镜，大致有了营救方案。他伏在草丛里等到五点钟，拉劳工干活的军卡回来了，押送日军全副武装，把铁链拴着的劳工赶进木栅门。但这木栅门太过厚重，开关都很费劲，只是栅门一旦关闭，想攻进去也不容易。

他收起望远镜，胡乱打些柴草担着下山，途中遇见破败的关帝庙，庙后是树林，庙前有块空地，正是停放卡车的好地方。

英杨此来收获颇丰，心满意足地下山。到了朱家角镇天色向晚，英杨想解决了晚饭再进城。他取汽车换了衣裳，开到镇上找间小店，炒两个菜果腹。

等菜的工夫，英杨随意打量店堂。这店子生意冷，除了英杨，只有靠窗对坐的两人，面对英杨的是个卷毛男子，也是二十多岁，眉目俊朗，皮肤黝黑。

然而英杨的注意力却被与他对坐的女人吸引了，即便是背影英杨也能认出，那是微蓝。

有了杨波的经验，再看见微蓝与男子单独见面，英杨自动认定是来汇报工作的，加之华中局主持福泉山救援，来勘察地形也正常。

他只当无事，拎起瓷壶倒茶，忽见卷毛头笑着说了句什么，伸手握住微蓝的手。微蓝急着要抽，他却紧按着不放。英杨一口水没咽下去，被呛得直咳。卷毛头两束乖戾狠觉的目光直扫过来，英杨腾地恼火，心想你还敢盯我？

他正要起身，忽然店门一响，进来一高一矮两个日本兵，他们找座坐下，用生硬中文说："酒的！拿来！"

老板立即溜进后厨拿酒，日本兵说笑着四面乱看。店堂不大，他们很快看见微蓝，脸上浮出怪笑来，高个子低低说了什么，两人哈哈笑着向微蓝走去。

英杨暗叫糟糕。两个鬼子好解决，然而福泉山营救在即，这时候打草惊蛇于任务不利。他瞥见老板捧着酒出来，情急间用日语叫道："太君！你的酒来了！"

两个鬼子下意识地回头，卷毛却以为机会来了，拔枪就要打。英杨急得面色骤变，千钧一发之际，微蓝出手如电，啪地敲在卷毛手腕上。卷毛吃痛手软，枪咣地掉在桌上，砸得碗盘乱响。

日本兵又被巨响吸引回头，微蓝早把枪掩进提包，回身便走，像是与卷毛闹了情绪。

鬼子色字当头，哪里容她脱身，正要上前纠缠，英杨抓起酒猛灌两口，飞步上前抱住高个子，满嘴日语乱喊：“荒木君，太好了荒木君，没想到在这里遇见你！”

高个子被英杨八爪鱼似的盘着，又见他日语地道、穿着体面，一时摸不清来路。矮个子只当英杨真是熟人，也不好去追微蓝。英杨瞅着卷毛追着微蓝走了，这才松了劲。

高个子得了空将英杨推远点，问：“你是什么人？”英杨装醉笑道：“是我啊，荒木君不认得我了吗？我是英杨啊！”

高个子气得摘枪拉栓，顶着英杨低吼：“证件！没有证件开枪了！”

英杨像被枪吓傻了，呆着脸举起双手，高个子恼火道：“证件！”英杨如梦初醒，抖手掏出证件送上。高个子看了，狐疑问：“你是特筹委的？”

“特筹委行动处的，太君可以电话核查。”

高个子将证件直摔在英杨脸上，怒道：“我不是什么荒木！酒鬼！滚！”

两个人骂骂咧咧出门去了，见他们没影了，老板瑟瑟道：“先生，您的菜齐了。”

英杨再没心思吃饭，搁下钞票走了。回城后英杨直接去汇民中学，然而微蓝不在。英杨在操场上抽烟，踩着煤渣跑道走了一圈又一圈，直等到快九点，才见微蓝急匆匆过来。

英杨迎上去低低道：“站住。”

微蓝借月光认出他，嗔道：“吓着我了！”英杨笑笑说：“你也能被吓到？”微蓝却不吭声，英杨便说：“这里讲话不方便，我们出去走走。”

他们走出校园上了车，英杨握住微蓝的手，说：“你在朱家角镇同谁吃饭呢？”

“他叫高云，是华中局的战斗英雄。”

英杨闻之不喜，冷哼道：“战斗英雄见你做什么？你又不上前线。”微蓝说：“大雪应该同你讲了福泉山的任务，他主持救援，来找我汇报工作。”

“你也要去吗？”

“我不去。高云想调用我的警卫队，就是杨波小队。”

“汇报工作好好讲吧，做什么要拉你的手？”

微蓝低低说：“他救过我。”英杨静了静，想问怎么救的又不愿意听，于是噎住不说话。两人默然相对，良久，微蓝轻声说：“你放心吧，我知道的。”

外面宵禁开始了，路灯暗了下来，车里更黑了。英杨泛起苦涩的笑，暗想：“她什么也不知道。”

第二天中午，英杨依约来到卷帘棋社。

满叔坐在窗下喝茶，见他来了起身招呼，激动道：“英杨，终于又见面了！”

英杨笑问：“华中局的同志来了吗？”

“你直接上楼去，店里都是自己人。”

英杨点头打量店堂，掌柜的伏在柜台上算账，伙计正在擦桌子，没人在意他们。

他正要上楼，满叔又说：“英杨，咱们这次配合华中局工作，要合作愉快，不要太计较啊。”

英杨好奇：“这是什么意思？”

满叔为难地挠挠头：“你知道的，根据地的同志脾气不大好。”英杨立即懂了，是高云不好伺候。

他听见这话光火，暗想战斗英雄就能为所欲为吗？这里是上海，并不是大后方，行事狂悖等于自找死路。他沉着脸上楼，却见土坷坐在包间门口，见到英杨笑嘻嘻站起身。

英杨消了火气，抚他肩笑道：“好久不见。”土坷不会应酬，只在眼睛里闪烁着喜悦。英杨指指门，示意自己要进去了，土坷忙替他推开门。

英杨进门就看见高云，他把椅子翘得只用两根腿着地，身子摇来晃去，脸上挂着轻蔑的笑。英杨发觉高云算得上是英俊，特别是桀骜的眼神配着桀骜的卷毛，简直英气逼人。

这屋里的气氛也不知怎么就紧张起来，陪坐在侧的杨波嗅出点火药味，华中局都知道高云穷追微蓝，现在和英杨碰上了，但愿不要打起来。

他忙起身笑道："英少爷，又见面了！"英杨正要同他握手，高云嗤笑道："英少爷？咱这队伍里混进资本家了？"

杨波明显怕高云，伸出的手嗖地收回去了，把英杨晾得极尴尬。英杨拿出涵养功夫，心想小少爷的身份被诟病多年，我也没少块肉，难道怕你说一句？

他板着脸拖椅子坐下。一刹静默后，杨波清清嗓子道："高队长，英少爷，想必基本情况你们都知道了。南京地下党设法从政治犯监牢营救了八名同志，把他们安置在福泉山劳工营。我们的任务是把他们救出来，安全送到苏皖根据地。"

"你们有初步打算吗？"英杨问。

"根据前期侦察，福泉山劳工营每天清晨五点出工，十二点收工；下午一点出工，五点收工。我们打算在收工回营时动手，也就是中午十二点，或者下午五点。"

英杨的想法与杨波相同，于是说："我建议放在下午五点，傍晚时分各处警戒相对松懈，即便有鬼子支援，我们可以借天黑隐蔽……"

他话没说完，被高云冷笑一声打断："还要等到天黑吗？二十分钟解决战斗，天还大亮着呢。"

英杨忍耐着不争辩。杨波圆场道："高队长最擅长正面突击，不必挑时段都能行。不过英少爷熟悉上海，他的建议很重要，我赞同下午五点动手！既然具体时段定了，那么我们明天下午动手。"

“明天就行动吗？”英杨吃惊。这太快了，他还没有安排撤离路线。

高云撩眼皮笑笑：“怎么，你想几位同志多关两天？”

英杨不理睬，只问杨波：“营救时间不能改吗？”

杨波抱歉道：“明天行动的确仓促了，但是我们收到情报，明天有条劳工船经过上海，正好让八位同志混上船离开。”

“这条船你们联系好了？”

杨波摇头：“没有。上级明确指示，救援保障由江苏省委负责。”

英杨想，所以劳工船要我联系，把人从福泉山送到码头的车辆也要我安排。他于是说，“从福泉山到朱家角镇要经过一处关帝庙，我会安排卡车等在这里。”

他说着掏出准备好的大比例尺地图，用红笔标出关帝庙方位，又画了从劳工营撤离的路线。杨波连声夸奖英杨想得周到，英杨便说：“我想看看你们的作战方案。”

高云早不爽杨波奉承夸奖英杨，没等杨波回答，高云先怪声道：“我们的作战方案为什么要向你汇报？”英杨被他接连挑衅，耐不住性子说：“要我保障总要让我掌握情况，否则判断失误导致行动失败，是谁的责任？”

高云翘椅子抱臂冷笑：`“你的责任是保证被救同志到码头上船！管什么闲事！”

英杨恼火道：“福泉山枪声一响，上海立即就要封锁，略有差池别说去码头，回上海都很难！请不要盲目乐观！”

高云沉下脸：“谁盲目乐观了？有困难就不救了？你要抗命吗？”

这顶抗命的高帽子压下来，英杨气道：“我没说不救，我是要知道方案掌握全局！”

“你是谁啊就要掌握全局？”高云不屑。英杨冷声道：“你这是合作的态度吗？”高云浑不在意：“我就这个态度！爱合作不合作！”

英杨头回遇着这样不讲理的，起身摔门而去。杨波忙赶出来和稀泥：“小少爷，高云是狗脾气，他不是针对你，他对谁都这样。”

英杨情知高云的“狗脾气”多少与微蓝有关，点上烟沉着脸不作声。杨波又劝道：“不过呢，高云打仗从来不做计划。你也别生气，他不是不肯说，是实在没有啊！”

英杨不想再纠缠，猛吸一口烟说：“枪响之后，我在关帝庙等你们二十分钟，来不了我只能走了。”杨波只得答允：“既然高云说二十分钟结束战斗，那就这样办！”

运了一船芝麻之后，骆正风与英杨时常合作生意，英杨出本钱，骆正风出门路，赚到的钱五五分账。骆正风空手套白狼赚得舒爽，为了跑货方便，他从公路管理处盘了辆六成新的卡车，刷漆改造后，夹层里能藏枪支弹药。

英杨问骆正风借这辆车，骆正风爽快答应，连做什么都没问。英杨让张七去开车，自己马不停蹄到运输处找管翔。冯其保牵线后英杨立即跟上，明里暗里送了不少值钱物事，哄得管翔见到他十分亲热，敬茶递烟地款待。

英杨喝了茶笑道：“管处长，有几个没名姓的小人物想出上海，听说明天下午有艘劳工船经过，您看……”

管翔一听就懂，所谓没名姓的小人物，都是沾着抗日的危险分子。他沉吟问：“几个人？”

“八个。”

“这事我不便批条子，你只管带上去，码头上姓薛的会关照。人打扮得破旧些，要像劳工才是。”

英杨大喜，掏出装金条的小盒子奉上：“一点心意，管处长不要嫌弃。”

管翔当然笑纳，又同英杨说些趣事：“小少爷认不认得华成烟厂的孙厂长？”英杨知道这人叫做孙仲成，是日本人扶植的商界傀儡，共荣商会的主席。

“孙老板是大商人，我只愁无缘拜见。”

“呵呵，孙老板前天来找我，说美丽牌香烟有笔商标费，原先搁在通商银行，现在想动一动。”

“您的意思是？”

“我想推荐中亚银行，又不知胡行长能开出什么条件。你同胡公子交好，私下问问他，若能谈拢我也好回话。”

中亚、苏民、浙民三家银行同气连枝，想搞“金融三角”逼退重庆留沪的金融势力，孙会长要把商标费撤出能对抗“金融三角”的通商银行，看来日本人的占领地经营又进一步了。

英杨心下感叹，脸上却笑着答允了。他离开办公厅时，深觉自己力量渺小，中国正被更快更凶猛地蚕食，他的努力犹如蚍蜉撼树。

回家刚进门厅，阿芬迎上来说金小姐来了，近来韩慕雪时常邀请微蓝来吃便饭，英杨走进厨房，果然看见微蓝在忙碌。

“你又不会做饭，总赖在厨房做什么？”英杨一边卷袖子洗手一边说。

微蓝低眉垂眼搅鸡蛋，把只瓷碗打得当当响，听起来很大厨的样子。然而英杨十分清楚，她只会这么多，下一步鸡蛋下锅就不会了。

英杨洗罢手使毛巾揩着，瞅着微蓝说：“我想你八成同林奈一样是千金小姐，所以被养得不沾油盐酱醋。”

微蓝搅鸡蛋的当当声更加响亮，说：“林奈会做饭的。”

英杨笑而摇头，随她在厨房折腾，自己上楼去了。他进卧室关上门，坐在桌前拿出地图，研究高云可能采用的救援方案。

他正沉浸其中，忽听着背后门响，有人进来了。英杨忙扯张纸盖住地图，回头见是微蓝，不由笑道：“不装样子做饭了？其实我娘并不想要厨子儿媳，不会做饭没要紧。”

微蓝插紧门走到英杨身边，扶他肩问：“你在看什么？”

“没看什么，练练字。”英杨推搪道。

微蓝翻开纸露出底下的地图，立即揭穿英杨的谎言，说：“杨波跟我讲，你和高云吵架了？”

“杨波总不至于这样，”英杨笑道，“小事罢了，巴巴地汇报给你。”

“他来见我不为你们吵架。他在上海有个线人，突然请求明天见面，杨波要跟高云去福泉山，来问我怎么办。”

“什么线人？为什么见面？杨波去不了怎么办？”

面对英杨的连珠炮发问，微蓝一概不答，岔开话说：“你不要同高云计较，他人不坏，就是脾气坏。”

英杨原本忘了之前的不快，可听她说不计较，反而要计较道：“人不坏就可以脾气坏啊？你要求也太低了吧？”

“人不坏是根本，各式各样的优点，都要生长在这个根本上，才是好的。”

“行吧，魏书记讲道理天下无敌。”英杨把她抱在膝上坐着，“我并不生气，我是着急。行动对接很重要，稍有不慎满盘皆输！我问他们要计划，杨波说高云总是临场发挥，从来不做计划！”

英杨吐了苦水，等着微蓝赞同，不料微蓝说：“战场上得令坚守就坚守，说撤就立即撤，知道太多了并非好事。高云身经百战，这是他的经验。”

英杨听她替高云说话，不高兴说：“我对全盘计划一无所知，会影响判断。”

微蓝“嗯”一声，垂眸不语。英杨知道她没有被说服，于是叹道：“果然救过你的命，就这样向着他。”

微蓝立即抬眼睛说：“我并不是向着他，只是指挥作战同作画写文章一样，各人有各人的风格。你喜欢严谨没有错，可高云在残酷环境里待久了，他不喜欢被计划框住，我认为也没错。”

英杨皱紧眉毛打量微蓝，不知道高云怎样救过她，能让她如此偏心。微蓝觉察他不高兴，攀住他脖子转移话题：“你打算怎样把人送出上海？”

“杨波说有条劳工船，中途会停靠镇江。我去运输处打听了，船的编号是 369 平达号，送人的车也安排好了。”

“你同情报科联络不便，这次保障福泉山没有帮手，只有张七会吃力吧？”

这话正打在英杨心坎上。从福泉山救下来八个人，加上默枫是九个，只靠他和张七着实吃力。高云不配合更添隐患，英杨更加没底。

他抚抚微蓝的旗袍领子说：“你有办法吗？”微蓝道：“你只管把车带到关帝庙，有人在那里等你。”

“谁呀？代号是什么？接头暗语呢？”

“都不用，你见到他就知道了。”

她说罢从英杨膝上溜下：“快开饭了，我要下去帮忙了。”英杨笑道：“我娘表扬你了，说金小姐虽不会做饭，每回来都往厨房钻，没手艺至少有心意。魏书记果然会做思想工作，把我娘哄得开心。”

微蓝很高兴，谦虚道：“那是她乐意让我哄。”

英杨搂紧她说：“我问你啊，魏青是你的本名吗？”

微蓝沉吟一时，摇了摇头。英杨道：“你的本名叫做什么？福泉山救援结束你要走了，也不知能不能再见面，可我连你真姓名都不知道。”

微蓝匆匆一笑：“名字不过是个代号，又何必在意？”

英杨想，她是不肯讲的。若非马乃德被捉，只怕魏青的身份她也不会讲。分别在即，她依旧藏着掖着，也许她早就清楚，英杨终究是过客，是抚慰岁月的插曲，不能当真的。

他于是放开手，笑笑说：“那么你去帮忙吧，我还要再看看地图。”

微蓝感觉出英杨骤然的冷淡，她想说什么，又知道有些事说也没用，于是走开了。等她的脚步消失，英杨起身推开窗子，看着渐浓的暮色，只觉得心乱如麻。他希望微蓝留下来，又想她早点走。他知道魏青留在上海危险，却又希望金老师一直在汇民中学。

第二天下午，微蓝来到鸳鸯湖。根据杨波的汇报，他和线人在有暗记的垂柳下接头。

微蓝化了男妆，穿着夏布西服，戴着凉帽，鼻子上架着墨镜。她找到有暗记的垂柳，见左近有两张长椅背靠着背，于是拣面向湖面的坐了。

时值七月，鸳鸯湖夏景青翠，淡青云层共湖水一色，让人心境开阔。微蓝正在看风景，便听身后有脚步声响，有人坐在另一张椅子上。

"先生，有火机吗？"

听见骆正风的声音传来，微蓝沙着嗓子说："我只有百乐门的火柴。"

骆正风立即听出声音有异。他转头来看，微蓝道："你临时呼叫联络，杨波走不开，由我来替他接头。"

骆正风分辨出是女人压着嗓子，他转回脸，摸出香烟说："麻烦借火用一用。"

微蓝递上火柴，骆正风验看火柴盒上的暗记，仍问："苏州最好的药店在哪里？"

"当然是观前街上的妙仁堂。"

骆正风悠悠吐出一口烟："妙仁堂的银耳膏有名。"

"不，妙仁堂最好的是杏仁枫露，治咳嗽最有效。"

这是骆正风与杨波约定的暗语，他放下心来，猛吸两口烟说："这次的消息很重要！我按讲好的价钱收费，另外，你们总要记着我的人情。"

"放心吧，你为抗日救亡做的努力我们会记住！"

投靠日本人之后，骆正风索性撒丫子捞钱，他在枪械黑市结识了华中局交通员，从此搭上门路。接触多了，骆正风倒觉得八路比军统讲感情，可以当作退路。

得了微蓝的承诺，骆正风直入主题说："今天下午有条劳工船经过上海，编号369平达号，这批劳工要送到南京，给日本人做细菌实验！"

微蓝立即想到福泉山营救，心里怦地一跳，又听骆正风说："船离开上海后要停靠镇江，建议你们在镇江动手，到南京后就来不及了！"

微蓝低低说："多谢！"

骆正风又道："这事是绝密，和平政府运输处都不知道，我从驻屯军司令部挖来的情报。你们救人归救人，千万别把火烧到我身上，明白吗？"

"你放心吧，我们懂规矩。"微蓝匆匆说，"情况紧急，我先告辞了。"

微蓝与骆正风见面时，英杨带着张七出了朱家角镇，按计划到达关帝庙。

这座关帝庙废弃已久，门斜窗歪，供桌上的灰有一指厚。英杨吩咐张七停好卡车，自己在林中巡视，忽听着耳畔风响，他急忙回头，却见成没羽落在几步开外。

"是你？"英杨大喜，"太好了！没想到你能来。"

成没羽虽也高兴，却持礼甚恭，立即要行礼。英杨忙道："你不要客气。咱们年纪相仿，随意些就好。"成没羽仍旧恭敬："十爷让我来相助小少爷，不知是为何事？"

英杨扼要说了救援之事，成没羽听了道："如果只做接应，此事还算简单。"英杨道："除了要搭船的八个，还有第九人，这个人要我进劳工营带出来。"

成没羽一惊："小少爷万不可进劳工营！我去就是了！"英杨不许："你不熟悉路况，还是我进去。"

"小少爷有所不知，当年八卦门兴盛之时，十爷常带我们在福泉山练功。这山里仿佛是展翠堂的后花园，哪有不熟之理？"成没羽说着，撮唇打几声布谷鸟叫，便听着林子里飒飒风响，十余人悄然落下，他们穿着寻常百姓的衣衫，仍用三角巾覆面。

成没羽抬手摘下面巾，那十余人也跟着摘下。

“这么多人应该够了，”成没羽冲英杨笑道，“第九个人交给我吧！”

英杨情知营救的关节在码头，自己若被默枫之事绊住，即使那八个人到了码头，姓薛的也未必放行。眼见成没羽如此周到，英杨拿出地图指明劳工营位置，又讲明默枫特征。成没羽果然对福泉山熟悉，看了地图很快说出周边地势，英杨见他沉稳机敏，越发心生喜爱。

临行前，英杨再三叮嘱：“你只管救人，别的事都不要管，明白吗？”

成没羽笑笑道：“小少爷放心好了。”

他说罢带人走了，英杨看着他们消失在青翠密林，心头突突乱跳，总觉得今天不会顺利。

成没羽依地图所示摸到密林深处。走不多时摸到了劳工营。成没羽调整望远镜，看见茅草棚里走出一个人，左手托一铝盆的黑窝头，右手提着只水壶，摇摇摆摆走到院子正中，将盆和壶搁在长桌上。

那人一头白发，发长过肩，应该是默枫。

成没羽把定望远镜紧跟着他，见默枫搁下盆反身走进平房，抱出一个最多十岁的男孩，那孩子左腿绑着夹板，想来是受伤了。

默枫把男孩抱到桌前坐下，从壶里倒出半碗稀粥，又拿个黑窝头递给他。男孩饿极了，接过来张口就咬，谁知刚咬一口，便有条鞭子啪地抽在桌上，把男孩吓得一抖，窝头也掉在地上。

抽鞭子的日本兵凶狠狠不知说什么，默枫点头哈腰地赔罪，又捡起黑窝头拍掉灰尘放回盆里。

成没羽拿开望远镜想，劳工营此时空虚，现在冲下去救人当是良策。但现在行动譬如打草惊蛇，另外八个人就别想被救出来了。

正在这时候，远处传来汽车的轰轰声，成没羽掉转望远镜，看见西南方有车队过来，一连七辆卡车，车斗边站着日本兵，应该是拉劳工的车。

“来了。”成没羽低低道，“做准备。”

青衣人立即散开，他们吃亏在没有重武器，只随身配着手枪，要等高云枪响后辅攻救人。

卡车开到营门前停住，日本兵押着衣衫褴褛的劳工下来。原本清静的山谷喧闹起来，夹杂着鬼子的呼喝声和皮鞭掠空的嗖嗖声，紧接着粗笨栅门被呀呀打开，鬼子吆喝着要把劳工往门里赶。

栅门咿呀呀开到六成，就听着破空而来的嗖嗖连声。成没羽立即低喝：“趴下，手榴弹！”他话音未落，劳工营轰地炸开了。时机已到，成没羽摆动手枪道：“救了人分开跑，总之展翠堂见就是！”

青衣人齐声答应，跟着成没羽掠下山崖，直扑劳工营。

山洼里早已乱作一团，硝烟漫漫沙尘飞扬，也不知枪在哪里打，漫山遍野的哒哒哒哒哒达。鬼子窝作一团举枪还击，然而高云自两侧俯攻，鬼子拉不起有效反击，劳工们早已甩开铁链子，胆大的往山上跑，胆小的抱头往营里钻，怕死的蹲在原地不敢动。

成没羽身轻如魅，带人滑进劳工营大门。他展目四顾，见默枫还在长桌前，正把断腿的孩子往怀里搂。成没羽直冲过去，急问：“你是默枫？”

他冲近了才发觉，默枫形容枯槁，眼圈乌黑，被折磨得没了人样。可是听到“默枫”两个字，他浑浊的眼睛亮了，盯着成没羽不说话。

“是夏先生让我来的，请你跟我走！”

“夏先生！真的是夏先生！真的有人来救我？”默枫喜过了头，抓住成没羽一个劲说，“谢谢！谢谢你！”

成没羽急道：“谢谢出去再说，快走！”

默枫却道：“等等！我要带这个孩子走！”成没羽一刹犹豫，这孩子腿上有伤，带着逃命等于找死。可那男孩可怜巴巴的，想走又不敢说话，成没羽狠不下心，咬咬牙说：“那么快点！”

就这会工夫，跟成没羽闯进来的青衣人已撂倒几个鬼子，然而吸引来的火力攻击也越来越猛。青衣人支撑不住，回头叫道：“羽哥，快走，他们要关门了！”

栅门关了再出去就是难了，成没羽忙叮嘱一个青衣人背着男孩，自己拉着默枫就往外冲。

到门口也就几步路，可是鬼子的火力逼得他们几度后退。这时右侧山林闯下一人，满头卷发随风飞扬，抱着挺轻机枪大喝一声，突突突突扫射不停。

成没羽虽不认得高云，也不得不赞他神勇。借着高云火力压制，他扯着默枫往来路奔去，直钻进密林里才松口气，默枫转身回顾，急道：“栓儿哪儿去了？”

成没羽猜那孩子叫栓儿，便说：“放心吧，我兄弟会把他带出去！”默枫也只能罢了，问：“我们现在怎么办？”

外头枪声渐稀，看来高云正带主力撤退，眼下要尽快回关帝庙与英杨会合。成没羽摸出指南针辨识方向，领着默枫往关帝庙走去。

默枫形销骨立，走不了两步就喘不上气，成没羽只得停下来等他。如此行进极慢，成没羽正在发急，默枫却拽住他说：“你听！是谁在哭？”

成没羽闻言专注，很快听见顺风送来的惨叫泣求声。

默枫听出声音，急得蹦起道：“是栓儿！是栓儿在哭！他们抓住栓儿了！”

他边说边向哭声跑，成没羽只得跟着他。哭声越来越近了，默枫忽然停住了，指着前面叫成没羽去看。

密林外的山道上，叫栓儿的男孩浑身是血，躺在地上惨叫挣扎。他身边躺着成没羽带出来的青衣人，一动不动，想来是死了。

“救他！”默枫急道，“他还活着！”

“这是陷阱！”成没羽冷静说，“太明显了！”

“不能让他这样等死！我愿意被捉回去，救救栓儿吧，他太可怜了！”

成没羽没吭声。英杨交给他的任务是救默枫，并不是救孩子。默枫泣声道：“就为偷吃一个窝头，栓儿被日本人活活打折了腿！他才十岁啊！”

成没羽心里闪过栓儿的眼睛，带着小心翼翼的求生渴望。十岁大的孩子，被折磨成这样还想活下去，他在心里叹气，沉吟着拾起一把石子，噗地投向栓儿。

石子落在栓儿身边，满地滚动，山林仍旧静悄悄。默枫惊喜道：“不是陷阱！没有人！”成没羽虽没把握，却生出几分侥幸道：“那么你等着，我去抱他回来！”

他把枪和地图留给默枫，又道：“如果是陷阱，你拿着枪往地图上的关帝庙跑，有人接应你下山。”

默枫愣了愣，接过地图和枪说：“你不会有事的。”

成没羽没有回答。他束紧衣衫，挖个坑把蒙面的青巾埋了，方才提气飞掠而出。在他现身瞬间，周遭枪声大作，有人用日语大叫：“要活的！”

枪声一下停了，成没羽知道回不去了，就势滚进山道上一处洼坑。他躺在坑里仰面喘息，刚刚那阵扫射火力太猛，栓儿已经死了。

成没羽的心像被挖掉一块，恨不能弹身冲出去，立刻抓几个鬼子杀掉解气！没等他意气用事，山道传来鬼子马靴的声音，他们过来了。

成没羽没有武器，先抓把石子扣在手心，打出去总能干倒前面的几个。但石子比不过枪弹，取小弄巧暗杀可以，对垒可不行。

真没想到，福泉山竟是他的埋骨处。成没羽望着枝叶掩映中一角温柔蓝天，感受山林中流动的风，这让他想起和弟弟成没飞满山乱窜的时光。

“小飞儿，”成没羽在心里说，“哥哥先走一步了。”

鬼子的脚步声越来越近，成没羽翻身调整角度，确保撒出去的石子发挥最大作用。他默数鬼子脚步，然而他们却在十多米处停下了，有人呜哇大喊：“你的，乖乖的出来，不杀的！”

成没羽希望鬼子走近点，于是屏息不语。鬼子又唔哇乱喊一通，千奇百怪的无非叫成没羽投降。也许是知道劝降无用，喊了几通之后，鬼子安静下来。

成没羽的心提到嗓子眼，他耐住性子，希望鬼子再往前走几步，走进他飞石的范围。忽然，破空传来嗖的一声轻响，随即轰地落地爆炸，鬼子被炸得鬼哭狼号。

手榴弹。

成没羽正在错愕，只见山林扑出一道身影，滚到他身边丢下一枚手榴弹，低声说：“丢了就跑！”

成没羽定睛一瞧，却是微蓝。他急着要说话，微蓝已经拉脱了引线，扬臂便丢出去。成没羽不敢耽搁，拽掉拉线跟着投出去。

轰轰两声爆炸，鬼子大乱阵脚，微蓝拉着成没羽飞身奔进山林。他们没跑几步，就看见缩成一团的默枫。

“你怎么还在这！为什么不回关帝庙！”成没羽大急。

他吼完觉得不大对。默枫两眼紧盯他身后的微蓝，面孔几近雪白，抖着两片嘴唇说不出话来。

微蓝没半点表情，拨出枪说：“你们快跑，我引鬼子走！”成没羽当然不肯：“不！我引鬼子走！”

微蓝不理，扯过成没羽道：“你告诉英杨，联系好的劳工船不能上，人要运去南京做活体实验。我们安排了水下救援，这条船不到镇江就会沉。”

成没羽一惊，微蓝问：“记住没有？”成没羽惶然点头，却说：“我引鬼子走，你带默枫同英少爷会合！”微蓝沉脸不语，默枫抖着声音说：“兰……兰……小青……”

“住嘴！”微蓝怒火忽炽，掉转枪口指着默枫，狠狠道，“快滚！”默枫吓得闭了嘴。微蓝抽身要走，成没羽一把抓住她，急得哑了嗓子求道：“兰小姐，我去吧！不然我回去没法交代啊！”

微蓝用力甩脱他，低声道：“我不愿见到这个畜生！你若不想我一枪打死他，就赶紧带他走！”

成没羽愣在当场，不明白默枫与微蓝有什么过节。微蓝将枪口向成没羽点了点：“你既叫我一声兰小姐，我且问你，我的话你听不听？”

成没羽无奈点头，微蓝搡他一把：“鬼子转眼就来，你带他快走！把劳工船的事告诉英杨！”

她说罢向反方向奋足奔去，边跑边向天鸣枪。成没羽知道不能阻挡，只得抓住默枫，拖着他急奔向关帝庙。

山林深处，微蓝拼尽力气狂奔。她不时向天扣动扳机，枪声像信号弹，引着鬼子逐声而来。

七月的风在耳边忽忽而过，微蓝在狂奔中想，默枫为什么会出现在这里，英杨为什么要救默枫。

努力要忘记的事还是浮出来了。

她边跑边咬紧牙齿，咬到齿间隐有血腥味，这样轻微的疼痛救不了微蓝。她用了很长时间，忘记了许多事情，直到又见到默枫，才知道自己什么也没忘记。

他怎么还在呢？他为什么还活着呢？

微蓝奋力跑着，如果路绵延不绝，她能一直跑下去。

然而路忽然断了。

她站在断崖边，脚下狂风忽起，像是要变天了。上午还晴朗的碧空涂上大片阴云，微蓝在崖边回首，鬼子的黄军装在林间闪动，他们追上来了。

微蓝展目崖谷，山河破碎而美景犹存。她想起自己微不足道的愿望，等到红旗插得遍了，可以有英杨陪她厮守岁月。这是一场梦罢，也许是一道光，无论如何，有总比没有好。

微蓝后退两步，纵身跃下断崖。

福泉山打响第一枪时，英杨在关帝庙坐立难宁。不祥预感汹涌而来，英杨觉得要出事。如果有人牺牲，会是谁呢？勇猛的高云，练达的杨波，或者是成没羽？

他在树林里焦躁徘徊，细听着忽密忽疏的枪声。二十分钟过得飞快，英杨额上冒出冷汗，时间到，他必须撤退，可总不能一个人也救不出来。

还有两分钟时，杨波出现了。他沿山路狂奔而来，英杨松了口气，奔出林子挥手："这里！这里！"

杨波气喘吁吁，第一句话说："只救出来六个。"

英杨没来得及答话，山路上人多起来，有打扮成百姓的游击战士，也有一脸煞白已跑不动的被救劳工。英杨挥手叫道："进林子上车！"

杨波替他点算着，救出来的六个人已经齐了。英杨知道可以出发了，可是默枫没来不能走。英杨急得搓手，便见高云飞奔回来，见到英杨便喊："快走！我再挡挡！"

英杨急道："还有个人没出来。"

"怎么还有个人？不是都到齐了！"高云奇道。

"我怕你们搞不定，找人进福泉山帮你们，他们还没出来！"英杨急找借口。

高云气道："分任务时讲得很明白！你只负责断后！知道什么是组织纪律吗！"

英杨被他训斥得无言以对，只急得团团乱转。却在这时候，侧面林子冲出来两个人，当先是成没羽，后面跟着满头白发的默枫。

英杨简直狂喜，拉着成没羽道："可算出来了！快上车！"然而成没羽脸色发青，匆匆道："小少爷，你定好的劳工船不能上，船上的要送去南京做活体实验！"

英杨一呆，不由问："你怎么知道的？"

"我听金老师说的，她让我来告诉你！"

英杨没反应过来，蒙道："金灵？她怎么了？她来了吗？"成没羽要回去救微蓝，顾不上同英杨多讲，反身往回跑。英杨一把扯住道："你要去哪？这就走了！"

"我不能走！"成没羽斩钉截铁道，"金老师为了救我们，自己引着鬼子往山顶跑了，我要去救她！"

英杨脑子里轰的一声，不由松了手，成没羽溜烟便不见了。高云见他们在磨蹭，提枪赶来吼道："喂！你们走不走？鬼子马上……"

他话没说完，被英杨薅住衣领直扯到面前，便听英杨从齿缝里迸字说："魏青陷在山里了，你快去救她！"

高云大惊："魏青？她不参加行动啊！怎么又来了？"

"我不知道，现在劳工船不能上，我要带他们另找出路，求你把魏青救回来！"

高云回过味来，猛地推开英杨，怒目道："她八成为了你跑来的！总有一天被你害死！"说罢将枪一摆，带着杨波等人又杀回山上。

英杨心乱如麻，勉强镇定下来先顾眼前。他把默枫塞上卡车，让张七把油门踩到底往朱家角镇冲。卡车咆哮狂奔，英杨祈求高云能再救微蓝一次。

只要微蓝活着，英杨想，只要她活着怎么都行。哪怕高云娶了她，哪怕这辈子再不相见，只要她活着！

他正在失魂落魄，不料默枫扯他衣裳问："你是夏先生派来的人吗？"

英杨虽没心思说，仍勉强道："是。"

"我刚听他们叫你英杨，我想问问你，现在劳工船不能上，我们进上海之后怎么办？"

英杨心烦意乱，搪塞道："我还在想办法。"

默枫于是说："如果你没有好去处，我有个建议呢。"

英杨没想到他还能出主意，好奇问："你有什么办法？"

"你若相信我，进上海就听我指路。今天带出来的人都能保全！"

英杨将信将疑，眼下也没别的办法，只得说："那好吧，我们跟你走！"默枫满意点头，却又说："我替你安置人，你也要帮我个小忙。"

英杨细细打量默枫，见他瘦得像个鬼，眼下浓黑像是中了剧毒，无论外形或气质都不像共产党人，没有视死如归的豪气，满是苟且求生的精明。

英杨不由皱眉道："你不帮我安置人，我也会帮你的。"

默枫讪然笑道："是的，是的。其实我要求不高，只想去趟南京。"英杨奇道："你去南京做什么？我接到的任务是送你去香港！"

默枫忽地沉下脸："我必须回南京一趟！如果你不肯，就把我放在路边吧，我自己去南京！"

英杨见他翻脸奇快，只得克制地说："去南京也不急于一时，等安顿好其他同志，我送你去就是！"

默枫紧盯英杨道："你可要记住这话，不要忘记了！"

英杨略生不快，不再搭理他。

他们运气好，飙到朱家角镇都没被拦查。英杨在镇上备了两辆轿车，自己开一辆，张七开一辆，把劳工和默枫分作两拨塞进车里，让青衣人自行回展翠堂。

两辆车挂着特筹委牌照，又有特别通行证，岗哨直接放行。进城之后，天气越发坏了，铅云低垂，大雨像含在眼里的泪，随时要抛洒下来。

人的心情受天气影响，英杨的情绪也糟透了。

默枫一路指点，把车引到复兴西路，这一带英杨极少来。默枫指挥他停在 199 号门前，插花黑铁门后是轩敞的西式楼房和阔大草坪。

“这是哪里？”英杨问。

“你不要管，见到老爷子也不要多话，凡事由我来说！若说错话惹老爷子不高兴，咱们在上海不能立足的！”

英杨见识过上海滩各路诸侯，好奇老爷子是多大人物，竟能叫他不得立足？

默枫对着后视镜整整仪容，微咳一声开门下车。英杨看着他伸手按了电铃，足等了五分钟，院子里慢悠悠走来个干瘦小老头。小老头穿身黑绸衫裤，高声问：“谁呀？你那手轻点，再把我的电铃摁坏了！”

小老头北方口音，不是上海人。默枫见着他就鞠躬，点头哈腰不知说了什么，小老头却隔着门不吭声。默枫显然急了，攀住栏杆同小老头低声说话。

“当真？”小老头一声惊呼。可默枫的声音太低了，英杨不知他说了什么。不多时，小老头又道：“你等在这里，我同老爷子说去！”

又等了十分钟，小老头带着四五个穿青绸衫裤的人回来。英杨立即想到展翠堂的青衣人，所不同的是，展翠堂的青衣是寻常夏布，这里的青衣是府绸衫裤。

“进来吧！”小老头挥手，“开门！让车进来！”

“哎哎，多谢了六爷，多谢了！”默枫连连作揖，放嗓子喊出这句。

六爷！英杨忽然明白，这里的“老爷子”是永社四杀的真主人，八卦门第三十六代掌门卫清昭。

也许因为十爷和成没羽，英杨的猜测虽未落实，却先生出亲近之感。听说叫进，他忙把车开进去。这房子庭院极大，特别是那片草坪，望不着边似的。

等人都下了车，默枫扯着英杨说：“六爷！这位就是英杨。”六爷从头到脚把英杨看个遍，嗯一声说：“那进来吧，老爷子等着呢。”

“那我们这些人……”

“你放心吧！进了这门自然管吃管住。”六爷浑不在意，“跟我来吧。”

英杨跟着往里走，穿过大草坪中间的卵石小径，刚进大宅门厅，就嗅着股沉香味。

这房子外面看西式，里面全部中式摆设。客堂正中摆张太师椅，卫清昭穿件银灰绸衫坐着。他头发乌黑，面皮紫赯，双目精光隐现，手里一对铁核桃转得当当响。

英杨被他气势所慑，一时不敢说话。他回头想找默枫，默枫却连客厅都没敢进，缩在门厅张望。英杨只得硬着头皮站好，六爷便道：“老爷子，人带来了。”

卫清昭嗯一声，问：“你是英杨？”

英杨觉得这位老爷子比十爷要吓人，乖乖道：“我是。”卫清昭便说：“我瞧你刚刚走进来，那步子像是练过。”英杨惭愧道：“在公园里学过三招两式，并不精通。”

卫清昭听了，搁下铁核桃踱过来，唰地探手直取英杨左肩。英杨滑步后退，卫清昭掌影随形而至。英杨不知他为何动手，眼见躲不开，习惯性探手取枪。卫清昭倏地收手，眨眼变掌作爪，捉住英杨手腕向上一推，英杨被别得手软，枪已落在卫清昭手里。

这几下电光石火，利落干净。卫清昭掉转枪口递还英杨，说：“多学点真本事，别动不动拔枪。”

英杨脸上发热，无言以对。

卫清昭便指默枫说：“姓章的来讲，你要我救几个人？”英杨这才知道默枫姓“章”，他摸不清卫清昭路数，不敢多话，只说：“是的。”

“要我救人没问题！不过这几条性命，要一个人的下落来换。”

英杨一怔：“要谁的下落来换？”

卫清昭冲他笑笑：“我女儿。”

第九章　摘心

英杨听罗鸭头讲过，卫清昭膝下只有一女，十六岁那年失踪了，他不肯追随顾金梦离开上海，就是为了这个女儿。

英杨心里打鼓，暗想，你女儿失踪多年，是死是活都难讲，这让我上哪去找人？

他神色犹豫，卫清昭早已看进眼里，不由道："我就这一个女儿，十年音信全无，不说让我见着她，是死是活总要给个信吧？"

英杨听他说得心酸，只得开解："老爷子，我不知道您女儿是谁，也没见过她。您若相信我，从明日起我替您找寻可好？"

他自认这话说得得体，既体恤又留了余地，谁知卫清昭哗地变了脸，恨声道："你没见过我女儿？"

英杨一怔："是啊，没见过。"

卫清昭哼哼冷笑，二话不说抢过英杨身畔，一把抓住默枫，五指如钩扣在他咽喉上，怒声道："当初若非你整日蛊惑，兰儿也不会离家出走！十年过去了，你竟还敢来哄骗我！这姓英的根本没见过兰儿，你为何同老六讲他知道兰儿下落？"

卫清昭妻子早逝，膝下一女被视若掌珠，这十年里盼星盼月，只盼着能得到女儿丝缕消息。默枫上门讲有了兰儿下落，卫清昭欢喜太甚，这时又失落至极。他用力狠了，把默枫掐得喉头吃痛直翻白眼。

英杨眼见默枫要被掐死了，忙道："老爷子，您松松手吧！我想他纵有十八个胆子，也不敢来哄骗您！不如叫他好好说出来，为何要讲我认得你女儿？”

卫清昭遏住怒气略松手指，喝道：“你快说！”默枫喉间陡松，先咳得上气不接下气，却指英杨急道：“你如何说不认得？刚刚在山上，分明是你托卷毛头去救兰小姐！你是忘了还是故意抵赖？”

英杨仿佛明白了，又仿佛更糊涂了，呆在当场盯着默枫不作声。卫清昭瞧英杨没反应，怒道：“姓章的，你还要撒谎吗！”

“我没撒谎！”默枫扯嗓子叫起来，“英杨！魏青就是老爷子的女儿！她本是姓卫的，叫做卫兰！”

英杨脑子里轰的一声，忽然想起她说过，很喜欢“微蓝”这个代号。

“原来是这样，”英杨喃喃道，“原来是这样。”

“原来是怎样？”卫清昭急得跺脚，“你究竟知不知道我女儿的下落？”

“我知道！”英杨忙定了神道，“我知道她在哪，我也知道她。她，她……”

“她怎样了？她还活着吗？她肯回来叫我看看吗？”卫清昭急得嗓子发干，眼巴巴瞅着英杨。英杨受不了这目光，却又不知成没羽和高云有没有救回微蓝。

“我这就接她来见您！”英杨飞快说，“我现在就去！”卫清昭大喜过望，一时不知说什么，英杨却道：“老爷子，我带来的人烦您看顾着，这位默……嗯，章先生也请您照顾，我即刻带卫兰来见您！”

“好，好，”卫清昭满口答应，“别说几个人，就是几十个人也交给我！你现在去把兰儿带回来，快些去！”

英杨答应，反身就往外走，走到门口被默枫一把薅住。他盯着英杨的眼睛，低低说：“别忘了送我去南京！”

微蓝生死未卜，卫老爷子眼见要白发人送黑发人，英杨根本顾不上送默枫去南京。他一言不发，挣脱默枫大步走了。

英杨带着张七把两辆汽车送还特筹委，正撞见罗鸭头脚不沾地地跑来车队，见英杨便叫：“小少爷，骆处长到处找您！”

“什么事？”

“福泉山出事啦！被八路劫了劳工营！驻屯军司令部全体出动，说是要封山搜人！咱们的任务是摸排朱家角镇。处里人手不够，骆处长急找您呢！”

“罗主任，烦请给骆处长带个话，说我家里有急事要办，弄完了我带张七直接去朱家角镇！”

罗鸭头满口答应，冲进车队自去调度。英杨带着张七提了自家汽车，出特筹委直奔展翠堂。

“小少爷，现在去展翠堂干吗？”张七问。

“你别管！”

英杨极少有这样的坏脾气，张七不敢再问。到了展翠堂，英杨进门就叫瑰姐，开门见山要见十爷。

瑰姐见他来势汹汹，并不敢拦着，请英杨上三楼书房。进了书房，十爷见英杨喘息未定，奇道：“小少爷怎么了，出了什么大事？”

“你知道兰小姐是谁吧！”英杨直通通问出来。

十爷怔了怔，笑笑道：“看来小少爷是知道了。”

“为什么不告诉老爷子她在哪！您明明知道！”

“你见过老爷子了？”十爷小心问。

“我刚从复兴西路出来！我也是刚刚才知道，原来她，她……”英杨长叹一声，“我只是不理解，您为什么要替她瞒着。”

十爷摸摸光亮的脑袋：“小少爷，我家兰小姐做的事虽没明说，我能猜到八成！她最担心牵累她爹，别的我帮不了，这件要替她做到。”

他说着叹口气：“我虽叫她兰小姐，心里却把她当亲妹妹看待。这世上的人也罢，东西也罢，只要她称心，叫我搭梯子取月亮我也要去做的。”

英杨怔怔无言，半晌道：“我一直不明白，十爷为什么给我面子，初次相见在梅园比枪，竟要成没羽输给我。”

十爷抿嘴一笑：“小少爷的枪不差，这是事实。成没羽没尽力赢你，这也是事实。兰小姐虽没挑明，可我瞧出来了，小少爷说不准是未来姑爷。成没羽见姑爷要持礼数，这是应该的。”

英杨暗道惭愧，却说：“您这样瞒着老爷子，有点狠心呐。”十爷摇首不语，却叫送茶进来，等铁观音摆在几上，十爷方道：“兰小姐最爱喝这种茶，因为她母亲是福建人。”

“她的确说过，最爱铁观音的。”

“可她母亲身子不好，眼见药石不灵，何问天给老爷子出主意，让他换成西医看看。家里便请了留洋欧洲的医学博士，专给卫太太治病，这个人姓章。”

英杨心里一动，想必这就是默枫了。

“姓章的在欧洲不只学了医理，也学会了革命。他一面给太太治病，一面给兰小姐讲这些时髦东西，最终把兰小姐给带坏了！”

“为什么说把她带坏了？”

“兰小姐十五岁时，卫太太熬不住去世了，老爷子把姓章的辞退了。谁知一年后，兰小姐刚过完十六岁生日，忽然就失踪了。老爷子翻遍上海滩也找不到人，找出她的日记来，全是要革命要救国，总是写章医生说章医生说。老爷子大怒，要拿姓章的是问，谁想到姓章的也不见了！”

“章……带着她去参加革命了？”

“当时我们并不知道，只觉得兰小姐失踪与姓章的有关。直到去年冬天，兰小姐忽然找到展翠堂来，让我替她设法，在上海弄个公开身份。我见到她真是……真是……我们都以为她已经……”

十爷说着，抹了把微湿的眼眶：“她母亲长年病着，兰小姐心情也不好，总是蔫蔫的不理人。这次回来变了好多，和之前判若两人。她是不肯说的，但我猜到她是干什么的，为什么要公开身份，于是托人找了汇民中学的校长，给她弄了个美术老师当。”

战时的上海，“金灵”这样的孤女能谋到职位令人称奇。英杨一直疑惑微蓝用了什么手段，原是十爷安排的。

“兰小姐离家时，成家兄弟并没到八卦门，成没羽是头回见兰小姐。小羽看着谦和，其实心性高傲，可他跟着兰小姐跑了几趟事，很是拜服。我冷眼旁观，咱家这位大小姐能成大事，可惜了是个女子！”

她当然能成事。英杨心想，十六岁离家，走了十年，今年也就二十六岁吧，已经是华中局副书记了。

“金蝉钺的事也是您安排的？”英杨仍是忍不住求证。

“小少爷也许不明白，老爷子对我们来说意味着什么，”十爷答非所问，“老爷子肯收留我们之前，我们没家没口没牵挂，年景好时上街卖艺去，一咋一喝混些钱填肚子。老爷子给我们家，叫我们活得人模狗样的，这才能喝茶吃酒看看书。”

他说着一拂袖，指指满腾腾的书柜，又说：“老爷子极清高的人，为了养活我们，竟要按捺心性伺候顾金梦！他就这一个女儿，要杀个日本人算什么？”

英杨只当展翠堂有仙子小组成员，现在看来，是微蓝动用了私人关系。他不敢告诉十爷微蓝陷在福泉山，现在日本人已经封山，十爷若要闯山救人，搭进去的性命只会越来越多。

只可怜卫清昭眼见与女儿团聚，转眼又要成空。英杨一颗心被暴雨梨花针打成了筛子，难受得无以言说。

他按下满腹心事，向十爷揖一揖告辞。十爷起身相送：“兰小姐叫我十叔，你也别十爷了，也叫我十叔吧。”

十爷年纪虽与英柏洲相仿，无奈辈分大，英杨改了口，却又问：“十叔，您知道五爷的下落吗？”

“六哥跟着老爷子，三哥去了香港，五哥嘛……他这人真不好说在哪儿。”

英杨略有失望。十爷奇道：“你与五哥有交情吗？你找他有事？”

“不，没有事。”英杨忙道，“我只是好奇罢了。”

十爷笑笑：“我五哥笃信鬼神，成日念佛，说不准找了名山高宗隐世修炼去了，你也别好奇了。”他送英杨到楼下，又叮嘱：“你可别告诉老爷子，我知道兰小姐下落却瞒着他。他知道了要把我撵出八卦门！”

英杨连连答应，再次抱拳告别，这才匆匆出了展翠堂。

英杨上车吩咐张七往朱家角镇开，路上心事重重，一个字也懒得讲。

老天爷含着的泪雨还是不肯下，乌云压在头顶上，傍晚便似暗夜一般。朱家角镇气氛紧张，进镇子设了哨卡，盘查的都是日本兵。英杨找到骆正风，领的任务无非是逐家核查。骆正风只让张七去，却带英杨去喝茶，茶馆天花上垂着吊扇，嗡嗡嗡舞得人心烦意乱。

骆正风同英杨闲话，瞧他爱搭不理的，便问：“小少爷脸色不好，生病了？”

“昨晚吃坏了，上吐下泻折腾一夜，胃里还是难受。”

“病了在家歇着好了，又跑过来做什么？”

“出了这么大的事，我不敢请假的。”

骆正风嗤笑：“出了多大事？劫了几个劳工而已，说到底伤了日本人的面子！你看吧，明天就收神通了。”

“明天能解封了？”

“不解封也是做样子了，这点事掀不起多大浪。你早点回去歇着吧，有件事通知你，明晚上浅间在百乐门搞联谊会，杜佑中发话了，特筹委所有人都要去捧场！”

英杨听见枕头阿三就犯堵：“我这胃病要发几天，明晚就不去了。”

“不是哥哥不体恤你，这次真不行。杜佑中点了你的名，要你必须到场！”

“为什么？是浅间要求的？”

“这我可不知道。要我说你去冒个头也应该，听说浅间的夫人到了上海，明晚的酒会是给她接风洗尘呢！”

英杨情知推不掉，只得答应下来。

比起大别山或笔架山，福泉山不算陡峭。微蓝攀山越岭的熬惯了，她纵下山崖瞥见一株老藤，下意识伸手抓住，下坠之力拖着她几乎脱手，也不知从哪来的野蛮信念，让她死抓着藤株不放。就在熬不住要松手时，她的后背砰地撞上一截树干。

微蓝自小习武，反应速度异于常人。她只凭感觉右臂急挥，抱住虬枝的同时左足用力蹬壁，借力转身扑在虬枝之上，整个人像块抹布挂着，险是险的，但是挂住了。

这里的崖壁向内反弓，像怪兽张开的嘴，一棵松树歪挤着生长枝干，逸出的一段钩住了微蓝。它长在这里，长成这样，尚且要努力活着，微蓝更加不能放弃。

她还有好多事没做呢。少年时听默枫讲述旅欧经历，微蓝很想去德国或法国，感受蓬勃的共产主义精神。她也想去伏龙芝军事学院，接受理论再教育，信仰印刻在许多小事上，读书是学习，工作是实践，她走在这条路上很愉快，焕发着光彩。

斗争当然是苦的。然而想到为民族腾飞而奋斗，微蓝会忘记苦。英杨说后来者未必感谢他们，那有什么关系呢？共产党人讲究两条，胸襟坦荡，无私无畏。

做到了，才是共产党人；做不到，不过是政治投机者。

微蓝暂且容身的枝干并不结实。她调整姿势，努力荡向反弓的崖壁，足下落实后立即抱住那棵扭曲的松树。崖顶响起枪声，鬼子追到了。微蓝大气也不敢出，生怕踏落碎石引来注意。

她不想死，但死也值得了。这辈子她没有辜负自己，走过的路，见过的风景，都值得了。

只是……

想起爹爹，微蓝满腔奋勇消隐了。她也是养尊处优的大小姐呢，除了母亲卧病，微蓝并无愁苦。她跟着几个叔叔纵横江湖，所到之处，谁不叫她一声兰小姐呢?

可她十六岁从那幢大房子里出来，全都变了。没有兰小姐了，她只是化名魏青的极普通的进步青年。因为身手好，长得又漂亮，培训后她被送到南京做谍报员。

她从那时候起，真切感受到信仰与现实的反差。

组织经费紧张，她时常一天吃一个包子，冬天住阴湿的棚顶房子，冷得发抖，不舍得用开水，一壶要两分钱呢。

微蓝把“兰小姐”敲得粉碎，随风吹进岁月里。她时常午夜梦回，又在大宅子里，卫清昭白了头发说：“兰儿，你回来吧，家里什么都有呢。”

微蓝在梦里流眼泪，醒了抹抹眼睛，接着去革命了。她后悔过的，也有情绪顶上来的时候，想不管不顾丢下一切回上海，谁又能拿她怎样呢?

可她坚持下来了。说这不是信仰，那么就没有解释了。

如果这次能回去，微蓝允许自己去一次复兴西路，远远看看爹爹。

在她胡思乱想时，忽然耳畔风响，有个鬼子倒栽下来。他长声惨叫着，落下时看见微蓝，叫得越发响了。微蓝冷冷看着他坠向深渊，猜测崖顶有人伏击鬼子。

上面的枪声开始密集，微蓝听声辨音，不知是成没羽还是高云，最好不要是英杨。英杨的位置对隐蔽战线来说太重要了，他不能出事。

过了很久，枪声慢慢远去了，周遭渐渐安静下来，隐忍许久的雨水终于释放。这场豪雨没留半分余地，斜刷刷扫进崖壁。微蓝擦去脸上的雨水，庆幸老天帮忙，这样大的雨，崖壁太滑了，鬼子不会落绳搜查了。

雨停之后，天也黑透了，微蓝勉力沿藤蔓攀上崖。她衣裳尽湿，伏在草丛里等待时机，鬼子在搜山，雪白的手电光在林子里乱晃。

微蓝这些年在林中的光景，算来竟比在瓦舍多些。江西潮湿，湖北燥烈，山民倔得像石头，敢跟老天爷赌命的。微蓝在根据地不敢娇气，要从石头缝里迸出花来，心里有朵双生向日葵，一朵纪律冰冷，一朵感情丰沛。

手电的光束渐行渐远，微蓝匍匐向前，慢得像只蜗牛。山林静极了，天籁复起，有小动物窸窣钻过草叶，这声音反比寂静叫人安心。

微蓝勉强辨出方向，向着与成没羽分手处钻去。

下午的雨没有透，天上流连厚稠的云层，夜不能黑得尽兴，天际反着白光。微蓝路过鬼子设陷的山道，看见栓儿的尸体，瘦小的身子套着宽大的衣裳，被丢弃在那里。

他身上的血像一团团墨渍，浮在半空似的。微蓝躲在林中注目良久，不顾而去。

大雨瓢泼之前，鬼子捉到几个乘乱逃跑的劳工，逮回来用铁链子锁着，押到朱家角镇来。英杨赶过去看了，没有认识的。

他又放心又揪心，正不知如何是好，大雨倾盆而至。骆正风站在屋檐底下，对着雨帘子啧啧道：“大雨是天意，痕迹都冲干净了，狗也闻不出味来，该收队了吧。”

他预测得不错，天黑透之后，汤又江派人来通知，要特筹委自行带回。骆正风好奇：“这么快就抓到了？”报信的却说：“没讲有没有抓到，只让大家回去。”

骆正风摸着下巴沉吟：“不正常！”

英杨煞白着脸不敢问，骆正风捏根烟笃笃敲烟盒，说：“小少爷，你脸色真难看，快回去休息吧！”

英杨不想走，可守在这里又有何用？山上有成没羽和高云，如果他们救不出微蓝，英杨也救不出。

他让张七盯着消息，自己回了上海。进城时盘查十分严厉，英杨证件齐全也要等着电话核实。等待的时候遇着一辆车出城，日本兵打着手电往车里照，白光一闪，英杨看见后座上的女人，侧影像极了惠珍珍。

她这时候出城做什么？英杨没心思多管闲事，也没凑上去打招呼，过了哨卡直接回家。他到家就觉得气氛不对，院子里停着陌生牌照的汽车，司机和花匠坐在门厅前的台阶上抽烟。

见到英杨，两人起身说："小少爷回来了！"英杨问："坐在这干什么？"司机说："家里来了陌生人，太太叫我们在这儿守着。"

英杨赶紧进屋，却见沙发上坐着两个青衣人，他们见到英杨态度恭敬："英少爷，老爷子请你过府吃晚饭。"英杨知道卫清昭找他要人，他虽交不出人来，也知道躲不过去，于是去了复兴西路。

卫清昭在餐室等英杨。这餐室阔大，至少能放八张十座圆桌，然而只放了一张八仙桌，显得很凄凉。卫清昭烫了酒独坐在灯下，见英杨进门，指身边说："坐！"

英杨不客气地坐下，执壶替卫清昭斟了酒，又捧起自己的杯子说："独自喝酒没味，我陪您吧。"

卫清昭饮了酒，不紧不慢问："兰儿还活着吧？"英杨点头："当然！"

"活着就好！"卫清昭说，"见不着也没事，只要活着就好。"英杨听了心酸，又替他斟上酒。卫清昭打量英杨良久，措着词问："我女儿看上你了？"

英杨摇摇头："是我看上她了。"

卫清昭"哦"一声，却笑了："那么你要吃些苦头了！"说罢想想，又安慰道："若是她看上你了，只怕你要吃的苦头更大！"

英杨忍不住被酒呛了，咳得脸通红。卫清昭皱眉道："难怪她看不上你！又不能打架，又不会喝酒，要来做什么？”

“兰儿酒量很大吗？”英杨顺口问。

卫清昭将手一摆，指着餐室道：“原先这屋里满腾腾的人吃饭，能喝过兰儿的只有老三、老五和老六，连老十都拼不过她！”

英杨听他语带骄傲，便笑道：“原来她这样能喝酒。”

卫清昭的铁核桃响亮一碰，说：“兰儿她娘埋怨我，说把女儿养得像男娃，可我有什么办法？我这八卦门的掌门之位，总要传下去的！”

英杨想，卫清昭对夫人足够深情，冒着八卦门绝后的风险，也不肯另娶生子。他假借倾听，认认真真打量卫清昭。英杨没见过亲生父亲，他想过很多次那男人该是什么样子，如果可以描摹，像卫清昭这样挺好。既有英雄气，又有孩子气。

“你听过那句话吧，命里无时莫强求！”卫清昭叹道，“我想我这命里无子，也不必强求，好好带着兰儿就是！谁知这孩子叫我宠坏了，成天跟着她五叔六叔四处瞎混，你是没见过我家老五，那个……唉！”

卫清昭痛心疾首捶桌子：“特别是姓章的医生，成天同她讲什么主义，生生教坏了她！我到现在没明白她为什么离家，一没逼她嫁人，二没逼她读书，这个家究竟哪里生了刺，竟是容不下她！”

英杨见他虎目隐泛泪光，忙劝道：“老爷子，兰儿她……她不是为了她自己……”

“她能把自己为好就不错喽！在上海，有她几个叔叔护着，有这些兄弟给她使唤，要天要地都有人应她！可出了上海，我家兰儿是个无依无靠的孤女，流浪猫儿都比她有本事些！”

英杨想解释，又无从解释，只得老实听着。

卫清昭开了话匣子，酒喝得越发顺滑。英杨陪了不久，慢慢人事不知，倒头便睡。直到夜半醒来，惊惶不知身在何处，他开灯看见粉缎丝被，想这是微蓝的闺房了。

闺房外面有极大的露台，英杨推门出去，黑漆漆伸手不见五指，只听着夏虫啾啾。快到凌晨三点了，想到微蓝下落不明，英杨坐立不宁，他不顾不管地往朱家角镇去，然而出城时被伪军拦住，说上头下令，任何人等不得出上海。

英杨无奈，只得掉转车头回城，忽然一脚刹车停在路边。这死寂得没有人声的城市，像被硕大的玻璃罩倒扣着，里面的人要活活闷死了。

他在路边待了很久，抽了一根又一根的烟，终于发动车子回家。过了两个街口，英杨忽然改主意了，他拨动方向盘，向爱丽丝公寓驶去。

英杨只想静一静。他没有余力去扮演乖巧的儿子或是倜傥的少爷，他想找个地方小心包裹自己垮掉的情绪。他回到公寓打开门，青白的路灯光透窗而入，英杨反身关上门，忽又定在那里。

他身后的沙发上，传来细细的、均匀的呼吸声。除了微蓝，没有别人知道这间公寓。然而英杨不敢回身，他害怕这是幻听，这屋里没有别人。他站了足有一分钟，才转身走到沙发前，看见微蓝在沉睡。

“是怎么回来的？”英杨喃喃自语。

微蓝散发着难闻的味道，像从臭泥塘爬出来。她脸上有血痕，露在薄毯外的衣裳被山石剐得稀烂。

英杨打开台灯检视微蓝的伤。她手臂上全是伤，手掌被磨得稀烂，伤口拌着碎石和泥沙。英杨怕她发炎，又怕弄醒她，不敢擅自做清理。

他守着微蓝踌躇半晌，打算先把满是淤泥血迹、只能称之为“布片”的衣裳脱掉，至少别让她睡在臭味里。

也许是累极了，也许这间公寓让人安心，微蓝睡得很沉。英杨揭开毯子，小心解开辨不出颜色的小褂，先看见微蓝脖颈间一条链子，是他送的。

英杨庆幸送出这份礼物，至少今天派上用场。他把小褂褪下微蓝肩头，猛然间，一个碗底大小的伤疤撞进英杨眼睛。

那是陈年伤，伤疤丑陋狰狞，隔着岁月张牙舞爪。它留在微蓝莹白的肩窝里，显得更加可怖。英杨的心像被人搂了一锤子，不好的感觉潮水似的涌上来。

他把碎得不成形的小褂解开，不由倒吸凉气，跌坐在地板上。

微蓝身上全是伤，泛白的伤疤纵横交错，找不到一块完好的皮肤。英杨从没见过这么美丽又这么丑陋的身体，他不知道微蓝经历过什么，为什么会弄成这样，或者，仅仅如此吗？

英杨忽然厌烦信仰，厌烦冠冕堂皇的大道理，厌烦夏先同描摹的图景中国。这些不切实际的、这些虚无缥缈的、这些如同口号般空洞的，这些要他们付出一切去维系的，真的有意义吗？

英杨滚烫的眼泪滑下来，滴在微蓝身上。他又用手指抿去，怕惊醒了她。他从激越的情绪里撤身出来，拉薄毯盖住微蓝，坐在地板上守着。等她醒了，就带她离开上海吧，也离开中国，无论去世界的哪个角落，不要再回来了！

可英杨很清楚，微蓝绝不会跟他走。

微蓝醒来时天没有亮，她适应了很久，才发觉落在眼睫上的是灯光。

她被送回来时精疲力尽，窝进沙发就睡着了，仿佛没有开灯……那灯是谁开的？微蓝猛地坐起，先听见厨房里有轻微的动静，她习惯性伸手摸枪，却发现手掌上缠着纱布，身上又脏又破的小褂也被脱掉了。

她反穿着丝绸睡衣，前襟绣着粉绿淡黄一对彩蝶。它躺在衣柜里时，微蓝以为自己不会用到。谁给她换了衣裳，是送她回来的人，还是……英杨？

微蓝把反穿的睡衣脱下来重新穿好，揭开毯子赤脚走向厨房。她很快闻到熟悉的古龙水味道，英杨站在灶台前，在煮一锅粥。

听见动静，他回过脸来，平静得仿佛福泉山救援从未发生过，只是微笑着说：“醒了？你饿吗？”

“我很渴，想喝水。”微蓝轻声回答。

英杨倒出凉开水，看她咕咚咚喝下去。微蓝递还杯子，问：“你怎么知道我在这里？”

“我不知道。我只是回来看看，遇见你睡在沙发上。”

“我昨天到这里已经凌晨了，现在天还没亮呢，你是半夜回来看看？”

英杨对着咕咕翻滚的粥笑了笑：“你是怎么回来的？驻屯军封山了，进出上海要严查，有人送你回来吗？”

微蓝不吭声，是默认，也是拒绝回答。

英杨习惯了。从结识她的第一天起，她就是这样神秘，时常变幻光芒。他于是说：“粥要熬一会儿，你去洗个澡，我替你把伤口处理一下。”

微蓝站着不动，好一会儿才问：“你帮我换了衣裳？”英杨说：“是！”微蓝脸色变了变，小心翼翼看了眼英杨。那一眼让英杨非常难受，那里面包含着许多英杨不敢求证也不敢想象的事。

“快去吧。”英杨柔声说，“我给你拿了毛巾，你洗好了粥也好了。”

微蓝点点头走开了。英杨听见她走进洗手间，咔地关上门，很久之后，哗哗的水声传出来。

没过多久，微蓝从浴室出来，换上英杨准备好的白色旗袍。她坐到桌边，接过英杨递来的面包片，说：“谢谢。”

“我见到你爹爹了，我答应他，要带你去见他！”英杨开门见山地说。

微蓝一惊，扬起脸：“你怎么知道……”

“没有马乃德，我不知道你是魏青。没有默枫，我也不知道你是卫兰。”英杨苦涩道，“无论什么事总是瞒着我，为什么呢？”

“你也有事情瞒着我！你为什么要救默枫？”

“这是大雪给我的任务！他说得很清楚，救默枫的事不能让华中局知道，要我把他直接送到香港！”

“为什么要送去香港？”

“我不知道！我已经给他做好了假身份，也买好了船票，但是劳工船出了事，你又陷在山上，我顾不上送走他。默枫带我去见你爹，说能安置救下来的同志！”

微蓝冰冷一笑：“他还有脸去找我爹爹！”

“默枫究竟是怎么一回事？我听你爹说，默枫原是你家的医生，你参加革命也是受他引领的。”

“他有什么资格引领我？”微蓝冷淡道，“他不过是在欧洲留学，多读了两本书，知道些先锋理论罢了。”

“那么你离家去革命，是他介绍的吗？”

微蓝不吭声了。她不自觉地搓弄面包，扯成一块块的，丢在盘子里。

“粮食宝贵啊兰小姐，你不要拿它撒气。”

“都是过去的事了，不提也罢。”微蓝丢开面包说，“既然大雪让你救他，你救好了。他什么时候去香港？”

“默枫不肯去香港，他要去南京。”

“他去南京做什么？”微蓝奇道。

“不知道！你比我了解他吧？”

微蓝沉默了一会儿，还是谈起往事：“默枫本名姓章，叫章蕴林。他是欧洲回来的医学博士，何问天推荐给我娘看病的。有段时间他每天来给我娘打针，时常带着英文法文还有德文的杂志。我从没见过，就很好奇。”

“他把外国杂志翻成中文念给你听？”

微蓝点点头：“我接触到马克思主义，的确是通过章蕴林。他不只读杂志，还讲旅欧共产主义小组的趣事，那些人蓬勃的朝气很吸引我，我想加入其中，成为他们的一员。”

“后来呢？”

“一年之后，我娘去世了，章蕴林不再来家里。可我们私下联络着，他认识很多学生代表，带着我不停参加聚会。就这样过了半年，章蕴林忽然说，我们通过了组织上的初步考察，他问我想留在上海，还是想去大后方。”

“你选择了后者？”

“在上海没有意思，我想深入接触组织。于是在统一安排下，我们被送到皖南，经过三个月的培训，我和章蕴林被分配到南京，从那时候起，他代号默枫。”

英杨静静听着，想起微蓝说过她不去南京，他隐约猜到事情的走向。

“默枫是医生，他有很好的职业掩护，成为我的上线。到南京后不久，白色恐怖开始了，默枫很快被捕。”微蓝说到这里，忽然停了下了，一缕曙光探头探脑透进窗来，天快亮了。

“他出卖了你？”英杨悄声问。微蓝坐在那里，她很努力地克制，但英杨能看出她在发抖。

英杨想到她的伤，于是搂住她说：“好了，我不问了，我们不说了。”微蓝没有动，保持着石像一样的僵硬，她明明在的，又像从这房间里飘走了。英杨有点害怕，把她打横抱进卧室，放在床上。微蓝浑身冰凉，大睁着眼睛，努力看着英杨，可那眼神是散的，像宇宙的黑洞。

英杨最坏的打算，最可怕的猜测都在这眼神里得到证实。他强颜笑道：“这几天太忙，我脑子不够用了，刚刚说帮你弄伤口呢，这又忘了。”

他说着解开她手上的纱布，用棉签蘸着生理盐水替她清洗伤口。伤口很脏，嵌着小石子、木刺和草屑。英杨把这些东西挑出来，又用酒精擦拭，应该很疼吧，可微蓝像没有感觉，一动也不动。

英杨叹气说："你要对自己好一点。"这话刚说完，他嗓子就哽住了，眼泪忽地涌上来，又被他生生逼回去了。他克制住情绪，接着说下去："魏书记，也许我只是你路过的风景，可是对我来说，你是全部了。"

微蓝空洞的眼神好了些，漂亮的眼睛像蒙着层星光，朦胧又澄澈。她原本想干净离开，不沾染魏青或者卫兰，像滴水从英杨的生活里消失，不论曾经，也不谈未来。她是身不由己的。留在上海或者离开上海，都是为了工作。英杨又何尝不是呢？他们没有资格考虑个人生活，感情是手里的流沙，握紧了留不住，放开了也留不住。

"对不起。"她艰难说。

这三个字背后所有的意思，英杨都能听得懂，可他充耳不闻，不想懂。他把纱布缠好，捋起微蓝的衣袖，要处理她手臂的伤口。微蓝飞快按住他的手，说："我自己来就好。"

英杨拨开她，她的手臂新伤叠着旧伤，触目惊心。"可惜夏天也要穿长袖，"英杨喃喃说，"新新百货刚出的夏款，旗袍袖子又短了两寸。"

他停下手，看着微蓝的眼睛："对我来说，只有这点遗憾，你明白吗？"微蓝的眉尖蹙了蹙，英杨飞快挪开目光，滚擦着酒精棉签说："这都是擦伤，很快就好了。"

酒精碰到伤口，刺痛让微蓝缩了缩手臂，英杨笑道："不错，还知道痛。魏书记，你是怎么变成魏书记的呢？"

"钱先生救了我。"

"钱羿生？"

"他原本隐藏得很深，也很安全，但为了救我完全暴露了。钱先生用最后的时间把我送到清凉山，说有同志接我回根据地，另外，他把仙子小组的图章留给了我。"

"你是说钱先生因此……"

“所以我恨透了默枫。”微蓝咬牙道，“如果不是他，钱先生不会牺牲！仙子小组也不会陷入绝对失联！从那天起，我知道自己必须活着，我带着两个人的命呢！”

泪光蒙上她的乌眸，可她硬忍着，绝不让泪水流下来。英杨沉默着，心里五味杂陈。他不敢问微蓝在里面受过怎样的折磨，以至于钱先生宁可自我暴露也要救她。

共产党人也是人，是血肉之躯，有七情六欲。他们不能做太功利的考量，因为共产党的情报机构要有节操。

这些微蓝曾经说过的道理，这时候显得格外残酷。

“钱先生牺牲之后，我被接出清凉山，到达江西的根据地。后来我收到消息，默枫叛变后被释放，进了南京中央医院。”

“他没有进军统或中统吗？”

微蓝摇摇头：“成了普通医生。”

“他要回南京，是和中央医院有关吗？”

英杨不想再让微蓝伤心，转开话题问。微蓝皱眉道：“南京沦陷后，中央医院被日本人接收。我不知道他要回去做什么，我也不知道你们为什么要救他！”

不只默枫回南京的意图令人迷惑，他怎样联络到江苏省委更令人迷惑。据微蓝所说，默枫早就叛变了，他被安置在中央医院，并没有进入当时的情报系统。

一个与组织脱节多年，甚至有过错于组织的人，为什么能得到营救？

眼下英杨见大雪不方便，想要答案只能去问默枫。但是讲到回家见卫清昭，微蓝不配合，她不肯去。

“你太狠心了！”英杨忍不住责备。

“不联系是为了他的安全！”微蓝坚持道，“我们在悬崖上走钢索，万一有闪失，家人是敌人最好的筹码！不是我狠心，我是为他好！”

英杨知道这话有理，可怎么和老爷子交代呢？英杨满怀愁绪，实在不忍心让卫清昭失望。

天大亮之后，英杨去特筹委上班，中午时打回电话，说福泉山解封，听说捉到几个劳工顶罪。

外面平安无事，微蓝于是回汇民中学去了。

临近正午，校园里阳光耀目，一片静好。微蓝掏钥匙开门时，瞥见窗台上一排三个蜗牛壳。第一个极大，后面渐次小下去。这是杨波与她约好的暗号，她拿起最大的蜗牛壳闪进屋，用牙签挑出纸条展开。

纸条用的密写，微蓝取碘酒坐在床边一点点刷出来，上面写着：高云被俘，速撤离，老地方见。

微蓝猛然起身，擦火柴烧掉纸条，转身出门。

特筹委行动处。

英杨昨晚没睡，熬不住倒在沙发上打盹，渐入梦乡时，忽听罗鸭头唤道："小少爷！你老家来人了！"

英杨一惊醒来："我老家来人？"

"对啊！从苏州乡下来的，说是太太和大少爷都不在家，下人不敢叫他进，让上这来找。"

英华杰是苏州人，老宅只雇着看屋人，亲戚早已迁回上海了。英杨惊疑不定问："他长什么样？"

"四十多岁，一头白发，像唱戏的！"

英杨知道是默枫，忙起身出去。默枫被拦在院外，见英杨叫道："英少爷！"

因为微蓝的伤，英杨很讨厌默枫，见他行止猥琐更是气不打一处来，不由低斥道："你怎么到这里来了？这是你能来的地方？"

默枫嗫嚅道："你答应送我去南京的。"英杨急道："现在出入上海都要严控，你赶这时候送死吗？"

“不是我要送死，是时间不等我！”默枫激动握拳，“去不了南京，我也不会去香港的，去了也白去！”

英杨听他如此威胁，不由冷笑道：“这话你不必同我讲！你愿意去哪儿与我并不相干。”

他说罢抽身要走，默枫一把将他捞住，黑着脸道：“你总要听老爷子的话吧？老爷子说了，中午十二点前见不着兰小姐，他要拿那几个人开刀！我是来传话的！”

英杨一惊，也顾不上同他纠缠，反身跑回特筹委，发动汽车往复兴西路去。他一路飙到 199 号，六爷正用水龙头滋草坪，见到英杨也不见外，大声道：“你来了？老爷子在饭厅等着呢！”

英杨心里打着鼓，脚不沾地进了饭厅，果然见卫清昭对着一桌菜喝酒。

英杨蹭过去坐下，卫清昭望望他说：“我家兰儿呢？为什么不来见我？”英杨道：“她不肯来。”卫清昭急道：“你是不是哄我的？她是早不在了吧？她若是还在，为什么不肯来见我。”

英杨巴巴儿瞅着卫清昭半晌，说：“她不听话的！”

“废话！”卫清昭怒道，“她若是肯听话，我为什么要找你带她回来？”

英杨驳不得，只能叹气。他一口气没叹完，忽听着外头脚步声急响，卫清昭变脸色呵斥：“还讲不讲规矩了！”

八卦门的规矩，走路不能有声音，带着风声都算下乘。可他这声喝出来，那脚步声越发响亮了，六爷忽地跃进饭厅，扯嗓子叫唤：“老爷子！兰……兰小姐！回……回来了！”

卫清昭只当听错了，越急越是脑袋里轰轰响，只顾着连珠炮似的问：“你说什么？说什么？”

“我说兰小姐回来了！”六爷欢喜得两手一拍，重复道，“兰小姐回来了！”

卫清昭这回听清了。他忽然老了，扶桌沿的手微微抖着，也不敢大声说话，生怕把六爷这话吹散了。

英杨不能信，早上微蓝说坚决不回来的。他急转脸去看，微蓝已经一步跨了进来。她起初坦荡平静，见了英杨也不吃惊，含着笑对卫清昭说："爹！"

这个字喊出口，微蓝忽然就哭了，她弯起手肘挡住脸，站在空荡荡的饭厅里，哭得像个孩子。

十年了，卫清昭想。

十年前的光景他还记着呢。那天下午微蓝穿着阴丹士林褂子，黑布裙子，打扮得像个女学生。她站在院子里，冲卫清昭摇着手说："爹爹，我去买盒香粉，很快就回来。"

一去就是十年。

卫清昭的书房也是中式风格，一张黄杨木大屏风搁在入门处，书案桌几都是红木的。中式家具不讲舒服，讲板正，如同做人，要板正就不能求舒服。

微蓝坐在圈椅里，虽然收了泪，眼眶依旧红着。

"爹，我这次回来是有事相求。"

"你说要什么，"卫清昭豪气道，"要钱要人还是要火器，爹爹都能给你弄到！"

"我要人，也要火器，我要救一个人。"微蓝说。

"你要救谁？"英杨奇道，"什么人这么重要，要惊动老爷子来救？"

他的言外之意，是问杨波为什么救不了。

"高云被日本人捉去了，只能硬抢出来！"

高云被……英杨五雷轰顶，立即明白福泉山为何这么早就解封。他在转念之间，先想到微蓝处境危险。

“高云被俘，你现在就该离开上海！”英杨气急道，“你还跑到这里来？不怕连累他们吗？”

“我要救他！”微蓝白着脸说，“我必须要救他！”

英杨的心像被挖走一块，既心疼又失望。原来高云对她这样重要，宁可拖累卫清昭，也要救他。

“你什么都别说了，”英杨从齿缝里迸着字说，“我现在就送你走！坐船走，马上离开上海。”

“我不走！”微蓝也急了，“我走了高云怎么办？”

“我来想办法！”

“你能有什么办法？”

“没有办法就用我去换好了！”英杨冷冷道，“总之我死了也救他出来，你满意了？”

微蓝一时气结，扭过脸不说话了。屋里陷入尴尬的沉默，良久，卫清昭说：“要么你们商量商量？人我有的，火器我也有的，我可以等你们。”

微蓝张了张嘴，欲言又止。卫清昭知道她要讲什么，说：“你的房间还是你的房间，还在那里。”微蓝点了点头，站起身出门去了。

英杨却赌气坐着不动。卫清昭于是劝道：“我女儿就这样子，她被宠坏啦！你要看上她，就得认命。”那个“宠”字戳进英杨心里，他知道微蓝同这字沾不上边的，“华中局副书记”，这六个字是付出代价挣回来的。

高云究竟救过她，英杨想，好好同她讲吧。

微蓝的房门半掩着，英杨看见她坐在床边，他从背后抱住她，低声说：“对不起。”

微蓝转身埋进他怀里，过了很久才说：“我只有一颗心的。”英杨听了想，人有时候并不清楚自己的心在哪里。可他不想争论，体贴说：“我知道，他救过你。”

“不只是救过我，”微蓝在他怀里仰起脸，眼睛亮晶晶的，“他是战斗英雄，枪林弹雨里豁出命闯过来的，我们不能放弃他！”

“没有别的办法吗？仙子小组能把人弄出来吗？”

微蓝黯然摇头：“能想的办法我们都想了！人在浅间手上，他不许任何人靠近高云，连负责审讯的二课宫崎都不参加提审。”

“那你打算怎么办，带着青衣人硬闯特高课吗？”

“不！特高课只有审讯室和临时收押的地牢。如果他们从高云嘴里问不出东西，就会转运到特筹委长期关押或择期枪决，转运就是机会！”

“高云昨天被捕的。宫崎手段阴毒，如果他同默枫一样……”

“高云不会！”微蓝断然道，“书读得少，人会更纯粹。”

她对高云的信任让英杨无话可说，正在这时，微蓝忽然低喝：“谁在外面？”英杨遽然回头，只见默枫期期艾艾站在门口，畏缩着说：“小青……不，不，兰小姐……”

英杨眼见微蓝脸色急变，只得横在他俩中间，问默枫：“你有事吗？”默枫吞吐道：“英少爷，我来问问，你什么时候送我去南京？”

英杨心底的无名火轰地燃爆。从凌晨看见微蓝的伤，到刚刚得知高云被捕，其间夹杂着微蓝的遭遇和钱先生的牺牲，英杨努力压抑着情绪，麻木承受这桩桩件件，现在这人还要来打扰！

去南京，去南京，他只想着自己的事！

英杨已不把默枫当作“同志”，厉声问：“你要去南京干什么？”默枫被他急转直下的态度震住了，说不出话。英杨气道：“我马上同老爷子讲去，那几个人不必他护着，只管放出来杀掉就是！你去南京或是去天边，那都不关我的事了！”

默枫呆了呆，轻声道：“去不去南京也不关我的事。”

英杨没听懂。

“南京中央医院的住院部原是三层楼，日本人接收之后，把它加装成四层楼，改作研究楼。”默枫收起畏缩讨好之态，疲惫又平静地说，“他们在四楼弄了四个房间，叫做梅、兰、竹、菊。”

默枫说起南京，英杨和微蓝安静听下去。

“其实这不是四个房间，是四个巨大的木头笼子，笼子里关着活人。他们用活人做试验，研究细菌战。中央医院临床实验室的钟教授是我老师，他被挑选去研究楼，偷偷记载了实验数据和资料，并把笔记藏在四楼墙砖后面。”

一片寂静后，英杨问：“你怎么知道的？”

“钟教授心脏不好，每天要吃中药调理。因为是他的学生，日本人让我给他熬药送药。时间久了，研究楼也叫我干些粗活，比如清洗器皿，烧毁资料等。我知道他们在做活人实验，也眼看钟教授身体越来越差。几个月前，钟教授把私藏笔记本的地方告诉我，让我设法带出去。”

默枫说到这里停了停，揉了揉眼窝悲伤道：“没过多久，钟教授忽然心脏病发，猝死在实验室。我非常悲痛，于是想完成他的遗愿，把实验资料送出去。”

“你是怎么联系到组织的？”微蓝皱眉问。

“为了拿到资料，在钟教授过世后，我继续进研究楼打扫清洁。负责打扫四楼的宪兵有时偷懒，让我上去打扫。那天，我在竹字号笼子里发现一个故人，他是根据地的交通员，曾给我送过情报。他并不知道我做了对不起组织的事，当我是来窃取试验证据的……”

“你请他帮忙了？”微蓝眯起眼睛问。

默枫点了点头：“他上试验的前天晚上，把联络方式告诉了我。那时候我是自由的，工作结束后可以随意走动，于是我联络了组织。他们收到消息后，决定把我送到香港，利用资料阻止细菌战。”

“可你没等到去香港，就被送到劳工营了？”

“有天早上我打翻了日本人的药剂，惹得技师大发雷霆，把我投进大牢，没几天又把我充作劳工送到福泉山。事发突然，我没来得及拿资料，以为这事没办法了，谁知组织上查到我在福泉山，真的来救我了！”

默枫两眼放光，激动道：“日本人这批细菌产品很成熟，测试无误后就会投放南通地区，没多少时间了！”

英杨与微蓝默然不语，默枫揣着的秘密太大了，而且他曾经是个叛徒！默枫知道自己很难得到信任，不由哀声道：“兰小姐，从前都是我的错，我是要偿命的！那些因我牺牲的战友……”

“住嘴！”微蓝厌恶说，“你不配叫他们战友！”

默枫脸孔煞白，惊惶无措。英杨道：“你既然投靠了那边，就该找军统帮忙，为什么还要找我们？”

“我不相信他们！”默枫愤愤，“当年我想过，共产主义救中国，三民主义也救中国，没有对错之分，只看谁更合适！国民政府日趋成熟，何必再闹得天下不宁？可是南京沦陷那天，我才知道自己是傻的！”他眼中放出痛苦的光：“人间地狱啊！政府竟无力维护首都，无力维护百姓，有什么脸面谈论主义？”

默枫枯槁的脸上泛出异样的血色，向微蓝道：“兰小姐！我是叛徒，我该死，我不配做你的战友！可你总要相信，我至少是个中国人！”

微蓝低头抠着指甲，很久才说：“你讲的事我知道了，我们会汇报的，你等消息吧。”

“不能等了！”默枫急道，“日本人不会等我们啊！”

“你现在去南京也进不了研究楼。”微蓝冷冰冰道，“你还是改不了！投身信仰不是让你做英雄梦！这样大的事，靠火热激情就能成功了？”

微蓝的嘲讽让默枫灰头土脸，他不敢吭声了。

“奉劝你什么都不要做，想救国救民，先学会耐心等待。”微蓝冷淡道，“你出去吧，我们还有事情要谈。”

默枫磨蹭良久，从怀里摸出张皱巴巴的纸，说：“这是钟教授留给我的藏图，你们总该相信了！”英杨接过图纸，狐疑道：“为什么才拿出来？”

“你们不熟悉地方，有图也很难找到，”默枫恳求道，“我知道一条秘密通道，拿资料还是要我去。”

“你是担心被掉包吗？这资料能有分辨真假的办法吗？”

“不会被掉包！”默枫咬定道，“钟教授说笔记本的夹层里有十多张照片，是他用微型相机偷拍的实验场景，这些照片伪造不了。”

英杨心想，实验要地重兵把守，谁能拿着地图上四楼去找呢？还是设法让默枫进去才好。他于是说：“这事我们会处理的，你等消息吧。”

默枫这才安心退出房间，英杨等他走了，却对微蓝说：“这事等一等吧，先集中精力救高云。”

“何止是高云，”微蓝注目英杨说，“还有沈三公子要的名单，快到约定时间了。”

卫家答应帮忙，营救高云多了几分把握。现在要紧的是掌握转运时间。特筹委的监牢归行动处管，英杨急回特筹委等待消息。

然而他刚进办公室，却见罗鸭头换上崭新西装，用英杨的古龙水喷洒全身，正在哼着小曲练习舞步。

“罗主任晚上有约会吗？”英杨问。

“咦！小少爷不知道今晚的百乐门酒会吗？”罗鸭头诧异道，“杜主任发话了，特筹委要全员到场！”

英杨这才想起来，昨天骆正风讲过，浅间三白在百乐门摆酒，要大家都去捧场。

“我竟忘了这事！浅间课长做什么请客？要高升了？”

罗鸭头神秘笑道："不是高升，是他夫人来上海了，搞噱头隆重欢迎嘛，小少爷懂的。"

英杨不由呆住，半晌回过神来说："那么我没有准备礼物，可怎么办呢！"

"小少爷放心，骆处长早安排好了。咱们处里统一送件大礼，十足真金打的蔷薇花，漂亮得很！"

英杨不由笑问："干什么打个蔷薇花？"

"听说浅间夫人喜欢蔷薇花呢。"

英杨心底掠过微风，想起伏龙芝军事学院的后门有一道蔷薇花墙，每到春日柔媚盛放，吸引游人无数。这回忆关闭很久了，不料今日竟被勾了出来。

华灯初上，骆正风带着英杨、罗鸭头到了百乐门。今晚百乐门热闹非凡，门前摆一溜花牌，是送给浅间夫人的。

骆正风咂嘴："不必欺负日本人吧？送花牌捧角呢？"

英杨推他进门："又不是送给你的，何必看不惯？"骆正风一路唧唧哝哝，抱怨去不了展翠堂，进门被舞女牵住胳膊拉着袖子，这才情绪转好。

浅间花大力气欢迎他有名无实的夫人，弄得政要名流济济一堂。英杨推拒舞女去吧台坐着，遥对彩灯飞旋正在无聊，便见骆正风冲过来说："快来！杜主任带几个处长拜见浅间夫人。"

英杨奇道："说了几个处长，为什么算上我？"骆正风扯他道："你是杜主任钦点！别磨蹭了，快点过来！"

英杨只得跟着去。休息室里，浅间坐在客厅正中的长沙发上，身侧单人沙发里坐着个日本女人。

"杜主任，感谢您今晚赏光。"浅间风度十足起身，"很高兴向大家介绍，这是我的夫人静子。"

浅间静子穿着撒满枫叶的和服，用标准日本女人的仪态起身，深深鞠躬后，她的目光平静滑过众人，最后停留在英杨脸上。

七月盛暑，百乐门的吊扇呼啦啦飞转，众人依旧汗流浃背，只有英杨在此时感到冷，彻骨冰寒的冷。

三年了，浅间静子几乎没变。她站在那里，仿佛置身于伏龙芝后巷的蔷薇花下，美丽、优雅、充满自信。只不过三年前她不是浅间静子，她叫左小静。

英杨和左小静不仅是同学、是战友，也是恋人。然而在毕业前夕，左小静执行任务被英杨撞破，暴露日本间谍的真面目。她请求英杨代为隐瞒，英杨拒绝了，当晚左小静以间谍罪被捕。

英杨怎么也没想到，他们的重逢居然在上海。现在的左小静是浅间静子，她的笑容仿佛在说，英杨的潜伏该终结了。

浅间静子并不打算当众剥下英杨的伪装，她待英杨并无二致，依旧温和优雅，仿佛英杨是初次见面的陌生人。眼看着杜佑中等人坐下与浅间夫妇畅聊，英杨溜出休息室。

舞厅依旧彩灯飞旋，歌女在唱“何日君再来”，英杨不知道该去哪里，也不知道身在何处。他倚着吧台发了会儿愣，看见荒木走过来。

“小少爷，静子夫人要见您。”荒木彬彬有礼说。

英杨知道躲不掉，什么也没说跟荒木去静子的化妆间。荒木打开门告退，屋里只有静子和英杨。

“你来了？”静子坐在妆台前，看着镜子里的英杨，“我们很久没见了。”

英杨不知说什么，因此沉默。她坐着，他站着，这样过了很久，英杨听见细碎的啜泣，她哭了。

“我无数次在镜中见到你，可当我回身去找，你又消失了。我真怕现在转身，你又会消失。”静子说着，含泪转过身，望着英杨说，“我以为再也见不到你。”

她的感情过于充沛，反让英杨有了滑稽的心境。笙歌散后酒初醒，有些事过去了，不过是歌散酒醒罢了。

“你为什么不说话呢，你不想见到我吗？”

英杨摇摇头，说：“我无所谓。”

“我不会伤害你的！无论如何，我决不会伤害你！”

英杨不回答，他不相信。

静子感受到他的冷淡，忧伤着问：“你在恨着我吗？”

英杨微微鞠躬：“静子夫人，您先生为您举办这个酒会，外面有很多客人。”

静子的脸上掠过失望，她克制着说：“如果我不是日本人，我们不会弄成这样。”

英杨认为这和国籍无关，日本有很多朴实反战的民众，走这条路是静子的选择，但他不想多言，于是再次鞠躬：“静子夫人，我家里还有点事，我先告辞了。”

看着他转身要走，静子用俄语痛苦道：“你不怕我告诉浅间三白吗？”

英杨没有停留，拉开门走了出去。

第十章　曾经

英杨再次回到舞厅，飞旋的彩灯依旧照耀寻欢的人群。

莺歌犹盛，燕舞正浓，这里与战争是两个世界。

英杨想起鹞影崖上的焦木，想起福泉山劳工营笨重的栅门，想起微蓝身上的伤，想起尚未亲眼见过的被命名为梅兰竹菊的四个木笼。

真魔幻。

他露出嘲讽的笑，眼前蓦然一花，有人坐在他面前，是浅间三白。

英杨面无表情，浅间却像做错了事，不好意思地笑笑："小少爷，我们很久没见了。"英杨不说话，低头晃晃酒杯。

"见到静子，小少爷也许对我有误会。"浅间轻柔说，"可是做我们这行，有家庭会赢得更多信任。"

浅间说这些话时神态正常，看来静子并没有把英杨的底细说出来，她为什么不说呢？

英杨望着浅间不说话，他复杂的眼神让浅间有了误会。一簇小小的火苗在浅间眼底摇曳起来，他靠近英杨，低低说："你在生气吗？"

英杨猛然惊醒，立即正色道："您的家事与我没有关系！"浅间满腹柔情被怼回来，尴尬着说："小少爷，你不会真的以为，沈三能保住你吧？"

英杨忽然觉得好笑，沈云屏的人情还没还清呢，左小静又从天而降，在这倒霉的运气面前，浅间的威胁显得很幼稚。

他饮尽杯中酒，把杯子重重蹾在吧台上，冲浅间挥了挥手，直接走出百乐门。可没等他钻进汽车，阴魂不散的荒木又出现了。

“小少爷，静子夫人请您去一下特高课。”

英杨盯视荒木良久，调侃笑道：“荒木太君，您是浅间课长的助理，还是静子夫人的助理？”荒木并不生气，平静道：“静子夫人在沪期间，由我担任她的助手，这是浅间课长明确的。”

“好。”英杨说，“坐你的车去，还是我的？”

“我没有开车来，”荒木说，“坐你的车去。”

静子脱下和服换上白色雪纺衬衫，搭配黄马裤和雪亮的黑皮靴，显得飒爽美艳。

荒木照例消失在门口，办公室只留着英杨与静子。短暂沉默后，英杨说：“我以为你在地牢等我。”静子温和道：“你想去地牢吗？那么随我来吧。”

她领着英杨下楼，皮靴踩在水磨石楼梯上，发出清脆的回响。守卫见到她立即打开铁门，过道里嵌着汽灯，阴湿的霉味和血腥气扑面而来，令人作呕。

他们往里走，渐渐听见叫骂声和皮鞭抽击声，静子在刑讯室门口站住脚，望着英杨说：“我带你来见一个人。”

她话音刚落，刑讯室传来长声惨叫，接着有人低喝：“腿折了也不松嘴！我看你能挺多久！”这惨叫已经变了音，但英杨知道是高云。

“我为什么要见他？”英杨问。

静子像玩弄老鼠的猫儿，打量英杨说：“他描述的接头人与你有几分相似，因此请你来问问。”她说着敲开刑讯室的门，一股皮肉烧焦的臭气直冲出来。英杨先看见高云滴血的卷发，他被捆在刑架上，脑袋垂在胸前。

“叫他抬头！”静子抱臂吩咐。

打手捉住高云的卷发，扯得他仰起脸。他嘴角的血顺着下颌骨流淌，脸肿胀得厉害，眼睛挤得只剩一条缝。

打手指着英杨问："看清楚！你认识他吗！"

高云变形的脸闪出不屑，说："不认识！"静子并不意外，笑笑道："你们继续吧。"她说着优雅转身，在即刻响起的皮鞭声里，对英杨柔声说："我们走吧。"

英杨没有再看高云，跟静子走出刑讯室。在压抑的过道里，走在前面的静子忽然停住了，英杨不提防，险些撞在她身上。他急忙刹住，狼狈着向后连退几步。

"你不想救他吗？"静子问。

"静子夫人，我不明白你在说什么。"

静子柔媚一笑，走来倚在英杨怀里，仰起脸深情道："如果你想救他，我可以帮你。"英杨迅速后撤两步，正色道："静子夫人，这里是特高课！"

"好呀！"静子美丽的脸浮起报复的妖光，"既然你不在乎，那么我这就回去，叫他们剜了他的眼睛，割了他的舌头，一寸一寸活剐了他！"

她说罢昂起头，挤过英杨往回走。英杨一把握住静子的手臂，把她拖了回来。

"怎么了？"静子笑盈盈说，"改主意了？"

"你总要替自己积点阴德！"

静子皱着眉尖咯咯笑起来："你在关心我吗？"她笑着投进英杨怀里，伸手揽住他的腰，娇嗲道，"他快不行了，你能等，他不能等的。"

英杨鼻端萦绕着浓腻的血腥气，而他怀里的女人像条冰冷的蛇，带着腥风丝丝吐着红芯。这些交织在一起，冲得英杨快要呕吐了。

"你等了多久？"英杨低哑着嗓子问。

静子愣了愣，微微笑道："我等了太久。"

"难熬吗？"英杨又问。

静子没有直接回答，只是更紧地贴住英杨："你总是不相信，我是爱你的。"她一面说，一面踮起脚尖，去够英杨的唇。

"不要在这里。"英杨闪开了，握住她的手腕说，"别在这里！"

静子以为他妥协了，声音娇得能滴下水来，问："要去哪里呢？"英杨失控着笑起来："去上面大厅里，当着哨兵的面，或者去百乐门，叫浅间三白看着。你知道吗，我喜欢别人看着，只要有人看，你做什么都行。"

他说着攥紧静子手腕，不由分说拖着她就走。静子努力赖着，要甩脱他的掌握。

"你怕了？你别怕啊，你要什么我都给你，跟我来，来啊！"英杨兴奋地笑着，眼睛里迸出粉红的雾气，可那目光是鄙夷的，冷硬得像钢鞭抽打着静子。

"你不用这样，没有用。"静子淡淡说。她说完越过英杨走了。英杨看着她的背影消失在幽长通道里，脱力似的靠在冰冷潮滑的墙上，听见心脏怦怦的跳动声。

离开特高课后，英杨去了复兴西路。他下车穿过草坪，不由好奇卫家为什么种植大草坪，招虫子又缺乏观赏性。

卫清昭在厅里同六爷讲话，手里的铁核桃撞得当当响。见英杨进来，他先问吃饭了没有，又问上哪儿去应酬的，最后要叮嘱几句，不要同日本人走太近，当汉奸没好下场！

英杨一一答应，终于受教完毕，被允许上楼看望微蓝。他三步并作两步上了楼，敲门进了微蓝房间，却见她倚在床头读书。

英杨倒进沙发里，疲惫地长叹一声，道："头痛！"

"也许是热的。"微蓝从床上下来，伸手摸摸英杨额头。她的手指冰凉，绢丝睡衣的袖口散着幽香，如兰似麝。英杨牵住她袖子嗅一嗅，呢喃道："好香啊。"

“是我娘调的香，叫夜百合。”微蓝笑道，“名字虽土气，香却是好的，我家衣橱都用这种熏香。可惜养了我这个笨女儿，她的手艺我竟没继承半点。”

“你继承你爹挺优秀。”英杨打趣笑道。

“你要洗澡吗？”微蓝突然问，又红着脸解释，“我看你挺热的。”

“洗了澡能住在这儿吗？”英杨搂着她的腰，贪婪吸着她衣服上的香气，“不想跑了，太累了。”

微蓝在他怀里静止一刹，说：“我睡沙发好了。”她说罢脱身出来道，“我问爹爹拿件睡衣给你。”

英杨坐在沙发上等着，人静下来，头痛得越发剧烈。他受不了雪亮的电灯，起身关灯上露台抽烟。外面黑漆漆的，微风带着青草的涩味，遥远天边挂着银白月牙儿，蓝紫的夜空并没有星星捧场。

不多久，微蓝捧着一壶茶进来，见屋里黑黢黢的，只有露台上飘着烟头的红点，一明一灭。她把茶搁在桌上，倚着门说：“做什么关了灯？外面蚊子多吧？”

英杨没有回答，只把烟头丢在地上踩灭，磨蹭一会儿才向微蓝走来，牵住她的手说：“进来！”

微蓝不知何事，被英杨按在床边坐好，看着他伸出握拳的手掌，猛然展开，说：“你看！”

两只萤火虫从他掌心升起，扑腾着曳出流光，翩然舞动在黑暗的屋里。

“好看吗？”英杨问。

微蓝点了点头，轻声说：“明知是短暂的，仍要努力发出光来。”英杨被莫名打动了，他在黑暗里定定看向微蓝，想，流萤尚知奋力，很不该轻言放弃。

关灯之后，英杨的头痛越发厉害，反倒睡不着了。他怕吵着微蓝，僵躺在沙发上不敢动，也不知过了多久，忍不住略略翻身，却听微蓝在床上问："还没睡吗？"

英杨揉着太阳穴说："头疼！"

微蓝下床开柜子，不知拿了什么抹在手指上，带着草药的辛香，冰凉凉地贴在英杨的太阳穴上。她的指尖冰珠似的，摩挲得疼痛也渐渐舒缓了。

"真舒服。"英杨说。

"我娘以前经常头疼，每回都要这样揉的。"

"抹了什么药？"

"也不是正经药。不过把三七、冰片、麝香等物泡在酒里，要用时倒出就是。宁神安息，又能发散内风。"

英杨笑起来："再想不到魏书记会念中医经。"微蓝也笑道："久病成医罢了。我娘缠绵病榻太久了，我每日看顾她，跟着各路大夫学了不少。"

她倚着床头手酸了，便趴下来换个姿势，半条臂膀搭在英杨身上。英杨此来抱着诀别之念，于是轻声说："我有个故事想要告诉你。"

微蓝的手指顿了顿，问："什么样的故事？是牛郎同织女的，还是后羿与嫦娥的？"

英杨被她逗得笑了，问："这有区别吗？"

"区别可大了。前者是心心念念，后者是不堪回首。"

英杨拜服道："这么说来，是后者了。"微蓝的手指又顿了顿，轻笑道："你说吧！"

英杨道："我在法国接触共产主义小组后，瞒着英华杰回到香港，接受了两个星期的时事培训。培训结束后，我收到通知起程赴苏，到伏龙芝参加特训。"

他一面说，一面跟着往事回到了多年前。

"特训班为期三年，学员只有十五个人。负责特训班的老师叫波耶夫，他是俄国王牌间谍，执行任务时受重伤退下前线，在伏龙芝传教授艺。波耶夫上课时脾气暴烈，其实是个好人。我同他投缘，常去他家喝茶，他教给我的不只是做特工的技能，还有做人的道理。

“特训班只有两个中国人，一个是我，另一个是满洲省委推荐的左小静。她为人开朗热情，在班上人缘极好。然而波耶夫却不喜欢她，总是批评她情感外露，说做特工要学会控制情绪。

“也许因为都是中国人，左小静被骂了就来找我诉苦，有时候还会哭。我觉得她天性奔放，压抑着很辛苦，因此很理解她的委屈。”

他说到这里停下来，望了望微蓝。

“你接着说呀。”微蓝催道。英杨握住她的手吻了吻，说：“因为来往得多，慢慢地，我和左小静成了朋友。”

“什么样的朋友？”

“我把她当作女朋友。”

夜风扑进来，摇动着窗纱，微蓝不动声色，只催他讲下去。英杨只好说：“我们的关系保持了三年。快毕业时我挺忧伤，她是要回东北的，而我肯定要到上海，毕业像诀别一样。”

“你爱她吗？”微蓝忽然问。英杨诚实说：“爱呀，不爱怎么在一起三年？”他说完就后悔，连忙欠身讨好道，“你累不累？不要替我揉了吧。”

“不累，你接着说吧。”

也许是心理作用，英杨觉得微蓝冷淡了。

他不敢再提感情，微咳一声道：“转眼到离校季，波耶夫请我和左小静去家里吃便饭。我请学校大厨烘了只苹果派，那是波耶夫最喜欢的甜点。结果教务处通知我去办回国手续，我让左小静把苹果派先送到波耶夫家里。

“可也真是巧，教务处办事的人有急事走了，留纸条约我第二天再去。我离开教务处就赶到波耶夫家。谁知等着我的，却是波耶夫的尸体。”

微蓝惊了惊："左小静杀了波耶夫？"

"是。我到的时候，波耶夫还在弥留中，他看我的眼神我永远忘不掉，失望痛恨掺杂着伤心，他一定把我当作左小静的同伙！我来不及解释，波耶夫就咽气了。我问左小静为什么要这样！她说她是日本人，是松本组的间谍山口静子，左小静是她潜伏在我党内部的化名。"

"松本组是职业间谍组织，他们为什么要杀波耶夫？"

"苏俄正在准备金种子计划，搜罗人选打造双面间谍，波耶夫是这项计划的后备组组长。左小静毕业在即，松本组让她找机会做掉波耶夫。"

"这是她亲口告诉你的？"

"是。左小静说间谍不该有国籍，也不该为政治服务，因此劝我放下执念，加入松本组成为职业间谍。她许诺我高收入，但我拒绝了，并且报告给学校保卫部，左小静因此被捕。"

微蓝撑着脑袋闲闲说："这事她把错脉了，她也许不知道，你对高收入没兴趣。"

英杨瞅她一眼："我没同她讲过自己的家事，在伏龙芝我过得像个穷学生，买一个列巴吃好几天，只用组织拨下来的津贴。"

"她不知道你是小少爷？"

"事实上我也不是小少爷，不过沾英家的光罢了。"

"那么你拒绝她是为什么？"

"因为执念啊。说什么间谍没有国籍，不是为了祖国，我干吗要做间谍？左小静见我态度坚决，开始打感情牌，她说本可以在苹果派里下毒，把波耶夫被杀推在我身上，她没有这样做，因为对我有感情。"

微蓝想了想说："这是实话。"

这么多年了，英杨认定左小静的感情是幌子，用来骗人的，可微蓝说她是真心。

“换了你也会这样吗？”英杨忍不住问。

沉默了一会儿，微蓝说：“我能做的，是尽量不去爱上敌对阵营的人。”

床头灯放出晕黄的光，只照亮微蓝的半张脸。英杨的拇指拂过她纤长的睫毛，若有所思道：“也许这就是我不能原谅的。她可以忠于她的祖国，但她也可以离我远点。”

微蓝不置可否，问：“为什么想起来讲这个故事？”英杨叹气道：“今晚浅间在百乐门搞酒会，给他的夫人接风，结果……”

微蓝灵光乍现，哗地坐起来：“浅间夫人是左小静！”

英杨默然点头。在瞬时的绝对寂静后，微蓝道：“你现在就离开上海！必须立刻转移！我设法通知大雪！”

“我不能走！”英杨斩钉截铁说。

“是放心不下你娘吗？这事交给我吧，我会保证你娘的安全！”微蓝焦急道。

“不只是为了我娘！”英杨道，“我跑了太可惜。我的战场在大城市，我去根据地能做什么呢？”

“可是现在……”

“左小静想要抓我，根本不用等到现在，她抓着这张牌必有所图！英柏洲并不同我讲亲情，骆正风又只顾着赚钱，我人在特筹委接触的情报还是边角料，我想更进一步！”

微蓝看着英杨滚烫的眼神，说：“你想利用左小静？”

“我的老师波耶夫说过，搞情报要主动出击，没人会把饭喂进你嘴里。我不想做碌碌无为的谍报员，只接受命令完成任务，我的野心很大的，你摸摸这里。”

英杨拉着微蓝的手，贴在胸膛之上，轻轻问：“听见了吗？它有很多抱负要实现呢。”

微蓝能听懂这句话，说到底他们是同样的人。

第二天早上六点，天刚大亮，英杨就被楼下哗哗的冲水声吵醒。他惺忪睡眼地上露台，见六爷站在草坪中间，夹着水龙头威武浇水。晨起草叶还带着露珠，干吗这时候浇水，真让人费解。

英杨打着呵欠回屋，微蓝也醒了，坐在床上说：“我娘最喜欢这片草坪，因此爹爹伺候得过于精心了。”英杨听了感叹：“见了你爹爹，才晓得什么是铁汉柔情。”微蓝也笑道：“我爹常说习武之人讲究三个字，诚、信、义，娶妻也是这样，瞧准了就不能朝三暮四。”

英杨便坐在床边，捏了微蓝下巴笑道：“这是借你爹爹敲打我呢。”微蓝躲开他的手，不屑道：“我做什么敲打你？前有静子夫人，后有林奈小姐，这还没有瞧准呢。”

英杨“喂”了一声，微蓝已经翻身下床去洗脸了。

等洗漱罢了，英杨先下去吃早饭。卫清昭等在餐室，转着铁核桃想心事。见英杨下来了，便把粥碗推一推道：“坐，吃早饭。”

英杨诺诺坐下，刚举起筷子，卫清昭咳一声道：“你父亲去世之后，家中诸事可是你大哥主持？”英杨不明其意，愣了愣道：“我大哥常年在香港的，新近刚回上海。您……是有生意要同他做吗？”

“我做什么生意！”卫清昭嗤之以鼻，罢了又道，“眼下都说新社会了，要讲文明，我们也不好总按旧规矩来。不过呢，你同兰儿没些名分，就这样住在一起……我们兰儿究竟是女孩子，很不方便啊！”

英杨脸上一红，分辩道：“不是的，我睡沙发的！”

“我家里有客房，”卫清昭不高兴道，“不必小少爷来睡沙发。”

英杨无话可说，低头不语。

“你知道兰儿的，我横竖管不了她。她若认定了你，我自然是答允的，只是你俩的事要办得风光，哪怕是个订婚呢，也不至于叫人笑话了。”

英杨老实听着，连连答应，只说回去找韩慕雪商量了就办，卫清昭这才放心。

英杨吃罢早饭出门，直奔特筹委，他今天有两件重要事：一是设法与大雪联系，把默枫的事汇报上去。二是要打探些口风，看高云的事有没有破绽可入手。

他到办公室先找张七，让他跑一趟锦云成衣铺，只说是韩慕雪做衣裳欠的钞票，要他把钤了火漆的信封交给史老板。

张七不是组织的人，英杨本不想他接触大雪，但事情逼到了眼前，送封信也不算越界。信里内容简洁，不过是几张钞票付成衣的钱，并约大雪中午在云客来小聚。

打发走张七，英杨正要找骆正风打听高云的事，谁知开门便见汤又江站在门口。

“汤秘书？您有事吗？”

“英主任，”汤又江照常阴阳怪气，挤出干笑说，“杜主任请您现在去他办公室。”

杜佑中在办公室等英杨，见他来了笑道：“坐吧！”英杨挺正腰板坐下，杜佑中赞道：“英杨啊，我瞧你很不像富贵少爷，说话做事谦虚有礼，真是难得。”

英杨只得更加谦虚，连说主任过奖。杜佑中笑道：“你不必拘谨，找你来是件闲事。惠小姐在落红公馆新弄了网球场，这礼拜日开园游会，你把金老师也带来，也好陪陪静子夫人。”

杜佑中向来与浅间不睦，他应该没这么好心招待静子，英杨拿不准杜佑中的意思。眼看英杨在愣神，杜佑中笑道：“小少爷，这事很为难啊？”

“不为难。”英杨忙道，“我是担心金灵不会应酬。”

“金老师日后嫁进了英家，这样的应酬只有更多，多带她出来就习惯了。”杜佑中笑道。

英杨点头称是，又陪杜佑中说些闲话，这才告辞出来。

时值正午，英杨如约去云客来。大雪依旧化装成饭店伙计，听了有关中央医院的汇报，他说：“这件事要向省委汇报！南京沦陷后，听说中央医院没有对外，一直是重兵把守，你不要擅自行动，以免打草惊蛇。”

英杨答应。他犹豫再三，还是把见到左小静的事说了。大雪震惊道：“既是这样，你赶紧转移到根据地去！”

“我不能走！”英杨坚定道，“左小静早知道我在上海，她不动手必有所图，我认为这是机会。”

“什么机会？”

“让我能进入特筹委核心圈！”英杨一字一顿说，“我想真正打入敌人心脏！”

大雪看着英杨毫不退缩的目光，沉吟道：“留下来太危险了，浅间夫妇随时可以动手！你不为自己，也想想你母亲！”

“大雪同志，我现在已经走不掉了。”英杨苦笑道，“昨天左小静带我去地牢见高云，守卫同她非常熟悉，说明她到上海有段时间了，拖到昨天才亮相，说明她做足了准备，我和娘都出不了上海了。”

大雪默然不语。英杨说得有道理，左小静不动手不代表英杨可以撤出上海。

“这件事只有一种结局，要么我除掉浅间夫妇，要么我被他们除掉！”

“你有把握吗？”

英杨摇摇头：“左小静十分功利，她每步动作都有所图，但我现在摸不清她的想法。”

“她有没有什么弱点？”

英杨努力回想：“左小静很恋家，把家人看得很重。”

“可她家人都在日本，远水解不了近渴啊！”

英杨想，即便她父母在上海又如何，祸不及家人，英杨不会这样做。

营救高云、交出焰火名单、拿到中央医院资料、除掉浅间夫妇，几件事压在英杨心里，沉得像山。

晚上复兴西路却热闹，十爷瑰姐带着成没羽来了。说到福泉山的事，成没羽黯然道：“我们跟着鬼子到了断崖边，高队长说兰小姐一定在崖下，要把鬼子引走。”

“后来呢？”英杨问。

“我们分作三队伏击鬼子，想把鬼子引开。枪响后人就散开了，事先说好各自撤离不再集合。山上四处都是鬼子，我找了个洞穴，蹲到第二天下午才猫出来，溜到朱家角镇，才知道鬼子撤了。”

他说罢了问英杨：“兰小姐是怎么回来的？高队长、杨队长都安全吗？”

英杨想，原来他不知道高云被捕了。他轻描淡写带过，只谈微蓝与卫清昭重逢之事。

不多时晚饭开出来，卫清昭冷清多年的饭厅恢复生气。老爷子高兴得紫脸膛泛出红光，罢了却叹气：“见不着老三罢了，总知道他是在香港的！老五究竟去了哪里？叫你们打听，可有准信？”

六爷十爷埋头吃菜，只当没听见。卫清昭不高兴道：“每每说到老五，你们就这副样子！”十爷便笑道：“五哥的脾性您知道，从来不按常理出牌！拨给他的二十个人也都是怪人，黄仙女、延双林、金财主、罗下凡……您想想！”

卫清昭想了想，皱眉不语。英杨听着有趣，问：“十叔，这几位怎样不正常了？”

十爷笑微微道：“小少爷不必知道，免得跟他们学坏了。要我说呢，幸亏五哥带着他们失踪了，若留在上海，也不知要惹出多少事来！”

六爷大点其头，替卫清昭满上酒说：“老五那尿性吃不了亏，您且放心吧！他混不下去麻利着回来找您要钱，现在不回来，说明不但活着，还活挺好呢！”

卫清昭受他开解，笑眯眯地丢开五爷，举杯饮了。

等吃罢饭回房间，英杨打趣微蓝：“沈三请五爷抽出二十位高手来，为什么找了二十个怪人？”

“沈三又没说不能要怪人！他只说武艺高强啊！”微蓝跟着四杀耍无赖惯了，一本正经道，“沈三要谢谢五叔，这二十个真送去军统，那可热闹了！”

英杨望她笑道：“你这家子都是耍横的，我若把你娶回去怎么得了？”微蓝嗔道：“谁要你娶了？”

英杨难得见她娇嗔，只觉得微蓝回到家真正放松了，这几日越发有大小姐的嗲气。他搂住微蓝道：“你爹早上对我下了通牒，说我俩这样不行，至少要办个订婚宴，只怕还要上报纸！”

“你别听他的！”微蓝急道，“救了高云我就离开上海！”

英杨本是柔情似水，听了这话放开微蓝，仰倒在床上叹道：“是啊，最后娶了魏书记的，还不知道是谁。”

微蓝犹豫一时，扑在他身边说：“如果不是你，也没有别人了。”英杨心里舒服，却闭上眼睛：“我不信呢。”

他等了一会儿，忽然有冰凉柔软的唇在他唇上沾了沾，接着微蓝轻声说：“我们讲好的，等胜利了，要在琅琊山醉翁亭见的。”

英杨翻身搂住她，问：“你真的会等吗？”微蓝的大眼睛眨了眨：“我只怕你不肯等。”英杨低头要吻她，微蓝却躲开了，道：“我收到消息了，这礼拜日上午十二点，特高课把高云转到特筹委。”

“礼拜日？”英杨忽地坐起，“我怎么没听说？”

这话刚出口，英杨立即意识到，微蓝的消息来源在特高课，所以比自己要快。他紧接着又说：“可是这个礼拜日，杜佑中的情妇在落红公馆请客，点名要你去捧场呢！”

“那没有关系，我找借口溜走就是。”

“让杨波他们去就好，成没羽安全回来了，他也可以帮忙啊！你就不要去了！”

“劫囚车不能用成没羽，十叔的生意是八卦门的生计，他不能出事！我爹安排六叔帮我，六叔同杨波他们不熟悉，我必须要去！”

英杨知道劝不下来，只得叮嘱她万事小心。算算日子，今天是礼拜五，礼拜日是后天。

礼拜日是好天，碧空如洗，万里无云。

惠珍珍盘下落红公馆隔壁的院子，打通修了座网球场。这天球场搭了凉棚阳伞，摆上酒水瓜果，弄得十分热闹。

上午十点，客人已陆续来了。英杨带着微蓝踏进后院，展目所见皆是熟人，他想自己已经融入和平政府，此时被振出局委实太亏。

为了契合网球园游会，惠珍珍穿着鹅黄色运动衫，配同色百褶短裙，至少年轻了五岁。她远远便伸出手来笑道：“小少爷，多谢您肯赏光。”

英杨与她客气握手，又介绍了微蓝，惠珍珍赞道：“金小姐亮丽夺目，把这日头都比下去了！”英杨不由好笑，想她应酬功夫了得，讨人欢心不分男女。

原来微蓝也爱听好话，笑眯眯没半分抗拒。惠珍珍旗开得胜拉近了距离，索性牵住微蓝说：“金小姐，咱们今天是要打球的，你穿这身可不行。”

英杨解围道：“她不会打球，坐边上看看热闹吧，惠小姐不必麻烦。”

“哎，到我这儿来怎能坐在边上？金小姐，你跟我去换身衣裳，我保证把你教会！”她拽着微蓝要走，微蓝不便推拒，只得跟她去了。

英杨抬腕看看表，已经十点了，离十二点只有两个小时。他心里空荡荡的，不是紧张，也不是着急，只是没着落，像飘在空中的蒲公英，不知命落何地似的。

天气太好了，一阵热风烘过来，堵得人要窒息，英杨钻进阳伞找个椅子坐了。他刚坐下，有人拖开他身边的椅子，说：“一个人看风景吗？”

来的正是静子，她穿着藕色碎花连衣裙，戴金边墨镜，打扮得像外国杂志上的时髦女郎。

四下无人，英杨不愿见礼，只是远眺不答。静子拿瓶汽水递给英杨，说：“绅士要为女士服务。”

英杨拿扳子开了汽水，插上麦管递过去。静子接过吮一口，问：“多久没打过网球了？”

英杨反问：“网球好玩吗？”

“你在伏龙芝打得极好，我记得你有一套蓝色的球衣，蓝得像今日晴空。”她说着指指蓝天，又道，“我最初被你吸引就是在网球场上，你知道的。”

英杨沉默一会儿，说：“过去的事不必提了。”

“为什么不提？没有过去的你，就没有现在的你。”

英杨没兴趣陪她玩哲学游戏，只是缄口不语。远处，惠珍珍带微蓝换好衣裙，正在步入球场。微蓝穿白裙，惠珍珍穿黄裙，打起球来像两只彩蝶，轻盈翩跹，实在赏心悦目。众人都被吸引，发出阵阵赞叹欢呼。

英杨眯眼眺看，总觉得微蓝的裙子太短了，奔跑跳跃间眼瞅着要撩起来，令人担心。

她腿上有伤，叫人看见怎么好。英杨想。

静子也在看，却笑道：“咱们做学生的时候，打球要穿长裤，绝没有这样开放的，真是摩登的上海啊！”

英杨仍旧不接话，只望着微蓝打球。静子略有不快，森森道：“听说你有女朋友了？”英杨见她明知故问，索性大方说：“不是女朋友，是未婚妻。”

“都订婚了呀。”静子语气酸涩。

“正在筹办订婚，等酒席排下来，要请静子夫人赏光。”英杨不卑不亢说。

“那么，她今天来了吗？”

静子刚问出这话，恰好球局结束，微蓝交还球拍向英杨走来。

“她来了。”英杨说着，起身迎接微蓝。刚刚运动完毕，微蓝整个人热气腾腾，虽然穿着白衣白裙，却像面红旗，猎猎招展于瓦蓝碧空。

英杨看她穿着丝袜，约略放了心。他递毛巾给微蓝说：“来见过静子夫人。”微蓝接毛巾擦汗，笑道：“静子夫人，您要玩球吗？”

“我老了，玩不动了。”静子打量着微蓝，“金小姐有奇怪的气质，像菊花那样清苦柔韧。”

“静子夫人去过南京吗？”微蓝微笑说，“鸡鸣寺前的春日樱花柔媚非常，很合您的气质。”

静子微笑说：“我没有去过南京，日后请金小姐做向导去看看。”

“那没有问题，我随时听您召唤。”

静子笑一笑，招手道：“金小姐，有句私密话同你讲。”

微蓝附耳过去，静子说：“白裙子太透了，劝你快去换了吧！”微蓝刹那面红过耳，一声儿不言语就走。英杨忙拉住了问：“急慌慌地去哪儿？”微蓝道：“这身球衫汗湿了，之前穿来的旗袍也弄脏了，我要回去换衣裳。”

英杨知道她借故要溜，配合着说：“那么你去找张七，他会送你的。”微蓝点头答应，急匆匆走了。

等她消失后，静子笑而摇头：“真是小女孩！没想到你变了口味，喜欢毛毛躁躁的小丫头。”

英杨敷衍着笑笑，抬腕看看表，十一点十分。从这里到特高课至少要半个钟头，但愿微蓝能赶上。他下意识用指尖点着表面，滴滴答答敲着，引得静子扭过脸来看，问：“你有急事吗？”

“没有啊。”英杨回答。

“到上海我才知道你是少爷。我曾经以为你是穷学生。若知道你这样有钱，要讨些值钱的礼物，也好做个念想。”

英杨不吭声，静子又说：“但我佩服自己，喜欢你是喜欢你这个人，与其他无关。但是金小姐就不是这样吧。”

英杨皱眉道：“什么意思？”

“我打听了金小姐的出身，父母双亡，家境贫寒，靠着给冯其保的女儿做家庭教师搭上了你，你说这感情里能有几分真情？”

“静子夫人，随意揣测别人是不礼貌的。”

“这不是我的揣测，这是人类的偏见，”静子仰起修长的颈子，像只骄傲的天鹅，“你也有偏见，总觉得应该为自己的国家服务。”

“静子夫人，我年少无知犯下的错，请您不要再提起。我现在服务和平政府，绝对忠诚共荣，伏龙芝仿佛一场梦，让它过去吧！”

“绝对忠诚共荣？”静子讥讽，“我能相信你吗？”

“我是英家小少爷，我大哥是和平政府的内政部次长，我不缺钱也不必担心仕途，为什么不能忠诚大东亚共荣？”

静子没有反驳，只是一声叹息，像在怜悯英杨迷途不返。

“你陪我打场球吧，我很久没碰网球了。一局定输赢，你赢了，伏龙芝的往事一笔勾销。”

英杨不信情报战场能用网球定输赢，但他没有拒绝，起身替静子拉开座椅。

他俩刚走到球场边，惠珍珍早已迎了上来，拿出老套路要带静子换衣裳，静子却拒绝了。她脱了高跟鞋，换上惠珍珍替客人准备的白色网球鞋，接过球拍向英杨笑道：“小少爷，请多指教！”

英杨眼前一花，仿佛真回到了伏龙芝，往事攥成一把峨嵋钢刺，胡乱往他心里扎。静子和微蓝不同，微蓝是阳光下的明艳，静子是长夜里的浮香。

在上海流火的七月，英杨想起莫斯科的凛冬，他们用高度酒御寒，毛茸帽子散发野兽腐败的气味。那时候的英杨干净得像水，炽热得像火，转眼之间，他又回到春日的伏龙芝，课后等在后巷的蔷薇花墙下，看着静子逆光而来。

英杨很久没有玩网球了，在上海滩纨绔子弟的各路玩法里，他有意识地规避网球。但人不能磨灭曾经，那是英杨的一部分。

他把球高高抛起，淡绿的球映着瓦蓝晴空，是美好生活的样子。

这场球打得并不精彩。英杨手下留情，静子顺势耍赖，依旧有惠珍珍欢呼捧场。几个回合下来，静子娇喘吁吁，挥手道："老了，老了，打不动了！"

惠珍珍递上毛巾笑道："静子夫人玩得太好了，您这么优雅竟是网球高手！"静子接过毛巾在脸上沾了沾，问英杨："我是网球高手吗？"

英杨不答，把球拍递给服务生，说："渴了，去喝水。"他走回阳伞下，刚刚打开汽水，静子也回来了。

她坐进椅子，摇着手帕扇风，望望日头说："现在几点了？"英杨抬腕看表："还有七分钟十二点。"

微蓝的营救行动快要开始了，英杨拎起了心。静子却笑道："还有几分钟，你的同志就要被转运到特筹委了。"

英杨心里一紧，先驳道："谁是我的同志？"

"我们在地牢见过的人啊。"

"他说过不认识我！我也说过，我现在完全忠诚共荣！"

静子忽然冷下脸，提眼睛瞅瞅英杨："他是不是你的同志，还有几分钟就知道了！我只是可怜金小姐，娇花似的年纪，推她去送死，你不会心痛吗？”

英杨脑袋里轰地一炸，猛然明白十二点的转运行动是个陷阱！

“还有五分钟十二点，现在求我还来得及。”静子扳过英杨手腕，看着他的表说，“我对你的同志不感兴趣，放他一条生路并无不可，我要的是你。”

骄阳把她的眼波融化了，轻荡着人心。英杨看着她，仿佛看见山海经里的浑沌，它伸出糙湿的舌头舔过来，舌上有倒刺，有德者抵御之，失德者依附之。

做特工这行当，有资格谈论道德吗？

特高课对面有户宅院，被日本人查了很多次，宅子主人不胜其扰搬了家，宅院就弃着。昨天晚上，六爷带青衣人连夜潜进宅子，只等着今天动手。

按照营救方案，十爷准备了救人的车，挂着伪造车牌，接到高云直接出城。

十一点四十五分，微蓝到了旧宅。点齐人数核对方案后，她出宅子到特高课门口，十二点整，特高课大门打开驶出车队。领头的是辆轿车，紧随其后是军用吉普，再之后是绿色囚车，接着两辆轿车断后。

一共五辆车，至少有二十人押送，和预估差不多。

汽车全部驶出后，微蓝猛扑向头车，黑色轿车吱地尖叫猛刹，司机探出头怒骂：“找死啊！”

微蓝的丝袜被钩破了，膝盖渗着血，她坐在地上疼得抽气，司机更加不耐烦，喝道：“滚！快滚！”

“是你撞了我，为什么这样凶！”微蓝扬起脸嗔怒质问。坐在副驾驶的日本兵见她人美声娇，不由摸了摸下巴，对司机说：“等一等。”

他下车走到微蓝身边，问：“你伤到哪里？”微蓝低头不语，日本兵蹲下来，伸手去摸微蓝的腿。微蓝闪电探手攀住他的头颈，咔地折了，反手后腰抽出枪，扬手砰一声，打死还没反应过来的司机。

枪响就是信号。六爷带着青衣人攀上宅院墙头，往街上乱掷装着响鞭炮的竹筒。满街浓烟滚滚，四下炸声连连，鬼子刹那慌作一团。

微蓝趁乱扑进车里，冲后座砰砰砰连放三枪，先把头车里的人全解决了。

此时街上乱成一片，鞭炮噼里啪啦地响，鬼子搞不清敌人在哪儿，捧着枪乱放，向不远处的特高课撤退。

六爷扔完竹筒鞭炮，令人架上枪对街扫射。微蓝借火力掩护摸到囚车，杨波早带人攻上来，囚车司机横尸当场。微蓝一枪轰开锁，车里只有高云戴镣铐坐着。

微蓝有一瞬的怀疑，为什么囚车上没有押运的。然而现场容不得她多想，只冲着高云喊道："快下来！"

高云满脸是伤，已经辨不出五官，他看见微蓝立即斥道："不要命了！谁叫你来的！"杨波听了急道："你快些下来！闲话回去再说！"

"我的腿断了！"高云咬牙道，"狗日的打折我的腿！"杨波闻言跃上车，背下高云向街口奔去。微蓝带人断后，看着杨波把高云塞进轿车，她才丢开枪三步跃上墙头翻进宅院，从正门出宅子走了。

微蓝快步疾走，听见远处响起尖厉的警笛声，驻屯军的支援要过来了。她算时间高云能出上海，现在她要尽快换衣服回落红公馆。枪战激烈，左近马路几乎没人，微蓝的白裙特别扎眼，她脚下如飞，只觉得警笛声越发近了。

营救很顺利，但特高课过于空虚了，如果他们组织火力反扑，营救没这么容易得手，这让微蓝隐约不安。

两个街口之外，张七在焦急张望，见微蓝过来忙迎上来："金小姐！那边警报老响的，没伤到您吧？"

微蓝摇头说没有，催张七开车，要赶在封路前离开。张七把车开得飞快，奔出几个街口，微蓝张望后面没有尾巴，这才松了口气。

“金小姐，咱们回落红公馆吗？”

微蓝要回去的，但回去之前她要换身衣裳，现在最近的是爱丽丝公寓，英杨备着各式衣物，找件旗袍穿不难。

“先去爱丽丝公寓，”微蓝道，“你认识路吧？”

那一带是政要巨贾的藏娇之地，张七拉黄包车时常去，说认路的。没多久到了公寓，微蓝让张七等在楼下，自己去换衣裳。

她从领口扯出链子，捉钥匙打开门，先看见英杨的西服搭在沙发扶手上。微蓝怔了怔，暗想英杨为什么会在公寓，他应该在落红公馆啊。

她懵懂着抬起眼，撞入眼帘的是英杨和静子。他们站在窗前，静子的手臂缠绕着英杨的脖颈，英杨低着头，在吻她。

微蓝的心晃了一下，猛然间并不觉得什么。她下意识地退出房间，顺手关上了门。

门咔哒一响，静子松开英杨笑道：“她生气了。”英杨轻声说：“现在你满意了？”静子俏皮地努努嘴：“这可不怪我，我怎么知道她会来呢？”

“你在窗口看见她了，知道她要上来。”

“你在责怪我吗？”静子笑着，“我刚放了她一条生路，这小丫头总要知道感激。”

“你没必要为难她。”英杨说，“她是我的下线，她知道的我都知道，你有什么事问我就行了。”

“好呀。”静子慵懒地笑起来，像只美丽的猫。她抚着英杨的脸颊，紧贴着他说，“我头一件想知道，你们怎么知道特高课十二点转运囚犯？内应是谁？”

英杨心里一抖，这件事他真的不知道。

“一定要现在说吗？”英杨理了理静子的鬓发，柔声道，“刚刚在球场，我以为回到了伏龙芝。”

静子沉浸在他的温柔里，心满意足道：“我感觉出来了，你打球的时候，属于我们的时光又回来了。”

“你能感觉到？”

“我们在一起三年了，我很了解你。”静子得意说，又问，“金小姐同你多久了？”

“不要再提她了。”英杨低低呻吟，“有你有我足够了。”

微蓝奔到一楼迅速冷静，意识到自己必须立即离开。

这场营救是静子设下的局，她的目标不是微蓝，而是英杨。后怕让微蓝出了身冷汗，所幸静子的眼中只有英杨，她才有机会逃生。

一旦“魏青”被捕，华中局要立即迁延机关，调整根据地，更改安保方案……无论魏青叛变与否，带来的冲击和混乱是注定的。

为了保护“魏青”，仙子小组、杨波警卫小队、上海情报科以及英杨本人，都会陷入竭尽全力不惜一切的怪圈，微蓝有责任不让这个怪圈成形。

她钻进张七的车，平静道：“我忘了带钥匙，不能换衣裳了，咱们路边找间店买套衣裳吧。”

张七问：“要回落红公馆吗？”

“不。”微蓝沉声说，“去汽车站。”

张七不明白她为什么要去车站，但跟着英杨送过药救过人，张七早学会闭嘴做事。他扳动方向盘，加大油门直奔车站去。

在车站的成衣铺里，张七按照微蓝的吩咐买了男子衣裤。微蓝又请张七去买到苏州的车票，就在她钻进汽车打算换衣裳时，忽然有人扒住车门。

微蓝只当是静子的人，心头一阵狂跳，然而举眸看见一张灿烂笑脸，却是成没羽的弟弟成没飞。

“兰小姐！果然是你！我远远就看着像！”

微蓝一颗心落进肚子里，说：“小飞儿，你来得正好！去替我办几件事！”

张七告诉英杨，金老师坐汽车走了。

“你知道她去哪儿了？”英杨问。

“她开始让我买去苏州的票，后来又改买到南京的车票，说要经南京到滁州。”

英杨心下微凛。微蓝被默枫出卖，在南京被捕，那地方她到现在都不愿轻易踏入，这次为什么要去南京？华中局在上海周边的根据地不少，微蓝可以往皖南去，也可以往苏南去，为什么选择南京？

难道南京不是重点，滁州才是？

他想起当玩笑说出来的约定，有一天失联了，他们在琅琊山上醉翁亭见。

他谢了张七回到家，才觉得累到脱力。他像条搁浅的鱼，而下午的记忆像潮水，一遍遍冲刷他裸露的伤口。回到屋里，英杨剥掉静子碰过的衣物，团一团塞进字纸篓，去冲澡。

一整天的事在他脑中跑个不休，一会儿是微蓝洁白的网球裙，一会儿是静子娇媚的笑脸。恍惚间又在爱丽丝公寓，门开了，微蓝带着硝烟味进来，她漂亮的脸瞬间苍白，从惊愕到平静或许只用了 0.1 秒。

英杨的心被这 0.1 秒挖空了。微蓝应该安全了，他的担忧也真正开始了，微蓝会误会吧？肯定要误会吧！

他恨不能生出双翅，飞去滁州捉住微蓝解释！然而解释什么呢，英杨没有背叛感情，也没有背叛信仰，他只是不得已。

唯一的好事是，高云救出来了。

第十一章　焰火

营救高云让英杨完全陷入被动，静子要英杨明天交出“内应”。仓促之间，英杨要嫁祸也找不到合适对象。

他满心焦虑，靠在窗前发呆，却看见路灯下站着个人。

现在是晚上八点十分，什么人会站在门口？

英杨摸出望远镜，掩在窗帘后对准那个人。那人穿黑色裤褂，打扮得像上海滩流氓，人却站得笔直，英杨顿时明白，这是日本宪兵装扮的。

他挪动望远镜，几米之外的路灯下也站着黑衣人。英杨放目望去，在能够看见的路灯柱下，都站着黑衣人。

特高课出动宪兵，必须经过浅间三白同意。看来浅间已经掌握英杨在伏龙芝的经历，他们还不动手，是在等明天就要水落石出的内应。

英杨叼住一支烟，伸手去摸打火机，却见一辆汽车慢慢驶近英宅，停在英家门口。

在路灯青白色的光里，他眼睁睁看着陈末从车上下来，不急不慢地按下电铃。

他来干什么？他没看见门口的特务吗？

英杨丢下烟往楼下跑，薛伯刚好进来，递上陈末的名片说：“小少爷，有位陈先生来访。”

英杨断定陈末此来必定有事，现在英杨孤军奋战，能指靠的就是仙子小组。

他接过名片，带着薛伯匆匆赶到门口，老远就伸出手热情道：“陈处长大驾光临，有失远迎，怠慢！怠慢！”

陈末面色沉静，微笑道：“小少爷不必客气，我不打招呼就跑过来，实在叨扰了。”

“哪里哪里，您是贵客！别站在门口啊，快进来吧。”

英杨与陈末热烈寒暄，仿佛门口的监视不存在。他们走向正屋时，陈末压低声音说：“魏书记通知我，你暴露了。”

他这是亮明身份了？英杨一阵激动，却只“嗯”了一声。

“高云被转运到特筹委的消息是我拿到的，”陈末继续说，“你把我交出来，才能过浅间夫妇这关。”

“不！”英杨急促道，“我不能！”

还有几步要进门厅了，陈末不理睬英杨的拒绝，说：“你准备好诈降，记住，我是你和金灵的上线。”

屋里的灯光泼洒出来，照亮陈末的脸。他抬手推了推眼镜，用气声说：“他们不知道你是江苏省委的人，千万别说。另外，魏书记让你设法上琅琊山！”

英杨微微点头，亮出声音说：“陈处长，请进！”

英杨把陈末让到客厅，自己去餐室叫阿芬泡茶，忽见英柏洲穿戴整齐从楼上下来，边走边唤道：“阿芬！叫司机把车开到前院！”

话音刚落，英柏洲看见了陈末，不由缓下步子。英杨只好介绍：“大哥，这是特筹委情报处的陈处长。”

英柏洲心生不豫，陈末的官职于他不值一提，他也不想管英杨的闲事，但眼前不应酬又说不过去。

他正在厌烦英杨随便带人回家，忽见陈末唰地拔枪，对着英杨砰地一枪。英杨完全不提防，闷哼一声捂住左臂，血哗啦啦地从掌缝流出来。

英柏洲吓得呆了，没等他大叫，陈末开了第二枪！可真不巧，第二发卡弹了！就这电光石火之间，英杨奋身直扑，把陈末压在身下，用没伤的右手扭腕夺枪，侧脸向英柏洲吼道：“去叫人！”

浅间派来监视英杨的宪兵发挥了作用，听到枪声后，他们迅速翻墙入院，不由分说闯进正屋，制伏了行凶的陈末。

英杨左臂受伤，虽然生命无虞，人却吓得够呛。荒木无法质询英杨，只得盘问英柏洲。英柏洲恼火道：“他第二枪哑了！否则杀了英杨，第三枪就是冲我来的！你们还来问我！我倒想问问浅间君，这姓陈的是怎么回事！”

荒木知道英柏洲与浅间有几分交情，于是宽容他的无礼，带走陈末了事。

第二天荒木再次登门，请英杨去特高课听审。英杨白着脸拒绝：“什么听审？我不去！”

“小少爷，您必须去。”荒木坚定道，“陈处长开口了，你不想听听他为什么杀你吗？”

英杨知道躲不掉，他也确实想知道，陈末在布什么局。

他被直接带到特高课提刑室。在宫崎一整天的努力下，陈末已经成了血葫芦，他被铁链绑在刑架上，整个人止不住地往下滑，奄奄一息。

英杨被安排坐在一侧，审讯继续。

“陈处长，您从哪里来，延安还是重庆？”静子优雅地抱臂而坐，仿佛眼前的血腥只是用色大胆的名画。

陈末艰难说：“延安。”

“很好！这和英杨对上了！陈处长您可能不知道，英杨并没有出卖你。”

“我知道，”陈末声音嘶哑，“如果他供出来，昨天就会逮捕我。”

“但你仍然不放心，要把他灭口才行。”静子笑道，“你们共产党人的情谊真虚伪啊！”

“他已经背叛了组织，就谈不上是共产党人。”陈末狠狠说，“即便只是惩戒叛徒，我也要杀了他！”

“你怎么知道英杨叛变了？”静子眯起眼睛，“荒木和宫崎都不知道英杨的事，你为什么会知道？”

陈末艰难喘气说：“我想坐下来。”

宫崎得令放下陈末，把他锁进木椅。陈末仿佛舒服多了，歇了歇说：“你知道仙子小组吗？”

“不要提问。”静子皱起眉头，“是我在问你！”

“好吧。你应该知道，有几年共产党人的日子不好过，从上海到武汉，血洗、清党如狂风骤雨，摧毁了各级组织。许多党员被迫与组织失联，仙子小组是在那时候建立的，它的组织者叫钱羿生。”

“这位钱先生是谁呢？”静子冷冷问。

“钱先生很早过世了，仙子小组也随之休眠。但钱先生把仙子小组的信物留给了新组长。之后新组长重启仙子，吸纳新人，成员划分为三人行动小组，我、英杨以及金灵同组，我是小组长。”

“金灵告诉你英杨叛变了？”

“是的。她昨天哭着来找我，说英杨可能叛变了。”

静子轻蔑地哂笑：“小女孩遇着点小事就哭哭啼啼。”

“静子夫人，对您来说是件小事，可对金灵来说，是塌了天的大事。”陈末平静道，“自从调到上海来工作，英杨一直是金灵的依靠。”

静子撇了撇嘴，没有纠缠此事，示意陈末说下去。

“听金灵讲完事情经过，我意识到她和英杨都暴露了。我想静子夫人没有动金灵，是想得到英杨的配合。毕竟，金灵知道的英杨都知道；金灵不知道的，英杨也知道。”

“你说的没错，那个小丫头不值得我费神。”静子仰起脖子，像只骄傲的天鹅。

“所以为了自保，也为了保护组织，我要杀了英杨。”陈末哑声说。

听到这里，静子咯咯笑起来："陈处长，听说您之前在军统干过，是老特工了。昨晚英宅门口几乎是明哨，您还是照样执行刺杀，这可不是自保的行为。"

陈末低头不语，搁在膝上的手微微发抖。静子吩咐荒木："给他弄点水喝。"

失血和拷打让陈末极度脱水，看见荒木送来的清水，他几乎夺过杯子灌了下去。英杨眼光微瞟，看见静子唇边不易觉察的微笑。

"陈处长，快点说出来，说完了您可以就餐，洗澡，喝点餐后甜酒。我们在您宿舍找到许多薄荷甜酒，您想念那个滋味吗？"

陈末的喉头微微滚动，轻声说："的确，我刺杀英杨不只为了自保，是因为，英杨见过仙子小组的新任组长。"

"新任组长是谁？"静子追问道。

"新组长叫魏青，是华中局副书记。"

英杨头皮一炸，浑身起了战栗，暗想，他为什么要把魏青说出来！

"华中局副书记？他分管什么工作？在党内排序第几？"

英杨更加震惊，看来松本组没少做功课，静子对他们的后方设置很清楚。陈末显然注意到了，他调整语气说："她分管保卫，排在第七。"

静子冰着脸盘算一会儿，道："你接着说。"

"你们在福泉山上捉到的人叫高云，是华中局的战斗英雄，长征留下的干部，用我们的话讲，他是组织的宝贵财富。高云被俘后，魏青命令我尽最大努力营救，于是我利用电讯课日常排查，启动机要室的窃听，得知转运高云的时间。"

"劫囚车是魏青设计的？"

"是。魏青和高云是多年好友，她带着华中局抢到人后，直接离开上海了。"

静子的脸色难看至极。她以为成功让英杨显了原形，谁知漏了更大的鱼。

“魏青还会回来吗？”静子几乎切齿地问。

“她当然要回来！仙子小组是特科时代的传奇，成员占据着极其重要的岗位，魏青不会轻易放弃！”

“那么，陈处长有把握诱捕魏青吗？”

“我有把握，”陈末爽快说，“但我有条件。”

听陈末提条件，静子浮出笑容。

“我喜欢开条件的人，陈处长，你的条件是什么呢？”

“事成之后，我要离开中国。”陈末不假思索回答。

“离开中国？去哪里？”

“美国、欧洲、日本，甚至东南亚都可以，只要能离开中国。”陈末紧张道，“你们不知道延安锄杀叛徒多么厉害，不达目的誓不罢休！”

“我有所耳闻，也能够理解。陈处长的要求并不过分，我代表浅间课长允准了。”

“多谢夫人！”

“那么，我想听听诱捕魏青的计划。”

陈末沉默了好一会儿，说：“魏青得到可靠消息，南京中央医院用活人做细菌试验。”

屋里的气氛微妙沉寂，静子抛出眼风，荒木喝令打手退出去。然而静子并不放心，道：“荒木君，你和宫崎也在外面等。”

“夫人，那么这里……”

“放心吧，他们就算劫持我也逃不出特高课。”静子说着，冲英杨莞尔一笑，“你们不会这么蠢吧。”

“这和蠢不蠢没有关系，”英杨说，“我们既然投诚了，就不会做这种事。”

静子满意地笑笑，示意荒木和宫崎退出去。等他们出去后，陈末说道："这批细菌武器要投放南通地区，这是华中局的地方，魏青很重视。仙子小组动用早年在南京的关系，帮她打听到中央医院有位钟教授私藏了实验资料。"

"魏青想要这些资料？"

"是的。延安在香港做好安排，拿到资料后，一方面送到苏俄做研究，另一方面当作证据公布出来，寻求国际舆论的支持。毕竟，细菌武器是全人类的危害。"

"真厉害，果然是华中局的副书记。"静子喃喃自语，转而又问，"陈处长只是小组长，这样绝密的计划，魏青为什么要告诉你？"

"钟教授把资料藏在中央医院研究楼四楼的墙砖里，并画了张图交给他的学生。之后他猝死在实验室，他的学生也失踪了，魏青查到这个学生祖籍安徽滁县，猜想他可能回家了。正好英氏企业在滁县有间山货行，她让英杨去打听。"

"你是说要找到这个学生，才能拿到实验资料，再设法诱捕魏青？"

"这份资料对魏青很重要，阻止南通地区的细菌战是赫赫功劳，她肯定会为此现身。"

"如果我们弄一份假的呢？"

"行不通的。"陈末摇头，"资料里有一套照片，记载着实验场景和签名文件，你们能伪造资料，但不能伪造照片。"

"我的意思是，"静子笑道，"用假资料引诱她见面，我们现场实施抓捕。"

"见到魏青必须通过她的警卫队长杨波，他判定通过后，我才能见到魏青。"

"你打算怎样说服杨波？"

"首先东西必须是真实的，我可以只给杨波看照片，以资料至关重要为理由，要求面见魏青！"

静子没有说话，眯起眼睛若有所思。

陈末招供后被送到饭店。特筹委在那里有长包房，安置愿意合作的抗日分子。

从霉湿的地牢回到办公室，静子先推开窗吹风："地牢的味道太难闻了！"

"我记得你最怕霉味。"英杨说出来就后悔了，他想起静子在伏龙芝被捕后，曾坐过两年大牢。

好在静子没有计较，她微笑转身，指着英杨吊在胸前的胳膊问："伤得重吗？"英杨动动手臂："皮外伤。但是吓到我了，我没想到他会动手！"

"如果陈末背叛了，你也会动手吧？"静子问。英杨沉默了一会儿，说："很难讲，我这个人太讲感情。"

静子听了长叹："这么说来，你只是对我无情。对陈末和金小姐，你都讲感情。"

英杨轻声说："爱之深，责之切呀。"

七月的晚风热烘烘的，吹得人心跃然蓬勃。静子忍不住，问出多年的牵挂："你后悔过吗？"

"说出来也许你不信，"英杨自嘲着笑道，"我几乎每天都在后悔。只是无力改变了，时间长了，心也麻木了。"

静子眼神闪烁："有这句话，我也值得了。"

她说着转回身，面向晚风伸了个懒腰，看似不经意地问："你找到钟教授的学生了？"

英杨完全领会了陈末的意图：微蓝已经离开上海，"魏青"于静子来说，只能是驴唇前的那挂胡萝卜，无论怎样奋力，她都吃不到的。

他们要借"诱捕魏青"之名拿到中央医院的资料，顺便争取时间与浅间夫妇最后决斗，是撤离还是反杀，就看"诱捕魏青"这张牌如何打。

虽然英杨不知道他们怎样联系的，但陈末说得很明确，微蓝在琅琊山等候。

他于是不假思索地回答静子：“我当然找到了。英华杰的山货行在当地是老字号，谁家有点风吹草动都了若指掌。”

静子饶有兴趣：“是什么情况，你说来听听。”

“这个医生姓章，是德国回来的医学博士，跟着钟教授搞实验室医学。中央医院设研究楼之后，钟教授被调去工作，这位医生却没资格去，只能做些打扫送饭的粗活。”

“后来呢？”

“钟教授死后，章医生找机会溜出中央医院，回到滁县老家。他家人说章医生半疯半傻的，不肯在家住，卷铺盖跑到琅琊山上，住在醉翁亭后面的破房子里，怎么劝都不回来，只得每日三餐着人送进去。”

静子听得皱眉头：“这人疯得不轻。就算找到了他，真能问出资料放在哪儿吗？”

“我怀疑章医生就是因为这套资料才装疯。找他最好让我去，万一他是真有病把图毁掉就完了。”

“如果没有图怎么办？”

“那也没什么，把中央医院研究楼四屋的墙砖都敲开，最多麻烦点。”英杨笑嘻嘻回答。

“好吧，我知道。”静子似笑非笑说，“你辛苦了，早点回去休息吧，还带着伤呢。”

“这点算什么辛苦？我想知道陈末打伤我的事，要怎么同特筹委说。”

静子明白英杨的重点，微笑道：“小少爷放心，我没有把你的秘密身份通报给杜佑中。在特筹委，你还是英家小少爷，行动处的英主任。至于陈末嘛……你看怎么安排？”

英杨伸手挽住她的腰，蜜声笑道：“多谢你留的体面！我既做了延安的罪人，总要有条光明出路，并不想背上投诚的履历。陈处长喜欢玩麻将，因此欠了许多钱，还不上竟赖在我身上，说我出老千害他！”

“我知道了。”静子说，“就按你说的办。”

英杨瞧她心情尚好，试探着说：“法国卢瓦尔河南岸有个小镇子，叫朗热，那里很美，有大片的薰衣草花田。”

静子望望英杨：“你想说什么？”

“我在那里买了处房子，前几天收到当地民政来信，要我去办理房契转换。现在的情景，我是肯定走不脱的，交给别人我又不放心，因此想请我娘去一趟，一来办事，二来也散散心。”

静子脸上浮出似有似无的笑，道：“这是小事，你让英太太收拾行李，准备动身吧。”

英杨精神微振，仍旧小心问：“好的，那么我安排她今晚动身，先搭船去香港。”

“不要这么急吧，”静子笑道，“我到上海之后，还没有拜访英太太，这太失礼了。这样吧，等捉到魏青之后，我先摆了酒替英太太饯行，再送她去香港。”

英杨心下微沉，知道这是委婉的拒绝，他不再纠缠，微笑点头道：“你有心了。”

英杨离开办公室后，静子立即叫来荒木，问：“陈末说的话可靠吗？”

“夫人，延安的确有仙子小组在上海，之前课长经常提到。他们独立运行，成员名单只有组长知道，连延安社会部都掌握不了。至于魏青，这个级别的干部可以在情报黑市买到基本资料。”

“好，你去查一下。我总觉得这事有点像……”静子措词道，“像连环计。”

“您怕他们的目的是拿到中央医院的资料吗？”

静子默然点头，荒木道：“夫人，自从藤原先生被刺后，军部对课长很不满意，让南京方面配合我们拿资料几乎不可能。”

“可是英杨不知道哇。”

“如果是有意为之，他们应该会做调查，搞清楚我们能否拿到。毕竟，英杨和陈末已经暴露，魏青是仙子组长的秘密也泄露了。”

“你说的有道理，他们付出大代价，总要志在必得，”静子沉吟道，“我们先调查魏青吧，搞清楚有没有这个人。”

“是。我现在就去。”

静子抬目冲他笑笑：“荒木君，我看你总比看宫崎君亲近，也许是我们都在京都住过的原因。”

“多谢夫人抬爱。”荒木轻声说。

静子满意点头，示意他可以走了。

荒木走后，静子独自坐了会儿，起身去浅间办公室。办公室没有人，静子抱臂站在窗前，眺看天边一道鱼肚白。

静子想起父母。他们是面容和蔼的老人，总在凌晨起身忙碌，做竹叶包饭飨客。竹叶在溪水里浸过，裹着米蒸熟，米饭含着竹叶清香。放凉之后拌进酱汁和芝麻，特别美味。

没有战争该多好。没有战争，也许静子能把英杨带回家，爸妈会喜欢他，他们不讨厌中国人。

她沉浸在遐想里，冷不防一双手搭上她的肩，把静子惊得要跳起来。浅间低笑：“想什么这么出神？”

“对不起。”静子敛容道，“是我大意了。”

“你不用这么客气，你是我的妻子。”浅间喃喃说着，抚着静子纤长的脖颈，若有若无地捏弄她的咽喉。

静子的身体越发僵硬，仿佛有千百只毛毛虫在颈项间蠕动，让她恶心得说不出话来。

“陈末的审讯怎么样了？”

“他和英杨、金灵，都是仙子小组的成员。”

浅间抚弄静子的手停了停，皱眉道：“仙子小组？”

“荒木君说，您知道这个组织，它是延安埋在上海的钉子。”

“是的，我知道。他供出仙子名单了吗？”

“他只知道仙子组长是华中局副书记魏青。”

浅间的眼睛瞬间点亮，随即又平息光彩。他听静子复述了陈末的供词，道：“很好。捉到魏青可是大功劳，也许松本组会放掉你的父母。”

“是的。我希望爸妈平安。”

“你同我讲没有用，”浅间叹道，“我们都是松本组的人，同病相怜罢了。你放心，功劳都算你的，我不需要。”

静子麻木忍受的眼神忽然活泛了，她真诚道：“谢谢你。”

“不用谢。”浅间摸她的脸笑问，“你说英杨很爱你，是真的吗？”

不知为什么，静子觉得浅间语气怪异。她挤出笑容说：“他愿意合作就是念及旧情，不过请您放心，我对他早已没有感情了。”

“好！好！真好。”浅间低低呢喃，森然一笑。

三楼会客室里堆满档案盒，浅间正埋首其间，听见动静抬起脸，问：“荒木君，有事吗？”

“课长，我拿到了魏青的个人情况。”荒木一面说，一面递上文件袋。

“华中局是有个叫魏青的副书记，党内排行第七，分管保卫。”荒木抱歉说，“只能找到这些资料。”

“没有照片，没有年龄，连籍贯都不详，这算什么个人资料？”浅间皱紧眉毛，忽然又说，“魏青是女人？”

“是的，魏青是个女人。”荒木恭敬道。

浅间一笑：“有意思。”他放下文件袋，认真道，“荒木君，你说我们真能捉到魏青吗？”

“想捉到魏青，先要拿到中央医院的资料，”荒木恭敬回答，“但是要南京方面配合我们，有点困难。”

“是啊！”浅间叹道，“细菌战对内也是高度机密，他们宁可装傻销毁资料，也不会配合我们。”

“所以，我们必须找到钟教授的学生！”

浅间沉吟良久，道：“英杨可以相信吗？”

“我不知道，”荒木老实说，“他看上去不像共产党。”

“如果不是夫人说出在伏龙芝的往事，我也不敢相信。”浅间皱眉道，“现在想来，他潜入陆军医院刺杀马乃德根本不是为了赏金榜！”

“沈三为什么要帮助英杨欺骗我们？”

浅间沉着脸摇头，看来诱捕魏青结束后，要和沈三谈谈这事了。

“如果现在收网，只能捉到陈末、英杨和金灵。”荒木沉吟道，“昨天宫崎下了狠手，陈末该说的都说了。”

“是啊，陈末是英杨的上线，他不知道的英杨也不知道。”浅间喃喃道，“我们像坐在赌桌上，只有赌下去，才能赢得更大。”

近来岩井风头更甚，浅间必须搞出点实绩，挫挫岩井的锐气。

“把资料交给夫人吧，”浅间递还文件夹，说，“她接下来打算怎么做？”

“夫人想让英杨上琅琊山。据说钟教授的学生躲在山上，他有点半疯半傻的，夫人怕吓到他，让英杨去保险些。”

“那个人见过英杨？”

“英家山货行的经理认识那个学生的父母，可以给我们牵线。夫人说，拿到藏图后就不必英杨去了，我们可以派人去拿。”

“不！要英杨去！”浅间沉吟道，“兵部不希望细菌试验被太多人知道，闹大了可推给英杨。另外，通知特筹委也派个人跟去琅琊山，他们也别想置身事外！”

“是！”荒木低低道，“我这就去安排。”

他说罢了并不走，浅间于是问：“还有别的事吗？”荒木道：“夫人问我，英杨的母亲能不能去法国……”

“她不敢来问我，就找你试探口风。”浅间浮起冷笑道，“你怎么回答的？”

“我说这事要请示课长。”荒木低声道。

“这种常识不该来问我。”浅间板着脸说，“荒木君，遇到这种事，请痛快地回绝！”

“是！”荒木满脸尴尬，立正答道。

浅间挥挥手示意他退出去。会客室安静下来，浅间翻弄了一会儿档案盒，起身拿起话筒摇出去，说：“宫崎吗？到三楼会客室来。”

几分钟后，二课的宫崎敲门而入，浅间问：“我记得你有个哥哥，牺牲在前线了吗？”

“是的，他故去几年了。”宫崎黯然道，“但不是在前线，是在滁县。那里有座琅琊山，传说山上有神，专杀帝国武士。我哥哥不信鬼神，结果被暗杀在寓所！”

“没有捉到凶手吗？”

“没有！但我不信山神之说，那座山一定藏着很厉害的支那人！”

“会不会是八路？”

“我认为是的！”

“那么你即刻动身去滁县！过几天荒木会带英杨上琅琊山，跟着他们，也许能替你哥哥报仇！”

宫崎眼中放光，立正道："是！"

英杨接到骆正风的电话，说特高课有令，要行动处派个人跟着英杨上琅琊山。

"你们去琅琊山做什么？"骆正风问。

"英华杰在滁县有山货行，他们要我做向导。至于浅间课长为什么要去，他不说，我也不敢问啊。"

"小日本，成天神神秘秘的。"骆正风叨咕道，"那么让鸭头跟你去吧，鸭头比张七机灵点。"

英杨答应，又与骆正风聊到陈末，只说陈末还不上债拿英杨撒气，骆正风唏嘘道："陈末什么都好，就是太闷！钱能解决的都是小事，他开了口你我岂能不帮？何必做出蠢事！"

英杨也感叹，又聊几句才放下电话。他转身便见韩慕雪站在餐室门口，冷冷盯着自己。

"姆妈！"英杨吓一跳，"你没去打牌吗？"

"我儿子差点少只胳膊，我有心思打牌吗！"韩慕雪愤愤道。英杨见她来势汹汹，赔着小心说："一点小意外，不必担心。"

"他们讲姓陈的是你同事，还是个处长！英杨，侬做汉奸做出瘾头了是吧？起初讲挂个空衔，现在把杀手都招到家里来了，在做什么啊？"

"姆妈！这事同汉奸不搭边！陈末是海风俱乐部的常客，我惯常也去玩的，哪晓得他瘾头大，家当都输掉了，掉过脸来怀疑我设局出千！这和日本人没有关系！"

韩慕雪伸出手指头点点英杨："别人不晓得你，我晓得的！你只有拿钱出去结交，绝不会为几个钱扯出恩怨来！你七岁就抱着我讲，姆妈！我长大不叫人欺负你的！你现在反倒活回去……"

她嗓子哽住讲不下去。英杨见她泪光闪闪，不由动容道："姆妈，我保证不会再有这样的事。”

韩慕雪急得跺脚：“你有事不要瞒着姆妈呀！日本人不是好东西，离他们远些行不行啦！”

英杨无话可说，只得迭声安慰。他心里空落落的，不知该怎么办，最好能送走韩慕雪，但静子给出的态度很明确，这是不可能的。

第二天早上七点，特高课派了三辆车送英杨去琅琊山。荒木带着英杨坐在第二辆车上，亲自押送。

午后到了滁县，保安队王队长在城门迎接，他笑得连皱纹绽出花来，满脸的哈巴狗样儿，与之前欺凌客栈老板娘时判若两人。他早忘了之前偶遇英杨，只顾着谄媚巴结。

英杨懒得为难他。保安队招待午饭后，荒木吩咐要上山，英杨却道：“荒木太君，这么十来个人呼啦啦地上去，只怕吓着章医生。”

荒木也觉不妥，于是说：“那么我们俩上去好了。”英杨指罗鸭头道：“带着他吧！三个人遇事也好照应。”

荒木答允，略为乔装后带着英杨和罗鸭头往山上去。山里铺路的条石被毁得七零八落，显得更加崎岖。英杨走在破败山路上，只觉得喧嚣红尘被密林屏蔽在外，慢慢把浮动摇曳的心落实下来。

走不多时，荒木热起来，擦着汗问：“山这样大，你要找的人在哪里？”英杨含糊指个方向，说：“醉翁亭就快到了，在前面了。”

荒木将信将疑，瞅着英杨道：“你不会借机逃跑吧？”英杨笑道：“荒木太君，这山上没吃没喝没地方住，我跑了能去哪里？上海有锦衣玉食，有高床软枕，何必受这个罪？”

荒木唔一声：“你总叫我太君不合适，想个化名吧。”他一面说，一面阔步前行，还没走两步，忽然脚下一软，耳畔只听着风响，整个人被忽拉扯起来，没等他叫出声来，人已经被倒吊在树上。

变故太快，英杨和罗鸭头来不及反应，眼睁睁看着荒木左脚套在绳索里被倒悬而起。荒木不愧是前线下来的猛将，他拎裤腿拔出匕首，凭借腰腹之力硬生生折起身子，咻的寒光闪过，两指粗的麻绳应声而断。

就在他挥刀的当口，罗鸭头脱口叫道："不要割！"然而他叫得晚了，荒木已经割断绳子砰地落地，谁知瞬间触动机关，落叶下忽然扯出硕大的网来，将荒木团团裹住，嗖一声又吊上树去。

一片尘土飞扬落叶翻飞之后，场面狼狈地静止了几秒。

荒木恼怒至极，在网中乱挣，可他匕首虽利，竟割不断网子。罗鸭头喃喃道："那网子是过冰过火的牛筋织成，唤做千岁草，刀枪不断水火不伤，挣不脱的！"

"你怎么知道这么多？"英杨奇道。

"谁还没混过几年江湖？"罗鸭头挠挠头说。英杨走到网下，仰面叫道："你把枪丢下来，我替你打断绳子！"

荒木心想，我把枪丢下去，他一枪打死了我，再串供罗鸭头说我被山神弄死了，这可太方便了。他于是瞪眼："你爬到树上来，我把匕首给你，你帮我割断绳索！"

英杨正要答话，却听林子里窸窣声响，穿花拂叶走出个姑娘。她轻笑一声："等了几天终于开张了，这捉了一个还送俩呢。"

这姑娘穿件碎花褂子，乌黑油亮的大辫子搭在肩上。她擦了极重的铅粉，两条眉毛兴许是烧火棍画的，毛毛虫般浮胖扭曲，还一高一低。

姑娘并不好看，细长眼睛蒜头鼻，眼睛还要瞟来瞟去，这一眼盯到英杨，透出喜色来笑道："哟，这么个漂亮人儿，我今天运气好啊。"

英杨瞧她古怪，不由退了半步。姑娘啧啧道："你躲什么呀，看见本姑娘了，是能躲过去的？"她话音刚落，英杨只觉眼前黑影电闪，腰上已被皮鞭勒紧，一股劲道不由分说把他直扯到姑娘跟前，英杨骤然同她脸对着脸，急问："你是什么人？"

这"人"字还没全蹦出来，姑娘忽地探手，向他脸上一抚，咯咯笑道：“你想我是什么人？”

英杨羞恼斥道：“滚开！”然而他猛一抬头，却见那姑娘咽处喉结滚动，不由傻在当场。

她是男人？

“姑娘”趁机抚弄英杨脸颊，笑道：“瞧瞧这眼睛，这嘴唇，真是好看呢！”

这家伙手指粗糙，比随地乱捡的枯枝还要粗粝，刺啦啦擦着英杨的皮肤。英杨急着要挣开，他的手却似钢钳，锁得英杨动弹不得。

荒木身在网中，忍不住喝道：“喂！你这个女人！大白天的，放尊重点！”

他的中文不大行，语气生硬至极，这句话喊出来却收到奇效。“姑娘”忽地停了手，注目荒木道：“你是日本人？”

荒木一惊，正不知如何回答，破空一道黑影乘风而来，“啪”地砸在“姑娘”脸上。姑娘放开英杨直通通向后跃开，喝道：“小飞儿！又坏老娘好事！”

林中传来笑声，有人朗声道：“黄仙女，要玩下山找鬼子玩去，何必为难过路的人？”

英杨想起卫家讲的“焰火”，其中就有黄仙女。他心下大喜，暗想踏破铁鞋，不料“焰火”竟在琅琊山！

转瞬之间，林中跃出个年轻男孩，戴着白色面具，穿套灰布衫裤，踏着方口布鞋。他的鞋少了一只，光着的脚踩着另只脚背，摇摇晃晃的很是滑稽。

黄仙女冷哼道：“成没飞！你别以为我怕你！卖给你的面子，可都是冲你哥的！”

英杨听了更高兴，暗想，是了！这是成没羽的弟弟成没飞！小飞儿嗤笑道：“我知道你惦记我哥，可惜技不如人不敢放肆，只能找鬼子泻火！喏，这里现挂着只鬼子，你喜欢拖进山林里玩去，把两个中国人放过吧！”

荒木一听这话，不假思索拔出枪来喝道：“八格……”他还没骂完，凌空一道鞭影嗖地抽来，卷着荒木手腕用力一扯。荒木吃痛大叫，不禁松手丢枪。鞭影随形而至，丢开荒木咻地钩住下落的枪，忽拉回到黄仙女手中。

“玩枪？”黄仙女冷笑道，“最没用的才玩枪。”

荒木脸色发白，捂着手腕不敢吭声。小飞儿向前蹦两步，伸脚钩鞋子穿上，末了又凑到罗鸭头面前，嘿然笑道：“咦，这不是罗主任吗？”

罗鸭头本就害怕，此时更不知往哪里躲，抖声道：“壮，壮，壮士……”

小飞儿揭开面具，嬉笑道：“您不认识我啦？”罗鸭头遽然变色，见鬼似的蹦着字道：“孔，孔，孔庆贵……你怎么在这里！”

“我现在不是孔庆贵啦！”小飞儿哈哈大笑，“树上挂着个鬼子，地上站着俩汉奸，今天果然大丰收！黄仙女，劝你先押他们去见五爷，听五爷发作完毕，再由你收拾吧！”

黄仙女嘟嘴不乐意：“若非你跳出来管闲事，我不由分说先吃了这个漂亮的！”

“他是汉奸，你不嫌弃啊？”

“我就喜欢汉奸，”黄仙女痴笑道，“总比鬼子好些，鬼子的屁股太臭啦！”

他们一面说，一面手上不停。成没飞跃上树去，不知动了哪里的活扣，裹住荒木的网便散了，黄仙女解下裤带把荒木、英杨和罗鸭头结实捆了，束作一串拉着上山。

英杨忽觉不好，心想五爷并不知上海的事，自己这个未来“姑爷”并无信物，如何能叫“琅琊山神”手下留情？若是被当作汉奸处理了，那可真是冤枉。

他满腹心思，却也无计可施。成没飞以轻功独步焰火，黄仙女亦是高手，这两人牵着绳子，拖得英杨等人脚步踉跄，狼狈不堪。荒木把日本人的风光尽数藏好，全程不敢吭声，很怕惹得黄仙女不高兴，要把他拖进山林“玩耍”。

虽是七月，山中草木葱茏，凉风穿林而来，时闻涧水淅沥，若非日本人铁蹄祸害，这景色当是令人心旷神怡。走到半山时道路平缓，远远有亭翼然，便是醉翁亭了。

英杨不料醉翁亭破败如斯，损角缺檐也罢了，亭中石桌像被刀斧劈过，裂着指缝宽的黑缝，几只石礅歪斜翻倒，“流觞”沟渠塞满落叶泥土，像可怜巴巴的干蚯蚓。

亡国当前，谁有功夫理会名胜古迹？文化繁盛要植根于殷实富庶，古今皆如此。

环亭山林格外茂密，鸟儿轻鸣，风过叶响，忽一扇绝壁高插入云，光溜溜不见植被，琅琊山素不以险峻著称，不料竟有如此关隘。

他们走到绝壁前，右首林中有人大声咳嗽，只见一页薄岩架在三块石头上，弄成个怪模怪样的茶几，边上坐着个身材敦实的汉子。

成没飞笑道：“老延，你为何躲在这里偷懒？”这汉子叫做延双林，一身的横练功夫。他冲小飞儿笑道：“这里生人勿近，你提溜这串是什么呢就要往里闯？”

黄仙女翻个白眼：“咱们提溜的是什么，你说了可不算，要五爷说了才算。”延双林嗤笑：“成日就见你个阴阳人四处招摇！五爷是你想见就见？先过我这关再说吧！”

黄仙女冷笑一声，将腰间长鞭抽出来咻地一抖，啪地抽在延双林的“茶几”上：“要打架就来！少在那儿娘们儿兮兮磨嘴皮子！”

延双林提起斗大的拳头，沉腰起身：“你当我怕你吗？”

英杨正诧异他们为何吵起来，忽听崖壁轧轧连声，竟裂出个门来。门中走出一人，皱眉道：“这又吵些什么？”

听了这声音，延双林和黄仙女立时收架势看风景，仿佛无事发生。小飞儿嘴甜，笑嘻嘻上前道：“兰小姐！咱们捉了一个鬼子两个汉奸，正要押给五爷看呢！”

微蓝今日穿件白底红花小褂，梳两条辫子折在耳后，样子俏皮伶俐。她刚出来英杨就瞧见了，也不知是欢喜过甚，还是思念太深，他一时失语，只瞅着微蓝发呆。

微蓝听了小飞儿的话，眼神轻飘飘掠过英杨的脸，漠然说：“既是这样，还不带去见五爷？”

她这冷淡格外不同，仿佛记忆丢在了山下，此时立地重生，前尘往事忘得一干二净。英杨想她八成为静子的事生气，纵有千言也说不出一句来。

罗鸭头却不管，挣扎叫道：“金小姐！你怎么在这里？你不是在上海吗！”

英杨暗叫糟糕，忘了荒木和罗鸭头都见过金灵。他急出一层薄汗，却听微蓝奇道：“你叫谁金小姐？”

“你是金小姐啊！汇民中学的金老师！你怎么？你……”罗鸭头急得向英杨道，“小少爷，你看看，你看这……”

小飞儿却觉出古怪，他凑近微蓝耸耸鼻子：“兰小姐，你用的什么香粉，怎么一股子酸辣味？”

微蓝恼火着微退半步，叱道：“小飞儿！你别不守规矩！这是在同我讲话吗？”

成没飞咯吱一乐：“我自然不敢对兰小姐无礼，不过对您董师傅嘛……”

他忽地欺身直上，唰地抄住微蓝的小辫儿，用力一扯，活脱脱扯下个头套来。被成没飞扯去头发的“微蓝”捂住光头，嘎着嗓子狂怒：“成没飞！自从你上了山，五爷这里不能待了！”

黄仙女瞧得发笑，啐一口道：“董小懂！你个王八越发绝了！刚刚走出来那样子，像绝了兰小姐！”延双林亦自哼哼道：“我说呢！兰小姐从不出来，原来是你扮的！”

成没飞哈哈大笑，将假发顶在指尖乱转。他在上海待过，知道微蓝有汇民中学金老师的身份，董小懂却不知道。他一味否认，只让成没飞留了心。

他们几个闹成一团，把英杨等三人看得傻眼。罗鸭头轻声道：“小少爷，这人的易容术真高超！”英杨“嗯”一声，心里落下大石。他宁可见不着微蓝，也不要微蓝当他不存在似的。

成没飞笑闹够了，这才打圆场：“董师傅，我带这三人见五爷要紧，小飞儿得罪了，您别挂心上。”董小懂哼一声，接过头套戴好，摇摇晃晃下山去了。黄[illegible]道：“你打扮得这样水灵，不怕遇着鬼子吗？”

“鬼子都不怕[illegible]”董小懂头也不回，走得没影了。这里黄仙女鞭[illegible]下来！”

“来就来！[illegible]拳头，同黄仙女战作一团。成没飞当这家常便饭，牵着英杨等三人走到石壁前，扳动机关开门进去。

这洞子空阔深邃，山壁插着松枝火把，弄得烟气滚滚。英杨被呛得直咳，暗想住在这要被熏死。走几步便看见空地，正中铺张分不出颜色的地毯，摆着三对太师椅，左侧上首坐着个胖子，手指头套着闪闪金戒指，正在喝茶。

“金财主！”小飞儿放声道，“五爷在不在？我捉了三个人，要交他老人家发落！”

金财主冷不丁被他一喝，差些儿把茶喝进鼻子。然而他天生好脾气，搁下茶碗笑道：“哟！小飞儿又立功啦！捉着什么人叫我看看！”

“喏，一个鬼子搭俩汉奸！”小飞儿夸耀，“这可不是你们滁县的土鬼子，这是咱们上海的洋鬼子！这位罗主任，特筹委行动处的！由他伺候上山的鬼子，那有大来头！”

“什么我的就土了你的就洋了？”金财主不高兴，“谁还不是从上海出来的？”

小飞儿抿嘴乐道：“咱们闲话少说，五爷在不在呢？”金财主摸摸下巴：“五爷念经呢。要不你带着仨人先进去？”

“哎！”小飞儿答应，把英杨三个往里牵，过了空地又走数十步，便听着隐隐水声，却见一条水道，泊着小舢板。

“喂！哑巴！我要去见五爷！明白？带着这三个！”小飞儿连说带比画。船夫是个哑巴，笑眉笑眼地点头，示意小飞儿上来。

小飞儿把英杨等人解上船，自己也跃上去。水道不算太长，前面很快敞亮，出水道是个山谷，群山绕翠，层峦叠嶂。山谷正中一座飞檐斗拱的房子，只是破旧太过，一副顷刻将倒的样子。围绕它散落着草屋和帐篷，应该是焰火的住所。

小飞儿敲破旧房子的门，唤道：“五爷！我是小飞儿！我进来了啊！”

屋里有人“哼”一声，像是许了。英杨被小飞儿扯进去，先看见一只佛龛，供桌摆着掉了色的绢花，堆着红红白白的面寿桃，三只发黑的黄缎子蒲团排在地上。在缭绕的烟气里，五爷蹲在椅子上抽旱烟。

英杨设想过五爷的相貌，想他能压制二十个怪人，应当十分威武，然而五爷一张和气面团脸，散发着胸无大志的气场。

“五爷！”小飞儿得意上前，“我在山下捉了个鬼子！”

五爷听这话没半分激动，头也不抬说：“卖给保安队姓王的，五十块大洋不讲价。他不买就弄死，尸首挂城墙上，叫他们难受两天。”

“好嘞！五爷，黄仙女问，他能不能先玩玩？”

“玩呗。”五爷吧唧旱烟说，“鬼子少糟蹋咱了？黄仙女糟蹋几个鬼子算什么？价钱不打折啊！”

荒木听得脸色发青，大声道：“你们要杀就杀，别做这样的蠢事！”

话说荒木叫喊起来，倒把五爷惊了惊。他再没想到鬼子进了山谷还能硬气，不由忘记吧嗒烟。小飞儿就手抽出瓷罐里的鸡毛掸子，点着荒木道：“小鬼子，这没你说话的份！”

荒木瞪圆眼睛正要顶撞，却见佛龛后帘子一动，微蓝捧着托盘走出来。

小飞儿见之生奇：“董师傅回来了？进山谷要过水道，您怎么跑我前面去了？”

“什么东师傅西师傅的？”五爷斥道，“兰儿在我这就没出去过！董小懂又扮着她下山招摇了？”

五爷这话在英杨耳朵里轰然一响，这是真微蓝了！然而微蓝背着身子，英杨瞧不见她的脸，不知她是喜是嗔。

听说不是董小懂扮的，小飞儿笑道：“兰小姐，董小懂早上吃的酸辣粉，若非那味儿，我可真分不出谁是本尊！”五爷“唔”一声：“小飞儿说得对，是时候养只狗了。”小飞儿拍手道：“鬼子的大狼狗上周下了崽，瞧我顺只回来。”五爷不领情：“大狼狗好吗？我觉得小黄狗好。”小飞儿奇道：“闻味辨人当然是狼狗好啊！”

英杨想这正经事没说呢，怎么又岔到狗了？没等他着急，罗鸭头先哭叫起来：“金小姐！金老师！你认得我吧？认得小少爷吧？”

“行了，别号丧了。”小飞儿不耐烦。罗鸭头被他一吓，立即闭紧嘴巴。五爷却问：“你刚刚叫谁金小姐？”

“她就是金老师，金小姐！”罗鸭头指微蓝道，“是我们小少爷的未婚妻！”

五爷扫一眼英杨，磕磕烟袋锅问：“兰儿，你有这个未婚夫吗？”微蓝说：“兰儿没有。”

罗鸭头听得急眼，不管不顾叫道：“金小姐！你不能睁着眼睛说瞎话呀！你这，这，这……”

微蓝看着罗鸭头冷冷道："你在这儿胡乱攀诬什么！再胡说八道，我挖你心肝来下酒！"罗鸭头非但没被吓到，反而大声说："金老师！你吃我就罢了，难道也要吃了小少爷？"

微蓝唰地寒了脸，咬牙道："五叔，今天没什么菜，我把这俩汉奸拖到柴房去，挖出心肝搁辣子烹了下酒！这日本人拉去换钱就是！"

五爷望微蓝叹道："我就讲我妹妹，做什么非要嫁给莽夫卫清昭！生个女孩儿半点不像女儿家，敢吃人心人肝！"

英杨暗想，原来五爷是微蓝的亲舅舅！难怪卫清昭放心把"焰火"交给他！"焰火"虽然怪人扎堆，却也是八卦门最强的力量！

罗鸭头听五爷的意思，仿佛是心肝得保，他正要感激呢，又见五爷无奈挥手："你爱怎样就怎样吧！我也有日子没吃心肝了，记得多放酒和糖，祛祛腥气！"

这话锋急转，把罗鸭头震碎在当场，连求饶都没顾上。微蓝立即吩咐小飞儿："拖走！"

小飞儿在柴房外起土灶，烧了锅开水焯活人心肝。他把罗鸭头捆在锅边，却将英杨拽进柴房里。柴房堆满柴火，墙角戳着根木桩，用来绑人的。

小飞儿把英杨绑好出去，换了微蓝进来。她叼把尖刀站着，认认真真地挽衣袖，英杨的话全堵在喉咙眼，不知该说哪句。

微蓝卷罢袖子，取下口中尖刀，冲英杨热情笑道："谷雨同志，又见面啦！"

她忽然友好，让英杨更加惊恐。微蓝却恬然笑道："我五叔沉迷佛学，特别讨厌无神论者和唯物主义，所以不能叫他知道我做的事，你明白吗？"

英杨忙点头："我明白！你不生气啦？"

"我为什么要生气？"微蓝微笑道，"若非你出手搭救，我也不能顺利离开，我还要说声多谢呢。”

她这样客气大方，一定是气得不轻。英杨舔舔嘴唇，老实说：“我错了。”

“你哪里错了？”

“我真的错了。我保证就这一次，自从你离开上海，我没有和左小静单独相处过！”

他说得真情实意，然而微蓝只是笑笑：“谷雨同志，你冒险闯上琅琊山，一定有重要事情，我们还是谈工作吧。”

英杨生出千斤重拳砸棉花的无力感，也只能沮丧道：“好吧，陈末通知我上琅琊山找你，他果然是仙子成员。”

“陈末，他还好吗？”微蓝关切问。

英杨略过陈末受刑和自己受伤，道：“他主动暴露后，用魏青作饵，要浅间夫妇去拿中央医院的资料。这些是你们商量好的吗？营救高云那天事发突然，你怎么通知陈末的？”

“我在车站遇见了成没飞。罗鸭头应该讲了，小飞儿就是孔庆贵。刺杀藤原后，我们让小飞儿离开上海到定远，要把他送到苏皖根据地。谁知小飞儿七转八转到了滁县，投宿当晚遇到山神显灵的客栈。小飞儿自小习武，跟着山神上了琅琊山，见到了五爷他们。”

微蓝说到这里，忽然问：“你还记得咱们送药上大别山，回来经过滁县吗？”

“记得啊。”

“那晚上山神显灵，小飞儿、黄仙女都认出了我。五叔知道我还活着，犹豫半个多月，决定派小飞儿回上海给我爹报信，我才能在车站遇见他。”

“五爷为什么要犹豫半个多月，再给你爹报信？”

“五叔其实是我舅舅。我失踪后，他一直生我爹的气，所以要他主动联系我爹，这不大容易。”

“原来是这样，”英杨喃喃道，“多亏陈末争取到时间，我们接下来该怎么做？”

“你现在撤离还来得及。”微蓝轻声提醒。

“我撤了陈末怎么办？”英杨道，“因为你的关系，他们心照不宣要保护我，十爷和成没羽这样做我能理解，陈末这样做我挺难受。”

微蓝乌黑的眼睫轻抖，抬眸瞅着英杨。

“我们是战友，我不喜欢特殊照顾。现在陈末被软禁在亚新饭店，我要把他救出来，要拿到中央医院的资料，还要杀了浅间夫妇！”

“你有具体打算吗？”

“先拿到中央医院的资料，救出陈末后再想办法。”

英杨说得含糊，其实早下了决心。他要用中央医院的资料救出陈末，设法让陈末带着资料走，自己则留下来与浅间夫妇同归于尽。

这件事总有人要牺牲，既然伏龙芝的祸根是英杨埋下的，那就由他来解决吧。

微蓝从英杨的轻描淡写里听出了他的决心，但他们走在这条路上，应该做好各种准备。只是依照微蓝的经验，路没有到尽头，并不知鹿死谁手。

她没有再问英杨的打算，只是沉吟道：“如果浅间夫妇发现金灵不在上海，会怀疑你们的诚意。建议你杀掉罗鸭头。他在琅琊山见过我，回去必定坏事！”

这事来得突然，英杨犹豫道：“罗鸭头江湖习气虽重，却非罪大恶极。他带队巡街也睁只眼闭只眼，比山下的保安队可好多了。”

“我知道罗鸭头不算坏，可是浅间三白和左小静不好糊弄，现在不能感情用事啊。”

“杀掉罗鸭头也没有用啊，同来的还有荒木，难道要把荒木也杀掉？他是浅间夫妇的心腹，会不会动静太大了？”

微蓝像被他噎住了，久久不言。英杨正要出言安慰，微蓝却幽幽道："你孤军奋战不易，给你介绍一位仙子成员吧。"

英杨眼睛放出光来，忙道："你说！"

"他是特高课的内线，去年刚加入仙子小组。我说一下联络暗语，你听好。"微蓝凑近英杨说，"你问，太君您贵姓。他说我姓荒木。你说是不是荒凉的荒，木头的木。他说不是，是心慌的慌，沐浴的沐。"

她每说一个字，英杨的眼睛就睁大一点。等她说完，英杨瞪圆了眼睛，傻在当场问："是我知道的荒木吗？"

微蓝点了点头。英杨奇道："他是日本共产党？"

"不，他是中国共产党。"

英杨更加不解，然而微蓝又道："此外，骆正风同我们做过几次生意，银货两讫，不谈交情，但危急时候你可以用他。联络暗语是'先生有火吗？'回答'我只有百乐门的火柴。'无论谁问上句，接出下句就行。"

英杨早猜到骆正风在同延安做生意，但听微蓝说出来还是吃惊，不由道："福泉山营救当天，你替杨波去见的内线就是骆正风吧？"

微蓝点了点头，却道："还是建议你除掉罗鸭头，以策万全！"英杨想，她完全可以动手除掉罗鸭头，却一再征求他的意见，分明是顾及英杨与罗鸭头的同事情谊。

共产党人也有七情六欲，并不是没有感情的杀人机器，罗鸭头实在算不上坏，英杨也实在下不去手。就在他犹豫之时，小飞儿在门外急唤："兰小姐！鬼子攻上来了！"

微蓝一惊，小飞儿已冲进来道："董小懂跑来报信，说山上都是鬼子，已经开到醉翁亭了，眼见就要攻上来！"

"他们怎么找到这里的？你们在山上躲了几年，滁县的鬼子封了几次山，也找不到这里！"

"还不是刚抓的鬼子引来的！"小飞儿切齿道，"我先去把那个鬼子杀了！"

“不行！看来这个鬼子身份重要，别逼得他们拿山下百姓发疯，你快把这三个人绑起丢进石厅，放下水道的断龙石，我们护着五爷从地道撤！”

小飞儿答应一声，回身去绑荒木和罗鸭头。微蓝斩断绳索解下英杨，说：“你与荒木接头后，合力除掉罗鸭头！”

英杨想这一别再无重会之日，飞快道：“左小静说我不答应她，就要重兵围堵特高课，劫囚车的活要见人死要见尸，一个也别想跑出去！我不能看见你再被捉住！”

微蓝拽着他往外走，只不答话。英杨又道：“你要我做什么都行的，不要再生气了。”

“我不要你做什么，”微蓝悠悠说，“杀了左小静再说吧。”

第十二章　南京

看着小飞儿押着荒木、英杨、罗鸭头往水道去了，微蓝才奔回去找五爷。五爷早已急得团团转，见了她忙拽住道："谢天谢地！你若折在我这里，你爹下辈子也饶不了我！"

他说罢拖着微蓝转进佛龛，黄仙女已撬开地板露出地道，说："五爷！你们先走，我和老延断后！"

微蓝上山没几天，这才知道佛龛后面有地道。她跳进去才知道里面极深，整个人哐地砸在土夯地面上，一股霉腐之气扑面而来。

没等她起身，仰面先看见一口黑漆棺木，足有一人半高，直通通立在面前。她吃了一惊，知道这山谷原是古人墓葬，因此水道才有"断龙石"。

五爷麻利地爬起来，将烟锅袋往后腰一插，拍拍灰土就往前跑。前面三条甬道，黑得像三只大张的嘴，五爷怒而回身，吼道："金财主！金财主！走哪条道啊！"

金财主呼哧哧奔上来叫道："走中间！大伙儿走中间啊！另两条全是机关，见血封喉！"

众人纷纷越过他奔逃，金财主抹把汗紧跟上队伍。微蓝保着五爷在最前面，起初沿途有松枝火把照明，地上堆着枪弹米面，再跑下去只剩黑暗。也不知奔了多久，前面哗啦啦一片羽翅振动之声，金财主大叫："快到洞口了！"

众人欢呼狂奔，数百米后跃出洞口，只觉得外面空气鲜甜，说什么也不想再回去。金财主摸出罗盘，端详良久：“五爷，咱们绕出琅琊山了。”

他们所在之地平缓开阔，身后一道山峦，被苍茫暮色衬得犹如神龙在天，隐约连绵。

“五爷，这座山想来是回不去了！”金财主沮丧道，“咱们去哪儿呢？”

五爷吧嗒着烟袋，半晌骂道：“可恨洞子里的枪弹粮食，要卖好多钱哩！”金财主得遇知己，心痛道：“正是呢！那可不容易弄呢！”

在上海时，金财主替卫清昭打理账房，因为精通风水堪舆，与五爷十分投契。组建焰火时，五爷私心把金财主捎离了上海，八卦门的财神才由十爷接替。

微蓝只得劝道：“五叔，旧的不去新的不来，日本人还没走远，咱们赶紧离开是正经！”

五爷一听，立即磕灭烟袋锅插回后腰，道：“那么赶紧走！眼下逃命要紧，钱财都是身外物，不计较啊！”金财主也振作道：“各位兄弟，我早年替老爷子在黟县购了几亩地，买了几间宅子。那地方凹在山谷里，鬼子飞机都找不着。咱们去黟县可好？”

五爷大喜：“金财主，我没白赏识你！咱这就去黟县！”

众人个个兴高采烈，然而微蓝却道：“五叔，你带着焰火上黟县吧，我要回趟上海。”

英杨、荒木和罗鸭头被捆在石厅里，随着断龙石轰然落下，山洞忽然静得可怕。

罗鸭头哭丧着脸说：“咱们现在怎么办呀？小少爷，金小姐为什么不认咱们了？”

他话音刚落，洞外一声闷响，震得人脑壳嗡嗡响，山壁上簌簌掉下大片碎岩烟尘。罗鸭头缩住脑袋问：“怎么了？什么事？”

没人回答，第二声闷响又炸开了，山壁晃得更加厉害。荒木骂道：“八格！有人在炸山！”

“炸塌了咱们就被埋住啦！”罗鸭头叫起来，“上来的是什么蠢货？这哪里是救人？分明是杀人！”

英杨心里一晃，问：“你怎么知道是来救人？”

“那个，浅间课长给我两袋麦麸豆子，让我缝在裤子里，见着匪徒就撕开做标记，说是宫崎太君会来救我们。”

原来是他！英杨忽然后悔，深感应该杀掉罗鸭头，但此时已晚，第三声巨响轰得碎岩如骤雨急下，洞里瞬间烟尘弥漫。英杨被呛得直咳，却见远处隐约有光，洞口被炸开了。

一条黑影急蹿而入，离弦箭一般扑向罗鸭头，跟进来的宫崎急喝：“小泉！不要咬他！”

黑影闻令刹住，原来是只黑毛狼狗。这狗腥气极重，想来日常啖啖生肉。罗鸭头害怕，撕出布袋丢在地上：“你可是找这个？”

黑狗胜利狂吠，叼起小布袋跑回宫崎身边，喉间发出邀功的低鸣。宫崎拍抚狗头道：“罗主任，辛苦你引路了。”

“我应该做的！”罗鸭头谄媚答道。宫崎又道：“荒木君，小少爷，你们找到钟教授的学生了？”

“没有。我们被山匪绑到这里，谁也没见着！”

有罗鸭头在，英杨只能实话实说。

“荒木君！是这样吗？”宫崎问。

荒木忽然咳嗽起来，咳得上气不接下气，嘶声说：“山洞门有机关，做什么要炸开？炸塌了山谁也跑不掉！”

宫崎愣了愣：“我不知道机关在哪里。”

“那么，还留在这里等死吗？”荒木恨恨道，“解开我们，让我们出去！”

“等等！那群匪徒呢！”

“他们从地道跑啦！还放了断龙石！”罗鸭头忙道。

宫崎闻言狂怒：“我哥哥是被这帮匪徒杀掉的！我不能放过他们！”

他吩咐宪兵把荒木等人送下山，自己带人去查看水道。宪兵等在山脚下，接了英杨等人直接回上海。这一路英杨没机会和荒木接头，也没机会处置罗鸭头。

回上海之后，浅间三白先见了荒木和罗鸭头，最后才见英杨。英杨被带到三楼会客室，看见浅间若有所思地坐在一堆档案盒里。

短暂的沉默后，浅间说：“自从知道你是我夫人的情人，我们还没单独见过面。”

“那是以前的事了。”

“无论曾经还是现在，我即使生气，也只会讨厌她。”浅间柔声说。

英杨不自在地动了动身子：“浅间课长，我们讲讲琅琊山上的事吧，很抱歉，我没有拿到藏图。”

“先不谈藏图了，”浅间道，“听说金小姐在山上？”

“什么金小姐？”英杨装傻，“哪个金小姐？”

浅间露出微妙的笑容：“还有哪个金小姐？当然是你的未婚妻，金灵金老师。”

“她怎么会在山上？她在上海啊！”

“你肯定金小姐在上海？”

“她当然在上海，从没离开过。”英杨咬死了说，“我去琅琊山之前还见过她呢！”

“那有没有可能，你去琅琊山时她也去了？”

“浅间课长，你们会让金灵离开上海吗？”

浅间森然一笑：“那要看静子怎么想，也许为了讨你欢心，她睁只眼闭只眼放了金小姐。”

“怎么可能，”英杨讪笑着低喃道，“她放谁都不会放走金灵。”

“是啊，女人都是善妒的，静子怎么会放过金灵？”浅间微笑道，“但是罗鸭头说，他在琅琊山见到了金小姐。”

“他认错人了！山上有个女匪，罗鸭头非说她是金灵，把女匪气得要挖我们心肝来下酒！若非宫崎少佐攻上山来，只怕我们都回不来！”

“罗鸭头虽不精明，也没糊涂到这个地步。他跟我讲，他见过金小姐很多次，绝不会认错人！”

“可是金灵在上海呢！”

“小少爷，你还记得杭帮菜馆子秋苇白吗？刺杀藤原君的凶器金蝉钺引出了永社四杀，罗鸭头讲，琅琊山上的匪首就是五爷。罗鸭头说他还见到孔庆贵了！此人叫作成没飞，也是永社的高手！这些事都与八卦门有关，金小姐会不会也和八卦门有关系呀？”

英杨的心猛地抽紧了。微蓝不在上海，可卫清昭还在，六爷、十爷、成没羽他们都在。他们若被日本人找麻烦，微蓝绝不会袖手旁观，到时陈末用“魏青”设下的局难讲血刃何方。

他沁出薄汗，勉力镇定道：“琅琊山没有五爷也没有孔庆贵，更没有金灵！我不知道罗鸭头为什么编谎话！”

“听到罗鸭头的陈述，我几乎能认定，是你和金灵设计刺杀了藤原君。我甚至想，也许事情不像我掌握的那样简单，仙子小组、魏青书记，还有金老师，这中间会不会有更深的联系？”

浅间说一句，英杨的心就揪一点，然而他话锋忽转，又道：“但是荒木君和你说的一样，山上没有永社五爷，没有孔庆贵、成没飞，也没有金灵。”

“荒木太君说的没错，只是山匪而已。”英杨坚定道。浅间饶有兴味地笑了：“所以谁在撒谎？如果是罗鸭头，他为什么要编这些话？”

骆正风说浅间阴毒多疑，英杨生怕言多必失，索性缄口不语。难挨的沉默过去后，浅间说：“只要见到金小姐，这事就有答案了。”

“如果有需要，我可以叫金灵来。”英杨硬着头皮说。

浅间被英杨的爽快干扰了判断，他眯起眼睛打量英杨，想起立春曾经说过，英杨是玩桥牌的高手。

“是我低估他了吗？”浅间想。他扯着嘴角笑一笑，说：“不必请金小姐来了，我们去汇民中学。”

英杨最坏的打算成真了。回上海的路上，他早已想好如何应对，于是平静道：“自从我娘同意我们订婚，金灵已经搬到我家住了。”

“那我们就去你家！”浅间轻快说着，站起身唤道，“荒木！备车！”

去英家的路上，英杨漠然看着车窗外的街景。他想，客厅楼梯边的花几下藏着枪，与浅间同归于尽，这是他唯一能做的。他没什么遗憾，只是愧对韩慕雪，但愿荒木能够保她周全。

汽车很快驶进英家。下车后，英杨习惯性地看向二楼，英柏洲不在家。门厅灯光灿亮，客厅也开着大灯，阿芬从餐室出来，英杨便吩咐她：“去沏茶来。”

“不麻烦了。”浅间坐进沙发，“让金小姐下来吧。”

英杨答应着，走到楼梯口唤道：“金灵！你下来！”

当然不会有人答应他。英杨正要上楼，浅间却说：“房间在哪里？让荒木带人去请金小姐吧。”

英杨情知浅间不会让自己独自上楼，只得说：“上到二楼右手拐弯，沿走廊到底是我的房间。”荒木答应一声，带了宪兵上楼。

浅间微笑着拍拍沙发：“小少爷，过来坐吧。”

英杨答应着，目光落在楼梯边摆放赏瓶的高几上。他背对着客厅，伸手从几下摘出胶布固定的枪，脑子里飞快组织着动作，转身、瞄准、击发，要快要稳。

“小少爷，你过来呀！”浅间又叫道。

“来了！”英杨说。

他闭了闭眼睛，知道自己保护不了韩慕雪，只能在心里说：“姆妈，对不起了。”

就在转身的瞬间，英杨忽听浅间“咦”了一声，说：“金小姐？你不在楼上吗？”

英杨以为听错了，他茫然回脸，看见微蓝走进客厅。她穿着淡啡条子旗袍，手里拿着大朵玉兰花。

英杨嗓子发干，心跳得要跃出来，他把枪背在身后，努力平静着说：“你去哪里了？楼上楼下找不到你。”

微蓝扬了扬玉兰花：“你说怪不怪？隔壁的玉兰七月开花了！我刚去讨了一枝！”

玉兰花芬香扑鼻，白色花瓣带着夜露，悄然盛放在剑拔弩张的英家客厅里。

浅间三白表情复杂，说：“金小姐，我只知道玉兰在三月开花，怎会有七月的玉兰？”

“玉兰又称望春花，的确在春天开花。”微蓝晃晃花朵说，“但若有花树春季未放，会憋到七月温度升高时催放，这叫做小阳春。”

“所以七月的玉兰反常！中国有句俗话，事出反常必有妖，金小姐持着妖物，只怕要沾上晦气。”

“浅间课长，您在中国待得久了，变得和中国人一样迷信。玉兰七月盛放自有它的道理，并不能称为反常。您携夫人远涉重洋，日理万机，凌晨时分仍不安寝，这样与常人习性相反，久了恐伤贵体啊！”

“原来金小姐伶牙俐齿，我今天才领教。”浅间干笑两声，转目对荒木说，“我想知道，罗鸭头为什么撒谎。”

“是！”荒木立正道，“我马上安排。”

浅间点了点头，抚膝起身道：“今天太晚了，我不打扰了。金小姐，我还记得你在秋苇白说的话，听说你要和小少爷订婚了，恭喜你得偿所愿。”

微蓝微笑点头，道：“多谢浅间课长。”

浅间没再说什么，带着荒木离开了英家。回去的路上，浅间道：“荒木君，你还记得藤原被刺时，这位金小姐的表现吗？”

荒木唔了一声，不敢多话。

“她当时很害怕，像个涉世未深的女学生。后来静子也同我讲，说金小姐是个小丫头，不值一提。可是今天晚上，她有点不一样啊。”

“也许是和英杨订婚了，所以拿起架子了？”荒木说。

“她是共产党，根本不在意做小少奶奶！”浅间道，“我只是在想，也许我们都弄错了，这位金小姐才是陈末和英杨的上线！”

荒木沉默了一会儿，说：“那也没关系，只要她在上海，就跑不出我们的掌控。”

“是啊，这事可以放一放，等捉到魏青再说。”浅间叹息道，“刺杀藤原一定是仙子小组做的，说不准立春的失踪也和他们有关！等捉到魏青，要全部弄清楚！”

“是！”荒木恭敬答道，又小心提醒，“那么夫人……”

浅间闭上眼睛，过了会儿说：“去看看她。”

到了特高课，浅间带着荒木去了地牢二层。

这里与上层不同，灯光明亮，走廊铺着拼花瓷砖，墙壁也贴着马赛克，飘散着消毒水味，显得干净整洁。

荒木打开走廊尽头的门，请浅间进去。这是间窄长的观察室，墙上嵌着长条玻璃，玻璃的另一边是解剖室。浅间静子躺在冰冷的解剖床上，她全身赤裸，手脚被拴在床上，嘴上绑着布条。

浅间站在玻璃前看了一会儿，打开小门走了进去。他双手撑着解剖台低头看静子，静子很紧张，胸脯快速起伏。

她看上去很可怜，在努力克制恐惧，但浅间对她并无怜悯，在曾经的南京温泉招待所，他为了情报伺候着一个又一个官太太，比静子更可怜。

“我再问一次，你有没有让金灵离开上海？”浅间问。

静子拼命摇头，发出唔唔的声音，像在极力辩解。浅间伸手解开她嘴上的布条，又问：“你做过布防吗？”

“当然做过！”静子微喘说，“劫囚车的当晚，金灵的照片已经发到车站码头和各级岗哨，她出不了上海！”

“中午出的事晚上才发照片，是给她时间逃跑吗？”

“我……但是她没有离开上海，她去找了陈末，之后才有陈末刺杀英杨供出魏青！”

浅间默然不语，忽然打开手边的小箱子，开始挑选冰冷锋利的手术刀。静子呼吸急促，紧张得说不出话来。浅间挑起一把刀，将它悬在静子胸口，说：“别骗我。”

“我没有骗你，金灵真的在上海。”静子哀求着。

她话音未落，浅间飞快甩起刀，刀尖在静子皮肤上划过，几粒血珠滚出来，项链似的洒在静子胸前。

“你说的没错，她在上海。”浅间把手术刀暗地丢在搪瓷盘里，扯过一块布擦了擦手，将布丢在静子脸上，潇洒转身走进观察室。

“收拾一下。”浅间对荒木简短说，头也不回地走了。

直到浅间的脚步声完全消失，荒木才走进解剖室。他从柜子里拿出薄毯盖在静子身上，解开拴住她手脚的皮带，最后揭开掉落在她脸上的毛巾。

“夫人，您可以回去了。”

静子攥紧毛毯坐起来，她捋着头发，向荒木笑一笑，说：“我一定要杀了他。”荒木低眸不语，静子又说：“如果他死了，特高课长就只能在你和宫崎中产生，有松本组的推荐，宫崎根本不是你的对手！”

荒木迅速抬起眼睛，飞快看了眼静子，却不说话。静子长叹一声，道：“你上去吧，我想一个人待会儿。”荒木立正，小声说：“是。”

英宅。

送走浅间三白，英杨飞步回到卧室，抱住微蓝小声责备：“为什么要回来？上海太危险了！”

“灯下总是黑的，”微蓝说，“他们想不到我就是魏青。”

幸亏她回来了，英杨心头涌上万般滋味，却问：“你怎么进上海的？是董小懂吗？”

“是的。我带了黄仙女、小飞儿和董小懂回来，焰火其余人跟着五爷去黟县了。”

“你说得对！我应该除掉罗鸭头！我……”

“过去的不提啦。现在要紧的，是把你娘送走！”

这话正戳中英杨心事，他轻叹道：“我何尝不想？只是浅间夫妇不除，只怕我娘走不掉。”

“我能进上海，你娘就能走掉！”

英杨眼睛一亮：“你是说董小懂？”

“明天下午四点有去香港的船，十爷用瑰姐的名字买了头等舱的票。明天中午十二点，让你娘到峨眉春 3 号包间，董小懂和瑰姐等在那里，让你娘扮作瑰姐上船！”

英杨感激地搂紧她：“多谢你想得周到，除了我娘，我没有别的牵挂了。”微蓝仰面望他，奇道：“那么我呢？”

英杨想，他并不把微蓝当作牵挂，微蓝是一束光，是他追寻的方向。

“你是魏书记，只有你保护我。”英杨哄着她说。

微蓝幽幽道：“可我不喜欢做魏书记。”

很多时候，英杨也不喜欢她是魏书记，他于是笑道：“那么就做兰小姐，也很威风的。”微蓝却默默不语，英杨由她的名字想到夜晚的玉兰，不由问：“那朵玉兰真是七月开的花？我怎么不知道？”

“小少爷不关心花花草草呗。”微蓝笑道，“不像我们，总留心这些微末小事。”

英杨察觉她的微小情绪，扳过她的脸说：“魏书记也爱花花草草吗？”

“我当然喜欢，”微蓝说，“你送我的百合，是我第一次收到花。”英杨回想当时场景，失笑道：“我瞧你并不在乎，只恨自己惯于小布尔乔亚。”微蓝被刺激了，问：“你常给人送花吗？”

英杨忙赔笑道：“当然没有！只有年节时在花店给姆妈订花！自己跑去店堂买花送人，于我也是第一次呢。”

微蓝这才满意，抿唇笑了一笑。她这样儿十足娇憨，哪有半点副书记的样子。英杨触动情肠，然而微蓝却问：“你娘愿意离开上海吗？”

这正是英杨最头痛的一件事，说服韩慕雪比让日本人投降都难，但这事微蓝帮不上忙，他于是搪塞道：“她会愿意的，我好好同她讲。”

他低头要吻微蓝，却听着敲门声败兴，阿芬在门外唤道：“小少爷，电话啊！”瞧英杨不动，微蓝推他道：“去接呀。”英杨这才叹一声，下楼去接电话。

电话是静子打来的。

“你睡了吗？”她开门见山问。

“没有。”

“那么，我想见见你。”

“现在？”

“是的！现在！”静子说，“怎么？舍不得金小姐吗？”

英杨捏捏眉心，放低声劝道：“这么晚了单独见面，传出去只能让他起疑，怎么说你也是他的妻子。”

静子沉默了，电流嗞嗞作响，英杨只能等着。良久，静子说：“可我更讨厌你和金小姐待在一起！”

她咣地砸了电话，英杨捏着忙音嘟嘟的话筒站了会儿，放下话筒要上楼，可电话再次铃声大作。

英杨抄起话筒，说："喂！"

"小少爷晚上好，"荒木彬彬有礼说，"静子夫人要见您，我们会派车来接，请您做好准备。"

"好的，谢谢您通知我。"

特高课的汽车很快到了，是荒木亲自开车。

"荒木太君，怎能劳您驾开车呢？"英杨夸张道，"还是我来开吧！"

"士兵们都睡了，因此我来接小少爷。"荒木冷淡道，"客气话不要说了，快点走吧。"

英杨不再多言，坐上车离开英家。战时电力管制，走很远才有一盏路灯，虽然灯光昏黄，却也给人慰藉。

"这路灯像一站又一站的到达，"英杨说，"仿佛摸黑熬过一段，就能到达光点。"

荒木抬眼皮瞅瞅路灯，没有说话。

英杨知道时机宝贵，直接问："太君，请问您贵姓呀？"

在到达下个光点前，汽车像在隧道穿行，两束车前灯是挖开黑暗的利爪，也只能照亮前方寸许。

荒木浸没在黑暗里，说："我姓荒木。"

"是荒凉的荒，木头的木吗？"

"不。是心慌的慌，沐浴的沐。"

暗号对上了，英杨轻叹道："真没想到，您是仙子成员。"荒木仍旧语气生硬："事情紧急我直说了。浅间夫妇都是松本组成员。静子在苏俄被俘后，松本组关押了她的父母。她急于捉住'洞拐'立功，让松本组释放她家人。"

听到这里，英杨忍不住盯了荒木一眼，暗想，他为什么叫微蓝洞拐？陈末不会称微蓝洞拐，因为仙子成员不会用华中局的代号称呼微蓝。但他心里这样想，嘴上却问："她是怎么嫁给浅间的？"

"静子的弟弟与浅间的弟弟是至交好友，因为这层关系，浅间出面替静子作保。考虑到浅间在中国的重要作用，松本组派人营救静子回国，并牵线让他俩结合。"

"这么说，浅间是静子的救命恩人。"

"可以这么说，但静子并不领情。浅间有性癖，静子深受其苦，她每天都想杀掉浅间。"

"这么说，我们可以利用他们的夫妻关系。"

"捉到魏青之前，他们夫妻不会内斗。"荒木道，"我们监听到南京的情报，有两名细菌战专家在杭州开会，中央医院请他们去做指导，这是混入中央医院的好机会。但是你没有见到钟教授的学生，没拿到藏图不能往下推进，她急着见你是为这件事。"

"图在我手上，"英杨说，"钟教授的学生早就给我的。"

"那太好了！你推说藏图是从山货行搞到的，静子会立即安排你去南京。"

"他们能相信我吗？"

"想要捉住魏青，就只能相信你，选择权在他们手上，我们也没办法。如果他们同意，你很快就要去南京了，有把握吗？"

"钟教授的学生在上海，"英杨忙道，"我能带着他去中央医院吗？"

荒木沉吟一时，道："让他在南京等我们。"

"好。拿到资料之后，咱们有什么打算吗？"

"我的初步计划是，在诱捕魏青时铲除他们。"

话说到这里，特高课已经到了。英杨想，诱捕现场杀浅间夫妇是硬碰硬了，荒木可能做好了牺牲的打算。

"静子在办公室等你。"荒木看着英杨说，"不到最后关头，不要放弃。”

英杨点了点头，开门下车。

静子穿着竖领设计的黑色丝绸衬衫，看着英杨敲门进来，她眼神犀利，像要剖人心肝。

“干吗这样看着我？”英杨在她对面坐下，微笑问。

“我很好奇，那天金小姐看见你吻我，回去是什么反应。”

“金灵很清楚自己的身份，”英杨说，“她首先是我的下线，其次才是我的未婚妻。”

“那就好。”静子说，“我们说正事吧，琅琊山之行并不愉快，你没有见到钟教授的学生，现在该怎么办？”

“你们大规模的搜山一定吓到他了，我可以让山货行去他家看看，也许他躲回家了。”

“天亮你就联系山货行，让他们明天中午前回话。”静子不由分说道，“如果此人失踪了，我们就要另想办法诱捕魏青！”

英杨再无话，于是告别出门。等他的脚步声彻底消失了，静子下意识抚弄颈间，想起在苏俄的牢狱生活，种种情绪纠缠交织，她分不清楚对英杨是爱是恨。

静子拉开抽屉，拿出与家人的合照仔细端详。战争改变了许多人，人世间无一不可出卖，包括爱情与亲情。

静子想，她的爱情已经毁了，能够挽留的只有亲情。让英杨的生命停留在 1939 年是极好的选择，是思念是痛恨都做个了断吧。

她关上抽屉，摇电话叫来荒木，问：“去南京的事安排好了吗？”

“专家的证件和介绍信都准备好了，启程前一天我会给南京方面挂电话，联系到达事宜。”

“很好，”静子点头，“介绍信的编号怎样处理的？”

“用的是驻屯军司令部的编号，表面和我们没有关系，想查是能查出来的。”荒木低低说道。静子满意地笑了：“这事跟他汇报了吗？”

“我同课长讲了，他让我做严密点，拿到资料就走，让他们无从查起。”

静子听到这里，唇角掠起冷笑：“魏青对浅间也很重要吧，明知是冒险，他居然能同意！”

“课长说，中国人有句话叫富贵险中求。”

“他在中国待得太久，快成中国人了。”静子嘲讽道，“既是这样，我们就按计划进行吧。”

“明白，”荒木说，“请夫人放心！”

“那么，还有一件小事，我需要见血封喉的毒液，你可以弄到吗？”

荒木犹豫了一下，道：“可以。”

“很好，两天之内我想看到毒液，请多费心！”静子说罢，浮出轻快的笑容。

英杨回到家已经凌晨了。微蓝等在客厅里，她关了花里胡哨的水晶灯，只留着盏橙色壁灯。她在灯下蜷在沙发里打盹，像只猫儿。

英杨蹑脚走到她身边，伏在沙发边看她睡觉，微蓝却睁开了眼睛：“你回来了？”

“没有睡着吗？我抱你上楼去睡。”

“你娘回来了，”微蓝轻声说，“会吵醒她吗？”

英杨不回答，打横抱起她上楼，把她放在卧室的床上。英杨说了见静子的经过，末了道：“我想带默枫去南京，只有他知道资料在哪里，但是让他接触你爹太危险了。”

“那只能通过骆正风了，”微蓝沉吟道，“目前来讲，他是最合适的人选。”

英杨正有此意，于是和微蓝商量了与骆正风摊牌的细节。讲到荒木时，英杨实在按捺不住好奇：“荒木明明是日本人，为什么在中国入党？还有他是仙子成员，为什么称呼你 07？”

“他是战俘，被俘时要自杀被救了下来，但究竟拦得慢了，荒木伤得很重。看顾他的小战士叫双柱，只有十四岁。他见荒木疼得可怜，就摸进城里去偷止痛片，结果……”

微蓝停在这里，等了等说：“止痛片递到荒木手里时，药片染着双柱的血，荒木忽然崩溃了。”

微蓝不再说了，英杨也没有追问。他可以想见当时的场景，也能够感同身受。

沉默良久，微蓝说：“我们都以为荒木活不了了，谁知他挺过来了。他伤好后在根据地入了党，在组织安排下联络上原部队。他坚称没有被俘，是在日侨家里养伤。但他伤了神经不能久战，被调到运输部队，后来又到特高课。”

“他到上海后才加入仙子吗？”

“是的。我认为荒木的位置很重要，应该被吸纳进仙子，提议受到成员们的一致赞同。所以，荒木虽然是仙子成员，却习惯称我 07。”

“原来是这样，没想到，居然有日本人是我们的同志。”

“反对战争、向往和平是全人类的目标。我们反对的是日本军国主义，并不是普通的日本民众。”

英杨看着微蓝一本正经的小脸，搂住她的腰笑道：“魏书记又开始上课了。”微蓝在他怀里扭了扭，笑道：“你娘明天就要走了，你还腻在这里？”

英杨微叹一声，起身道：“说真心话，我娘比静子难对付。”微蓝笑而不答，挥手叫他快去。

英杨打满一肚子腹稿，走到韩慕雪房门前，轻声唤道：“姆妈，你睡了吗？”

没等几秒钟，房门哗地打开，韩慕雪穿着睡袍，托着咖啡杯，问：“有事啊？”

“三更半夜喝咖啡，您能睡着吗？”英杨皱眉抱怨。

“你娘我体质特殊，咖啡照喝觉照睡。”韩慕雪得意地夸耀，转身坐进沙发里。英杨知道这是她做舞女时留下的习惯，晚上不睡觉，白天不起床。

他关上门，诚恳道：“姆妈，我有件事要同你讲。”韩慕雪见他表情凝重，不由放下咖啡杯：“你讲。”

“法国卢瓦尔河南岸有个小镇子，叫朗热。那里很漂亮，有大片的薰衣草花田。我于是在镇上买了处房子，前不久收到当地民政来信，要我去办理房契转换。我想这事托别人不放心，要请您跑一趟。”

“法国的小镇子？你为什么要在法国买房子？”

“国内不够乱吗？就算日本人走了，重庆和延安必有一战！英柏洲这种政客，混好了风光无限，混惨了株连九族。我怕受他牵累，想有个地方带您出去躲躲。”

韩慕雪默然良久道：“你说的有道理。只是法国太远了，我不想去。中国人讲落叶归根，我死也不离开上海的。”

“这我知道的，所以那房子只是备用。您这次去是办房契手续，弄好了再回来，我让张七陪您去。”

“真的能回来吗？”韩慕雪警惕道，“你是不是做了什么出格的事，把我送出去避风头？”

英杨总之躲不掉，索性问：“我能做什么出格事？”

韩慕雪欲言又止，起身拉开门看看走廊无人，又锁好门回来，贴着英杨坐下，低低道：“你同娘讲实话，进特筹委做汉奸，是你愿意的，还是你装的？”

“什么愿意的装的，您在说什么呀？”

英杨装傻，韩慕雪却问：“你是重庆的，还是延安的？”英杨不料韩慕雪对自己的猜测已进入实质阶段，不由脱口问："你想我是哪一边？"

韩慕雪盯视英杨良久，道："那当然是重庆好。"

"为什么？"英杨更加好奇。韩慕雪却不肯说，皱眉道："现在是你问我，还是我问你？你不说实话，我不去法国的！"

明天是送走韩慕雪的唯一机会，如果她不配合节外生枝，很有可能拖累卫家。英杨决定说实话："娘，你猜得不错，我的确是假装做汉奸。"

韩慕雪啪地一拍手："我就说吧！你巴结英华杰都不肯，怎么可能去巴结日本人？英华杰是不拿你当亲儿子，但是你有没有一天当他是你亲爹？你这孩子骨头硬得很，哪能去做汉奸啦！"

英杨暗自惭愧，他的确从不接近英华杰，也难怪人家对他不交心。他微咳一声，转回正题，道："姆妈，我有暗身份，你留在上海太危险，所以我想让你去法国。"

韩慕雪绷着脸不说话，英杨正要再劝，韩慕雪却道："刚才话没说完，你是重庆的还是延安的？"英杨无奈，只得轻声说："延安。"韩慕雪啊了一声，满脸失望，瞅着英杨半晌叹道："命运捉弄，那也是没办法。"

"姆妈，你在说什么呀。"英杨抱怨，"重庆哪里好了啊？不是他们全中国也不会沦陷至此！"

"我听不懂这些事的。"韩慕雪扯开话题道，"你要我什么时候走？"

"明天。"

"这么急？"韩慕雪大惊，"你是不是遇到什么事了？是了！是陈末的事吧！他肯定不是打牌欠钱对不对！"

"你猜到了一半，"英杨编话道，"陈末是电讯处长，我本想用银钱逼迫他，拖他下水同我们合作，谁知这人沉不住气，竟做出上门刺杀的蠢事！现在惊动了日本人，总要调查两日，为防万一，你要赶紧走，而且要秘密地走！”

“那么什么时候走？怎么走？”

英杨把微蓝的安排说了，末了道：“姆妈，你要找张照片给我。”韩慕雪盘算良久，皱眉问：“你是不是很危险，为什么我出上海要这样麻烦，而且这样着急？”

“你留下来我更危险！日本人拿你当人质,我逃跑都要被掣肘的！”

韩慕雪毕竟精明，立即明白英杨所说。她默坐几秒，起身进里屋拿照片。不多久，韩慕雪捏着个小信封回来，又交给英杨一把钥匙：“这是我床头保险柜的钥匙，里面有只镯子，不是英华杰给我的，是我娘临死前留给我的。你把它交给金小姐，算做我的心意，听明白没有？”

“好的，我代她多谢您。”英杨接过钥匙。

韩慕雪却就势握住英杨的手，说：“你会接我回来吧？”

英杨心底发酸，不知这是不是与韩慕雪的最后见面，在他的记忆里，进英家之前，韩慕雪抚养他可称含辛茹苦，这里面许多事不堪回首。

“会的！”他目光灼灼说，“我一定会接您回来的！”

“好，好。”韩慕雪喃喃道，“你记得把镯子交给金小姐，不要拖时间，越早给她越好，听见没有？”

从韩慕雪房间出来，英杨如释重负，他最挂心的事情解决了大半。他回卧室把照片给微蓝，又捏着保险柜钥匙笑道：“我娘给你留了个镯子，说是她家里祖传的，不是英华杰送的呢。”

微蓝目光闪动：“她怎么不把镯子给你，要留把钥匙？”英杨心想这保险柜里也许另有东西，韩慕雪不想当面交给英杨。

他按下不提，又同微蓝推敲接下来的行动。这最后的夜格外珍贵，两人叽叽哝哝的只是不舍得睡，微蓝道：“仙子采用成员与组长单线联络，组长突然消失影响很大。为吸取教训，经仙子成员同意，我们增设了接任组长，一旦接任暗语登报，接任组长将自动成为组长。”

她肯敞开来说仙子，说明情势凶险，微蓝已经不顾纪律，把能说的都说出来了。

“接任暗语和逃生通道大致相同，在《申报》登一则广告：‘钱先生求租吉屋，两小间即可，地址是司脱白路 89 号。’”

“司脱白路有什么银行？”

“中亚银行。这条消息登报后，接任组长知道我出事了，会去中亚银行取最后一次情报。如果保险箱什么都没有，他也会按约定在申报上登一条接任告示，通知小组成员组长换人了。”

这意思是，微蓝牺牲前有最后的示警机会。英杨有不祥的预感，强笑道：“为什么要告诉我？我又不是仙子成员。”

“陈末知道这个暗号，那天紧急离沪，我在车站托小飞儿转告他的。但我想，这也该让你知道，万一我突然消失了，陈末又被看押，总要有人主持仙子。”

“你为什么会突然消失？你不会的！”

“我们要做好这样的准备。”微蓝轻描淡写地说。

他们都有可能会突然消失，老火是这样，微蓝是这样，英杨也是这样。英杨忽然领会到“突然”的可怕，旷日持久的努力在它面前不值一提。

“我能知道接任组长是谁吗？”英杨转开话题说。

“你不能，因为你不是仙子成员。”

英杨轻叹道：“那么，我能加入仙子吗？”

“我可以介绍你加入仙子，但必须仙子成员全部同意。等这事结束了再商量吧。”

“但愿我有这样的荣幸。”英杨由衷说道，这个神秘又强大的仙子小组太让人向往了。

虽然凌晨才睡，英杨不到七点就起身了。浅间可能会在九点半到十点召见他，在此之前，英杨必须见到骆正风。

快到八点时，骆正风叼着烟晃晃悠悠地来了。最近特筹委接连出事，先是陈末刺杀英杨，接着罗鸭头又被看押，骆正风应该嗅出些味道，他看见英杨皮笑肉不笑，问："小少爷的伤养好了？"

英杨动动手臂道："本来就是皮肉伤，不碍事的。"骆正风掏钥匙开门，说："那么你来，我正有事要问你。"

进了办公室，骆正风似笑非笑问："罗鸭头跟你出了趟公差，怎么就被看押了？他老婆来哭过几次，弄得我很难办啊。"

英杨实话实说："我们在琅琊山被山匪绑去了，罗鸭头也不知中了什么邪，非说在匪窝里见到金灵，弄得浅间课长当晚跑到我家去，亲眼见着金灵才算作罢。他攀诬我也就罢了，可是荒木太君很恼火。"

"荒木也没看见金灵？"

"那当然，山上就没有金灵啊。"

骆正风皱眉想了半天，道："罗鸭头不像编谎话的人。他当年在码头干苦力，被我提拔成线人才有今天，平日里油浸枇杷核似的八面玲珑，怎么犯这个浑？"

"那我就不知道了。他一口咬定山上见过金灵，弄得我莫名其妙。若非金灵就在上海，这事还真说不清。"他说着凑近骆正风，问，"有烟吗？"

骆正风没防备，把烟盒丢给英杨。英杨抽一支出来叼上，却又问："有火吗？"

"果然是小少爷啊，不带烟不带火。"骆正风咕哝着，摸出打火机递给英杨。英杨却不接，望着骆正风笑道："不是这个，是百乐门的火柴。"

骆正风的身子瞬间僵住了，但他究竟是老特工了，迅速恢复正常问："你究竟是什么人？"

"杨波队长让我带句话，"英杨说，"骆处长为祖国和民族做过的事，我们不会忘记。"

骆正风不得不承认，说这句话时的英杨与之前判若两人，风度翩然的小少爷，眨眼间成了正色凛然的共产主义者，让他不由低喃道："你他妈装得真像啊！"

英杨默然不语，骆正风又问："所以陈末和罗鸭头都是你的手笔了？罗鸭头是我出生入死的兄弟，你敢把他弄进大牢里，我……"

"你怎样？"英杨冷冷打断，"我不是你兄弟吗？"骆正风咬牙不语，英杨又道："私通八路是重罪，除非你躲到延安去。劝你诚恳点帮我做件事，要钱要命都可以商量！"

"别人说出这个话，我马上乖觉答应！但你说出这话，能合作我都不考虑，知道为什么吗？"骆正风切齿道，"我真拿你当兄弟，你居然骗我！"

他说罢瞪英杨一眼，转身坐回椅子里，抽了本文件打开说："小少爷没什么事就请吧，我还有公务处理。"

英杨想了想，说："你不帮我也行，过几天记得替我收个尸，也算咱们兄弟一场。"他丢下这话转身就走，刚到门口，便听骆正风气急败坏说："有话就说！有屁快放！"

英杨悠然转身，放下一只火漆信封道："事情简单，只是紧急。请骆处长现在去趟展翠堂，把这个交给瑰姐立等回话。"

"展翠堂也是你们的……"骆正风瞪圆眼睛，随即松了劲，爱谁谁地把文件夹摔在桌上，盖住了信封。

英杨回到办公室，听着骆正风咣地带上办公室门，脚步悻悻地出去了。

英杨松口气，开始盘算接下来的行动。十爷接到信后，会按英杨的要求，把默枫送到南京中央医院门口。另外，十爷会办好船票，把韩慕雪送到码头，张七已经带着行李等在码头。韩慕雪走了，英杨再无牵挂，可以专心致志地缠斗浅间夫妇。

他的思绪被急促的电话铃打断了。是静子的电话，她沙着嗓子问："滁县有消息了吗？"

"有消息，"英杨立即道，"章医生早就回家了，经过家人劝说，他交出了藏图，山货行已经把图送来了。"

"太好了。"静子道，"但是安全起见，这种事不该他们送，应该我们去拿。"

"是的，我很抱歉。但山货行并不懂咱们做事的规矩，他们以为应该送过来。"

静子沉默了一会儿，道："他们送来也好。我现在去给浅间汇报，他很快就要召见你，你做好准备。"

英杨答应着挂了电话。所有的事都上了正轨，就等着最后的较量。现在最好能见到陈末，以便商量拿到资料后的行动。但是亚新饭店有重兵把守，英杨又被静子派人紧盯，不要说见到陈末，表露意向都会被怀疑。

却在这时，骆正风回来了。他倚着英杨办公室的门，潇洒打个响指："来！"英杨无法，只得跟着他进了办公室。骆正风进门先喝水，一气凉茶灌下去，说："十爷让我转告你，姓章的不在家，跟老六出去干活没回来。"

英杨一呆，傻了眼问："什么？"

骆正风瞟他一眼："这就是原话！什么什么的别问我，我哪知道你们在干什么！"

眼看要去南京，默枫却失踪了，英杨差点急疯。然而时间不等人，快到中午时，浅间派荒木来请，说要面见英杨。

计划永远赶不上变化，英杨只得应付眼前。浅间依旧在会客室翻弄档案，他看着很憔悴，脸色发青胡楂凌乱，和落红公馆的风雅模样相去甚远。

“浅间课长，早上好。”英杨鞠躬问好。浅间起身让座，又让荒木去斟茶。茶水送上来，浮皮潦草的淡绿茶汤，盛在灰陶杯里。

“这茶汤让我思念惠小姐，”浅间喃喃道，“她总是能找到好东西。”

“落红公馆不只茶好，宵夜也好，”英杨搭讪着说，“蟹壳烧饼和鸡丝面都很正宗。”

“是啊，好久没去了。快点捉到魏青吧！我等不及要休假了！”他说罢睁着通红的眼睛，望向英杨说，“听说你得到藏图了？”

“是的。章医生的图已经送到了。”

英杨拿出默枫画的图送上，浅间接过看了看，道：“很好，我让荒木陪你去南京。他有介绍信和证件，但是毕竟打扰了，所以拿了资料就回来，不要太过惊动，明白吗？”

英杨点头答允，桌上的电话响了。浅间接起听罢，愉快说：“让她进来吧。”他挂上电话走到窗前，冲英杨招手：“小少爷，你来。”

英杨走过去，看见一辆黑色轿车驶进特高课的院子，停在小楼的台阶前。车门开处，钻出身姿娇美的年轻小姐，她穿着啡色条子旗袍，仰面望了望特高课的楼。

是微蓝。

英杨脑袋里嗡地飞过一窝野蜂，霎时口干舌燥。浅间打量英杨了无情绪的面孔，说：“小少爷，金小姐来了。”

“浅间课长，您叫她来做什么呢？”

“因为静子孤独无伴，想请金小姐来坐坐，与公事无关。你去南京公干，金小姐左右无事，陪静子散心也好。”

这是要把微蓝押作人质，怕英杨在南京不老实。事到如今，英杨也没什么可说的，只是担心没有微蓝照应，韩慕雪那边能不能顺利。

浅间并没有让英杨与微蓝见面。从会客室出来，荒木直接带英杨下楼上车。因为行程绝密，荒木只带了两个特务，开了两台车直奔南京。

出了上海没多久，英杨说要方便。荒木晓得他有话要讲，于是吩咐司机靠边停车。特务要押解英杨，荒木却道："我带他去吧，你们在这里看着，不许有陌生人靠近。"

特务答允，自在路边放哨，荒木押着英杨走进半人高的野草里，回头看看没人跟来，便说："有事吗？"

"浅间质押了07，"英杨飞快说，"等我们拿到资料，他有可能用07做要挟，要我们立即交出魏青。"

"你打算怎么办？"

"07同我讲，仙子有候补组长，是你们共同选出来的，有这事吗？"

荒木静了静，说："有。"

"07被浅间控制，陈末又被关押在亚新饭店，必要时只怕要起用候补组长。"

"可是接任指令只有07知道。"

"在《申报》登一则广告，写'钱先生求租吉屋，两小间即可，有意者联络司脱白路89号'。接任组长看见这条指令，会自动接任。"

荒木用心记下，却道："那么07怎么办？"

"从南京回来之后，我们没有退路了。"英杨没有直接回答，"如果07保不住，你就启动接任指令，让仙子小组未暴露成员继续潜伏！"

荒木没有回答。盛暑骄阳烘烤着大地，让人郁躁难耐。

南京沦陷后，英杨再没有来过。汽车驶进光华门，他莫名感到压抑，这城市上空仿佛飘散着挥之不去的血腥气。

进光华门不多久就到中央医院。这所医院创建于1929年，主楼呈井字形，南京沦陷时损毁严重。英杨和荒木此行的目标不是这座主楼，是隐身其后的研究楼。

为了掩人耳目，荒木让随行特务和司机等在励志社原址，自己开车带着英杨去医院。赶到南京已经午后了，医院门口有卖盖浇饭的小摊子，荒木和英杨计划在这里吃过午饭，再掏出假冒证件混进去。

卖盖浇饭的是对父子。老爹穿件围裙守着炭炉子炒菜，儿子是个瘸子，戴顶鸭舌帽遮了半张脸，正拐着腿擦桌子送饭菜。

英杨走到炉子跟前说："老人家！来两份饭！"老爹颠炉子问："皮肚要吧？"英杨听这声音耳熟，定睛一瞧不由大吃一惊，正在颠锅秀手艺的不是别人，正是六爷！

"六……"英杨脱口而出，又生生咽回去，道，"要的，皮肚、香肠、辣椒都要的！多放啊！我加钱！"

六爷早认出英杨，只碍着穿日军制服的荒木不敢吭声，这会儿便说："行，去坐着等吧。"

英杨答应一声，转身同收碗碟的瘸腿儿子撞个满怀，把一摞碗稀里哗啦撞在地上。英杨忙说对不起要去收拾，那瘸子也蹲下，低低说："你怎么在这里？"

英杨猛一扬脸，先看见高云的眼睛。他的卷发被压在帽子底下，眼神没了头发助力，气势有所减弱，仍然戾气十足。

"你怎么在这儿！"英杨脱口问出同样的问题。高云竖手指嘘一声道："那个白头发说要到中央医院拿资料，六爷被他磨得没办法，只好带他来！"

英杨一听白头发，知道默枫在这儿，不由喜道："我也是来拿资料的！白头发人呢？他得告诉我资料在哪儿！"

"我们混不进去医院，六爷买下这个摊子，只说见机行事。白头发在四处转悠呢，谁知他跑去哪里？"

"没有他我找不到资料，我必须见到他！"英杨急道。高云收拾好碗轻声说："这里太招耳目，你跟着我来，找地方商量一下。"

高云叮嘱英杨跟他走，他沿中山大道直往东去。这一路街景凄凉，道路两侧犹如废墟，路过明故宫遗址，眼见残存的几根石柱也被砸碎了搬走。

前面高云右转条长巷子，走几步又进了处人家，英杨看看前后无人跟了进去。

这民宅进门是小院子，种了架葡萄，此时正满架绿荫。架下搁着石头桌椅，背门坐着个人，佝着身子在吃面。

高云进门先喂一声："你瞧瞧谁来了？"那人听了扭头，与英杨撞个照面。英杨吃一惊，他分明是默枫，却把白头发剪短了染黑，顿时年轻了十多岁，显得精神焕发。

"英少爷来了？"默枫也吃惊，提筷子站起来道，"上海出什么事了？你怎会来南京？"

英杨不肯说上海详情，只道："你说中央医院的资料重要，要我设法来拿，不料你竟先跑来！这样私自跑出来，出岔子谁负责？"

默枫讪然道："不是我私自跑来的。兰小姐请六爷救高先生，六爷把我和劳工营的同志都带上了，说是顺路送出上海，以免夜长梦多！"

"兰小姐要六爷把人送回根据地，可没说要来南京！"

高云抢话道："这事不赖他，赖我！本来要回根据地的，我听他总惦记南京，就问了为什么。这一听，你说说，我能不管？鬼子要在南通放毒，转眼就能祸害到根据地！"

英杨知道高云属"炮"的，怼起来只能坏事。他于是按下不提，只说："我伪造了日本专家的证件，吃了午饭就要进医院。你跟着我，但不许多话，万事要听安排！"

默枫大喜："英少爷放心！我是做过这行的，多少懂些门道。"听他忆往昔，英杨先想到微蓝身上的伤，没好气道："我只帮你一次，今天拿不到我再不管了！"

他说完要走，高云却扯住了说："你先别走！若是打起来怎样收场？"

“不会打起来，我们有证件！”

“这种事可说不准，”高云不服，“依我看咱们得做好撤退的准备！枪响了第一时间混出南京城！”

“这里离中山门极近，枪响了直奔中山门，保证岗哨还没反应过来，咱们已经出去了！”默枫道。

“你们来了多少人？有车吗？”英杨问。

“加上六爷也就四五个人，但我们没车。”

没车就抢不到时间差，跑到中山门就来不及了。英杨沉吟一时，暗想六爷其实无虞，可以避过风头再回上海，重点是高云和默枫要带出去。这样一来，他和荒木的车带两个人走足够了。

“如果出了意外，高队长就等在明故宫门口，我们车过来捎上你就走。”

“那六爷呢？”

“请他在南京暂避风头，”英杨说，“只能这样了。”

高云知道应急方案只能应急，要周全也不现实，他于是说：“好！你们去拿资料，我等在明故宫！”

回到中央医院门口，英杨向荒木介绍默枫，说是自家亲戚，提筷子道：“我饿坏了！吃了饭咱们就进去吧！”

荒木知道这是钟教授的学生，只点头不说话，三人匆匆吃了饭会账。六爷见默枫跟着英杨，虽吃惊却不表露。荒木发动汽车，驶到门岗处递上介绍信和证件，道：“我们来公干！请尽快汇报！”

第十三章　曲终

哨兵接过文书证件，钻回门岗去打电话。没几分钟，他又小跑着出来，冲荒木啪地敬个礼，招呼人开门放行。

院子里十步一岗，气氛森严，七月艳阳进了这院子也白惨惨地瘆人。荒木受宪兵指引把车开到后院，停在一幢破旧的灰色小楼前。

“是这里，”默枫小声说，“化成灰我都认得！”

三人下了车向小楼走去，站岗的宪兵枪刺出套，映在太阳底下明晃晃的。荒木表明来意，哨兵打电话请示罢了，把证件递还荒木和英杨，说：“稍等。”

大约两三分钟，小楼里奔出一个人，鞠躬道：“各位先生好，我姓田中，是这里的主任技师。我们接到通知，但不知各位来得这样快，怠慢之处请见谅。”

荒木“唔”一声，冰着脸说：“田中君，闲话少说，我们早点进入正题吧。”

田中又鞠个深躬，道：“您说得是，我们上去吧。”

三人跟着田中进了小楼，到二楼时默枫扯扯英杨衣摆，低低道：“这家伙认识我，咱们找借口去洗手间！”

英杨点头不语。等到了三楼，田中请荒木等人进会客室，英杨便说要去厕所，田中热情指点他向东走到底左拐。

英杨领着默枫往东走，沿途的办公室都关着门，水磨石地面刚刚清扫过，飘散着浓郁的消毒水味。他们走到厕所门口，默枫却猛然抓紧英杨手腕，拖着他拐进楼梯间。

“这楼的四层是加建的，楼梯只到三层。”默枫低低说，“我从这里上去，你来望风。”

英杨见楼梯到了头，不由奇道：“你从哪里上去？”默枫打开墙壁上一道正方形的铁门，露出黑漆漆的洞口，说：“这里。”

“这是什么地方？”英杨紧张问。

“运尸体的通道。”默枫一面说，一面脱下鞋子反穿在手上，道，“四楼厕所隔壁是换衣间，我混进去扮成护工去拿资料。你等在这里，我滑下来时千万要拦住我，否则就滑进地下室了！”

英杨点头答应，看着默枫钻进通道手脚并用爬上去。英杨虚掩铁门，捏支香烟站着。

他不敢点燃，怕烟味引来敌人，又要把香烟作个道具，万一来人查问，就说想躲在后楼梯抽根烟。时间慢得像加了黏稠剂，根本不肯向前，没站几分钟就听见脚步声响，简直要踏在英杨心脏上。好在脚步声到厕所门口便拐了进去，并不往楼道来。

英杨提口气站在那里，也不知过了多久，忽听着铁门里有动静。他慌忙拉开门，只听见嗡嗡的敲击之声，英杨蜷食指叩击回应，这通道壁上不知糊的什么，黏糊糊的散着奇臭。英杨竖根手指无处揩抹，正着急便听着上面轰轰作响，有人滑下来了。

英杨不及多想，把手伸进通道去拦，摸着个软乎乎的身子便用力兜住，低声道：“我抓住你了！快些出来！”

他这里拼力用劲，那身子却不知配合，弄得英杨满头大汗，暗骂默枫笨蛋。好容易把人拽出半截来，英杨却吓一跳，掏出来的不是默枫，是个七八岁大的男孩，穿着条纹病号服，瘦得脱了形，两只眼睛又黑又亮，一眨也不眨地盯着英杨。

英杨正在诧异，那上面轰轰声响，又有人下来了。英杨急忙丢开男孩，伸手进去薅住个人，再拽出来却是默枫了。默枫自己攀出通道，喘气道："得手了，快走！"

英杨指男孩说："这是怎么回事？"

"小八才七岁！"默枫瞪眼道，"你忍心看他去死吗？"默枫在福泉山就为了救栓儿涉险，这习惯竟改不掉。英杨急道："那上头许多人你都能救吗？带着个孩子怎么出去？"

默枫将小八直搂进怀里，说："你们口口声声为了百姓，连个孩子都不肯救，说什么主义都是骗人的！"

英杨被他噎得答不上来。正惶急间，却听荒木在楼道里唤道："喂！你们没事吧？太长时间了！"

英杨伸食指比个嘘，一手摸枪一手推默枫带小八躲在楼梯上，自己探头去看，却见荒木站在厕所门口扬声叫唤，田中沉着脸站在他身后。

英杨想，可能他们进厕所时间太长了，又或者荒木言谈间露了马脚，否则田中不会变成臭脸。他热血上头，暗想一不做二不休，不如闯出去算了！英杨打定主意，掏出消声器装上，闪身出去"扑"地一枪，正中田中眉心。眼看田中倒了，荒木急奔过来问："得手了吗？"

"得手了！咱们要闯出去！"英杨说。荒木扫一眼小八，也不多话，反手拔出枪来，当先就往下跑。三人领着个孩子沿后楼梯狂奔，午后人少，连奔两层都没遇到人，直跑到一楼，却见楼道里人影一晃，进来个宪兵。宪兵背着枪，一手拉裤链，一手摸火机点烟，是刚换岗过来如厕抽烟。他毫无准备地同荒木打了个照面，正在愣神呢，荒木的枪已经响了，直接毙了宪兵。

荒木没用消声器，枪声很快惊动了整幢楼，脚步声、呼唤声四散而起。他们此时在一楼，除了冲到大门别无出路。英杨咬咬牙，摘下宪兵的枪丢给默枫，说："跟他们拼了！"

事到如今只能硬闯，荒木举起枪"当当当当"在前开路，英杨跟在后面补枪，护着默枫和小八往外冲。

好在走廊不长，事发突然宪兵火力没组织起来，荒木和英杨撂倒几个宪兵闯到门口，站岗的正在拨电话，被英杨一枪射穿后脑。

四个人出门上了汽车，只见前面呼啦啦地跑来大片的人，边跑边放枪，是增援过来了。英杨手心里全是汗，情知闯出去几乎没可能。

荒木杀红了眼，轰一脚油门就要冲，却被默枫一把揪住吼道："掉头！掉头！"掉头就是墙。这辆福特轿车性能普通，并不能当作坦克用。荒木不解其意，英杨却道："听他的！他熟悉这里！"荒木闻言拨方向盘往后冲，眼见要撞到墙了，默枫急喊："往左拐！"

伴随着尖利的刹车声，福特汽车尾巴甩得要飘上天去，倾斜着左拐擦进研究楼与围墙间的小道。这小道十分隐蔽，不走到墙边不知道这里有条道，冲过小道是一排灰砖平房，右侧是木栅门。

"这是太平间通外面的门，"默枫说，"冲出去！"荒木再不犹豫，向右急打方向盘，撞破木门直冲出去。

"直走左拐就是励志社，"默枫大叫，"过了励志社你认得去中山门的路吧！"荒木没什么不认得，过了励志社沿中山大道一路飙到底就是中山门。他拐上中山大道，刚到明故宫就看见高云等在路边。英杨一面大叫停车，一面让默枫打开后座门。高云早听到枪声，见车来了右掌在车顶上一按，人就蹿进后座，分毫没叫汽车减速。就这电光石火的几分钟，中央医院方向传来尖厉的警笛声。

"快走！快走！"高云紧攀着驾驶座椅背道，"现在冲出去还来得及。"荒木把油门踩到底，庆幸支援研究楼的宪兵没带车，否则追来就完蛋了。汽车眨眼到了中山门，荒木掏出特高课特别通行证，用日语道："紧急公干，请放行！"

他的证件千真万确，日语又地道，哨兵以为前方混乱与荒木无关，便挥手放车出去。汽车出了中山门，往上海方向狂奔，车上众人才松了口气。

"现在怎么办？"英杨擦着汗说，"你从特高课带来的人还等在励志社呢。"

“中央医院闹起来，他们自然会避风头出城。我现在担心浅间，伪造证件私闯实验室是重罪。军部若查到浅间头上，只怕他要受严惩。”

“那不正好嘛！”高云潇洒着一甩卷毛，“叫他们狗咬狗去，省得咱们动手了。”

“狗被狗咬死之前，说不定狂性大发，要先咬死几个人呢！”荒木没好气地说。英杨怕高云纠缠，忙问荒木：“军部能查到你们吗？”

“给他们的介绍信是驻屯军司领部的编号，据说是花钱买通办事的人，撕了一面空白下来。他们若想查，自然是能查到的！”

只是偷用空白介绍信这一条，都吃不了兜着走，更何况冒认专家私闯实验重地！这事不闹出来也就罢了，响了枪捂不住，军部肯定要严查，查到了特高课，浅间说不准会狗急跳墙。

英杨担心道：“无论如何，要先把 07 救出来。”

一听要救 07，高云先炸了：“等等！把谁救出来？”英杨默声不吭，高云急得一把薅住他吼道：“我问你话呢！先把谁救出来！”英杨只得说：“我们来上海前，浅间质押了魏青！”

“我说呢，凭你能弄到假证件大摇大摆进中央医院！能带着台车还弄个日本人当司机！原来是把她给抵出去了！姓英的，你为了立功可真够拼的啊！上海情报科要给你报一等功了吧！”

他不提立功便罢，说了这话激得英杨心头火起。英杨甩开高云的手，怒道：“不是为了救你，也不能弄成这样！死多少人还不知道呢，立什么功！”

默枫忙扯住高云劝道：“高队，英少爷并非贪图功名之人！”

“他不贪图功名做什么参加革命？”高云瞪圆眼睛吼道，“小少爷不愁吃喝，日子过得好得很，掺和我们做什么？”

他话音刚落，荒木吱地一脚急刹停车，差些把高云从后座甩到前座。高云怒气更炽，却听荒木冷淡道：“你再闹就下车！”

高云啐一口道："什么时候轮到鬼子说话了！"

"你闹够没有？要救魏青就老实点！"英杨斥道，"你嗓门大喊得响就能救她了？"高云瞋目不语，默枫忙解围道："高队，英少爷说得对，现在最重要是把她救出来啊！"在默枫的猛劝下，高云终于略收脾气，问："魏青为什么会被质押？"

"浅间怕我们带着资料跑了，因此用她当人质。但浅间不知道她是魏青，他以为她是我的未婚妻金灵。"

听到"未婚妻"，高云刚败下去的火气又升起来，厉声道："浅间要细菌战的资料干什么？"英杨心想，若讲出陈末用魏青作饵为英杨争取时间，只怕高云要闹翻了天。

面对自己人也不能说实话，英杨揉揉胀痛的太阳穴，暗想敌后潜伏同前线游击真是两条线，但愿永不合作。荒木却冷淡道："你别管他要干什么，现在只有给资料才能救魏青。你们要牺牲魏书记保住资料吗？"他这话打中要害，默枫和高云都不吭声。英杨于是向默枫说："把资料给我吧。"

默枫掏出怀里的油纸包递给英杨。英杨打开看了，里面包着四五个笔记本，密密麻麻写着化学分子式和各类表格，此外还有三只微缩胶卷。

"这里面是什么？"英杨拈起小胶卷问。

"一些试验场景和资料原件。"

"不是说有照片吗？"

默枫接过笔记本，拆开羊皮封套掉出一叠照片，上面记录着试验场景，像默声时代的黑白电影，没有声光电也触目惊心。

英杨不吭声，将东西收好。他们奔驰在封锁命令下达之前，路上起先还算顺利，越走查得越严，看来中央医院的电话通报到了。

然而荒木是特高课的人，车是特高课的车，路上不怕被查。唯一的破绽是小八，这孩子脱了病号服换上默枫的褂子，缩在衣服里不敢出声。每到岗哨所有人都捏把汗，好在荒木能忽悠得过关。

英杨想要埋怨默枫，又不大忍心。小八只有七岁，眼睁睁看着他去做活体实验，太过残忍了。

直熬到天黑透了，总算到了上海。荒木在僻静处放下高云、默枫和小八，英杨让他们去卫家先安置，自己跟着荒木回特高课。

特高课的气氛不对，车刚进院子就被拦下来，荒木摇下车窗说：“我去上海公干，是浅间课长特批的。”

拦车的是刚进特高课的上杉，他客气道：“荒木君，浅间课长请您立即去办公室。”

荒木于是带着英杨去浅间办公室，敲门后等了好久，骆正风开门出来。他眼睛有点红，目不斜视地擦过英杨走了。

英杨不知何事，只能跟着荒木踏进办公室。

“你们回来了？”浅间脸色不好，“事情顺利吗？”

“资料拿到了，但是惊动了医院。”荒木回答。

“你也知道惊动了医院？”浅间厉声道，“让你跟去就是怕惊动医院！现在通报下达，军部勒令严查严惩！”

“对不起课长！我办事不力，请求接受处罚！”

浅间不再理会，转而问英杨：“小少爷，大闹南京不会是你的蓄谋吧？”

“浅间课长，这事没有任何好处，我为什么要蓄谋？再说您应该往好处想，事情闹出来，魏青能确信我们拿到了资料，就更容易上钩了。”

浅间盯着英杨，良久道：“小少爷，我可没亏待过你，如果这是你的设计，那太让我失望了。”

“请您相信，这是意外不是蓄谋！”英杨掏出用油纸包裹的资料，“浅间课长，诚意不是说出来的，是做出来的。这是钟教授的笔记，请从速安排诱捕魏青！至于我的清白，在捉到魏青后自有定论。”

“你还敢提捉拿魏青！”

“眼下的局面，只有捉到魏青才有转机。”英杨恳切道，“军部即便查到您，也只有捉住魏青能功过相抵！再说资料在您手上，并没有泄露，又何必担心？”

浅间沉默良久，缓缓起身道：“小少爷，我们去看看金小姐。”

英杨不知他何意，只能跟着走出办公室，走向地牢。这是英杨第一次来到地下二层，刺鼻的来苏水味比一层的血腥气更让人恶心。

他们走到观察室门口，浅间彬彬有礼说：“小少爷，请进。”

隔着观察室墙上的玻璃，英杨看见微蓝躺在冰冷的解剖床上，她手脚被皮带固定住，仍然穿着那件啡色旗袍。解剖床前站着静子，她新烫了头发，夸张的大波浪让她像张牙舞爪的狮子。

“你们这是干什么。”英杨问，“金灵做错什么了？”

“金小姐最错的就是认识了你。”浅间不在意英杨的不悦，微笑说，“小少爷，你该说实话了。”

“浅间课长，我一直在说实话，在同你们合作！是你一而再、再而三地不相信我！”

“嘘——不要生气。”浅间微笑说，“事情到了这个地步，我来说说你的意图。小少爷根本没见过魏青，也不是仙子成员，你和陈末都是上海情报科的！见到静子后，你知道暴露在所难免，因此与陈末联手设计，用魏青作饵利用我们拿到中央医院的资料！”

如果浅间不把陈末打成上海情报科的，英杨几乎以为他掌握了确凿证据。面对浅间八九不离十的猜测，英杨正在飞快思考如何回答，观察室的门被敲响了。

进来的是上杉，他说：“课长，陈末带来了。”

“请他进来。该来的都要来。”浅间满意地说。

几天没见，陈末憔悴了许多。他胡楂凌乱、眼圈青黑，配着蜡黄脸越发病恹恹的。

“陈处长，在亚新饭店休息得好吗？”浅间问。

“承蒙您的照顾，一切都很好。”陈末说。

浅间却摇头：“我看您脸色不好，在忧心什么吗？”

“除了离开上海，我已别无所求。如果有什么忧心，也是怕捉不到魏青罢了。”

“是啊，眼下最要紧的是捉魏青。”浅间掏出油纸包递给陈末，“这是魏青要的资料。现在，陈处长可以联系约见魏青了。”

陈末接过资料仔细翻看，半晌道：“好。请允许我借用电台，约见魏青的警卫队长杨波。”

浅间仔细观察着陈末，说：“魏青这样的大人物竟是你的直接上线，我不敢相信。”

“浅间课长，相信不相信的很快就见分晓了。”

浅间笑了笑：“是啊，很快就见分晓了。等你把资料交给华中局，再让他们公布实验证据，结果军部问责由我承担，这就是陈处长设想的圆满结局吧？”

“那不可能，”陈末断然否认，“我和英杨都在您掌控中，您有什么不放心呢？”

“你们从一开始就没打算跑。”浅间冷笑着，用力敲了敲玻璃，“还有金小姐！”陈末这才看见被绑在解剖床上的微蓝，他忽然觉得滑稽，魏青和试验资料都在浅间手里，而浅间在大发雷霆，责怪英杨和陈末试图欺骗他。

“你们不说实话吗？”浅间说着推开门走进解剖室，他在搪瓷盘里挑选着手术刀，说，“看着金小姐变成一堆肉片也不说实话吗？主义和人性，哪个更重要？”

他举起手术刀，冲英杨说：“小少爷，你说呢？”

英杨不假思索道：“请你不要伤害金灵！我是真心同你们合作的，很快就能捉住魏青，您何必这样呢？”

“我最讨厌被哄骗！”浅间厉声低吼，唰地挥动手术刀，挑断微蓝旗袍领上的盘扣。解剖床上的微蓝仿佛动了动，英杨脑袋里嗡的一响，想到微蓝的伤。

不能让浅间看见那些伤口！然而惶急之间英杨不知所措，就在这时候，陈末忽然说：“在《申报》登告示，写‘钱先生求租吉屋，两小间即可，有意者联络司脱白路 89 号’。”

浅间停下手，问：“什么意思？”

“这是我同魏青的联络方式。我把资料放在司脱白路中亚银行 89 号保险箱里，同样拥有钥匙的魏青看到告示后，会去银行开保险箱，你们可以安排抓捕。”浅间眯起眼睛，他仍然不相信。

“你们现在去报馆，来得及替换明天的告示栏。银行八点开门，运气好的话十一点之前能捉到魏青。浅间课长，这样做您就不必怕我把资料交给华中局了。”

一片寂静之后，浅间盯着陈末道：“这么好的办法，你开始怎么不说？为什么要我们去拿资料！”

“这办法讲出来我就没用了，你可以杀了我再去捉魏青。浅间课长，我只想离开中国，我对那些资料不感兴趣！请你放过我，也放过英杨和金灵，我们知道错了，不会再为什么主义卖命！”

长久的沉默后，浅间说：“只要捉到魏青，我会遵守诺言，让你离开上海。”

他说罢低头，替微蓝拧着碎裂的盘扣，柔声说：“金小姐，你很幸运，你的同志很有人情味，在他们眼里，你比主义重要。”

微蓝的大眼睛蓄着泪光，紧紧盯着浅间。浅间很满意，许多抗日分子临刑前的眼神都是这样，分明恐惧，又要逞着英雄。

天大亮之后，英杨被押到司脱白路中亚银行。

除了个别业务员，银行员工全部由特务顶班。英杨被安排在大厅角落里，左右挤坐着宪兵，时间分秒流逝，客人来了又走，始终没人开启保险柜。

“浅间课长为什么要我来这里？”英杨问，然而得不到回答。仙子小组的接任暗号是由陈末发出的，被押来观摩现场的也应该是陈末才对。

昨晚审讯结束后，陈末、英杨、金灵被分别关押。英杨没有见到荒木，也见不到陈末或金灵，他不理解陈末为什么要暴露仙子的接任组长。

思考了整个晚上，英杨认为有一种可能性，仙子的接任组长是女人，陈末想让她顶替魏青。那么，继陈末之后，又有一位仙子成员暴露，英杨心绪复杂，茫然看向大门。银行大厅两人高的大座钟轰然敲响，十点了。在咣啷咣啷的钟摆声里，有个女人推门进来，她穿着宝蓝掐银丝绉纱旗袍，提着鳄鱼皮坤包。业务经理迎上去，女人风情款款说：“你好，我开一只89号保险箱。”

空气忽然凝固了，把英杨冻在角落里。他徒然看着四面八方涌出日本特务，黑色潮水般向她涌去，把她堵在重重包围之中。

浅间最后走向包围圈，在看清圈中人时他气得笑出来，用力拍着手掌说：“好！很好！惠珍珍小姐，真没想到，你就是魏青！”

直到坐进办公室，浅间仍旧不相信。

“你怎么可能是魏青？”他问惠珍珍，“怎么可能？”

惠珍珍依旧妆容精致，衣饰讲究。面对浅间的疑惑，她坦然至极，答非所问道：“有烟吗？”

浅间翘了翘下巴，屋角的荒木过来递上烟卷，并擦火机替惠珍珍点燃。喷出一口浓白的烟雾后，惠珍珍说：“没想到出卖我的，居然是陈末。”

“陈末被关进亚新饭店好几天了，你就没起疑心？”

“我刚回到上海，不仅知道陈末被关进亚新饭店，还知道他刺杀了英杨。”惠珍珍吐着烟雾说，“听说南京中央医院有了大动静，我猜是陈末和英杨的苦肉计奏效了。”

“所以看见联络告示，你就赶来了。看来中央医院的资料非常重要。”浅间感叹道，“可是惠小姐，你和我想象中的共产党高级干部差得太远了，你是上海滩的交际花啊，沪上名媛！”

“交际花不可以信仰共产主义吗？”惠珍珍气定神闲，“共产主义的妙处恰恰在于，交际花也能享受平等的权利。”

浅间露出讥讽的笑：“堂堂华中局的副书记，居然是杜佑中的情妇，这实在是……”

他的眼神逐渐猥琐，惠珍珍却不为所动，掐了烟说：“当年南京的温泉招待所也有很多故事，并不妨碍您在特高课大展宏图啊。”

浅间被她戳中痛处，笑容僵在脸上。

“有水吗？”惠珍珍说，“我渴了。”

“这里是特高课，不是咖啡厅，你应该知道等着你的是什么。”浅间不悦，“藤原被刺，立春失踪，这些都与你有关！是你在落红公馆装了监听，掌握到这些情报！”

“监听是杜佑中装的，他本意是想获得一手情报，不料给我帮了忙。浅间课长，您在落红公馆说过的话，见过的人，杜佑中全部知道。”浅间脸色变了变，却没有发作。

“落红公馆本就是华中局楔进上海的钉子，”惠珍珍坦率道，“得知立春是叛徒，我必须第一时间通知江苏省委，这是我的工作。”

浅间咬了咬牙，冷冷道：“那么仙子小组呢？”

“仙子的原组长钱羿生牺牲前留下指示，让我领导仙子小组。仙子小组的所有人，他们的代号、真实身份、住址电话以及联络方式，我全部知道，在这里。”惠珍珍伸出水葱似的手指，点点太阳穴说，“你要吗？”浅间眯起眼睛，若有所思地打量惠珍珍。

“快开始吧，”惠珍珍说，“早点开始，早点结束。”

浅间十指交缠抵在唇下，良久说道：“作为同行劝你一句，该说的都说了吧，民族和主义都是政治游戏，不值得当真。”

惠珍珍点了点头，道："多谢。"

惠珍珍被带往提刑室后，浅间合目养了会神，说："真不敢相信，我们捉到了魏青。"

"您相信惠珍珍是魏青吗？"荒木小心问。

"你又为什么怀疑呢？"

"我只是不明白，陈末知道惠珍珍的真实身份吗？如果他知道，为什么不直接说出来，非要启用保险箱？"

浅间遽然睁开眼，可他很快笑了笑："惠珍珍承认她是魏青，陈末也承认她是魏青，这就够了，军部问责下来我们可以交差了。"

他沉吟一时，又对荒木说："你去交代一下，差不多给惠珍珍个痛快吧，挺漂亮的女人，弄得血淋淋不体面。"

"是。"荒木道，"那么陈末……"

"放他走，也让英杨带着金灵离开上海。明天安排个仪式，请上海滩有影响的报社参加，给我们出头版新闻，标题用：共产党人真诚合作，诱同志入瓮后携眷离沪。把三位拍得好看些，大照片要登半个版！"

"是！"荒木道，"课长英明，这样做会吸引更多反抗分子投诚！"

"嗯。"浅间勾手指示意荒木靠近，说，"去码头的路上安排狙击手，只许开三枪，我要三条人命。"

"明白。"荒木问，"现在放他们回去吗？"

"让他们回去吧，放松一下心情，也好迎接明天。"浅间摸摸额头说，"昨晚没睡好，我要睡一会儿，两点钟叫醒我。"

荒木离开后，浅间独自坐了一会儿，脑海里缠绕着荒木的提问——"陈末知道惠珍珍是魏青，为什么要用保险箱捉她？"

"她不是魏青。"浅间喃喃说，"英杨骗了我。"

他的怒气蓬勃而起，又很快烟消云散。浅间三白很清楚，现在重要的并非谁是魏青，而是应付军部即将到来的调查，只有交出“魏青”，才能抵掉私闯中央医院的罪名。

荒木小心翼翼带上门，转脸看见静子站在走廊上。她悄无声息，鬼魂似的笑笑：“荒木君有时间吗？”

“有的。”荒木顺从地回答，跟着她走进办公室。

关妥门，静子单刀直入：“我要的毒液准备好了吗？”

“夫人，东西已经备妥，在我办公室的保险柜里。”

“确保有效吗？”

“我找流浪狗试了试，五分钟起效，吐血而亡。”

“那就好。”静子快乐地说，“把东西给我，另外给英杨捎个话，今晚我在爱丽丝公寓请他吃饭，庆祝我们捉到了魏青。”

荒木试探着问：“您要把毒液给英杨用吗？”

静子没有承认，也没有否认，只是笑道：“荒木君，惠珍珍的审讯由谁负责呢？”

“应该是上杉吧，听说宫崎明天回来，也许明天就换成宫崎了。”

“听说宫崎把琅琊山搜了个遍，却是无功而返。他窝了一肚子火，必定要在魏青身上发泄。荒木君，万一宫崎借机立功与你抢夺课长，那就麻烦了。”

“夫人，我该怎么做呢？”

“女人最怕什么你很清楚吧，这还要我教吗？今晚与英杨吃罢庆功酒，我想听见魏青招供的消息，可以吗？”

荒木却说：“浅间课长明天安排了记者会，要宣扬英杨、陈末投诚合作之事，以瓦解抗日分子顽抗之念。如果您今晚毒杀了英杨，只怕坏了课长的好事。”

静子猛然一怔，喃喃道：“记者会？”她漂亮的眼睛转了几转，忽然大笑，“记者会并非做给抗日分子看，是做给军部看的！捉拿魏青是阳光下的荣耀，活体实验却是阴沟里的功绩，相比之下，军部也要束手无策呢！”她笑容未收尽，倏忽冷下脸：“我不能让他如愿！”荒木为难道：“夫人！那您……”

“英杨今晚必须死，”静子咬牙道，“还有金灵和陈末，谁也不能活到明天！我要抓住这次机会，借军部的手除掉浅间！荒木君，你也要努力啊，能否接任特高课长，就看这一次了！”

“我知道了，”荒木恭顺说，“我会安排好。”

“动作小一点，不要惊动浅间。另外，让英杨把公寓钥匙给我，我要提前准备他爱吃的菜肴。”

“好的。我这就通知英杨。”

英杨怎么也没想到，惠珍珍是仙子成员。

然而一切又仿佛有迹可寻。锄杀立春时的录音，看来与陈末无关，应该是惠珍珍的手笔；微蓝陷在福泉山时，惠珍珍连夜出城必定是接回微蓝；还有落红公馆的网球园游会，微蓝满身是伤，竟能跟着惠珍珍去换衣裳，她知道惠珍珍是自己人。

宪兵咣里咣当地打开锁，英杨看见荒木钻进囚室。他说：“英少爷，浅间课长说您可以回家了。”英杨坐在霉臭的稻草堆里，抬脸问荒木：“金灵也可以走了吗？”

“她已经回到英家了。再告诉你一个好消息，浅间课长特别允可，明天你能带着金小姐离开上海。”

“离开上海？”英杨皱眉问。

“是的。船票都买好了，但是上船之前，他希望你带着陈处长和金小姐一起参加记者会。”

“什么记者会？”

“别在这儿说了，味道太难闻。”荒木挥手扇风道，“英少爷，我奉命送你回家，我们在车上说吧。”

英杨跟着荒木走出地牢，坐上汽车。驶出特高课后，荒木道：“明天的记者招待会是开给军部看的，会后浅间安排了伏击，在你们去码头的路上动手。”英杨早已料到，浅间不可能放他们走。

“另外，今晚六点，静子在爱丽丝公寓等你，说要庆祝魏青落网。她会在酒饭里下毒，毒液是我在黑市买的，五分钟起效，没有救。”

“讲静子的事之前，我想知道惠珍珍是怎么回事。”英杨问，“她是接任组长吗？”

“是的。”荒木道，“看到07被绑在解剖床上，我猜到陈末会用这个办法，因此准备了反击方案。既然静子要毒死你，那就不要辜负她。具体做法我已经向07做了汇报，你回去就知道了。”

“好。我很担心惠珍珍，她会没事吧？”

“除掉浅间夫妇后，可以让杜佑中见见她。惠小姐掌握了很多机密，杜佑中会保住她的。另外，07必须离开上海，你和陈末只能留一人继续潜伏，07建议由你潜伏。”

“那你呢？”

“我也会离开上海。他们要把我送回国配合调查，松本组损失了两名特工，没那么容易过关。”

英杨有些难受，可他无能为力，良久喃喃道：“为了确保我潜伏，仙子损失了三名成员。”

“小少爷，我是要谢谢你的。”荒木说。英杨不解：“谢我什么呢？”

“我每天都在煎熬，我是日本人，我想回日本。”

英杨隐约明白他的意思。正义与爱国都是美好的情感，侵略却让它们势不两立。

“战争结束以后，我也想去日本看看。你是哪里人？”

“我出生在京都，但是住在长崎县。”讲到家乡，荒木露出干净的笑容，“希望能在日本遇见你。”

他说罢慢慢刹住车，停在英家门口。

“再见，小少爷。”荒木说，“这就算正式道别了。”

英杨不知道该说什么，他只能报以微笑。

浅间三白睡得很熟，做了很长的梦。梦里英杨忽然出现，他穿着白衬衫，站在落红公馆铺设绒毯的走廊时，列松如翠，如圭如璧。他说：“浅间课长，你怎么才来呢？”

浅间恍惚不知身在何处，于是问：“你在等我吗？”英杨便笑了，笑得眉目含情，说：“我等你好久啦。”

浅间心里高兴，却又忍不住生气。他说：“喂！你用这眼神望着静子和金灵，我都不喜欢！”英杨的笑容淡去，眉尖也锁起来，他说：“都是可怜人，何必认真呢？”

“都是可怜人。”这话敲在浅间心里，把他敲得失重了，难受得没着没落，要从云端栽下去似的。他着了急，向英杨伸手说：“你拉我一把，我站不住了！”

英杨探出指尖，只是够不着浅间，无论浅间如何努力，那指尖都离他一步之遥。浅间猛然暴出力气，牙齿也龇起来，嗓子也吼出来，可就在那个刹那，他醒了。

醒来汗透重衣，浅间瘫在沙发上很久，起身按下电铃。荒木很快敲门进来，浅间抹着脸问：“几点了？”

“差五分钟两点。”荒木小心回答，“您要吃点东西吗？”浅间点了点头，随口问：“宫崎还没回来吗？”

“刚刚收到的消息，他明天回上海。”荒木答道。浅间再无话，重新躺进沙发里，有气无力地长叹一声，说：“荒木君，请让食堂做一份酒酿圆子吧。”

荒木愣了一下，立即说：“好，我去安排。”

浅间满意地点头，充满回忆地说：“我很久没吃酒酿圆子，以前在南京经常能吃到，清甜的酒酿里飘着腌桂花，圆子很软很糯，想到它们，就想到了南京。”

他说着望向荒木，换成日语说：“荒木君，你有思念的地方吗？”

“有啊，我想念家乡。”

“是啊，谁都会思念家乡，可我不一样，我总是思念南京，却又不愿意再回去。”浅间若有所思地说着。荒木不知他的用意，不敢多话。

良久，浅间自嘲一笑，道：“荒木君，人总有一死，如果我死了，请把我送回南京吧。”荒木吃一惊，只当他看出了晚上的苗头，小心试探道：“课长，我们刚刚捕获魏青，眼见前程锦绣……”

“前程锦绣也终有一死，”浅间打断他，“如果战争结束前我故去了，请把我送回南京吧，埋在汤山温泉招待所的后山，让我能守在那里。”荒木完全不知如何回答，浅间却两手撑在膝上，向荒木鞠躬道：“荒木君，拜托了！”

“是！”荒木急忙还礼，却又说，“能够追随您，是我的荣幸。”浅间从他的话里听出了感情，他虽被打动了，却要抑制着笑道：“去催他们做酒酿圆子吧！”

“是！”荒木立即答应。

从浅间办公室出来，荒木飞步下楼去食堂，却在楼梯上撞见静子。静子见荒木急急忙忙的，不由问：“这是怎么了？”荒木实话实说：“课长刚醒，想要吃午饭。”

“哦。”静子笑道，“我正要找你呢。”

“夫人，我也正要把公寓钥匙给您。”

“不，你留着钥匙吧。”静子愉快说，“六点之前，你把金灵送到爱丽丝公寓三楼东头房间，把她绑在内室等着，我要金灵亲眼看着英杨喝下毒液！”

荒木忍不住说：“夫人痛恨英少爷吗？毕竟他害您受了牢狱之苦。”

“感情能冲淡仇恨的，只要他肯回心转意。”静子微笑着回答，“可我很清楚，他没有心意了。”

“只怕金小姐不听话。”荒木为难道，“课长已经放金小姐回家了，请她准备明天的记者会。如果金灵不肯跟我走，闹到课长那里……”

“这很容易。”静子愉快说，“你跟我来。”

荒木只得跟着静子回办公室。捉到魏青让静子心情极好，仿佛明天就能救出父母似的。她哼着歌拉开抽屉，挑选粉白底洒金粉的卡片，提笔写了一行字，检视满意后吹干墨渍，递给了荒木。

“把这个给金小姐看，告诉她是我约英杨吃晚饭，她必定会去的。”

荒木看着散发香味的卡片，上面用日语写着：今晚六点与君同庆，期盼光临。落款是“静子”。

“为什么不用中文呢？”

“让金灵知道，英杨并不在乎我是日本人。”静子笑容可掬，“你记得安排金小姐过来，我要去挑选衣饰了。”

下午四点，吃过一大碗酒酿圆子的浅间又困了。他打了个呵欠，把一只黑皮小本子收进保险柜夹层。

刚关上柜门，荒木敲门而入，凑过来神秘说：“课长，夫人今晚想和您共进晚餐。”

浅间有点意外：“今晚？”

“对，今晚六点。”荒木掏出粉白洒金粉的香喷喷的卡片呈上，“夫人说，她会做拿手的下酒菜等您。”

“哦？她在哪里等我？”

“在爱丽丝公寓。”

“我怎么不知道这地方？”浅间皱起眉头，“静子在搞什么鬼？”

“夫人到上海后一直在寻找舒适的公寓。她说荣宁饭店太过嘈杂，长期睡办公室又对身体不好，为了保证您的休息，夫人费了很多心思，终于看上了这幢公寓。”

浅间脑子里闪过地牢二层的解剖床，冷笑道：“爱丽丝公寓很舒适吗？”

“我提前看了地方，安全僻静，比荣宁饭店好。”

浅间嗔怪道：“你不要太相信那个女人！”荒木立正答应，不敢再说。浅间捏着卡片看了又看，终于说：“夫人有心了，我们去一趟吧。”

“是。您需要换件衣裳吗？穿军装并不方便。”

浅间受他提醒，“唔”了一声：“你去准备便装吧，不要和服，衬衫西裤就好。”荒木答允，又道：“要不要请刮脸师傅来一趟？”

浅间摸了摸下巴上的胡楂：“我喜欢司令部理发室的宫本，他手艺很好，去接他来吧。”

“是！我这就去安排。”

荒木走后，浅间拈起静子的卡片细看，渐而浮出轻鄙的笑容。他不知道静子葫芦里卖什么药，但他知道，一旦军部问责下来，静子既可以是证人，又可以是替罪羔羊。

这几天对她好点吧。

“一顿饭而已，能有什么花样？”浅间喃喃自语，把喷香的卡片丢进字纸篓，随即点上烟。

没多久，荒木带回理发师宫本新样。宫本五十多岁，微有谢顶，穿和服踏木屐。他进来向浅间行礼，浅间笑道：“宫本师傅，又要麻烦你了。”

“给您服务是我的荣幸。”宫本新样微笑说。他的嗓子有点哑，说完了掩嘴咳几声，抱歉道，“昨晚贪凉洗了冷水澡，早起有点咳嗽。”

“热身子浸了凉水是要感冒的，用中国人的话讲，毛孔张开了，邪寒入体。”浅间笑着寒暄，这些经验是他在南京温泉招待所学到的。

他说罢起身道：“我们开始吧。”宫本怕把病气过给浅间，拿出面巾扎在嘴巴上，唔噜噜道：“您请坐在窗边，光线好些。”

荒木迎光摆好椅子和脸盆架，浅间之前常在办公室剃须刮脸。等他坐好后，荒木照例递上温茶，浅间接过饮了，调侃道：“荒木君泡茶的手艺，要赶上茶道水准了。”

荒木忙说不敢，浅间已仰面半躺，闭上了眼睛。宫本道了抱歉，伸手触碰浅间的面颊。他的手很软，在浅间太阳穴周围轻轻拿捏，大约两分钟吧，浅间沉沉睡去了。

这一觉说来奇怪，竟没有梦。浅间睡得太沉了，被荒木摇醒后目光呆滞，良久才问：“几点了？”

“五点半了。”荒木轻声说，“宫本已经走了，我看您睡得很香，没敢打扰。”

五点半？这么说又睡了一个多小时。浅间努力恢复神志，窗外暮色将沉，果然黄昏已至。

“夫人约了您六点晚饭，我们可以动身了。”

“好吧。”浅间晃晃发沉的脑袋，脱下军装换上衬衣西裤，说，“宫本的手艺好吗？拿镜子来看看。”

荒木拉开写字桌抽屉取镜子，然而却失了手，镜子一声脆响掉在地上，摔得粉碎。荒木吓一跳，急忙蹲下去收拾。

浅间皱眉道：“我以为宫崎慌张冒失，不想你也这样！一面镜子也拿不好！”荒木不敢吭声，浅间嫌弃道：“叫勤务兵来收拾吧，时间不早了，我们该走了。”

荒木答应，打开办公室的门。浅间抻抻衣裳，昂首走出去。特高课虽没有下班的概念，但晚饭总要吃的，现在是食堂开饭时间，几间办公室空荡荡的，只有机要室留人值班。

浅间见惯这场景，不以为意。他走到一楼时怔了怔，觉得哪里不对，荒木低声说：“课长，车已经来了。”浅间被他打了岔，更想不起哪里有问题，只得走出办公楼。他上车前看了看，司机换了。

“司机送静子夫人先过去了，她要做菜。”荒木赶紧说，“如果您不喜欢，那么我来开车吧。”

“不必了。”浅间无精打采地说，他晕沉沉的，也许下午睡得太久了。汽车驶出特高课，滑过傍晚时分的街道，天际斜飞蓝紫交融的晚霞，绿叶在微风中摇动。

浅间心情好转，忽然想起办公楼门厅哪里不对，脱口问：“衣帽镜去哪里了？”

他问得突然，荒木猝不及防，怔了怔才说：“一楼大厅的衣帽镜吗？他们拖去杂物房擦洗了，那镜子几天不擦满是灰尘。”

“擦完了要放回去，”浅间不悦，“中国人说镜子摆放很讲究，不能随意挪动。”

“是。下次不会了。”

说话间车到了爱丽丝公寓。荒木引着浅间上了三楼，走向东头的房间。越接近目标，荒木越紧张，到门口时他的心脏快要骤停了，以至于按电铃时手都在发抖。静子很快打开门，她微笑着，递给荒木一个满意的眼神，说明她已经看见微蓝被绑在卧室。

“你来了？”静子柔声对浅间说，“我等了好久。”

她穿着V领紫色连衣裙，温柔又魅惑，眼睛里也带着钩子，狠狠剜着浅间，要他掉块肉似的。

“夫人，我们进去吧。”荒木小声提醒。

静子这才察觉自己堵着门呢，她笑着让开，向浅间妩媚笑道：“我做了你爱吃的菜，快去坐吧。”

她把厨房里的餐桌搬出来，架在客厅灿亮的水晶灯下。桌上没有菜品，只搁着一瓶清酒、两个杯子以及一盆怒放的红玫瑰。

浅间扶桌站了会儿，喃喃自语：“这牌子的酒好久没喝到了，她从哪里弄来的？”荒木闻言上前，默然斟出一杯。浅间笑起来：“荒木君，你回去吧。”

荒木说：“是。”他答应了却没动，像是舍不得走。浅间举杯饮尽酒，又说：“快回去吧！”

荒木再次立正，随后走出公寓。他出门时别了锁舌，紧贴着虚带着门听动静，同时从后腰拔出枪来。伴随高跟皮鞋的嗒嗒声，静子脚步欢快地从厨房出来，她格格笑着同浅间说了什么，然而没有两分钟，屋里忽然传来玻璃盆落地的一声脆响。

几乎同时，静子叫了一声。荒木知道毒液起了作用，他拿着枪猛冲进去，看见浅间三白倒在地上，污血从他嘴里咕噜噜地冒出来。他一手捂着腹部，一手用力伸向荒木，纵然喉间有声，已经说不出话了。

“夫人！”荒木大叫道，“你杀了课长！”

听见荒木的喊叫，静子蒙着脸问：“你说什么？你说我杀了谁？”

“你杀了浅间课长！”荒木枪指静子道，“你指使我购买毒液，原来是为了杀害课长！”

“你在说笑话吧？荒木你为什么要说胡话？浅间三白在哪里？我怎么杀了他？”

“他的尸体就在眼前，夫人还要编胡话吗？”

“这尸体明明是英杨的，”静子抓住咽气的浅间摇晃着，“你看看他的脸，看清楚，他是英杨啊！”

荒木低喝道：“你放开课长，双手放在脑后蹲好，否则我只能开枪了！”

“你瞎了吗？还是你疯了？”静子气得笑起来，“你在玩什么游戏？这是我们商量好的，今晚在这里，用毒液杀死英杨！这和浅间有什么关系？”

然而荒木表情严肃，并没有玩笑的意思。静子开始觉得不对，喃喃道：“他死得太快了！我还有很多话没说呢！他为什么先喝了酒？是你给他喝的吗？”

荒木不再理会她的絮絮发问，持枪顶住静子脑门，沉声道：“夫人，这里没有英杨，你杀的是课长。”

就在这时，卧室的门悄然开了，微蓝走过来，看着静子说：“死到临头还一无所知，真可怜。”

被枪指住的静子不敢动，她只能转动眼球，不可置信地盯着微蓝。太多可能性爆炸般涌进她的大脑，让她一时难以判断。

微蓝接过荒木的枪，贴紧静子的脑门：“我很愿意做个好人，告诉你真相。”

荒木从浅间腰间摸出 M1906 手枪，对静子说：“夫人，这是课长的防身之物，你认得吧？”

静子的心慢慢沉下去。荒木倾倒凉水罐打湿餐巾，用力揩抹尸体的脸。那张脸融化变形，显出另外一张脸来，是如假包换的浅间三白。

“罗鸭头讲过，琅琊山上有个易容高手，叫做董小懂。他扮成金小姐的样子，连英杨都瞒过了，可是你们不相信。”

静子睚眦欲裂，额角沁出大片汗水，不可置信地瞪着浅间的尸体。她似乎明白了事态发展，苍白着脸说：“我为什么要杀他？浅间是我的恩人，我为什么要杀他！”

“您一直痛恨课长的虐待，就在几天之前，您在解剖室说过，迟早要杀了课长！您不记得也没关系，我在解剖室安装了监听，都录下来了。”

“你这个叛徒！”静子愤怒到极点，发着抖说，“我那样相信你！”

“夫人，不是您相信我，是您需要我。毒杀英杨，陷害浅间三白，这些事都需要有人帮你做，我和宫崎您总要选一个人。”

“是啊。”静子喃喃道，“宫崎这家伙脑袋里只有一根筋，我看中你的机灵，也看中你的野心，但我没想到，你居然是日本共产党！”

荒木没有纠正她的误会，静默不语。静子长叹道：“我不该对英杨心软，我早就该把英杨、金灵投进大牢严刑拷打！是我一念之仁，成全了你们这些小人！”

“你不是心软，你是贪心。”微蓝说，“英杨吃软不吃硬，上刑就是一拍两散，你只能等到一具尸体，救不出你父母。”

静子冷笑道：“金小姐，当年我在伏龙芝……”

“不要再提伏龙芝了，”微蓝打断她，“当年松本组送你去伏龙芝，为了让你回东北深度潜伏，你却要去招惹英杨。刺杀波耶夫败露后，你不敢同松本组提起英杨，更不敢说同他的感情，因此多年来英杨安然无恙。英杨为搭救高云掉进你的陷阱，你才向浅间提起伏龙芝的往事！”

她说着凑近静子：“所以你要杀掉浅间，因为他不仅虐待你，还知道松本组不知道的秘密！”

静子被她猛然揭穿，狞然笑道：“英杨露馅不是为了高云，是为了救你！你去劫囚车了，英杨求我放过你，承认自己是共产党！”

微蓝并不知道这一段，不由静了静。

“金小姐，你真厉害！我在伏龙芝那样哀求他，请他放弃主义顾念我们的感情，然而他那样铁石心肠！可是换了你就不一样了！他很轻易地投降了，愿意诱捕魏青，甚至愿意当着你的面吻我！只要你能活着，他什么都愿意，这是为什么！”

微蓝的心颤了颤，依旧没有说话。静子恼恨道：“金小姐，我最讨厌你的名字，听着像个妖精！”

“不喜欢我的名字很容易，”微蓝笑一笑，“我还有另外的名字，你想知道吗？”

她凑近静子，轻声说：“我叫魏青。”

静子愣了愣，没有反应过来。

“你心心念念要捉我，怎么见到我并不开心呢？”微蓝说，“英杨可以放弃一切，是为了保证我安全。”

静子苍白的脸泛起红霞，呆滞的眼眸转出精光。这些天的回忆潮水般层层涌上，仿佛还是阳光灿烂的周日，微蓝穿着白色网球裙推门进来，在看见英杨和静子的瞬间，她的惊愕与委屈都恰到好处。

“原来是这样，”静子轻声说，“所以陈末不顾一切交出惠珍珍，他们真正要保住的是你。”

她话音刚落，疯了似的猛扑微蓝，然而她身子刚动，荒木的枪响了，子弹从静子后脑射入，打出一蓬血花，静子“噗”地向前，栽倒在微蓝面前。

“这里是租界，邻居听到枪声会上报巡捕房。”荒木把M1906塞进浅间手里，说，“我们赶紧撤离。”

两分钟后，微蓝领着荒木走进浴室，拉开浴缸侧面乳白色的木门。他们钻进去攀水管道到达一楼，从后门离开公寓。

爱丽丝公寓进行晚宴时，英杨准备前往华中局的秘密联络点，微蓝和陈末将在那里换装后离沪。动身前英杨想，微蓝也许不会回来了，应该把韩慕雪的心意带给她。

韩慕雪已经顺利前往香港，瑰姐代替她回英家后，又扮作司机离开了。英杨打开韩慕雪的卧室，在床头保险柜里发现一只丝绒盒子。

盒子里有只羊脂白玉镯，一张叠了四叠的发黄纸片。

英杨满怀好奇打开纸片，这是张出生证明。出生的孩子叫贺景桐，父亲栏填着贺明晖，母亲栏填着丁素雪。

英杨感到贺明晖这名字很熟悉，但他一时间想不起在哪里听过。出生证明里夹着一片纸，轻轻滑落在英杨手心里。

纸是新纸，墨是新墨，是韩慕雪临走时写的。内容简短，只有几行字：“阿杨，贺明晖是你父，丁素雪是你母，我只是丁素雪的姐妹，替她养了你二十五年。素雪已故，带出生证明去重庆，贺明晖会认你。”

英杨脑子里轰然一响，猛地想起来，贺明晖是现任中央银行行长。

纸片上每个字英杨都认识，但组合出来的句子他仿佛不懂得。瞬间的震惊过去后，英杨掏火机烧掉韩慕雪留下的纸片。他二十五岁了，生身父亲是谁无足轻重。在摇曳的火苗里，英杨自嘲地笑笑，难怪韩慕雪说重庆好。

他拿走镯子，把出生证明留在保险柜里，起身离开了。他驱车到达城关附近的桂香酒馆，土坷正坐在门口望风，他见了英杨一如既往的热情，拉着他进内室。

内室很热闹，董小懂正在忙碌，陈末化好装坐着喝茶，若非他主动招呼，英杨竟认不出来。

“有烟吗？”陈末问。

他们走到院子里，晴夜星空璀璨，陈末点上烟说：“我幼时在夏夜纳凉，同父母睡在竹榻上，举目也是如此星空。”

“陈处长是哪里人呢？”英杨问。

“我是武汉人，”陈末说，“也在武汉局入党，1932 年 7 月 19 日，我一直记着。”

“你在南京军技所供职，为什么会去武汉？”

陈末没有正面回答，却说：“他们说我破解了延安的乱位电码，你相信吗？”

“如果是天才……”

“我不是天才，也不够幸运，我能破解是因为延安给了明示，要牺牲这套电码换取我的潜伏。”

这和英杨的猜测差不多。陈末又说：“我在军技所工作时，常为密码被中共破译而伤脑筋。我不理解，延安技术落后，设备也落后，为什么破译总走在前面。”

英杨被勾起好奇心：“那是为什么呢？”

“直到我去前线轮值才弄明白，同样打败仗，延安的通讯兵先烧毁密码砸毁机器，不够时间撤退，只能被俘或被杀。这边要先逃命，密码文件、机器扔满地，被延安捡回去用笨功夫，找到规律一本接着一本破译。”

陈末说着笑笑：“胜利是用命换回来的，拿不出这种狠劲，中国人永远被动挨打。”

英杨略生感动，说：“你离开军统加入我们，是这个原因吗？”

“我们搞数字的很务实，”陈末轻描淡写，“谁能赢我就跟着谁，我觉得共产党能赢。”

他说得轻巧，英杨听得心潮澎湃，不由道：“陈处长，您最后抛出惠小姐真是险招，您不怕她露出马脚吗？”

“劫持囚车逼着魏书记临时离沪，她在车站托小飞儿给我带话，讲了事情的来龙去脉。我听后思忖良久，想这事情只怕要动用惠珍珍。为此在刺杀你之前，我用 89 号保险箱同惠小姐秘密见面，约定再次启用这只保险箱之时，就是她舍身替代魏青之日！”

英杨闻言唏嘘，感佩不已。此时外屋喧闹声响，土坷跑进来说：“魏书记回来了！”英杨赶紧迎出去，只见微蓝带着杨波风尘仆仆进来。

“兰小姐，快坐下化装，要来不及了。”董小懂招呼着。微蓝顺口答应，却向英杨招手：“你来。”

英杨跟她进了柴房，等不及地问：“顺利吗？”

“静子死了，”微蓝说，“浅间也死了。”

英杨拎着的心猛然放下，他眼眶酸胀，却说不出话。

“我担心爱丽丝公寓的房契，是你的名字吗？”

“当然不是，我不会用真实身份买房，放心吧。”

微蓝“嗯”一声，说：“我要走了。”

英杨心中苦涩，却勉强笑道：“现在吗？”

“荒木开了枪，浅间夫妇的尸体今晚就会被发现。赶在鬼子封城前，我必须带陈末离开上海。”

英杨知道她这一走，不知何时能再见，便掏出韩慕雪留下的镯子套在微蓝手上。他想说什么，却只是笑了笑，握住微蓝的手摇了摇。

他知道的，微蓝说了也不算。

浅间夫妇横尸爱丽丝公寓，消息很快席卷上海滩。驻屯军司令部连夜封锁上海，特高课和特筹委全员扑上，英杨当夜被召回，即刻投入侦破。

然而现场太过清晰，静子给浅间投毒，浅间临死前拔枪毙了静子。荒木作证，静子让他在黑市购买毒液，还有解剖室的监听录音，记录着静子对浅间的痛恨。

没等天亮，关于浅间夫妇的八卦迅速流传，英杨预见这将成为坊间小报的新鲜素材，被编出各色细节。

过了凌晨四点，骆正风叫英杨去吃阳春面。等面的工夫，骆正风捏着根油条问英杨："这事和你有关吗？"

"什么意思？浅间夫妇对我很好！"

骆正风笑笑，把半截油条塞在嘴巴里，口齿不清道："有什么需要就说，别把我当浅间给处置了。"

英杨和颜悦色："我们是兄弟，怎么说这个话？"

骆正风点了点头，把油条吞下去。

他们刚回到特筹委，日本军部的特别调查组已到达上海，他们不是调查浅间夫妇死因的，他们来调查南京中央医院事件。

"中央医院究竟什么事，为什么是浅间做的？"骆正风白着脸问英杨。

"我不知道。"英杨推得一干二净。

特别调查组来沪之后，调查浅间夫妇死因的势头大减，继而不了了之。三天后英杨收到消息，新任特高课课长织田长秀即将到任，荒木和宫崎要被送回日本配合调查。

荒木猜中了结局，英杨不知该高兴或难过。荒木终于回到家乡，但失去他，仙子小组的战斗力大受折损。

他没有去码头送荒木，在这几个月，英杨更能感受到暗处的眼睛，这是特工的本能。然而荒木离沪那天，英杨还是去江边站了站，抽了根烟。

春去了秋来，过了夏暑又迎冬寒，时间了无尽头，局势胶着无绪，杀了浅间迎来织田，没完没了。

英杨扔了烟头，伸个长长的懒腰，无论如何，今年的溽暑结束了。

特筹委紧跟时局，很快抽身而退，积极投入迎接新课长的准备。特高课把浅间时代收押的囚犯转到特筹委，罗鸭头死后，英杨负责地牢接收。他把犯人名单从头看到尾，没有找到惠珍珍或者魏青。

浅间夫妇不会处决惠珍珍，她去哪里了？英杨抱着疑惑亲自督办犯人转运，无论在特高课的地牢，还是特筹委的大狱，都没有惠珍珍的踪迹。她像一滴水，消失在光天化日之下。

向大雪汇报了剿杀浅间夫妇一事后，英杨重新归队上海情报科。大雪指示，在织田长秀到任之前，英杨的主要任务是继续潜伏。

事态进一步平息后，英杨把默枫送到香港。荒木从浅间的保险柜里找到油纸包，通过成没羽还给了默枫。送默枫走的那天立秋，虽然烈日当头，风中已有凉意。

从码头回到家，英杨在门厅撞见英柏洲。英柏洲目光冷冽，剑锋般扫过英杨："你母亲去哪儿了？"

"她去法国散心，很快会回来。"

英柏洲有些失望，很快说："去了就不要回来了。你也可以去法国，不要再回来了，我可以给你们一笔钱。"

"我为什么要走？我不走。"英杨说，"这是我家。"

英柏洲盯视英杨良久，啐一口走了。英杨并不在意，唾面自干是特工的自我修养。他哼着小曲走进餐室，电话铃响了。

英杨起身去接电话，话筒里传来陌生低哑的声音："小少爷早上好，我是沈云屏。"

（本书完）